Thierry Jonquet

Moloch

Gallimard

L'œuvre de Thierry Jonquet est très largement reconnue. Sur un ton singulier, il écrit romans noirs et récits cocasses, où se mêlent faits divers et satire politique. Ce romancier figure parmi les plus doués de sa génération.

JEUDI

1

Ils étaient là, pataugeant dans la boue, hébétés, certains pleurant, d'autres hagards, les mains tremblantes, la gorge nouée par le dégoût, la pitié, la colère, la honte, un mélange confus de ces sentiments si voisins, tous à scruter le ciel gris-bleu, dans ce matin de printemps, tous à songer à ce qu'ils avaient fait une demi-heure, une heure plus tôt, quand le téléphone avait sonné chez eux pour les tirer du sommeil et les convoquer devant cette maisonnette d'apparence si banale, dressée au fond d'un terrain vague. À tous on avait donné la même consigne. Rendez-vous illico presto à deux minutes de la porte de la Chapelle, à l'entrée d'une ruelle éventrée de part en part, labourée par les pelleteuses, où s'alignaient encore quelques façades intactes de vieux immeubles, vidés de leur substance par les grues à boule qui les avaient surpris à revers. Ne subsistait qu'un décor chaotique, sauvage. Ici, des pans de murs striés de tracés noirs, ceux des conduits de cheminées qui d'étage en étage s'échelonnaient en chicanes pour former un réseau aux ramifications savantes. Là, un escalier en vrille, suspendu dans le vide, accroché comme un serpentin à une poutrelle et menaçant de s'effrondrer d'un instant à l'autre. Et partout des lambeaux de papier peint claquant au vent, rongés par l'humidité, qui s'effilochaient en de grossiers confettis. Cette rue ne portait même plus de nom, elle n'était plus qu'une trace sur un plan. Le point B12/A15 sur celui de la préfecture de Police, dont chaque inspecteur détenait un exemplaire, et qui quadrillait Paris à la manière d'un jeu de bataille navale, un filet aux mailles serrées. Impossible de se tromper. Le type de permanence au Central avait bien pris soin de préciser la topographie des lieux : le pavillon se trouvait au fond du terrain vague, juste derrière le chantier. Une de ces bicoques modestes, comme il y en avait tant, jadis, dans les arrière-cours parisiennes. La façade se lézardait en maints endroits, la toiture n'était pas de la première jeunesse, mais l'ensemble avait encore fière allure, et, signe qu'elle avait été habitée jusqu'à une date assez récente, elle était équipée de volets métalliques coulissants au lieu de ceux de bois qu'on voyait d'ordinaire sur ce genre de construction.

*

L'inspecteur Dimeglio ferma les yeux. Il avait été le premier de l'équipe à pénétrer dans la maison, le seul édifice encore intact dans ce décor dévasté. C'était plus qu'il ne pouvait supporter. Paupières closes, il tentait d'effacer de sa mémoire les images qui s'y étaient inscrites. Dès la première seconde, dès le premier pas dans le séjour, sitôt dépassée l'entrée, il avait compris qu'il lui faudrait de longues semaines pour oublier, pour gommer. Dimeglio parvenait toujours à gommer, c'était le terme qu'il employait, « gommer ». Râper avec application, comme on dit d'une tache d'encre rebelle sur un cahier d'écolier...

Avec le temps, vingt-sept annuités de service — plus que treize à tirer avant la retraite ! — l'inspecteur Dimeglio avait appris à « gommer ». Il tenait cette faculté pour une grande qualité professionnelle. Une compétence *sine qua non*. Le b-a ba du métier de flic. Apprendre à gommer, à effacer, à éclaircir l'écran de la mémoire, sinon, on ne tenait pas le coup en rentrant chez soi. Non, on ne tenait tout simplement pas le coup en face des gosses qui disaient bonsoir papa, qu'est-ce que tu as fait aujourd'hui, qu'est-ce que tu as vu, est-ce que les bandits, tu les as arrêtés ? Les garnements qui réclamaient qu'on leur lise un conte avant de s'endormir. Et qui, plus tard, vous collaient des tas de soucis sur le dos, avec les devoirs de maths bâclés, les amourettes d'ados qui finissent toujours mal, les menues insurrections contre l'autorité paternelle. Depuis l'époque des contes, les enfants de Dimeglio avaient grandi. La plus jeune venait d'entrer en cinquième. Les enfants, ses enfants. Les nuits de veille durant une rougeole, une coqueluche, les couches achetées au supermarché, les gâteaux d'anniversaire, les rendez-vous avec les instits à chaque fin de trimestre... Une poussière de petits souvenirs insignifiants qui traçaient malgré tout, en s'enchevêtrant les uns aux autres, la trame d'une vie. Celle de Dimeglio, inspecteur principal à la Brigade criminelle, indice 320. Une vie sans histoires.

Mais là, tout près, on avait écrit autre chose. Une histoire, précisément. Au singulier. Avec une chute abrupte, irrémédiable. L'inspecteur Dimeglio, de toutes ses forces, s'acharnait à gommer les images. Il cherchait les mots pour décrire ce qu'il avait vu dans la maisonnette. Il voulait oublier les images, c'est pourquoi il appelait les mots à la rescousse, à la manière d'un exorcisme. S'il parvenait à nommer les choses, à trouver les outils adéquats — adjectifs, pronoms, adverbes — pour mieux les cerner, les emprisonner, les corseter dans le glacis d'une narration, alors, il parviendrait à « gommer », à blanchir sa mémoire de façon efficace, radicale. Dimeglio n'avait pas peur des mots, seulement des images. Il songeait déjà aux bribes du rapport qu'il rédigerait : un corps au point A près de la fenêtre, en décubitus dorsal, un autre au point B, près de la porte d'un placard, en décubitus ventral. Un autre encore, assis comme en tailleur au beau milieu de la pièce, les bras recroquevillés le long du torse. Un quatrième, à l'arrière du pavillon, côté cuisine, engagé jusqu'aux deux tiers inférieurs du rachis sous le rideau de fer presque totalement abaissé qui obstruait l'une des fenêtres. Le torse intact, émergeant à l'extérieur de la maison, le visage figé dans la douleur, mais le reste du corps quasiment détruit, de la ceinture pelvienne jusqu'aux orteils. Rachis, décubitus, ceinture pelvienne. À force de côtoyer les techniciens de l'Institut médico-légal, Dimeglio avait fini par assimiler quelques termes empruntés à leur jargon. Une performance.

Des bribes, oui, un fouillis, un brouillon, une esquisse. C'était encore trop tôt, en effet. Dimeglio le savait. Il ne faisait qu'anticiper. Les mots viendraient lentement. Chacun en temps voulu. Il faudrait décanter, trier, tamiser. Ses rapports étaient hautement appréciés, à la Brigade. Parmi tous ses collègues, il était celui qui savait le mieux extraire le suc des faits pour en restituer un tableau d'une grande neutralité. On lui faisait totalement confiance. Absorbé par cet exercice de méditation, Dimeglio se passa la main sur le visage et tira nerveusement sur le col de son imper. Un geste machinal, un tic qui trahissait d'ordinaire son agacement.

*

Tout aussi pensif, l'inspecteur Dansel se résolut à rejoindre Dimeglio. Il dut traverser une partie du no man's land qui entourait la maison, un terre-plein hérissé de débris hétéroclites, machines à laver désossées, carcasses de mobylettes soigneusement disséquées, tubulures à l'origine incertaine, en bref tout un conglomérat de ferraille déjà à demi enfoui dans la glaise, mais qui semblait jaillir du sol dans un ultime effort, comme pour protester de son abandon. Des plants de rhubarbe sauvage, de pissenlit, voire de laitue, s'épanouissaient alentour, en touffes compactes, timides, frileuses, mais cependant avides de conquêtes territoriales, résolues à ne pas s'en laisser conter par la gent métallique majoritairement maîtresse des lieux.

Dansel pataugea dans des flaques de boue irisées par des résidus d'huile de vidange, ou nappées de reflets grisâtres échappés d'un amas de fûts de peinture industrielle, dont une palette entière achevait de rouiller en se fendillant, à quelques mètres à peine de l'entrée de la maison. Les bidons suintaient leur jus, d'un goutte-à-goutte presque imperceptible, qui esquissait le lit d'une rivière, creusait des méandres, encerclait des îlots de terre sèche, pour se fondre bientôt dans un tracé aléatoire, obstiné et gluant.

Dansel avait pénétré dans la maison, lui aussi. Quelques minutes après la première incursion de Dimeglio. Il avait vu les corps, repéré en quelques coups d'œil la géographie du lieu, impassible comme à son habitude. Il s'était retiré aussitôt, à reculons.

La veille, il s'était acheté une paire de Paraboots au rayon Chasse et Pêche de la Samaritaine. Des godasses à toute épreuve, du cuir cousu main, ocreroux, le genre de croquenot qui autorise toutes les facéties, de la déambulation pépère en ville jusqu'à la randonnée en forêt. À chacun de ses pas dans la boue du terrain vague, les Paraboots de l'inspecteur Dansel imprimaient une trace profonde, bien nette, du talon jusqu'à la pointe du pied. Un véritable chemin, balisé, comme un sentier tracé sur une carte d'état-major. S'approchant de Dimeglio, Dansel lut dans le regard de son collègue un soupçon de reproche. Il haussa les épaules.

— Tout le monde a pataugé ici, soupira-t-il, contrit, alors un peu plus un peu moins...

Dimeglio hocha la tête, indulgent. Dansel avait raison. Un employé de banque matinal, qui avait l'habitude de promener son chien dans les parages, avait aperçu des flammèches s'échappant de la maison et aussitôt alerté une patrouille — deux clampins à mobylette — croisée sur le boulevard. Les pauvres gars, des « képis » habitués à régler des problèmes de circulation, avaient investi les lieux, abasourdis. Après leur découverte, ils avaient piétiné les environs immédiats, effaçant d'éventuels indices, si bien qu'il était inutile de prendre des précautions supplémentaires. Il n'y avait pas grand-chose à regretter. De toute façon, au pire, ce serait l'affaire des gens du labo de démêler à qui appartenaient les empreintes de pas.

Dimeglio s'était adossé à l'épave d'une Renault Espace délestée de tout son aménagement intérieur qui gisait sur ses essieux dans le terrain vague. Dansel l'y retrouva. Ils restèrent un long moment côte à côte, silencieux.

— À ton avis, avec quoi ils ont fait ça ? demanda Dansel.

Dimeglio avait beau fouiller sa mémoire, il ne parvenait pas à trouver de réponse. Il n'avait jamais rien vu de semblable. Il tira un calepin de sa poche, esquissa un plan grossier du séjour, de la cuisine, des toilettes, du petit couloir, en fait de simples rectangles qu'il agrémenta d'étoiles pour désigner l'emplacement des corps. Il se souvenait parfaitement du premier, à gauche en entrant. Les jambes étaient intactes, seuls le torse, la tête et les membres supérieurs avaient été atteints. Le deuxième, au centre de la pièce, celui-là était totalement carbonisé. Une large tache noire avait essaimé sur le sol carrelé, dessinant de vastes pétales tout autour de lui, comme une corolle. Le troisième, idem. Le quatrième, c'était l'inverse du premier. Les membres inférieurs avaient été rongés par les flammes, mais la victime avait tenté de s'échapper, et était restée coincée sous le rideau de fer côté cuisine, si bien que le thorax, la tête, les bras, les mains, étaient indemnes. Dimeglio s'ébroua. En faisant le tour du pavillon, par-derrière, il avait croisé le regard fou de la victime, un regard qu'il ne parviendrait jamais à décrire. Dans son rapport, plus tard, il mentionnerait simplement l'emplacement exact du corps. Pas le regard. Dansel s'empara du calepin et compléta le croquis.

— Tu as vu les éclats de verre, sur le sol ? Il y en avait un peu partout, ça fait penser à des bouteilles incendiaires, des cocktails Molotov... c'est peut-être ça ? hein ?

Dansel resta pensif un long moment. Son regard avait été attiré par les corps, si bien qu'il n'avait pas aperçu les morceaux de verre. Mais maintenant que Dimeglio lui rappelait ce détail, il lui sembla qu'il lui devenait plus facile de reconstituer une vue d'ensemble, plus précise.

— Oui, oui... Tu as raison, je me souviens, j'ai vu le culot d'une bouteille, juste devant le premier corps, à côté des chaînes.

Ce fut au tour de Dimeglio d'être étonné.

— Des chaînes ? Tu es certain qu'il y en avait plusieurs ?

— Non, une seule, en fait, très lâche, qui les entravait tous par les chevilles, avec des colliers en guise de menottes ! confirma Dansel. Comme des gros colliers de plomberie ! Le tout raccordé à la tuyauterie du radiateur, ici, près du placard.

Il traça une croix sur la feuille du calepin. Dimeglio approuva. Il se souvenait des menottes.

— Celui qui a réussi à se faufiler sous le rideau de fer en portait aussi, ajouta-t-il, concentré.

— Oui, effectivement, il a bien failli s'échapper, d'ailleurs.

— Dommage pour lui... soupira Dimeglio.

Ils contemplèrent leur croquis, de nouveau. Satisfaits de constater qu'ils étaient d'accord. Comme d'habitude. Depuis plus d'une dizaine d'années qu'ils travaillaient ensemble, Dimeglio et Dansel ne s'étaient jamais engueulés. Ils avaient eu de menus différends, bien entendu, mais rien de grave. Ils formaient une curieuse équipe.

Physiquement, ils étaient aussi dissemblables qu'on puisse l'imaginer. Dimeglio mesurait plus d'un mètre quatre-vingts et affichait cent kilos sur la balance. Cent cinq les mois d'hiver : il se constituait alors une couche de graisse protectrice qui fondait dès les premiers beaux jours. Son crâne chauve et bosselé suggérait une longue carrière de catcheur, mais Dimeglio n'était jamais monté sur un ring. Son visage rond, jovial, était alourdi par des bajoues marquées par la couperose. La silhouette de Dansel, au contraire, évoquait la fragilité. Petit, malingre, pâlot, le cheveu abondant et grisonnant, il se déplaçait avec parcimonie, légèreté et discrétion dans un perpétuel costume de Tergal noir, la pomme d'Adam meurtrie par des chemises blanches strictement boutonnées jusqu'au col, presque à la limite de l'étranglement. De temps à autre, il glissait son index droit dans l'encolure, entre la peau et le tissu, comme pour se donner un peu d'air. À l'inverse, enveloppé d'un imper fripé, été comme hiver, flottant dans de larges pantalons de velours, le torse emmailloté de gros pulls qui semblaient avoir servi de griffoir à un chat, Dimeglio pilonnait le sol de toute sa masse, les bras agités dans une boulimie de mouvement, déterminé à bousculer un décor trop étroit pour laisser sa carrure s'y épanouir à ses aises.

Dimeglio lança un bref coup d'œil vers l'entrée du passage garni de pavés qui permettait d'accéder au terrain vague. Une palissade taguée séparait la maison du chantier. On commençait à entendre le bourdonnement de la circulation automobile, autour de la porte de la Chapelle, toute proche. Les banlieusards entraient dans Paris. Les ouvriers maçons qui travaillaient sur le chantier arrivaient, un à un, étonnés de se voir accueillis par les flics que Dimeglio avait postés en faction à l'entrée du passage. On les embarquait dans un algéco situé de l'autre côté de la palissade du chantier.

— Il faut les coincer, ceux-là ! marmonna Dansel. Ils bossent du matin au soir à proximité, ça serait étonnant qu'ils n'aient rien aperçu.

— Et surtout rien entendu ! renchérit Dimeglio. Moi, si j'étais enchaîné dans une baraque abandonnée, je gueulerais !

— Les marteaux-piqueurs, la bétonneuse ?

— N'importe quoi ! Quand j'étais gamin, j'y ai bossé sur les chantiers, avec mon vieux ! Crois-moi, on fait des pauses ! C'est un boulot de chien, mais on s'accorde des instants de répit. Merde alors !

L'évocation des vacances scolaires passées sous la férule paternelle à trimer en maniant la truelle ou la pioche plongeait toujours Dimeglio dans des accès de colère froide. Il ouvrit les mains, comme dans un geste de prière, et contempla ses paumes meurtries de cicatrices et de crevasses. Des mains qui n'avaient pas oublié.

— Ou alors, c'était la première nuit, reprit Dansel, conciliant. On les a enchaînés là-dedans hier soir et cramés tout aussitôt ! On les a amenés ici pour les tuer. Juste pour les tuer.

Il garda le silence un instant, et décolla la boue d'une de ses semelles à l'aide d'une tige de métal ramassée sur le sol.

— Non, corrigea-t-il, c'est complètement idiot ce que je viens de dire !

— Ah ouais ? Pourquoi ? demanda Dimeglio, séduit par l'hypothèse.

— Les cartons, à droite en entrant, près de la cheminée, tu les as vus ? Il y avait des bouteilles d'eau, des paquets de chips, d'autres babioles... De quoi les nourrir pendant quelques jours. On n'aurait pas amené de la bouffe juste pour leur offrir une petite collation avant de les arroser à coups de cocktails Molotov, ça ne tient pas debout ! Ils ont appelé. C'est évident.

Dimeglio acquiesça. Les victimes avaient hurlé. Il faudrait trouver une explication au silence des maçons qui bossaient sur le chantier. Une excuse quelconque pour pardonner leur indifférence alors que, peut-être, ils entendaient les cris depuis des jours. Des cris d'appel au secours.

— Ou alors, ils étaient à moitié endormis, on leur faisait avaler n'importe quelle saloperie pour les faire tenir tranquilles, reprit pensivement Dansel.

— C'est à voir.

Un jeune homme avait franchi le barrage de flics à l'entrée du passage et s'avançait vers eux. Il portait un blouson bariolé Toggs Unlimited, une paire de jeans 501 et des santiags ultra-pointues en imitation croco. Les traits tirés, les yeux entourés de cernes, les joues noircies par une barbe naissante, il sautillait d'une flaque d'eau à une autre, pour ne pas souiller ses bottes.

— Toujours en retard, hein, mon petit Choukroun ? susurra Dimeglio.

— La vie de ma mère, c'est pas humain de bigophoner à une heure pareille ! J'ai pas dormi ! Juste à peine trois heures, la vérité ! protesta le nouveau venu.

— Ah oui... désolé ! Tu vois, les criminels ne respectent pas le shabbat ! Ils ne respectent rien, d'ailleurs.

— Allez, ça va, ça va ! Vous allez pas me la jouer grave, hein ? rétorqua l'inspecteur Choukroun. C'est quoi, le plan ?

— « Le plan », c'est la baraque. Tu vas y faire un tour, et tu reviens nous voir, mais surtout, tu ne touches à rien !

Choukroun s'éloigna en haussant les épaules. Comme s'il était dans ses intentions de toucher à quoi que ce soit ! Avec son bizutage sournois et ses plaisanteries fines, Dimeglio lui tapait sur le système. Il ne lui en tenait pourtant pas rigueur. Chaque fois que Choukroun avait réellement besoin d'aide, Dimeglio arrangeait le coup.

— Tu es dur avec lui ! maugréa Dansel. Hier soir, ce n'était pas shabbat, on est jeudi ! C'était Pessah ! La Pâque juive... Notre ami Choukroun a dû passer une bonne partie de la nuit à écouter les récits de la Haggadah !

— Ah merde, alors j'ai gaffé ? s'excusa Dimeglio, sans saisir exactement la gravité de sa bévue. Il était sincèrement navré.

Choukroun vivait sous la coupe de son beau-frère Élie, restaurateur spécialisé dans la pizza casher, et fervent adepte de la secte des Loubavitch. Il respectait scrupuleusement les rites, autant qu'il le pouvait, en fonction de ses obligations de service à la Brigade. Et la veille au soir, effectivement, Choukroun avait écouté le récit de la Haggadah, la fuite des Hébreux hors d'Égypte. Toute la famille s'était réunie pour le Seder, afin de commémorer la fin de l'esclavage sous la férule de Pharaon. En quoi cette nuit est-elle différente de toutes les autres nuits ? demandait le plus jeune garçon de l'assistance, au début de la soirée. La nuit entière ne suffisait pas à répondre à ses questions. On détaillait les exploits de Moïse, déterminé à entraîner son peuple vers le pays de Canaan. Une saga interminable entrecoupée de dégustations diverses, les herbes amères pour commémorer la souffrance multiséculaire des esclaves juifs, le miel pour célébrer leur arrivée sur la Terre promise...

Choukroun, obéissant, se dirigea vers le pavillon. En quoi cette nuit est-elle différente de toutes les autres nuits ? maugréa-t-il. C'est qu'elle débouche sur une matinée de merde !

Dimeglio, victime d'un petit trou de mémoire, s'apprêtait à solliciter les lumières de Dansel à propos de la fameuse Haggadah quand une voix les interpella. Celle de leur chef, l'inspecteur divisionnaire Rovère. Il s'était approché sans qu'ils s'en rendent compte, contournant par l'arrière l'épave de voiture à laquelle ils s'étaient adossés. Rovère les dévisagea. Grand, dégingandé, le cheveu grisonnant, un mégot de gitane planté dans la commissure des lèvres, frissonnant dans son duffel-coat.

— Je viens juste d'arriver. Vous y êtes allés, vous ? demanda-t-il en désignant le pavillon. Il paraît que c'est franchement dégueulasse...

— Ouais... répondit Dimeglio. On vient même d'y expédier Choukroun. On attend qu'il sorte.

Rovère jeta son mégot, alluma une nouvelle cigarette, les yeux perdus dans le vague.

— Le voisinage ? demanda-t-il.

— On n'a pas eu le temps de s'en occuper.

— Racontez-moi, avant que j'y aille, reprit Rovère.

Il se passa la main sur le visage, bâilla, épousseta quelques cendres qui venaient de tomber sur son épaule.

— Ben, c'est un peu difficile à décrire ! risqua Dimeglio, en montrant le croquis qu'il avait commencé à tracer sur son calepin, quelques minutes auparavant.

— Combien il y en a, au juste ?

— Quatre, à moins qu'on se soit gourés, des fois qu'il y en ait un de planqué dans un coin. On sait jamais.

— Non, non, assura Dansel, j'ai vérifié le placard, les toilettes, plus une autre petite pièce, à droite du séjour.

À cet instant, Choukroun jaillit hors du pavillon. Livide, tremblant, il avança d'une démarche incertaine, les bras ballants, et pataugea sans s'en rendre compte dans un trou d'eau graisseuse qui poissa le cuir de ses santiags. Il semblait éprouver quelque difficulté à respirer et, le torse penché en avant, s'appuya de la main droite contre une pyramide de bidons métalliques pour reprendre son souffle. Rovère fit quelques pas pour le rejoindre.

— Ça va aller, Choukroun ? demanda-t-il à voix basse, compatissant.

— Les salauds, les salauds... murmura simplement l'inspecteur, les yeux mouillés de larmes.

Rovère se décida alors à pénétrer à son tour à l'intérieur de la maison. Il prit une profonde inspiration et s'avança avec prudence, un mouchoir plaqué sur la bouche et le nez, en prenant garde de ne rien déranger. À l'encontre de Dimeglio, il n'appelait pas les mots à la rescousse. Il n'avait que faire des descriptions, des béquilles de la syntaxe, des enluminures du vocabulaire pour imprégner sa mémoire du spectacle qui lui était offert. Bien au contraire. Ses yeux agissaient à la manière d'un appareil photographique ; ils flashaient en rafale le tableau d'ensemble, cadraient des détails isolés, bâtissaient une trame tout d'abord hésitante, puis de plus en plus précise avant de constituer une vision satisfaisante de la scène, par corrections, mises au point et adjonctions successives. Cette gymnastique mentale ne devait rien à l'instinct, mais obéissait à un savoir-faire, une technique acquise sur le tas, qu'aucun manuel ne saurait jamais enseigner. Et quelque part dans sa tête, en un point qu'il eût été bien incapable de localiser, une mystérieuse instance archivait instantanément tous ces clichés. À jamais. Rovère ne savait pas « gommer ». Il essayait, en vain, et enviait Dimeglio d'y parvenir... Sonné lui aussi, il fit demi-tour et retrouva ses adjoints.

— Le proc' est en route, annonça Dimeglio, on ne devrait pas tarder à pouvoir s'y mettre.

Les techniciens du laboratoire de l'Identité judiciaire attendaient dans une camionnette garée à l'entrée du passage. Tout leur fourbi était prêt. Dimeglio les avait avertis de ce qui les attendait, et ils avaient hoché la tête, longuement.

— On essaiera de faire du zèle, avait assuré leur responsable, d'une voix empreinte de modestie.

Son équipe était rompue aux exercices les plus éprouvants et s'acquittait de sa tâche avec toute la minutie requise. Ils avaient déjà recueilli des noyés en grand nombre, au corps boursouflé par le séjour

dans l'eau, examiné sous toutes les coutures des cadavres mutilés, récupéré des jeunes femmes aux
chairs putréfiées, en lambeaux, abandonnées dans
des mansardes sordides ou au coin d'un bois, décroché des pendus, rassemblé dans des sacs de plastique des débris inidentifiables, mais la corvée qui allait leur être infligée ce matin-là, ils la détestaient
par-dessus tout.

— Il y a au moins quelque chose qu'on peut décider sans le substitut, décréta Rovère, agacé d'avoir
à poireauter ainsi.

Il se dirigea vers le brigadier qui avait atterri sur
les lieux, sur le conseil du promeneur de chien. Un
gros type moustachu, d'apparence débonnaire, au
cheveu rare, qui avait dû commencer sa carrière
dans les années 60, comme hirondelle, à vélo, avec
une pèlerine, un képi et un bâton blanc. Un dénommé Langrier.

— En trente-sept ans de carrière, annonça-t-il
après que Rovère lui eut serré la main, j'en ai vu
des vertes et des pas mûres, mais ça, jamais... Dire
que je me tire à la retraite à la fin du mois ! Dans
le Perche, vous connaissez ? J'ai acheté une maison
avec un petit magot gagné au Loto, parce que avec
notre retraite, hein...

Rovère lui sourit avec tristesse. Langrier sortit un
mouchoir à carreaux assez douteux de la poche de
son pantalon et à grand bruit libéra les mucosités
qui lui encombraient les sinus.

— J' sais plus où on va, bougonna-t-il sitôt l'opération, plutôt laborieuse, achevée. D'année en année, ça part de plus en plus en eau de boudin. J'en
ai ma claque. J'habite en grande banlieue, tous les
soirs, quand je rentre à la maison, les gosses de ma

cité se foutent de ma gueule, me traitent de sale keuf, y en a même qui... qui chient sur mon paillasson, je mens pas, c'est déjà arrivé plusieurs fois ! En plus, mon toubib vient de m'apprendre que j'ai un glaucome... alors, hein...

Il essuya deux grosses larmes qui perlaient à ses paupières. Rovère haussa les épaules, machinalement. Il regretta ce geste incontrôlé, qui pouvait passer pour une cruelle indifférence envers les malheurs du brigadier.

— Dites-moi comment ça s'est passé... murmurat-il en lui posant une main sur l'épaule, un signe d'apaisement, de commisération sincère bien que tardive.

— Ben rien, le type avec le chien nous a dit que ça cramait dans le coin. J'ai avancé dans le passage avec mon stagiaire, on est entrés dans la baraque et on a vu... Il a été drôlement secoué, le petit !

Langrier désignait un car de la PS où se morfondait un jeune homme. Un de ces gamins qui effectuaient leur service militaire dans la police, aisément repérables grâce au liséré vert ornant la casquette et les pattes d'épaule.

— Dites-moi, Langrier, demanda Rovère, le gars avec le chien, vous avez relevé son identité ?

— Ben non, on longeait le trottoir, avec nos mobylettes, il nous a juste dit deux-trois mots, j'y ai même pas pensé.

— C'est pas grave. Revenons-en à la maison. La porte a été renforcée par un blindage, je l'ai vu en entrant. Elle était ouverte quand vous êtes arrivé ?

— Oui, oui, grande ouverte... Vous... vous pouvez pas savoir... bégaya le brigadier, ça fumait encore, c'était, c'était...

— Vous n'avez touché à rien ?

— À rien, à rien, pensez donc, protesta Langrier, sincèrement blessé que son interlocuteur puisse penser le contraire. J'ai l'habitude, quand même ! Les lascars comme vous, je les ai déjà vus bosser, fatalement, depuis que j'use mes godasses dans la Maison, j'ai appris la leçon ! Seulement voilà, on a été secoués, forcément, alors on a traîné un peu autour de la baraque, histoire de voir s'il y en avait pas d'autres, éparpillés dans le terrain vague, hein, c'est humain... vous comprenez ?

Dimeglio, en arrivant sur les lieux, avait tout de suite appelé des renforts et organisé des tours de garde autour d'un périmètre assez vaste pour éviter précisément de confronter le brigadier et son adjoint à la curiosité des badauds qui menaçaient de s'agglutiner dans les parages.

— Venez, Langrier, soupira Rovère. On va le voir, votre stagiaire.

Il monta à bord du car.

— Écoute, dit-il, vraiment tu n'as pas eu de bol, seulement voilà, le problème, c'est que je voudrais bien pouvoir compter sur ta discrétion. La presse pourrait venir fouiner et il est plus que souhaitable que ces gens-là n'apprennent rien de ce qui s'est réellement passé ici. Tout du moins dans l'immédiat. Dans les heures qui viennent, en fonction du boulot que mon équipe va accomplir, on peut avancer, vraiment avancer. Pour accumuler le maximum d'indices qui nous permettront de coincer les ordures qui ont fait ça. Et moins il y aura de pub autour de ce qu'on apprendra, mieux ça vaudra. C'est une question d'efficacité. Vu ?

Langrier crut bon de souligner les propos de Rovère d'une mimique éloquente, qui consista à se pincer vigoureusement les lèvres entre le pouce et l'index. Le stagiaire fit signe qu'il avait bien enregistré la leçon.

— C'est important, insista Rovère. Je ne sais pas ce qu'on va trouver, vraiment pas, mais vous deux, fermez-la le plus longtemps possible. Croyez-moi, ça ne sera pas inutile !

Il toisa le gamin, sans illusion. Un de ces petits malins qui avait cru bon d'échapper à la cour de la caserne et aux corvées de chiottes en endossant l'uniforme de flic et devait bien avoir une copine auprès de laquelle il tenait à se faire mousser, alors, une occasion pareille, il n'allait certainement pas la louper.

Rovère ferma les yeux, l'espace d'un instant, et se passa la main sur le visage. L'intérieur du car puait. À bien y réfléchir, les paupières closes, Rovère constata même qu'il empestait carrément. La sueur, les restes de sandwichs abandonnés enfouis sous les banquettes, les résidus tenaces de dégueulis d'alcoolos coffrés au hasard des rondes, les déjections de la petite mémé trahie par ses sphincters, transportée la veille aux urgences après une agression à coups de cutter... Le tout dilué dans un flot de détergent passé à la hâte, à grand renfort de balai-brosse et de serpillière, poil de crin et cristaux de Javel raclant la tôle rebelle. Un car de flic banal. Rovère rouvrit soudainement les yeux, l'attention de nouveau mise en éveil par Dansel qui tambourinait contre une des vitres du fourgon.

— Le proc' est arrivé, annonça celui-ci d'une voix neutre.

— Qui est-ce ?

— La petite Horvel, c'est pas le mauvais cheval, toussota Dansel en désignant une toute jeune femme au visage enfantin, couvert de taches de rousseur, vêtue d'un jean, d'un sweat-shirt rose et d'un fly-jacket de cuir noir, qui venait de descendre d'une Clio et avançait vers eux, cornaquée par Dimeglio.

*

Maryse Horvel, substitut du procureur, avait été alertée, à la fin de la première nuit de la permanence d'une semaine qu'elle effectuait en roulement avec ses collègues, par l'appel du Central de la préfecture de Police reçu sur son portable. Tendue, inquiète de ce qu'elle allait devoir constater, les sens en alerte, et malgré tout distraite, comme égarée dans ce décor sinistre, la jeune magistrate trébucha sur un débris de parpaing placé en embuscade sous ses pas incertains. Dimeglio, d'un geste réflexe, machinal, lui agrippa le bras sous l'aisselle et l'aida à retrouver son équilibre, sans le moindre effort apparent, comme s'il n'avait soulevé qu'une feuille de papier emportée par le vent. Elle le remercia d'un hochement de tête. Et fit face à Rovère qui la gratifia d'un sourire dans lequel elle crut lire une douce ironie, mêlée de fatalisme.

Ils se connaissaient. À quelques reprises, ils s'étaient croisés dans des circonstances analogues. Un cadavre à visiter au petit matin, une vie, une existence brusquement cassée, saccagée, broyée, dont il allait falloir renouer les fils déchirés, sonder les mystères, fouiller les tripes, au propre comme au figuré, pour connaître le fin mot de l'histoire, une fin et une histoire sans éclat, la plupart du temps. La prostituée retrouvée égorgée sur le bitume du périph', la bouche pleine de sperme, le gosse famélique abandonné dans le local à vélos d'un HLM, mort par strangulation, une pompe à vélo enfoncée dans l'anus, le SDF éventré sous un abribus, emmailloté dans son paquet de *Réverbère,* et même la drag-queen en guêpière et cuissardes de Skaï rose fluo, au pif blanchi à la coke, défenestrée du haut de son duplex, dix-septième étage Front de Seine...

En quelques mots, Rovère mit Maryse au courant. Elle écouta avec attention, dévisageant l'un après l'autre les hommes qui entouraient la maison. Une vingtaine. Toute l'escouade de flics devait attendre qu'un représentant du Parquet donne son feu vert avant de pouvoir se mettre au travail.

— Les journaleux ? demanda-t-elle.

— Rien à craindre, c'est vous qui ferez un point de presse, si vous le voulez...

— O.K., on y va.

Maryse sortit de la poche de son blouson la fiole emplie de *Baume du Tigre* qui ne la quittait jamais et s'enduisit la lèvre supérieure avant d'inspirer puissamment. Son visage s'empourpra, ses yeux se mirent à larmoyer. Elle rangea sa fiole.

— Il faudra que vous me disiez où vous achetez ça, dit Rovère en poussant du pied la porte du pavillon. Quoique... vous allez pouvoir le constater, le problème, aujourd'hui, ce n'est pas vraiment l'odeur... enfin, pas principalement !

— J'ai cru comprendre ! lança-t-elle en se forçant à sourire.

Elle s'arrêta un instant, fixant la serrure avec attention.

— Aucune trace d'effraction. Voilà.

— Mon Dieu... murmura Maryse, sitôt franchi le seuil.

D'un geste machinal, elle agrippa le bras de Rovère et le serra vigoureusement. Il la laissa faire et contempla quelques secondes les ongles rouge carmin qui s'enfonçaient dans la laine bleue de son duffel-coat.

— Excusez-moi, balbutia-t-elle, livide, en se forçant à enfouir ses deux mains dans les poches de son blouson.

Les murs de la maison, les plafonds étaient noircis par les flammes qui les avaient léchés sans parvenir toutefois à embraser l'ensemble. Il n'y avait aucun meuble, les pièces étaient intégralement vides, le sol carrelé de dalles rouges. Les fenêtres étaient closes et les rideaux de fer baissés. De minces rais de lumière s'insinuaient pourtant au travers, emplissaient la pièce principale et le corridor menant à la cuisine d'une clarté diffuse. Dans un premier temps, Maryse ne put détacher son regard du cadavre qui se trouvait au centre de la pièce. Assis en tailleur, totalement carbonisé.

— Avec quoi ont-ils fait ça ?

— Des bouteilles incendiaires, de toute évidence : il y a des débris de verre partout !

Maryse hocha affirmativement la tête. En sus de l'odeur répugnante de la chair brûlée, son odorat fut assailli par des effluves d'essence. Elle eut la nausée, faillit sortir précipitamment, mais parvint à dominer son dégoût. À présent que ses yeux s'étaient accoutumés à la demi-pénombre, elle aperçut les tessons qui jonchaient le sol.

— Quel... quel âge lui donneriez-vous ? reprit-elle, en désignant le corps qui se trouvait au centre de la pièce.

— Six-sept ans, pas plus ? Non ?

— Pauvre gosse. Regardez-le... cette espèce d'anorak qu'il portait. Il a totalement fondu...

Des traînées de plastique bleuâtre dégoulinaient en effet du torse jusqu'au sol. Le petit corps semblait irréel, ainsi noirci, recroquevillé, prostré dans une attitude qui n'évoquait même pas la souffrance, les bras croisés le long du torse, comme si, curieusement, il avait eu soudain très froid.

Maryse se souvint d'un jour, où, petite fille, elle jouait dans le salon, chez ses parents. La télévision était allumée. Son père, assis dans un canapé, lisait son journal. Les images d'un documentaire défilaient sur l'écran. Maryse, son nounours dans les bras, suçotant son pouce, s'était soudain arrêtée de chantonner en contemplant l'homme qui brûlait au beau milieu de la rue. Un bonze vietnamien qui venait de s'asperger d'essence et se consumait, assis en tailleur, sous le regard effaré des passants. Maryse n'avait pas compris ce que faisait ce monsieur aux yeux bridés, au crâne rasé. Son père, affolé, l'avait serrée dans ses bras, détournée de l'écran, cajolée. Elle avait deviné, confusément, qu'elle venait d'assister à un spectacle interdit, sans doute réservé aux grands. Et donc particulièrement attractif. Il lui sembla entendre avec une grande netteté la voix affectueuse de son père, alors qu'à présent, trente ans plus tard, elle fixait ce petit corps carbonisé à moins de deux mètres d'elle.

Rovère montra des résidus de verre brisé sur les épaules, et le goulot d'une bouteille, qui gisait entre les jambes de l'enfant.

— Ça a éclaté directement sur lui, il a dû s'embraser en une seconde !

Maryse écarquilla les yeux. Rovère disait vrai. Elle vit également le collier de métal qui enserrait ce qui restait de la cheville droite, relié à une chaîne.

— Les deux autres, par contre, ils se sont débattus dans les flammes, poursuivit-elle après avoir toussoté pour s'éclaircir la voix.

Il y avait sur le carrelage de larges traînées noires, signe d'une agitation intense, d'une reptation frénétique. L'un des corps était lui aussi totalement carbonisé, alors que l'autre n'avait été atteint qu'au torse et à la tête : les cuisses, le bassin et les jambes étaient intacts. Il portait un pantalon de pyjama. Et la même chaîne, reliée à un collier, attachait encore les petites victimes à la canalisation d'un radiateur.

— Il y en a un quatrième, disiez-vous ?

Rovère confirma, et se dirigea vers la cuisine. Vide de toute installation, à l'exception d'un évier. La fenêtre était grande ouverte. Il laissa à Maryse tout le temps d'observer et vit la jeune femme déglutir avec difficulté. Elle ouvrit la bouche à plusieurs reprises, comme si elle manquait d'air, puis se maîtrisa. Elle semblait si secouée, si meurtrie, que Rovère faillit bien lui prendre la main. Rien de tel que le contact charnel pour partager la colère, la souffrance. Exactement comme elle avait elle-même étreint son bras, quelques instants auparavant. Une pulsion qu'il réprima aussitôt. Le geste eût paru totalement déplacé. Maryse aurait pu croire qu'il cherchait à la protéger. À l'épargner. Pire encore, qu'il profitait d'un moment de faiblesse pour asseoir son pouvoir, sa suprématie. Lui, le flic aguerri, elle, la petite magistrate toute frétillante, en début de carrière, à qui il convenait de tendre une main secourable, charitable, pour mieux la mater. Bref, elle aurait pu imaginer qu'il outrepassait son rôle, lequel se bornait à lui présenter des cadavres et à attendre les ordres. Il se contenta donc de se gratter la tête, puis laissa retomber son bras pour saisir dans la poche de son pantalon un paquet de cigarettes à moitié vide, qu'il se mit à triturer mécaniquement.

— Difficile à imaginer, hein ? lança-t-il pour rompre le silence qui devenait pesant.

— Oui, ce doit être long, très long, de mourir comme ça...

Elle ne pouvait voir que le bassin, les fesses et les membres inférieurs de l'enfant, ou tout du moins ce qu'il en restait. Deux petites colonnes de chair calcinée, de peau éclatée. Une sculpture noirâtre, desséchée, avec toutefois quelques résidus graisseux, qui s'obstinaient à pendouiller sur leur substrat charbonneux, et dessinaient encore des rondeurs, des galbes, une tentative tout du moins, en fait un amas suintant de bulles, de boursouflures, d'ampoules, dont l'éclatement libérait un liquide mordoré étalé en une flaque visqueuse sur le sol.

Maryse ne semblait pas décidée à s'extraire de cet exercice de contemplation oppressant. Rovère n'osait la brusquer. Elle s'ébroua enfin, avisant le paquet de Gitanes qu'il malmenait sans parvenir à se décider à en allumer une.

— Je peux vous taper ? J'ai oublié mes Marlboro dans ma voiture.

— La dernière fois qu'on s'est croisés, vous parliez d'arrêter ! nota Rovère.

— Promesse d'ivrogne ! J'ai essayé, mais j'y arrive pas ! confia-t-elle avec un pâle sourire.

Leurs mains s'effleurèrent autour de la flamme du briquet. Ils restèrent encore un long moment côte à côte. Rovère désigna un morceau de planche brisée, qui gisait sur le carrelage, près de la fenêtre.

— C'est sans doute avec ça qu'on a forcé le volet... en faisant levier, dit-il en exhalant une bouffée de fumée.

— Vous voulez dire de l'intérieur ? Je ne comprends pas !

Elle chercha la manivelle qui aurait permis de lever le volet et n'en vit aucune.

— C'est une vieille maison, reprit Rovère, mais elle était dotée d'un système de fermeture de sécurité à commande électrique centrale... Comme on a dû couper le courant depuis belle lurette, tout est resté coincé en l'état. Vous verrez, dans la pièce principale, il y a une plinthe arrachée sur une cinquantaine de centimètres. En l'occurrence, cette planche...

Maryse baissa les yeux sur la latte de bois que lui désignait l'inspecteur puis son regard remonta vers le cadavre du gosse.

— Ce gosse était bien trop petit pour avoir la force de faire ça !

— Alors quelqu'un d'autre...

— O.K., ce qui est certain, c'est qu'il s'est retrouvé coincé sous le volet coulissant en tentant de fuir, ce qui signifie que l'autre moitié du corps est intacte, au-dehors ? reprit Maryse d'une voix plus affermie.

— Exact ! On ne peut rien vous cacher.

— Pas la peine de me vanner, hein, c'est le b-a ba de la déduction ! Alors ? On va voir ?

— À vos ordres !

Le stress s'était évanoui. Maryse sentit son estomac se dénouer, Rovère essuya ses paumes moites sur son pull-over. Ils reculèrent. En passant de nouveau dans le couloir, ils lancèrent un regard sur les autres corps. Rovère pointa l'index en direction d'un recoin du séjour. Il désignait un carton avachi recelant quelques paquets de chips et bouteilles d'Évian que les flammes avaient épargnés. Ainsi qu'un seau de plastique. Maryse s'approcha. Le seau était à demi empli d'urine et d'excréments.

— O.K., admit-elle, on les nourrissait, donc on ne les a pas enfermés ici simplement pour les brûler vifs !

— CQFD, on est sur la même longueur d'onde, conclut Rovère.

Avant de franchir le seuil, il montra la plinthe arrachée, qui étayait son hypothèse concernant la tentative d'effraction du volet par l'intérieur. Ils se retrouvèrent tous deux au-dehors, clignant des yeux sous les rayons du soleil, un peu hébétés. Dansel griffonnait une grille de mots croisés, Dimeglio se curait les ongles, Choukroun, à l'aide d'un Kleenex, tentait de nettoyer ses santiags. Rovère leur adressa un bref signe de la main, pour leur signifier d'avoir à patienter encore un peu, et contourna la maison. Maryse le suivit, la tête rentrée dans les épaules, d'un pas assuré.

Elle avait épuisé toute sa réserve de pitié, de révolte, à l'intérieur de la maison, aussi le spectacle qui l'attendait à l'extérieur la laissa-t-elle presque indifférente. Elle s'en voulut, s'adressa des reproches, tenta de mobiliser ses dernières ressources, se força, s'administra mentalement une belle volée de coups de pied au cul, mais rien n'y fit. Le gosse — il paraissait à peine six ans — qu'elle avait vu à demi carbonisé à l'intérieur, dans la cuisine, la fixait d'un regard halluciné, les yeux grands ouverts, sans parvenir à lui arracher une larme. C'était fini. Elle avait donné tout ce qu'elle avait pu. Il n'y avait plus rien. Plus rien à présent que des réflexes purement professionnels.

— Il... il s'est arraché les cheveux par poignées tellement il souffrait... parvint-elle toutefois à balbutier.

— Oui, il s'est griffé les joues, vous voyez bien, concéda Rovère, qui en était arrivé au même stade de renoncement.

Hagards, ils contemplèrent les doigts tordus, les ongles sanguinolents, les mâchoires crispées, les muscles du cou tendus comme des cordes, qui faisaient saillir la peau sur les clavicules, la langue, coincée entre les incisives, à demi tranchée, les filets de vomissures qui souillaient le menton, la peau du torse marbrée de taches violettes. Et les yeux, exorbités, qui n'en finissaient plus de fixer le ciel bleu. Ce fut Maryse qui tourna les talons la première. Rovère suivit. Ils se retrouvèrent face à l'escouade de flics et de techniciens de l'Identité judiciaire qui n'attendaient qu'un geste pour se lancer à la curée.

— Allez-y ! décréta Maryse. On reste dans le cadre de l'enquête flagrante, c'est à moi que vous rendrez compte.

Rovère lança son bras droit en avant, l'index dressé, et effectua un moulinet avant de claquer des doigts. Le signal que tous guettaient. Un quinquagénaire bedonnant, au visage épais, piqueté de poils épars, trop clairsemés pour suggérer à leur propriétaire la nécessité d'un rasage quotidien, se rua en premier à l'intérieur du pavillon. Croisant Rovère, il le gratifia d'un sourire qui se voulait jovial.

— Dimeglio m'a tuyauté, paraît que ça fristouille pas mal, là-dedans, hein, Rovère ?

Pluvinage était un des médecins légistes qui effectuaient les permanences à l'Institut médico-légal dans l'attente du « matériel » fourni par la Brigade criminelle. Un curieux bonhomme, de prime abord rêche, méfiant, voire hargneux, jaloux de sa compétence, mais tenace, fiable... et non dépourvu d'humour. Créateur de néologismes : « fristouiller », par exemple, verbe inédit du premier groupe, exclusivement réservé à la corporation des légistes, et qui, dans sa bouche, suggérait bien des turpitudes, des promesses de fil à retordre, du cas d'école en puissance, bref du cadavre rebelle aux aveux, de la viande à secret. Rovère pratiquait Pluvinage depuis tant d'années qu'il savait, au besoin, rester sourd à ses facéties d'un goût parfois douteux.

— Ça fristouille, oui, ça, pour fristouiller, on ne peut pas dire... confirma-t-il dans un murmure, sans que l'intéressé l'entende.

À la suite de Pluvinage, le ballet des spécialistes s'engouffra dans le pavillon. Les mains gantées de latex ultra-fin, les gens de l'Identité judiciaire investirent la place. Les lieux furent photographiés sous tous les angles, le sol, les murs, grattés, raclés, inspectés à la recherche d'empreintes digitales, le contenu du carton de nourriture, le seau hygiénique, les poussières, la suie, les débris de cocktails Molotov soigneusement déposés dans des sachets de cellophane, les liquides aspirés dans des pipettes puis recueillis dans des éprouvettes, les résidus humains, enfin, dûment étiquetés, numérotés, enfouis dans de grandes housses de plastique gris expédiées à la morgue du quai de la Râpée aux fins d'expertise.

Rovère rassembla son équipe. Dimeglio allait se charger des ouvriers du chantier, Dansel de la maison. Même s'il y avait peu de chances pour que le propriétaire ait quoi que ce soit à voir avec le drame, il fallait tout de même vérifier. Restait la corvée suprême. L'autopsie. La procédure réglementaire exigeait qu'un OPJ y assistât. Rovère se tourna vers Choukroun, qui se mit à blêmir.

— Ne t'inquiète pas, je viens avec toi. C'est sans doute de ce côté-là qu'il y a le plus à apprendre. En route tout le monde ! On fera un premier point à la Brigade en milieu d'après-midi.

Rovère passa un bras autour des épaules de Choukroun, lui sourit et lui montra sa voiture. Ils s'éloignèrent sous le regard de Dansel et Dimeglio.

— Il tire un peu moins la gueule, ces derniers temps, ou je me goure ? demanda celui-ci.

— Tu n'es pas au courant ? Il revoit sa femme, assez régulièrement, je crois ! répondit Dansel en étouffant un bâillement.

Dimeglio s'ébroua. Le fait que Rovère se réconcilie avec Claudie était incontestablement une bonne nouvelle. La première de la journée.

2

À l'instant même où l'inspecteur divisionnaire Rovère quittait ce chantier perdu dans le secteur de la Chapelle, Françoise Delcourt descendit de son wagon de métro, en compagnie de son fils Laurent, à huit heures tapantes, comme tous les jours. Ils habitaient le Marais, rue des Écouffes, et prenaient la ligne Vincennes-Neuilly à la station Saint-Paul, jusqu'à Porte-de-Vincennes. La mère, une femme menue au visage rond encadré de cheveux grisonnants, coupés très court, filait alors à droite vers l'avenue Arnold-Netter, pour rejoindre l'hôpital Trousseau, tandis que le gamin franchissait les grilles du lycée Hélène-Boucher où il était inscrit en classe de seconde. Durant le trajet, Françoise Delcourt questionnait prudemment son rejeton à propos des devoirs de français, des interros écrites de maths, des thèmes et des versions d'allemand... Laurent n'était pas mauvais élève mais, de tempérament volontiers cyclothymique, il agaçait nombre de profs avec ses résultats en dents de scie. Ce matin-là, il évoqua un conflit qui germait depuis plusieurs semaines avec l'enseignant de physique, réputé pour noter à la tête du client et qu'il se promettait de moucher au prochain conseil de classe. Laurent s'était fait élire délégué des élèves en début d'année. Françoise Delcourt fronça les sourcils. Les velléités revendicatrices de son fils l'inquiétaient. Elle redoutait qu'emporté par ses plaidoiries en faveur des copains, il ne s'attire la hargne, voire la rancœur du corps enseignant. Mais comment le dissuader de prendre des risques ? Elle-même avait été une des dirigeantes du comité de grève des infirmières durant le grand mouvement revendicatif des années passées ! On l'avait à plusieurs reprises interviewée à la télévision lors des sit-in devant le ministère de la Santé, et Laurent avait ressenti une grande fierté de voir sa mère tenir tête à la hiérarchie et manifester pour la bonne cause. Dans ces conditions, comment réfréner ses élans de révolte devant la bêtise, le sadisme du prof de physique ? Françoise Delcourt vivait seule avec Laurent depuis la mort de son mari dans un accident de voiture, sept ans plus tôt. Le gamin avait vaillamment surmonté l'épreuve. Il avait refoulé son chagrin, s'était endurci, et si, aujourd'hui, il tenait à assumer des responsabilités qui lui conféraient un statut de protecteur, d'avocat, envers ses copains de classe, sa mère ne se sentait pas d'humeur à l'en dissuader, et en éprouvait au contraire une certaine satisfaction. Bon sang ne saurait mentir.

Ce matin-là, Françoise Delcourt avait en tête d'autres soucis que les démêlés de son fils avec le proviseur, le censeur, le conseiller d'éducation, les profs et les pions du lycée Hélène-Boucher. Prévenir Vauguenard. Le Patron du service. Avec un grand P, totalement superflu. Vauguenard était un type bien. Il se foutait des majuscules, des titres, du protocole, et dirigeait le service où Françoise était surveillante. Prévenir Vauguenard. Depuis plusieurs jours, elle y songeait. Un doute, une vague impression de malaise, voilà ce qu'elle avait ressenti, tout au début. Un sentiment diffus, ce qu'elle n'osait appeler une intuition. La sienne. Féminine, purement féminine. Et par conséquent suspecte. Les mères, n'est-ce pas, ça ne demande qu'à fabuler : elle entendait déjà Vilsner, le psy du service, retenir un petit gloussement discrètement sarcastique, tout en sous-entendus, blessant...

Dans le service du professeur Vauguenard, on ne recevait que des cas dits « lourds ». Sur les tableaux des salles d'attente où les parents venaient consulter, les spécialités des différents médecins étaient soigneusement codifiées à l'aide d'un jargon obtus, destiné à masquer la réalité, à l'enrober d'une prose onctueuse, apaisante par la simple magie de son opacité. Le maître mot était oncologie. Ne jamais dire tumeur, cancer, chimiothérapie : pour ce dernier terme, l'abréviation aurait suffi à déclencher une vague de panique. Chimio, deux syllabes maudites, à proscrire à tout prix.

— *Chimio*, évitez, on comprend assez vite. Surtout pour les *mioches,* vous me suivez, *mioches-chimio,* ça sonne trop bien, évitez, souvenez-vous, l'inconscient est structuré comme un langage, alors il y a des associations de sonorités malencontreuses, évitez, ça peut traumatiser les géniteurs, roucoulait Vilsner, très fier de son sinistre petit jeu de mots.

Vauguenard lui avait octroyé quelques matinées de vacations hebdomadaires durant lesquelles il recevait les familles, à la demande, ou les enfants, suivant un plan plus systématique. Une fois par semaine, le vendredi matin, il animait également une réunion destinée à armer le personnel soignant contre l'angoisse qui couvait dans le regard des parents. Françoise le détestait. Éviter Vilsner, prévenir Vauguenard. Elle pénétra dans la loge, enfonça son carton de présence dans la fente de la pointeuse, enfouit au fond de sa poche un tract CFDT qu'elle se promit de lire à tête reposée, et se dirigea vers les vestiaires du pavillon Laennec, où elle enfila sa blouse avant de prendre connaissance du cahier de liaison tenu par la garde de nuit. En tant que surveillante, elle avait en charge une vingtaine de petits patients. Elle pénétra dans les chambres, l'une après l'autre, distribua des bisous, des caresses, vérifia le plateau contenant les médicaments du matin, engueula Ernestine, une fille de salle qui n'avait pas nettoyé une flaque de jus d'orange étalée sur le sol de la 18, nota qu'à la 15 la courbe de température n'avait pas été correctement relevée, et commença à préparer le programme de la matinée. La fiche pour le scanner de la 9, le bon radio pour la 12, le bulletin de sortie de la 13, la préparation de salle d'op' pour la 6, l'ablation des fils pour la 2, la biopsie de contrôle de la 7, etc. Il fallait faire vite. À dix heures, il y avait réunion. Heureusement, Vilsner ne serait pas présent. Tous les jeudis matin, il animait un atelier de réflexion pour des personnels de la DDASS, en banlieue.

Françoise était hautement intéressée par l'ordre du jour. Un projet proposé par Vauguenard en personne : la visite régulière de clowns dans le service. De vrais artistes de cirque, un blanc et un auguste, avec tout leur attirail de godasses démesurées, de faux nez, de chapeaux à ressorts, de cravates à pouêt-pouêt, de langues de belles-mères, de pièges à souris planqués dans le fond des poches, etc. Le rire en tant qu'arme thérapeutique. Vauguenard était sérieux. Françoise pensait qu'il avait raison et le soutenait à fond, contre vents et marées : ça jasait ferme dans les couloirs. Nombreux étaient ceux qui tenaient la dernière lubie du patron pour un gadget déplacé.

— Les gosses ont besoin de rire, plaidait-il, c'est peut-être irrationnel, ça ne remplacera jamais les médicaments, mais c'est ainsi. Un môme qui ne rit pas, c'est un infirme. D'ailleurs, je ne sais pas si vous avez remarqué, mais plus on vieillit, moins on a de fous rires. Je me trompe ? Non ? Alors vous voyez.

Avec tout ce qu'on leur fait subir, on leur doit au moins ça.

La décision était arrêtée. Restait à préparer la venue des artistes. À faire en sorte que leur intrusion dans les chambres des malades soit correctement balisée, annoncée, qu'ils ne tombent pas comme un cheveu sur la soupe dans cet univers aseptisé. Si on leur faisait la gueule à chaque coin de couloir, fatalement, leur numéro risquait fort de s'en ressentir. Françoise les avait déjà rencontrés, en costume de ville, morts de trouille, morts de trac, dans le bureau de Vaguenard. Deux types très jeunes, ex-étudiants d'HEC qui un beau matin s'étaient réveillés avec une gueule de bois terrible, existentielle. Un flot de lucidité leur avait inondé les neurones, les décidant à tout plaquer : les statistiques du second marché, les cours du yen et du mark, les dissertations toutes plus creuses les unes que les autres sur la culture d'entreprise, la stratégie du management, les fourberies du marketing... Deux braves gars imbibés d'altruisme jusqu'à la glotte, fourvoyés chez les croquants de la finance et qui brusquement avaient freiné des quatre fers pour prendre un virage décisif. Chapeau bas, avait songé Françoise en les écoutant narrer leur CV plus qu'atypique. École du cirque, stage chez Pinder, galas dans les ZUP, les ZEP, galère à la banque, et, au finish, ce numéro de Paillasse et Gugusse qu'ils tentaient de vendre dans les hôpitaux. Banco, avait tranché Vaguenard en chargeant Françoise d'arrondir les angles auprès des grincheux de l'Assistance Publique.

Françoise consulta sa montre. Il était neuf heures dix. La routine expédiée, il lui restait cinquante minutes avant la fameuse réunion. Elle s'enferma dans son bureau et sortit le dossier de la chambre 10. Valérie Lequintrec. Huit ans. Admise dans le service douze jours auparavant après un véritable marathon provincial et des hospitalisations répétées à Lorient et Rennes. Le rapport d'admission était signé de la main de Cantrot, l'adjoint de Vauguenard, par ailleurs farouche opposant à la venue des clowns dans le service. Françoise poursuivit la lecture du document qu'elle connaissait quasiment par cœur.

... l'enfant est transférée 48 heures au centre hospitalier de Rennes pour surveillance avant retour au domicile. Surgissent alors des accès d'hypoglycémie, à divers moments de la journée. Ces nouveaux signes motivent une réhospitalisation à Lorient. Après observation, on confirme qu'il existe des accès d'hypoglycémie anarchiques, aussi bien à jeun qu'une à deux heures après les repas. Le diagnostic d'hyperinsulinisme est suggéré. Dès l'arrivée dans notre service, est mis en place un cathétérisme du système veineux péri-pancréatique. Apparaissent deux points d'hypersécrétion, évoquant une tumeur localisée de la queue et de l'isthme du pancréas. Une intervention chirurgicale est décidée. Laquelle sera effectuée par le Pr Lornac, et consistera en une pancréatectomie partielle de la queue et de l'isthme. Les suites opératoires sont simples. Les accès d'hypoglycémie disparaissent complètement.

Le rapport de Cantrot était nickel. À l'en croire, la gosse, charcutée dans les grandes largeurs, était guérie. Pourtant, depuis quatre jours, de nouveaux accès d'hypoglycémie étaient apparus. Françoise avait les résultats sous les yeux. Des dosages hors normes, plus de 4 800 micro unités/ml. Incroyable. Incompréhensible après une pancréatectomie. L'enfant n'était pas guérie. Vraiment pas.

Les parents, désespérés, avaient pris une chambre d'hôtel dans le quartier de la Nation et venaient tous les après-midi voir leur fille. Une adorable gamine blonde, fragile, toujours souriante, encaissant avec un stoïcisme sans égal les tortures qu'on lui faisait subir. Françoise, à chacune de ses prises de service, visitait toujours sa chambre en premier, lui tapotait la joue, lui embrassait le front, après avoir ramassé les poupées qu'elle avait fait tomber. Valérie ne se plaignait jamais.

Les parents étaient eux aussi adorables. Un curieux couple. Elle, Marianne Quesnel, la trentaine maigrichonne mais jolie, aide soignante dans une maison de retraite à une quarantaine de kilomètres de Lorient, au Faouët, un gros bourg perdu dans les profondeurs du Morbihan, et lui, Saïd Benhallam, plus jeune de sept ans, externe en cinquième année de médecine, à Vannes. Saïd n'était pas le père de Valérie, simplement le second mari de sa mère, mais il semblait très attaché à la gamine, née d'un premier mariage. D'origine algérienne, il avait acquis la nationalité française en épousant Marianne. La petite portait le nom de son père, Georges Lequintrec, lequel ne s'était pas manifesté.

Françoise, agacée, enfermée dans son bureau, ressassait les éléments du dossier de Valérie. Plus de 4 800 micro unités/ml en post-opératoire, c'était vraiment du jamais vu. Elle décrocha son téléphone. Le jeudi matin, tous les patrons de service se réunissaient chez le directeur de l'hôpital pour discuter gros sous. Vauguenard lui avait déjà raconté ces séances de palabres dont il sortait harassé, au cours desquelles on ne cessait de s'empailler autour du budget. Une règle absolue : ne pas déranger ; sous aucun prétexte. En cas d'urgence, se démerder avec les internes. Françoise était résolue à rompre le tabou. On refoula son appel, dans un premier temps. La standardiste avait été sermonnée en ce sens. Hors de question de perturber le conclave. Françoise menaça de débouler sur place, au culot. Elle finit par apprendre que Vauguenard n'assistait pas à la sacro-sainte réunion. Il était alité avec la fièvre depuis la veille au soir. Un virus qui traînait un peu partout dans les services. Il fallait prévoir quelques jours d'absence. Elle appela ensuite la secrétaire de Cantrot, le boss-adjoint, qui lui apprit que celui-ci venait de partir en vacances pour une semaine, un reliquat de congés auxquels il pouvait prétendre depuis trois mois au moins. En cas de nécessité absolue, on pouvait lui adresser un fax dans son hôtel des Canaries. Françoise renonça. Le service était aux mains des internes. Elle quitta son bureau, et se propulsa deux étages plus haut, en chirurgie, où officiait le Pr Lornac. Une femme d'une cinquantaine d'années, célébrée dans le milieu pour son talent. À peine arrivée en chirurgie, Françoise fut refoulée par un vigile et priée en des termes peu amènes de déguerpir au plus vite. Elle l'envoya paître d'un ton sans appel. Une grande confusion régnait dans le hall qui menait aux blocs ; des internes en grand nombre étaient réunis devant la salle de conférences. Françoise aperçut les membres d'une équipe télé qui enfilaient des blouses stériles et préparaient leur matériel. Une collègue surveillante lui révéla le pourquoi de cette agitation. Le Pr Lornac s'apprêtait à procéder à une opération plus que délicate, la séparation de deux sœurs siamoises âgées de trois ans... un acte inédit, hautement risqué. Une des deux sœurs pouvait bien y laisser sa peau. Françoise leva les yeux au ciel. Elle avait entendu parler de l'événement et même lu une interview des parents. Tous deux catholiques intégristes, qui avaient appris l'anomalie dès le début de la grossesse et avaient refusé l'avortement. L'opération allait être filmée pour France 2, et insérée dans un reportage sur la vie des deux enfants avant et après la séparation. Françoise soupira, agacée, mais nullement découragée. Retenir l'attention de Lornac dans de telles conditions risquait fort de relever de l'exploit. Elle fonça, écartant les journalistes, se faufilant entre les internes, et aboutit dans la salle de conférences où Lornac faisait face à un tableau sur lequel elle présentait le protocole opératoire, entourée de ses assistants. Elle acheva sa démonstration en évoquant le sort des siamois qui avaient dû vivre, jadis, soudés l'un à l'autre durant des décennies...

— Les plus célèbres sont sans conteste les frères Chang et Eng, qui faisaient partie des attractions du cirque Barnum, expliqua-t-elle. Ils se détestaient et se battaient fréquemment. Un jour, l'un d'eux faillit même étrangler l'autre mais s'arrêta à temps, en comprenant que le meurtre lui serait fatal... Ils moururent à soixante-trois ans, Chang le premier, veillé par force par son frère, qui sentit la mort l'envahir peu à peu, les toxines du cadavre de son jumeau envahissant son propre cerveau. Heureusement, la chirurgie permet aujourd'hui d'éviter de tels drames !

On l'applaudit avec chaleur et admiration. Françoise serra les dents et se dirigea droit sur elle. Le

Pr Lornac la toisa avec surprise. Françoise se présenta.

— La petite Lequintrec, il y a quelque chose de très surprenant, annonça-t-elle enfin.

— Lequintrec ? Connais pas.

— Une pancréatectomie que vous avez pratiquée il y a huit jours, précisa Françoise.

— Oui, j'ai beaucoup travaillé depuis, eh bien ?

Françoise tendit les résultats des derniers examens.

— Plus de 4 800 micro unités/ml ? Il s'agit d'une erreur, c'est tout à fait impossible, trancha Lornac en lorgnant vers un de ses assistants qui la pressait de venir rencontrer l'équipe de France 2.

— Il ne s'agit pas d'une erreur. J'ai vérifié.

— Désolée, je ne suis pas chargée des suites post-opératoires. C'est une patiente de Vauguenard ? Alors voyez avec lui.

— Il est absent.

— Eh bien réglez le problème avec le chef de clinique, ou les internes ! lança Lornac, irritée par l'insistance de son interlocutrice.

— Je me permets de faire appel à vous, c'est très inquiétant et je...

Françoise laissa sa phrase en suspens. Le Pr Lornac l'avait abandonnée. Elle tourna les talons, rejoignit son service et tomba à bras raccourcis sur Vitold, l'interne de garde, à qui elle montra les documents.

— Ce sont des dosages ahurissants, convint-il. Il faut surveiller attentivement.

— Il faut peut-être faire plus que surveiller !

— Qu'est-ce que tu veux dire ?

— Je ne sais pas. Le médecin, c'est toi.

Vitold fronça les sourcils. Il promit de passer voir la petite, de relire le dossier, mais il était évident qu'en l'absence de Vauguenard il ne tenait pas à monter au créneau.

— À part ça, demanda-t-il, c'est sérieux cette histoire de réunion à propos des clowns ?

Françoise le planta au milieu du couloir. Mathurin l'attendait devant son bureau. Mathurin était brancardier et délégué CGT du pavillon.

— Dis donc, tu as encore engueulé Ernestine, tout à l'heure ! lança-t-il d'un ton grinçant. Tu t'acharnes sur elle, c'est pas possible... elle est venue me voir, elle chialait. Tu pourrais mettre un bémol, quand même.

Françoise sentit une froide colère monter en elle. Ce n'était pas la première fois qu'elle passait un savon à Ernestine, et non plus la première fois que Mathurin se croyait autorisé à contester son autorité.

— Écoute, je sais que son boulot n'est pas marrant, personnellement, je ne verrais aucune objection à ce qu'elle soit payée mille francs de plus, mais il y a une chose qu'elle devrait se fourrer dans le crâne, c'est qu'ici on bosse avec des mômes très lourdement atteints et qu'on doit leur donner tout le confort auquel ils ont droit. La propreté des locaux en fait partie.

— Je sais, mais comme par hasard, il n'y a qu'elle que tu engueules... nota perfidement Mathurin.

— Parce qu'il n'y a qu'elle qui fait des conneries ! Je n'ai pas envie de discuter, je te vois venir : dans cinq minutes, tu vas me dire que je suis raciste ! Ce n'est pas moi qui suis allée chercher Ernestine à Pointe-à-Pitre pour la faire vivre dans une barre

HLM à Sarcelles. Je sais qu'elle ne s'adapte pas ici, qu'elle est malheureuse, mais qu'est-ce que tu veux que j'y fasse ?

— On en reparlera, conclut Mathurin avec un soupçon de menace dans la voix. Nous, les Antillais, on n'a pas à vous servir de souffre-douleur !

— Nous y voilà ! Je ne m'étais pas trompée !

Françoise pénétra dans son bureau et lui claqua la porte au nez. Elle se laissa tomber sur son fauteuil et rangea la feuille de relevés qu'elle avait montrée à l'interne dans le dossier de la petite Lequintrec. La veille, les parents de Valérie lui avaient apporté un grand bouquet de roses qu'elle n'avait pas encore eu le temps de placer dans un vase. Elle le fit. Ils avaient également offert une grande boîte de chocolats à Vauguenard. À la suite de l'opération, elle savait qu'ils avaient aussi fait porter des fleurs au Pr Lornac. Ils restaient de longues heures au chevet de leur fille, n'hésitant pas à rendre service aux autres parents, toujours prêts à prêter une carte téléphonique, un stylo, voire une peluche à un autre petit malade. Françoise avait sympathisé avec la mère qui sortait parfois de la chambre, effondrée, pour aller pleurer en silence dans le hall d'accueil.

Il était l'heure de se rendre à la réunion à propos des clowns. Alors qu'elle traversait le couloir, Françoise croisa Ernestine, poussant un chariot de linge vers l'ascenseur. Elle le prit en sa compagnie.

— Je n'ai pas voulu te brusquer, lui dit-elle, mais ça a été plus fort que moi, les chambres doivent être propres même si les gosses font des cochonneries.

Ernestine contempla obstinément le bout de ses chaussures tandis que l'ascenseur s'ébranlait.

— Je l'avais pas vue, la tache de jus d'orange, à la 18 ! finit-elle par articuler.

Le mensonge était grossier, mais c'était peut-être une amorce de repentir, une proposition d'armistice. Françoise faillit lui rappeler que la veille, elle n'avait pas vu, pas senti, pas vidé le bassin de la 15, mais s'abstint.

— C'est vrai, c'est quand même beaucoup de travail, vous me félicitez jamais, reprit Ernestine. Tenez, la petite du 10, elle arrête pas de détraquer sa perf', ça coule partout, je nettoie, je change les draps, l'oreiller, c'est du boulot en plus, mais ça, vous le voyez pas !

Les portes de l'ascenseur s'ouvrirent à l'étage inférieur. Stupéfaite, Françoise appuya sur le bouton qui permettait de le bloquer.

— Qu'est-ce que c'est que cette histoire de perf' qui fuit ?

— C'est comme ça tous les soirs depuis quatre jours.

Ernestine poussa son chariot au-dehors. Françoise libéra le bouton et remonta d'un étage. Elle se dirigea vers la chambre de Valérie, contempla le visage de la gamine qui somnolait, s'approcha sans bruit et examina la perfusion. Elle était intacte. Ernestine aurait pu inventer n'importe quelle salade pour se faire pardonner ses bourdes, mais pas un incident de cet ordre. Françoise appela Joelle, l'infirmière de jour qui s'occupait des chambres de numéro pair.

— Dis-moi, demanda-t-elle, c'est vrai, cette histoire de perf' qui fuit, à la 10 ?

— Oui, rassure-toi, je la change, la gosse doit tirer dessus, je sais pas... confirma sa collègue.

Françoise resta perplexe. Si Valérie tirait sur le

tube, il aurait pu rompre, se déboîter carrément du cathéter, mais fuir ? Elle s'apprêtait à redescendre à l'étage inférieur mais s'arrêta une nouvelle fois. Outre les accès d'hypoglycémie avec ces dosages aberrants, il y avait un détail qui l'avait intriguée dans le dossier Lequintrec. Lors de son admission, les parents n'avaient pas présenté le carnet de santé de Valérie. Depuis son transfert de Bretagne, aucun médecin ne le leur avait demandé, mais d'ordinaire, les parents le faisaient spontanément. Françoise décrocha le téléphone et appela l'hôtel où ils s'étaient installés. Elle demanda que, lors de leur visite de l'après-midi, ils apportent le carnet. La mère parut étonnée, mais acquiesça.

— Et maintenant, au tour des clowns ! soupira Françoise en reposant le combiné.

3

Sitôt Rovère parti, Dimeglio resta dans les parages de la maison et arpenta nerveusement le terrain vague. Il se sentait en grande forme. La colère qu'il avait ressentie en découvrant les cadavres, à présent décantée, lui donnait des ailes. Deux des inspecteurs qu'il avait sous ses ordres partirent chercher le surveillant du chantier voisin. Un dénommé Alvarez. Chevelu et râblé. L'air discrètement abruti. Qui arriva en tenue de travail, bottes de caoutchouc, combinaison verte et casque jaune. Dimeglio lui fit présenter ses papiers, les examina, le prit par le bras et lui montra la maison dans laquelle on avait trouvé les corps.

— Ça fait combien de temps qu'il tourne, votre chantier ?

— Trois mois, mais attention, moi je m'occupe que de l'immeuble qu'on construit, là-derrière !

Dimeglio avisa un bâtiment de quatre étages dont on avait terminé le gros-œuvre. Quelques tiges de métal saillaient encore du béton brut, mais dans l'ensemble la bâtisse était prête pour les finitions.

— C'est pas la même boîte qui démolit les vieilleries, là ? poursuivit l'inspecteur, en désignant les grues à boule qui avaient réduit quasiment à néant tout le pâté de maisons avoisinant.

— Si, si, confirma Alvarez, c'est la SEFACO, mais moi je suis responsable que de ce chantier-là !

— O.K., admit Dimeglio, conciliant, mais dites-moi, Alvarez, tout à fait entre nous, pour exercer votre art, vous devez bien posséder quelques notions de géométrie, hein ? Oui ? À la bonne heure ! Alors vous êtes à même d'apprécier les distances. La maison qui se trouve devant vous, la seule encore debout, celle qui vous bouche présentement la vue, ne regardez pas ailleurs, Alvarez ou je vais me fâcher, cette maison, elle est à quelle distance de votre chantier ? Au pif, je vais pas chipoter sur les centimètres...

— Quinze mètres, à tout casser ? Non ?

— C'est vous le spécialiste, quinze si vous le dites. Je suis plutôt bon gars, je vous fais confiance. Reculez jusqu'à votre immeuble, Alvarez, et moi, je vais aller me placer juste à l'entrée de la maison. Exécution !

Ahuri, Alvarez obéit. Dimeglio s'éloigna lui aussi et, à peine parvenu sur le seuil du pavillon, poussa un hurlement tonitruant. Après quoi il fit demi-tour.

— Vous m'avez bien entendu gueuler, Alvarez ? demanda-t-il une fois qu'il eut rejoint le témoin.

— Oui, oui, vous avez vraiment crié fort.

— Dans ce cas, Alvarez, j'aimerais beaucoup savoir si par hasard, ces derniers jours, vous n'auriez pas entendu des cris en provenance de cette maison ? Les cris que poussaient sans doute quatre... quatre personnes enfermées là et qu'on a assassinées cette nuit !

Le visage du surveillant de travaux s'illumina d'un sourire béat. Alvarez ôta son casque jaune, rejeta son abondante chevelure en arrière et extirpa de ses oreilles deux prothèses auditives.

— J'ai été blessé aux tympans dans une explosion de dynamite, sur un chantier de montagne, on ouvrait une route, il y a cinq ans. Depuis j'entends plus que dalle ! expliqua-t-il benoîtement. Je mets mes appareils juste pour discuter avec mes gars, mais pendant le boulot, je les enlève, avec le boucan qu'il y a autour, de toute façon, ils serviraient à rien. Et puis les piles, mine de rien, ça s'use vite et ça coûte cher !

Il remit ses prothèses en place. Dimeglio le fixait d'un œil rond, la bouche entrouverte.

— Ça démarre mal, bougonna-t-il, j'étais sûr de mon coup et je viens de me faire mettre en beauté !

— Pardon ? demanda Alvarez en recoiffant son casque.

— Rien, rien... Reprenons, vous, vous êtes sourd comme un pot, mais vos employés, vos carreleurs, vos plâtriers, ils ne le sont pas, hein ? C'est que ça ferait une drôle de coïncidence, vingt sourdingues réunis en soviet !

— Soviet ? répéta Alvarez, troublé.

Dimeglio se dirigea vers l'algéco dans lequel il avait demandé qu'on fasse patienter le personnel du chantier.

— Houlà, s'écria-t-il en y pénétrant, à propos de soviet, c'est carrément l'Internationale, ici !

Une petite douzaine de pauvres bougres apeurés se morfondaient autour d'un Nescafé. Des Africains, des Maghrébins, des Tamouls, deux Asiatiques.... Il s'adressa à un grand gaillard à la peau noire de jais.

— Vous, vous avez vos papiers ?

— Il les a perdus hier, répondit un jeune type au teint un peu moins foncé.

— Il peut répondre tout seul, non ? rétorqua sèchement Dimeglio.

— Il parle pas français, y en a aucun, ici, qui parle bien... faut vous faire un dessin ? Les papiers, vous savez... plaida celui qui faisait office d'interprète.

— Alvarez, soupira Dimeglio, il va falloir que vous vous expliquiez.

— Je m'occupe que du chantier, pas du recrutement du personnel ! Je fais avec ce qu'on me donne.

Salaud, bougre de salaud, songea Dimeglio, tu fais trimer cette pauvraille et tu leur files leur salaire en liquide, à la tête du client, après t'être sucré, et si je m'amuse à tenter de remonter la filière, j'en ai pour un mois, avec l'avocat de la SEFACO qui va me les briser menu, me faire traîner la procédure, tout ça pour rien. Et tu le sais, Alvarez, tu le sais, tu sais que je suis là pour tout autre chose, que je m'en tape, de tes sales petites combines, alors tu t'en fous.

Il lui expédia une grande claque dans le dos en éclatant d'un rire aigre. Une claque qui projeta l'intéressé contre la paroi de l'algéco.

— Vous êtes sourd, Alvarez, et eux ils ne peuvent pas parler ! La boucle est bouclée.

Dimeglio, attristé, contempla l'un après l'autre les « employés » réunis autour de leurs tasses de café clair, de leurs maigres sandwichs. Puis il quitta brusquement la baraque, les poings crispés.

— Alvarez, vous me suivez !

Il fit quelques pas dans la boue du terrain vague. Se ravisa, ouvrit à la volée la porte de l'algéco, se planta en plein milieu et s'adressa à « l'interprète » en frappant du poing sur la table.

— Expliquez-leur que je m'appelle Dimeglio, que c'est pas un nom français, que j'ai bossé sur les chantiers, moi aussi, avec mon vieux ! Un sale Rital dont tout le monde se foutait ! Son accent de merde, ses bondieuseries, son haleine qui puait l'ail ! Avec mes frangins et mes frangines, on vivait à huit dans un trois pièces, à Longwy, et on avait honte ! Vous allez pouvoir traduire ?

Le type acquiesça, interloqué.

— C'est bien, c'est bien, je compte sur vous, conclut Dimeglio, très calmement, avant de sortir retrouver Alvarez.

Il l'accompagna jusqu'à une des voitures de la Brigade, le fit asseoir à l'arrière et ordonna à l'un de ses inspecteurs de le conduire au Quai.

— Vous m'entendez, Alvarez ? demanda-t-il en se penchant à la vitre avant que la voiture ne démarre. Alors écoutez bien. J'ai un boulot à accomplir et pour le moment vous êtes mon seul témoin présentable. S'il s'est passé quelque chose dans cette maison, quelque chose que vous ayez aperçu, ne serait-ce que par hasard, il va falloir me le dire, sourdingue ou pas sourdingue, parce que de toute façon, vous n'êtes pas aveugle ! Si vous n'avez rien entendu, vous avez peut-être vu ! Je vous retrouverai tout à l'heure. Il n'y a vraiment rien qui puisse m'aider ?

Alvarez commençait à comprendre que cette brute épaisse était bien capable de l'emmerder jusqu'à plus soif. Il voulut se montrer conciliant.

— En arrivant ce matin, on m'a demandé de rassembler les gars dans l'algéco. Mais moi j'ai eu le temps de faire un petit tour dans l'immeuble. Au deuxième étage, il y a une pièce, avec une porte cadenassée et des coffres en ferraille, c'est là qu'on range le matériel, les perceuses, les ponceuses, tout l'outillage électrique. On nous a tout piqué. C'est cette nuit que ça s'est passé, c'est sûr. Mais ça a sans doute pas de rapport ?

La voiture s'éloigna. Dimeglio se gratta la tête. Un petit casseur était passé durant la nuit. O.K. Mais à quelle heure ? Avant le passage des lanceurs de cocktails Molotov ? Sans doute. Ou au même moment... Les « prétoriens » — ainsi Dimeglio surnommait-il les flics en tenue — étaient arrivés sur les lieux alors que les flammes mouraient à peine. Peut-être s'étaient-ils croisés ? En tout cas, si on mettait la main sur lui, il pourrait peut-être apporter des éléments.

— Les types dans l'algéco, qu'est-ce qu'on en fait ? demanda l'inspecteur qui secondait Dimeglio.

— Tu les largues dans la nature, aujourd'hui, c'est congé, si on a besoin d'eux, on demandera leurs coordonnées à l'employeur !

Dimeglio, resté seul au beau milieu du terrain vague, se gratta pensivement la bedaine et libéra un pet qui lui fouaillait l'intestin depuis bientôt une heure. En arrivant sur les lieux, après le coup de fil du Central, il avait croisé à moins de cent cinquante mètres de là, sur le boulevard de la Chapelle, une petite épicerie asiatique, une échoppe minable, où se ravitaillaient sans doute les ouvriers du chantier. Au fond de sa poche, se trouvait, protégée par un sachet de cellophane, une note de soixante francs quarante que les gens du labo avaient extraite du carton de nourriture retrouvé dans la maison, à côté des cadavres. Dimeglio avait déjà vérifié, la note provenait bien de l'épicerie. Il s'y rendit à pied.

La boutique était poussiéreuse à souhait, étriquée. Dimeglio ne put retenir un petit sourire en apercevant, perchée sur un pan de mur, couverte de toiles d'araignées, de chiures de mouches, une vieille publicité pour l'apéritif Dubonnet. Il se souvint de son arrivée à Paris, le jour de ses dix-neuf ans, de sa première balade dans le métro, des tunnels obscurs où s'égrenaient de curieux messages en lettres géantes, Dubo, Dubon... En provincial attardé, tout juste débarqué de sa Lorraine natale, il n'en avait tout d'abord pas déchiffré le sens. La boutique était tenue par une Vietnamienne hors d'âge, édentée, qui ne comprenait qu'à demi le français et le parlait encore plus mal. Elle était occupée à éplucher des gousses de gingembre à l'aide d'un coutelas de dimensions impressionnantes. Dimeglio lui montra sa carte barrée de tricolore, déclenchant par là même un accès de panique irrépressible : en représailles, la vieille femme exhiba une carte d'identité flambant neuve ainsi que la patente de l'épicerie, et poussa des cris stridents.

— On se calme, on se calme... supplia Dimeglio, en vain.

Les cris attirèrent une jeune fille absolument ravissante, asiatique elle aussi, qui surgit soudain de l'arrière-boutique en peignoir, pieds nus, la tête enveloppée d'une serviette de bain. Le peignoir béait et Dimeglio aperçut un sein menu, l'espace d'un instant. Il ne tarda pas à apprendre que la nouvelle venue était la petite-fille de l'épicière, Mme Truong, et par ailleurs étudiante en deuxième année de droit... Il lui sourit, ragaillardi par sa présence. Après son altercation avec Alvarez à propos des clandestins, il se sentait prêt, devant cette apparition providentielle, à composer une ode célébrant les vertus de l'intégration.

— Expliquez à votre grand-mère que je voudrais bien savoir si elle se souvient d'une personne qui est venue hier acheter des paquets de chips, trois bouteilles d'Évian, et des tranches de jambon sous plastique... Cette personne a emporté ses achats dans un carton. Tenez, voilà le ticket de caisse, faites-y très attention.

La jeune fille se saisit du cellophane et traduisit. La vieille femme hocha vigoureusement la tête en parlant à toute vitesse.

— Elle dit que c'était un homme, d'une trentaine d'années, avec une moustache, expliqua la jeune fille, et accompagné d'une fillette de dix ou douze ans. Ils sont passés hier soir vers vingt heures.

— Attendez, pas de précipitation ! Des gens qui viennent acheter des chips et du jambon, Mme Truong doit en voir passer beaucoup, non ? Insistez pour qu'elle m'explique pourquoi elle n'hésite pas à répondre aussi catégoriquement !

Il y eut un conciliabule entre les deux femmes. La grand-mère se dandina curieusement, esquissant ce qui ressemblait à un vague pas de danse, en roulant des yeux. Dimeglio patienta.

— C'est à cause de la gamine, elle avait une attitude bizarre, reprit la jeune fille. Ma grand-mère dit qu'elle se tenait derrière l'homme, qu'elle semblait très nerveuse. Elle lui agrippait le bas de sa veste, et elle-même était très sale, ses mains, son visage ; et elle était vêtue très misérablement. Tandis que l'homme faisait son choix dans les rayons, elle le suivait partout, sans lâcher sa veste. À un moment, l'homme, agacé, a levé la main, et la petite s'est protégé la tête, de ses bras. Ma grand-mère pense qu'il devait la frapper souvent.

— Ce que vous me dites est très précieux ! Votre grand-mère pourrait-elle décrire cet homme avec plus de détails ? Se souvient-elle de son visage ?

La réponse fut positive. De plus, à l'en croire, le type ne parlait pas français. Ou très mal.

— Ma grand-mère ne peut pas donner une idée de la langue parlée, ou de l'accent qu'avait cet homme. Pour elle, c'est difficile. Mais elle est certaine qu'il ne s'agissait pas d'un Français.

— Il faut que vous m'accompagniez toutes les deux à la Brigade criminelle pour enregistrer ce témoignage, expliqua Dimeglio. Là-bas, nous essaierons de dresser un portrait-robot. Je pourrais demander un interprète, mais ça me ferait perdre du temps. Vous êtes d'accord pour venir avec votre grand-mère ?

*

Chargé de recueillir des éléments sur le propriétaire de la maison, Dansel avait contacté le siège de la SEFACO, la société qui avait acquis les immeubles avoisinants pour les détruire afin d'ériger à la place une résidence de quatre bâtiments, une cinquantaine d'appartements de grand standing au total. Le terrain vague, un ancien potager, et le pavillon avaient eux aussi été rachetés et l'on devait y aménager, une fois le chantier achevé, un jardin privatif avec des jeux pour les enfants. La maison n'en avait plus que pour quelques semaines avant de voir ses murs céder sous le choc des grues à boule. Elle avait appartenu à un certain Verqueuil, André. L'acte de vente remontait à onze mois. L'adresse que l'on donna à Dansel était l'hôpital Dupuytren, à Draveil. Dansel s'y rendit.

Descendu de sa voiture après trois quarts d'heure de route, il embrassa du regard le bâtiment d'apparence très banale et frissonna longuement ; Dansel, volontiers hypocondriaque, détestait les hôpitaux. Il se présenta à la loge, montra sa carte, demanda qu'on le conduise auprès de Verqueuil. Le liséré tricolore et l'évocation de la Brigade criminelle fit si grande impression que le directeur en personne l'accompagna. En chemin ils croisèrent quantité de petits vieux en pyjamas qui se traînaient le long des couloirs. Certains étaient recroquevillés au fond de fauteuils roulants.

— Nous ne recevons que des patients du troisième âge, expliqua gravement le directeur.

Dansel s'étonna de voir plusieurs « patients » porter une pancarte de carton avec un numéro autour du cou.

— Ils se perdent facilement et oublient le numéro de leur chambre. Je sais qu'il s'agit là d'un procédé qui peut paraître choquant, mais quand il faut rassembler tout ce petit monde, ça permet de gagner du temps.

— Alzheimer ? demanda Dansel.

Le directeur, affligé, confirma d'un battement de paupières. Ils empruntèrent un ascenseur au plancher souillé par une large flaque douteuse, malodorante. Les joues du directeur s'empourprèrent et il bredouilla quelques mots d'excuse. La chambre de Verqueuil se trouvait au second étage. Dansel y découvrit un vieillard amorphe, desséché, au regard vide, au visage parcheminé, tassé au fond de son lit. La surveillante d'étage accourut, tout essoufflée.

— Ça ne sert peut-être pas à grand-chose que je le questionne ? chuchota Dansel.

— Il ne parle plus depuis un an, depuis qu'il est arrivé ici, en fait. Il était encore assez valide, vadrouillait dans les couloirs, comme ceux que vous avez dû croiser, mais il ne se lève plus depuis le mois dernier, expliqua la surveillante. Il ne se souvient de rien. Ni de sa vie antérieure, à vingt ans de distance, ni de ce qui vient de se produire il y a dix minutes....

— C'était un grand journaliste, précisa le directeur. Avant guerre, il a écrit quantité d'articles, de reportages, dans la presse... heu... communiste.

Il avait prononcé ce dernier mot avec une sorte de gêne, comme s'il s'agissait là d'une obscénité. Dansel, furieux d'avoir ainsi perdu son temps, s'apprêtait à faire demi-tour quand il aperçut, sur la table de chevet, un livre à la couverture jaunie. *Le Rêve brisé*. André Verqueuil en était l'auteur. L'ouvrage datait de 48. Dansel le feuilleta. Il s'agissait du récit d'une rupture, d'une autobiographie politique qui s'achevait dans l'amertume, le dépit. Dansel

reposa le livre à sa place et s'adressa à la surveillante.

— Il a de la famille ?

— Un fils, oui. Guy. Qui ne vient jamais le voir.

— Le médecin responsable a signé le certificat lui
permettant d'obtenir la curatelle afin de disposer
des biens de son père. Enfin, tout du moins à enta-
mer les démarches dans ce but, ajouta le directeur.

Dansel sortit de la chambre après avoir adressé
un bref salut de la tête à l'homme — ou plutôt son
fantôme — qui achevait sa vie entre les quatre murs
de cette chambre. Il quitta le mouroir avec les coordonnées de Guy Verqueuil. Rue de la Grange-aux-
Belles, à Paris...

4

Après sa pénible visite sur le chantier de la Chapelle, Maryse Horvel ne rejoignit pas tout de suite
le palais de justice. Elle en prit la direction mais fit
un crochet par le quartier de la Bastille où elle pénétra dans un restaurant Tex-Mex, El Rancho, situé
au tout début de la rue de la Roquette. Il était encore bien trop tôt pour que les consommateurs y af-
fluent, comme ils le faisaient tous les midis.

Elle se faufila parmi les caisses de Corona, les
caissons de crèmes glacées Häagen Dazs, les cageots
de poivrons qu'un livreur déchargeait, pour gagner
la cuisine où officiait le maître des lieux, Butch, occupé à surveiller la préparation du chili, des tacos et
des enchiladas inscrits au menu. Butch mesurait un
mètre quatre-vingts. Mâchoire en galoche, nez ca-
mus, cheveux demi-ras, ce n'était pourtant pas son

visage qui captait de prime abord le regard des demoiselles... les milliers d'heures passées dans les salles de body-building n'avaient en effet pas été gaspillées en vain.

Maryse lui sourit, ignora le soupçon de reproche qui pointait dans son regard, empoigna sa cravate et l'attira contre elle. Butch la laissa faire et consentit même à desserrer les lèvres quand elle l'embrassa en se dressant sur la pointe des pieds.

— J'ai envie tout de suite, murmura-t-elle à son oreille.

Pour mieux souligner l'urgence d'une réponse appropriée, elle se plaqua encore plus fort contre lui. Il leva les yeux au ciel, puis lorgna en coin vers ses cuistots qui commençaient à glousser, habitués aux visites intempestives de la jeune femme.

— Viens dans ton bureau, vite ! ordonna Maryse, dans un souffle.

Il la suivit dans une petite pièce attenante à la salle de restaurant, encombrée de piles de paperasses et de tout un attirail de musculation, haltères, appareils de traction, sangles et poids à l'usage incertain. Sans perdre plus de temps, elle envoya ses mocassins valdinguer à travers la pièce et tortilla des reins pour ôter son jean.

Quelques minutes plus tard, quand, allongée à même la moquette, elle sentit le plaisir monter en elle, elle n'était toujours pas parvenue à oublier le regard fou du petit garçon mort qu'elle avait vu une heure plus tôt, ni le tableau abject qu'offraient ses jambes, ses cuisses calcinées. Elle en ressentit un certain dépit. Butch se rajusta sans un mot, désigna d'un coup de menton éloquent la direction de la cuisine, et quitta la pièce. Une bouteille de mezcal traînait sur le bureau, à côté d'un verre douteux. Maryse s'en servit une large rasade, l'avala cul sec, grimaça quand l'alcool lui brûla l'estomac, puis partit à la recherche de son jean et de ses chaussures.

*

Il était plus de onze heures et demie quand elle pénétra dans le grand hall de la huitième section du Parquet, au palais de justice. Le spectacle y était immuable, jour après jour. Des pauvres types — coffrés la veille ou l'avant-veille par les services de police, embarqués au commissariat le plus proche du lieu où le délit avait été commis, puis enfermés au dépôt du palais dans une cellule insalubre, traînés dans le dédale des souterrains de la Souricière, les poignets menottés et rattachés à une longe tenue par un gendarme — se retrouvaient là, dans la lumière blafarde déversée par des néons anémiques. Assis sur des bancs de bois, humbles, recueillis, comme des pèlerins en visite dans une cathédrale. Mais ici, pas de vitraux devant lesquels s'émerveiller, de reliquaires à contempler, de Vierges de marbre attendant l'offrande d'un cierge. Rien qu'un ennui sans fin, une charge pesant sur les épaules au point de faire plier les plus robustes, avec au creux du ventre l'angoisse devant le jugement à venir. Reclus dans de petits bureaux, les substituts du procureur faisaient appeler les clients un par un. Un dossier contenant le rapport de police — deux ou trois feuillets dactylographiés — servait de partition à cette liturgie sinistre, sans grandeur aucune. Voleurs à la tire, camés, dealers, alcooliques irascibles, maris violents, ils se présentaient un à un devant les magistrats du Parquet. Lesquels, suivant la gravité des faits, décidaient de classer sans suite, de différer le jugement ou, au contraire, de diriger le prévenu devant la vingt-troisième chambre correctionnelle, dite de comparution immédiate. Laquelle siégeait l'après-midi même et distribuait des peines de prison ferme à tour de bras. Maryse ne savait plus ce qu'elle préférait. Le ronron ordinaire, monotone, de ces matinées où défilaient devant elle quelques-uns de ces spécimens de délinquants minables, ou au contraire les permanences aléatoires — tantôt paisibles, tantôt échevelées — lors desquelles elle n'avait qu'à attendre qu'on lui présente un cadavre. Voire plusieurs d'affilée.

Elle croisa un grand gaillard au visage carré, barré par une épaisse moustache, qui sortait d'un des bureaux où officiaient les substituts. André Montagnac, un de ses collègues de la huitième. Il comprit aussitôt qu'elle ne tournait pas très rond. En quelques formules sèches, d'une voix dégagée de tout affect, elle lui dressa un rapide compte rendu de son incursion matinale dans le secteur de la Chapelle. Montagnac hocha longuement la tête. Apitoyé. Il ne demandait qu'à protéger Maryse des turpitudes engendrées par le train-train professionnel. À maintes reprises, il avait tenté de l'encourager à quitter la huitième section pour rejoindre un poste moins stressant.

— Moi, ce matin, j'ai eu un cas rigolo, expliqua-t-il. Un type arrive à Lariboisière, aux urgences, à deux heures du mat', avec une blessure à coups de couteau à l'aine. Il explique aux toubibs qu'il s'est planté tout seul en essayant de découper un poulet mal décongelé. C'est du flanc, mais ils s'en foutent, ils recousent. Bon, tu suis ? Au même moment, une nana arrive au commissariat du treizième, à deux pas de là où le type habite, et explique qu'elle vient de tenter d'émasculer son mec après une dispute. Les flics la défèrent, je l'entends, elle s'obstine dans ses déclarations. Là-dessus le type, à peine sorti de l'hosto, alerte son avocat, déboule ici avec lui et me raconte que tout ça c'est des conneries, sa nana est dépressive, elle s'accuse de n'importe quoi !

— Qu'est-ce que tu as fait ?

— J'ai aussitôt libéré la fille, et je les ai retrouvés tous les deux au troquet d'en face dix minutes plus tard. Elle a chialé, il a chialé, ils se sont roulé un patin devant moi, et basta. C'est pas tous les jours qu'on arrive à recoudre les couples en détresse, hein ? Si ça se trouve, j'ai sauvé un grand amour. Je me suis toujours vu en Cupidon. Tu sais, le bébé aux fesses bien rebondies qui vise les cœurs !

Montagnac se déhancha avec une grâce insoupçonnée et décocha une flèche imaginaire en direction d'un gendarme qui se renfrogna, croyant qu'on se foutait de lui. Maryse ne put s'empêcher d'éclater de rire.

— Si je te fais marrer, c'est déjà ça.

La jeune femme s'éloigna à grands pas vers le bureau des permanences. Montagnac se retrouva seul face au gendarme qu'il avait visé quelques instants plus tôt, et qui continuait à le fixer avec des yeux haineux. Il vit la silhouette de Maryse se fondre dans la petite foule des avocats commis d'office qui, une fois leur besogne achevée, s'éloignaient eux aussi dans un froufrou de robes noires.

Il y a un détail que tu as oublié de me raconter, songea-t-il. C'est que tu t'es fait mettre par ce rus-

taud de Butch pour oublier toute cette dégueulasserie ! Il te baise tant qu'il veut et moi, j'en crève
d'envie.

Montagnac bomba le torse, s'étira puissamment,
avala une grande goulée d'air vicié par les effluves
de tabac froid, de pieds sales, de désinfectant.

— Je vais quand même pas me convertir au
culturisme, faire de la gonflette, ça serait trop con,
vous trouvez pas ? demanda-t-il au gendarme qui
s'obstinait à le toiser avec méfiance.

— Hein ? grogna l'intéressé, une discrète lueur
d'effroi dans le regard.

— Le culturisme, c'est réservé aux demeurés,
vous êtes bien de mon avis ? Affirmatif ?

— Affirmatif ! confirma le gendarme, soucieux
de ne pas décevoir.

— Vous êtes d'accord avec moi... ça me rassure.
Merci !

5

Choukroun pénétra seul dans les locaux de l'Institut médico-légal. Rovère l'avait abandonné sur le
perron, après avoir réalisé que son paquet de Gitanes était vide.

— Je fais un saut au tabac du coin et je te rejoins,
allez, Choukroun, haut les cœurs !

Choukroun savait ce que cela signifiait. Rovère
allait prendre tout le temps de siroter un café au
comptoir en lisant le journal du matin, tandis que
lui-même se coltinerait Pluvinage. Abattu, résigné,
Choukroun emprunta l'escalier carrelé qui menait
au premier étage et croisa aussitôt Istvan, un des

garçons morguistes. Il était occupé à pousser un chariot recouvert d'une housse de plastique gris.

— Choukroun ? Quel mauvais vent t'amène ? s'écria celui-ci. Surtout ce matin ?

— Pardon ?

— Hier, c'était bien Pessah, ou je me trompe ? *Ma nichtana ha layla hazot*, chantonna Istvan dans un hébreu hésitant. *Chag sameach' !*

— *Chag sameach' !* C'est ça, « bonne fête », foutez-vous de ma gueule, ça mange pas de pain... Mais au fait, comment vous connaissez tout ça, vous ?

Il dévisageait interloqué cet homme aux cheveux d'argent, grand, élancé, aux mains très fines, qui flottait dans sa longue blouse d'un blanc douteux.

— Quand j'étais gosse, chez moi, à Budapest, expliqua tristement Istvan, j'habitais à la lisière du quartier juif. Les nuits de fête — Yom Kippour, Hanouka, Pourim — j'entendais les rabbis chanter. Je n'ai pas oublié. Je les ai tous vus partir en 44...

Dimeglio avait déjà briefé Choukroun à propos du passé d'Istvan Szabo. Jeune étudiant en médecine en 56, lors de l'insurrection hongroise, il avait fui avec son père durant la répression qui s'était abattue sur le pays. Arrivé à Paris, complètement perdu, il avait accepté un poste de garçon morguiste à la Râpée. Qu'il n'avait jamais quittée. Quarante ans plus tard, au seuil de la retraite, il ne demandait rien d'autre que d'évoquer ses souvenirs auprès de qui voulait bien les écouter.

Choukroun baissa les yeux sur le chariot que convoyait Istvan. Le renflement de la housse indiquait qu'elle recouvrait un corps de dimensions modestes.

— Un des petits de la Chapelle, précisa Istvan, c'est pour ça que tu es venu ?

— C'est pour ça, c'est bien pour ça, confirma la voix de Rovère.

Choukroun se retourna, étonné. Rovère lui tendit un paquet de cigarillos. Lui-même en avait un coincé dans la commissure des lèvres, allumé.

— Ils sont pas casher, mais je te conseille d'en griller un avant d'entrer ! s'écria-t-il en désignant la salle d'autopsie. Tu croyais que j'allais sécher la séance, hein ? Ne dis pas le contraire, hypocrite ! Allez, en avant ! Alors, ça roule comme tu veux, Istvan ?

— On fait aller, répondit sobrement l'intéressé.

Rovère poussa une lourde porte à battants qu'il maintint ouverte tandis qu'Istvan y glissait son chariot. Il salua Pluvinage. Celui-ci marchait de long en large, impatient, devant les tables de marbre qui jalonnaient son curieux domaine. Tirant sur son cigarillo comme un baba-cool sur son pétard, Choukroun suivit. Un photographe de l'Identité judiciaire attendait dans un coin de la pièce, tout son matériel fourbi.

— Il y a quelque chose d'assez intéressant pour vous, du moins je crois, annonça le légiste. Regardez !

Il pointait son doigt ganté de caoutchouc sur le petit corps carbonisé retrouvé assis en tailleur sur le carrelage du pavillon. Istvan, sitôt le sinistre colis livré, en avait pris grand soin. Il l'avait déposé sur une des tables d'autopsie en prenant garde à ne pas le rudoyer tant il semblait près de rompre, de se disloquer.

— Approchez, approchez, ordonna Pluvinage, si vous restez à distance, vous n'y verrez rien !

Il saisit un couteau à la lame effilée et la dirigea

vers ce qui restait des lèvres de l'enfant. Une mince boursouflure dans un conglomérat de chairs dévorées par les flammes, quasiment réduites à l'état de cendres, qui menaçaient de tomber en poussière au moindre geste malencontreux. Le photographe arma son flash et prit un premier cliché.

— Vous ne voyez pas ? insista Pluvinage.

Rovère et Choukroun écarquillèrent les yeux, en retenant leur souffle, la gorge bloquée. Une puanteur de chair grillée leur fouettait les narines. La pointe du bistouri que manipulait Pluvinage s'insinua prudemment dans le modelé de résidus noirâtres et en dégagea un long filament poisseux. Nouveau flash. Un lambeau nettement plus substantiel suivit, effiloché, se détachant de son support millimètre par millimètre, au fur et à mesure de la poussée imprimée par le scalpel.

— Vous voyez la trame ? Il n'en reste quasiment plus rien, mais on la distingue encore assez bien ! La chance est avec nous !

Sa main droite avait abandonné le scalpel pour une pince aux bords effilés à l'aide de laquelle il se saisit de sa découverte. Il la déposa sur une lame de verre et fit quelques pas pour la placer sous une lampe inclinable de forte puissance.

— Du sparadrap ? s'étonna Rovère, il avait du sparadrap sur la bouche ?

— Ça y ressemble fortement, et ce n'est pas tout ! Regardez !

Pluvinage revint vers le cadavre. Ainsi que Dimeglio, Dansel et Rovère l'avaient constaté, l'enfant avait brûlé avec les bras serrés, croisés, le long du torse, comme immobile, alors que la logique d'une telle situation suggérait qu'il se fût violemment agité, à l'instar de ses petits compagnons. Le scalpel de Pluvinage s'insinua dans la mousse rigide, grumeleuse, que formait le plastique fondu de l'anorak ; elle s'était amassée au niveau des poignets et dans le bas du dos. Pluvinage, de la pointe de son instrument, dégagea un filin qui enserrait le poignet droit, courait au ras des reins pour faire le tour du torse et joindre le poignet gauche, avant de repartir en sens inverse. Troisième flash. Il en suivit lentement le trajet, tranchant au passage dans la peau et les tissus calcinés. Des déchets tombèrent en pluie sur la table de dissection.

— Du fil électrique, constata Rovère. Il reste quelques morceaux de la gaine plastique.

Pluvinage en avait fait sauter quelques écailles qu'il récupérait au fur et à mesure dans un petit plateau métallique.

— Pas mal, hein ? s'écria-t-il en se redressant. Le gosse était ligoté, à la manière d'une camisole. S'il tirait sur ses liens, ça devait lui cisailler aussi sec la peau des poignets. Cruel mais efficace, non ? Ça, plus le sparadrap sur la bouche, il ne risquait pas de faire du chambard, celui-là !

— Pourquoi lui seulement ? s'étonna Choukroun.

— Il était sans doute agité, ou rebelle, suggéra Rovère. Pour les autres, le collier à la cheville et la chaîne reliée au radiateur devaient suffire à les faire tenir tranquilles. Vous vous en êtes déjà occupé ?

Pluvinage secoua négativement la tête.

— À part les prélèvements et les analyses de la chromatographie, je ne vois pas ce que je vais pouvoir en tirer. Le bol alimentaire pour celui-là, on verra s'il y a des toxiques...

Il se tourna vers le petit qui avait tenté de se glisser sous le rideau de fer. Il gisait à présent sur le dos, les deux mains dressées vers le plafond, comme dans une attitude de supplication, due à la rigidité cadavérique. Pluvinage souleva une paupière, examina rapidement la pupille, la cornée, pointa un abaisse-langue à l'intérieur de la bouche, se redressa avec une moue chagrine.

— Au pif, comme ça, je pense qu'il avait six ou sept ans, et présentait quelques signes de malnutrition. Les dents sont cariées à soixante pour cent.

Rovère désigna l'enfant dont, à l'inverse de celui-là, le thorax avait brûlé mais dont le bassin et les membres inférieurs étaient intacts.

— Des traces de violences sexuelles ?

— Non, aucune, c'est la première chose que j'ai vérifiée quand on me l'a livré, annonça Pluvinage.

Il ouvrit ensuite la fermeture Éclair de la housse qui recouvrait le chariot qu'Istvan venait d'introduire dans la salle.

— Quant à celui-ci, il est encore trop tôt pour dire quoi que ce soit. Sept, huit ans, mêmes traces de malnutrition, regardez la maigreur, on lui voit les côtes.

— O.K., je vais rentrer au Quai, conclut Rovère. Toi, Choukroun, tu restes jusqu'à ce que ce soit terminé !

Il lui lança son paquet de cigarillos et disparut derrière la porte à battants, qui couina longuement sur ses gonds avant de s'immobiliser.

6

Guy Verqueuil habitait un curieux appartement, situé de plain-pied dans une arrière-cour de la rue de la Grange-aux-Belles. Il s'agissait en fait d'un ancien atelier d'imprimerie sommairement réaménagé. Quelques machines mises au rancart encombraient un cabanon, dans un coin de la cour. Ce fut une femme de ménage africaine qui vint lui ouvrir. Guy Verqueuil était sorti mais devait revenir incessamment. Dansel décida de l'attendre. Il prit place dans un canapé défraîchi, placé au beau milieu d'une vaste pièce qui semblait servir à la fois de séjour, de chambre à coucher et de labo photo : des pellicules en grand nombre étaient suspendues à des crochets, des planches-contact traînaient en vrac sur une large table à tréteaux, un agrandisseur reposait sur une pile de cartons. Un sac de linge sale était renversé près du lit. Ce qui attira le plus l'attention de Dansel, ce furent les tableaux qui ornaient les murs. Des toiles ultra-réalistes datant des années cinquante, qui toutes montraient des prolétaires en bleu de chauffe, brandissant leurs outils avec un regard illuminé, rivé sur la tache rouge du soleil levant qui émergeait hardiment des collines. Des paysans souriant dans la blondeur des champs de blé, avec, au détour d'un chemin, une banderole portant un slogan en caractères cyrilliques. Ou des meetings qui réunissaient les uns et les autres, sous des tribunes ornées du buste de Staline. Dansel quitta son canapé et vint examiner les signatures. Les artistes lui étaient totalement inconnus. Il entendit toussoter derrière lui et se retourna.

— Guy Verqueuil ? demanda-t-il à l'homme qui lui faisait face, un quinquagénaire corpulent, au visage empâté, vêtu d'un costume de velours noir assez ample.

Il se présenta et annonça brièvement le motif de sa visite. Verqueuil parut abasourdi.

— Quatre... quatre cadavres calcinés dans la maison de mon père ? bégaya-t-il, visiblement choqué.

Dansel, respectant en cela les consignes de Rovère, avait soigneusement tu qu'il s'agissait d'enfants.

— Qu'est-ce... qu'est-ce que je peux faire pour vous ? reprit Verqueuil, les bras ballants au milieu de la pièce. Cette maison, mon père l'a quittée pour aller à l'hôpital, vous savez, il est atteint de cette saleté, la maladie d'Alzheimer...

— Je sais, c'est vous qui avez vendu la maison à la SEFACO ?

Verqueuil confirma. Il désigna une bouteille de scotch, près de la table à tréteaux.

— Vous en prenez un ?

L'inspecteur déclina l'offre. Verqueuil s'en servit une large rasade.

— Merde alors... ça me fait quelque chose, ce que vous me dites, ça me secoue. Cette maison, j'y ai passé toute mon enfance !

— Vous y retourniez parfois ?

— Jamais, qu'est-ce que j'aurais pu y faire ? Le quartier a été bousillé par les promoteurs. Les souvenirs que j'avais là-bas ont tous disparu.

Dansel garda le silence un long moment. Verqueuil s'était assis sur le canapé et fixait le sol, d'un œil vide.

— Dites-moi, les volets métalliques, ils sont assez

modernes, c'est vous qui les avez fait installer ? reprit l'inspecteur.

— Oui, les derniers mois que mon père a passés là-bas, il était complètement perdu, il croyait qu'on venait le voler, il ne dormait plus, il passait ses journées enfermé, avec un tisonnier à la main, au cas où... vous voyez le topo ? J'ai appelé une boîte spécialisée dans les portes blindées, les serrures renforcées, les volets de ce genre, j'ai pensé que ça pouvait le rassurer de se sentir protégé. Ils ont installé tout un système assez performant, mais mon père déraillait complètement, ça n'a servi à rien... Pourquoi ?

— Rien, simple question de routine. Durant le laps de temps qui s'est écoulé entre le départ de votre père pour l'hôpital et la vente de la maison à la SOFACO, vous ne savez pas si elle était fréquentée ?

— Fréquentée ? s'étonna Verqueuil.

— Par des squatters, des SDF, je ne sais pas, moi... des choses de ce genre ?

— Aucune idée. J'ai déménagé les meubles de mon père, ses cartons de livres, ses vêtements, et ensuite... c'était assez pénible comme ça, alors basta. Je ne sais pas. J'ai vu un notaire pour la vente, c'est tout.

— Bien, je crois bien que je vous ai dérangé pour rien.

Dansel se leva et vint se planter devant les toiles exaltant la solidarité du prolétariat et de la paysannerie.

— C'est très kitsch, non ? Ça se vend pour une bouchée de pain à Drouot ! expliqua Verqueuil. Vous vous intéressez à la peinture ?

— Un peu, mais ça, ça n'est pas ma tasse de thé.

J'aime bien les surréalistes, les cubistes. Je vois bien que ça vous étonne, hein, un petit flic...

— Et la peinture contemporaine ? insista Verqueuil.

— Holà, ça me dépasse, l'art conceptuel, vous voulez dire ?

Verqueuil ne répondit pas, distrait par la femme de ménage qui lui faisait signe qu'elle s'en allait.

— Votre père était communiste, n'est-ce pas ? reprit Dansel.

— Oui, il a pas mal donné. Les gens de l'hôpital vous ont expliqué ?

— Tout à fait. Et vous ?

— Moi ? Je l'ai été, aussi. Et puis tout s'est cassé la gueule !

— Mais votre père a rompu très tôt avec ce... ce monde ? Non ? reprit Dansel en désignant les toiles. J'ai vu l'exemplaire de son livre, dans sa chambre. En 48, si je ne fais pas d'erreur, n'est-ce pas ?

Verqueuil écarta les bras avec un sourire empreint de tristesse.

— Oui, dit-il, on s'engueulait. Moi j'étais jeune et je le traitais de renégat, lui, il me traitait de jeune con, enfin, vous voyez le genre...

Dansel hocha la tête, s'apprêta à sortir, prévint Verqueuil qu'il serait éventuellement convoqué pour témoigner mais que cela n'était pas certain. Sur le seuil de la porte, il se retourna, montra l'agrandisseur, les objectifs, les planches-contact.

— Vous êtes photographe professionnel ?

— Oui, je fais surtout des books d'artistes plasticiens.

— Des « books » ?

— Les catalogues photos qui présentent leurs toi-

les, pour les galeries, les magazines, les revues spé-
cialisées, si vous préférez...

Dansel balaya du regard l'appartement qui ne
payait guère de mine.

— Et ça nourrit correctement son homme ? demanda-t-il.

— Les temps sont durs pour tout le monde, soupira Verqueuil. Dites-moi, à propos de boulot, je
dois partir à Londres, justement, pour une commande urgente... quelques jours, une semaine tout
au plus... ça n'est pas gênant ? Je veux dire par rapport à votre convocation ?

Dansel répondit par la négative et s'en alla.

7

Quand le Gros René vit la mobylette de Charlie
pénétrer dans la cour du dépôt, il ne put retenir un
petit rire sarcastique.

— Qu'est-ce qu'il m'a encore dégoté, ce fada ?
bougonna-t-il.

Il referma le capot de la camionnette qu'il était
en train de réparer, un « tube » Citroën hors d'âge,
et essuya ses doigts tachés de cambouis sur un chiffon. Charlie gara son engin poussif, une vieille Mo-
tobécane bleue à laquelle était attachée une remorque bâchée, et s'avança vers le Gros René. Le dépôt
était situé dans un ancien corps de ferme, à la sortie
du village de Flavigny, à la lisière du Val-de-Marne
et de la Seine-et-Marne. Le Gros René y entassait
tout le matériel qu'il revendait le week-end sur les
marchés aux Puces de Clignancourt et de Montreuil,
aussi bien les surplus de l'armée US, la quincaillerie,

la fripe, les meubles et même quelques livres. Sept personnes travaillaient sous ses ordres. Il disposait de trois stands, un à Saint-Ouen, deux à Montreuil, avec patente en bonne et due forme. Il tournait également sur certaines foires régionales.

Charlie lui serra la main et, non sans fierté, défit la bâche qui recouvrait sa carriole. Le Gros René poussa un petit sifflement admiratif. Charlie se saisit d'une perceuse à percussion d'un modèle dernier cri encore à l'abri dans son boîtier, puis d'une ponceuse, neuve elle aussi. Il les déposa aux pieds du Gros René et poursuivit son déballage. Il y avait d'autres ponceuses, des mèches à béton en quantité, un dérouleur de câble, un assortiment de tournevis électriques, trois scies sauteuses, et enfin, tout au fond de la remorque, un marteau-piqueur !

— Où tu as pris tout ça, Charlie ? demanda le Gros René en fronçant les sourcils.

Il était affligé d'un strabisme divergent massif qui rendait son regard difficilement soutenable.

— Un artisan qui fait faillite, il m'a fait un prix ! J'ai pensé que ça pourrait t'intéresser, assura Charlie.

Il n'avait lancé ce bobard que pour la forme. Le Gros René était d'humeur capricieuse, et, s'il ne nourrissait guère d'illusions sur la provenance du matériel que lui proposaient des gars comme Charlie, mieux valait ménager sa susceptibilité. Quand il faisait la tournée de ses stands, le week-end, il promenait sa silhouette boudinée de troquet en troquet, prenait un pot avec les concurrents ou les flics chargés de surveiller les marchés, avant tout soucieux de respectabilité. Son business était au point, ses comptes à jour, son entrepôt assuré contre le vol. Il savait manier une abondante paperasse grâce à laquelle il se faisait fort de présenter les certificats d'acquisition des différents objets qu'il proposait. Toutes ces combines, il les avait apprises sur le tas, quand, gamin, il traficotait avec les GI's de la base près de laquelle habitaient ses parents, près de Bar-le-Duc.

— Alors, demanda Charlie, combien pour le lot ?

— Trois mille, c'est tout ce que je peux faire ! Le matériel est bon, mais en ce moment, les clients ont des oursins plein les poches !

Le marché fut conclu sans palabres superfétatoires. Avec le Gros René l'offre était toujours à saisir, jamais à négocier. Charlie referma sa main sur la poignée de billets froissés que son interlocuteur venait de sortir de la poche ventrale de sa salopette. Il l'aida à transporter le fourbi dans l'entrepôt, remonta sur sa mobylette, pédala vigoureusement pour la faire démarrer et quitta la cour de la ferme dans une pétarade assourdissante. La remorque, à présent vide, bringuebalait sur les pavés.

Charlie faillit bien s'arrêter boire un canon au tabac de l'Église mais il avait mieux à faire. Il ressentait une curieuse impression : il se sentait utile, responsable. Pour la première fois depuis bien longtemps, il avait en tête un souci autre que celui d'aller s'obscurcir la conscience à grands coups de ballons de blanc sec. Il suivit les bords de Marne un long moment, dépassa Joinville, traversa le bois de Vincennes, et, arrivé place de la Nation, poussa une des portes des magasins du Printemps. Il se rendit au deuxième étage, au rayon des vêtements pour enfants et, un rien empoté, examina les robes de fillette, les culottes, les chaussures. Il ne parvenait pas à se décider, hésitait entre les modèles, se perdait dans les tailles. Peu à peu il mit une pagaille totale dans les rayonnages, et resta désemparé.

La vendeuse, émue par tant de maladresse, décida de se porter à son secours. Elle l'observait depuis plusieurs minutes, tentant de comparer son visage avec celui des paumés qui rôdaient parfois dans son secteur, mais Charlie ne ressemblait à aucun des voleurs habituels. Grand, assez beau gosse, jeune, vingt-cinq ans ou guère plus, le visage émacié, avec de petits yeux noirs, des pommettes saillantes, des lèvres très fines qui dessinaient une moue permanente, de dépit ou de méfiance. Il portait une veste de cuir élimé ouverte sur un tee-shirt douteux, des pantalons de treillis bariolés et de grosses bottes pareilles à celles des pompiers. Il se grattait la tête, passant nerveusement ses doigts écartés dans ses cheveux coupés demi-ras. La vendeuse finit par s'avouer à elle-même que si cet inconnu suscitait en elle tant d'intérêt, voire d'attirance, c'était tout simplement parce qu'il ressemblait à son fils. Le même port de tête bravache, la même violence rentrée, que l'on devinait à fleur de peau... elle n'avait plus de nouvelles de lui depuis deux ans. Il avait disparu un beau matin, quittant sa chambre en emportant ses affaires. Et puis plus rien. Elle frissonna longuement, s'ébroua et fendit la petite foule des chalands pour se rendre auprès de Charlie.

— Je peux vous aider, monsieur !

Ce n'était pas une question, mais bien une affirmation. Charlie la dévisagea avec un mouvement de recul, plongea la main dans la poche de sa veste de cuir et en sortit une poignée de billets.

— J'ai de quoi payer, il ne faudrait pas croire que...

— Je ne crois rien, monsieur, l'interrompit la vendeuse, je vous propose de vous aider dans votre choix. Un homme, c'est toujours maladroit.

Charlie expliqua qu'il voulait acheter une robe pour une fillette d'environ douze ans, et des tas d'autres vêtements, aussi. Et des chaussures. Il voulait de la qualité, pas de la camelote et quelque chose de joli, de gai. La vendeuse le questionna sur la taille de la fillette. Il expliqua qu'elle était assez maigre et « grande comme ça », en levant la main à hauteur de sa propre poitrine. La vendeuse proposa une robe de cotonnade aux couleurs vives. Charlie accepta. Il choisit également des chaussettes, des culottes, et, faute de pouvoir préciser la pointure, acheta trois paires de mocassins identiques, 36/37/38. La vendeuse l'accompagna à la caisse, dégrafa les spatules antivol accrochées aux différents articles, fourra le tout dans un sac et lui tendit le ticket de caisse. Charlie lui remit trois billets de cinq cents fancs et faillit bien partir sans attendre sa monnaie.

— Au revoir, monsieur... dit-elle alors qu'il s'engageait sur l'escalier mécanique.

Il resta muet mais la gratifia d'un sourire reconnaissant. Il y avait très longtemps qu'on ne l'avait appelé Monsieur. Son sac sous le bras, Charlie retrouva le trottoir du cours de Vincennes. Il pénétra dans une pâtisserie, hésita entre un gros gâteau au chocolat, un fraisier, puis finit par commander un assortiment de religieuses, d'éclairs, de mokas. Après quoi il déposa soigneusement son carton plein de gâteaux au fond de sa remorque, le cala avec des journaux, le recouvrit du sac contenant les vêtements, et reprit sa route, juché sur sa mobylette.

Il fila vers le nord, en direction de la porte de la Villette. Sitôt dépassé celle-ci, il s'engagea sur la piste cyclable qui longe le canal de l'Ourcq en direction de Bobigny. Depuis bientôt deux ans qu'il avait élu domicile dans les parages, il connaissait par cœur le paysage désolé qu'offrait cette ancienne zone industrielle, avec ses gigantesques entrepôts en ruine, ses usines à l'abandon, ses hangars désertiques. Les graffeurs n'avaient même pas à se cacher ou à attendre la nuit pour barioler leurs fresques aux motifs abscons sur les murs de cette cité crépusculaire. Charlie quitta la rive du canal et engagea sa mobylette dans un vaste terre-plein boueux. Il la gara entre deux tas de copeaux métalliques rouillés sur lesquels quelques pieds de lierre avaient jeté leur dévolu, récupéra ses colis et recouvrit l'engin à l'aide d'une toile de tente récupérée dans la caverne d'Ali Baba du Gros René. C'était là un bien trop précieux pour qu'il n'en prenne pas le plus grand soin. Il fit quelques pas en direction d'une vaste halle, qui quelques années plus tôt avait dû servir d'entrepôt frigorifique. Le vent chargé des effluves de vase du canal s'engouffrait sous la voûte, effleurait les poutrelles en sifflant, charriait au passage des nuages de poussière et de détritus, puis allait se perdre Dieu sait où. Charlie se hissa sur la pointe des pieds, déposa ses paquets sur une rampe surélevée où les camions venaient autrefois se ranger pour accueillir leur chargement, puis, les doigts agrippés au rebord de la rampe, opéra une traction des bras pour se rétablir sur celle-ci. Une échelle de corde reposait derrière un muret, dissimulée aux regards par des fûts que Charlie était allé chercher un à un dans un entrepôt voisin ; tous étaient ornés d'une tête de mort entourée d'un cercle rouge. Charlie pensait à juste titre que ce stratagème éloignerait les petits curieux qui se seraient risqués jusque-là.

Il déroula l'échelle, un véritable bijou que le Gros René lui avait cédé à bas prix, sans deviner l'usage qu'il lui réservait. Il leva les yeux vers une longue plate-forme percée de fenêtres, haut perchée en encorbellement sur le mur, à une dizaine de mètres du sol. Une coursive bordée d'une rambarde en faisait le tour complet. Quand l'entrepôt fonctionnait, elle faisait office de bureaux d'où les responsables pouvaient surveiller le chargement des camions, leurs entrées et leurs sorties. L'escalier qui en autorisait l'accès avait été arraché de ses supports et récupéré par des ferrailleurs, si bien que la seule façon d'y grimper était cette échelle. Charlie en avait fait l'acquisition après avoir visité les lieux une première fois, très intrigué par la plate-forme, intuitivement persuadé qu'il pourrait s'y réfugier, y installer ses pénates sans craindre quiconque. Ni les flics, ni les skins qui se livraient à la chasse aux SDF. Et encore moins les autres vagabonds qui squattaient dans les parages, en solo ou en meute.

Il fit tournoyer une cordelette lestée d'un grappin au-dessus de sa tête, et visa la rambarde. Après avoir décrit une lente parabole, le grappin s'arrima sur un des montants d'acier. Charlie dévida la cordelette et hissa peu à peu son échelle jusqu'à la coursive. Il gravit alors les barreaux en prenant soin de ne pas malmener son carton de gâteaux, puis, une fois parvenu à destination, récupéra l'échelle, qu'il replia avant de la déposer sur le sol de la plate-forme. L'opération, assez acrobatique, lui était familière. Il sortit un trousseau de clés de sa poche, ouvrit un cadenas et pénétra dans une première pièce où se trouvaient une table de camping, des fauteuils, un réchaud Butagaz, des étagères garnies de boîtes de conserve. Sans oublier quelques caisses de bouteilles de vin, certaines vides, d'autres pleines. En enfilade s'ouvrait une seconde porte. Celle de la chambre. Charlie la repoussa prudemment.

La petite dormait. Charlie l'avait installée dans son lit, un matelas posé à même le sol. Il l'avait enveloppée de couvertures. Il songea qu'à présent qu'elle était là, il devrait en récupérer au moins une paire, de toute urgence. Le visage de la gosse émergeait du magma de tissu, sale, crispé malgré le sommeil. Un léger spasme agitait la lèvre inférieure. Une lippe de petit enfant. Comme si elle avait envie de pleurer et refrénait ses larmes. Charlie resta quelques longues minutes à la contempler, son paquet de gâteaux dans la main. Il le déposa sur la télé, un modèle portable pour lequel il avait bricolé une batterie, faute de prise électrique. La petite sursauta, se redressa dans le lit et, d'un geste instinctif, se protégea le visage de son avant-bras dans l'attente des coups. Ils ne vinrent pas. Charlie restait immobile.

— Tu te souviens ? Dis, tu te souviens ? Regarde-moi, chuchota Charlie. Tu n'as pas mal ?

Elle baissa sa garde et dévisagea l'homme qui lui faisait face. Sans comprendre. Charlie ouvrit son carton de gâteaux et le lui tendit. La gamine hésita un instant, redoutant probablement un piège. Charlie l'encouragea du regard. Alors elle saisit à pleines mains les éclairs, les religieuses, et s'empiffra avec une boulimie dévastatrice. Elle ne dégustait pas des friandises, elle engouffrait la nourriture avec voracité. La crème et le chocolat lui coulaient sur le menton. Quand elle eut terminé, elle émit un rot sonore. Elle se tortilla dans ses couvertures, se leva, fixa l'inconnu qui lui faisait face et jeta des coups d'œil inquiets dans les recoins de la pièce, avec de petits grognements.

— Qu'est-ce que tu veux ? demanda Charlie, tu as encore faim ?

Elle se dandinait à présent en tenant son ventre à deux mains.

— Ah, d'accord ! acquiesça Charlie, viens, viens...

Il traversa la pièce, ouvrit une troisième porte, et montra à la gosse un seau hygiénique qui se trouvait sur la coursive de la plate-forme. Quand elle mit le nez au-dehors et qu'elle aperçut le vide au-dessous d'elle, la petite eut un hoquet de terreur et s'accrocha à la rambarde.

— Merde, tu as le vertige ? Il manquait plus que ça... Faudra que ça te passe, parce qu'ici...

La petite domina sa peur, ferma les yeux et s'accroupit au-dessus du seau. Elle commença à se soulager sans aucune pudeur. Gêné, Charlie rentra précipitamment dans la chambre, laissa la porte entrouverte et lui tendit un rouleau de papier hygiénique. Quand elle revint dans la pièce, elle se tint contre le mur du fond, les yeux baissés, les mains plaquées le long des cuisses.

— Tu ne veux pas me parler ? demanda Charlie. Tu te rappelles ce qui s'est passé ? La maison, les... tes copains qui brûlaient ?

*

Charlie sentit sa gorge se nouer à l'évocation de ce souvenir. Il revit les corps embrasés, les flammèches qui leur rongeaient la chair, les ombres projetées sur les murs...

— Héléna ? Tu te souviens ?

Elle ne réagit pas en entendant prononcer son prénom. Charlie était pourtant sûr de lui. « Héléna ! Héléna ! » criait le type, furieux. Il claudiquait dans le terrain vague et, avant de remonter dans sa voiture, il avait même gueulé une dernière fois, en détachant les syllabes : Hé-lé-na !

— Tu te souviens ? s'entêta Charlie.

Il avait repéré le chantier de la Chapelle depuis plusieurs jours, noté les horaires de départ des ouvriers, s'était assuré qu'il n'y avait pas de veilleur de nuit ni de ronde de flics, et enfin il s'était décidé. Escalader la palissade ne lui demanda aucun effort. Forcer les coffres dans lesquels les gars rangeaient leurs outils non plus. Il lui fallut deux voyages pour transporter son butin dans sa remorque. Le jour commençait à peine à se lever. Charlie ne traitait jamais ses affaires en pleine nuit. Il préférait attendre cinq ou six heures pour se mêler au flot des prolos à mobylette qui envahissaient les boulevards... C'est alors qu'il s'apprêtait à déguerpir qu'il aperçut la fillette. Ébahi, il vit sa tête puis son torse émerger de sous le rideau de fer qui obstruait la fenêtre de la maison, du côté opposé au perron. Elle se contorsionna tant et si bien qu'elle parvint à s'extraire totalement de la trouée. Elle atterrit les mains en avant dans la boue du terrain vague, resta un instant accroupie, les sens aux aguets.

Charlie s'accroupit derrière la carcasse d'une Renault Espace échouée au beau milieu du terrain vague. La gosse écarquillait les yeux, hésitante. Puis, progressant comme un petit animal sauvage, elle commença à inspecter le domaine qui l'entourait. Lorsqu'elle entendit la voiture qui s'approchait, elle s'affola, courut de droite à gauche et finit par se plaquer contre un tas de planches. Charlie la vit se mordre les poings tandis que le conducteur descendait de sa voiture.

Un type d'une trentaine d'années, costaud, un peu court sur pattes, moustachu, au visage très commun, légèrement empâté. Il boitait en se tenant la cuisse, grimaçait sous la douleur. Son pantalon était déchiré et Charlie distingua un vague pansement de fortune, rougi par le sang. Le nouveau venu ouvrit la porte du pavillon avec une clé, entra. Charlie perçut quelques cris, assez faibles. De petites voix d'enfants ? Et celle, plus affermie, de l'homme qui appelait Héléna. Il fit le tour de la maison, sans cesser de crier. Alors qu'il passait non loin de lui, Charlie, toujours dissimulé derrière son abri, put détailler son visage. Animé par une fureur froide, une rage violente. Toujours en boitillant, il revint vers sa voiture, une Opel à la carrosserie passablement déglinguée, ouvrit le coffre et en sortit quatre bouteilles emplies d'un liquide mordoré. Il les tenait par le goulot, deux dans chaque main, et se dirigeait de nouveau vers la maison.

Charlie sursauta en entendant la première explosion. Les trois autres suivirent en rafale. L'homme ressortit précipitamment, se força à courir vers l'Opel malgré la douleur qui lui tenaillait la cuisse, appela Héléna une dernière fois, puis monta à bord de son tacot avant de démarrer en faisant hurler la boîte de vitesses.

Tout s'était passé si vite... Charlie se redressa et marcha vers la maison, les jambes cotonneuses. Il en franchit le seuil et resta interdit devant ce spectacle. Il comprit immédiatement qu'il était trop tard pour agir. Tout autre que lui aurait peut-être risqué un geste pour secourir le petit dont les jambes enflammées gigotaient encore convulsivement dans la cuisine. Certainement pas Charlie. L'expérience de ce qu'il avait vécu lui avait au moins enseigné cela : ne rien tenter d'inutile, économiser ses forces, se préserver, rester attentif. Il recula avec lenteur, la gorge assaillie de senteurs âcres, les yeux rougis par la fumée.

*

Héléna le fixait toujours d'un regard craintif, le dos collé au mur de la chambre. De ses ongles crasseux, elle tortillait sa petite jupe dont des fils se détachaient.

— Attends, attends, lui dit-il, si tu ne veux pas parler tout de suite, ça ne fait rien, on a tout le temps, regarde !

Il vida sur le lit le sac qui contenait ses achats au Printemps. La robe de cotonnade, les chaussures, les culottes, les socquettes. Héléna essuya du revers de la main un filet de morve qui lui dégoulinait du nez et sembla s'intéresser aux vêtements.

— Je... je passe à côté, et tu t'habilles, tu te changes, d'accord ?

Charlie referma soigneusement la porte, s'assit dans un de ses fauteuils de camping et attendit. Il n'avait rien bu depuis la veille au soir et considéra qu'après toutes ces émotions il avait bien le droit de s'octroyer un petit coup de blanc ! Il décapsula une des bouteilles rangées sur les étagères et se servit un verre à ras bord. Durant tout le temps de sa course jusque chez le Gros René, il n'avait cessé de penser à la gamine...

*

Sitôt qu'il était sorti de la maison, il l'avait cherchée dans le terrain vague, croyant tout d'abord qu'elle serait restée à l'abri de sa cachette, derrière le tas de planches. En vain. Charlie entendit alors des couinements, pareils à ceux d'un animal blessé. Il contourna le pavillon. Héléna fixait le petit corps pris au piège du rideau coulissant, et dont les bras s'agitaient encore spasmodiquement. Charlie marcha droit sur elle, l'agrippa par les épaules et la contraignit à détourner son regard. Il la serra contre lui, lui caressa les cheveux. Il la sentit trembler, incapable lui-même du moindre geste, hypnotisé, tétanisé par l'agonie de ce gosse dont les yeux se révulsèrent peu à peu.

Charlie frissonna, saisit Héléna à bras-le-corps et l'entraîna vers l'extrémité du terrain vague, là où il avait garé sa mobylette. Il la coucha dans la remorque, rabattit la bâche et démarra à fond de train. Elle s'était laissé faire sans opposer de résistance, en état de choc. Quand il parvint au seuil de son repaire, une demi-heure plus tard, il constata qu'elle avait toujours les yeux grands ouverts mais qu'elle était incapable de la moindre réaction. Ce n'était pas la première fois que Charlie était confronté à ce genre de situation, y compris avec des enfants. Aussi ne s'en émut-il pas outre mesure.

Quand il la fit basculer sur son épaule, elle ne tressaillit même pas. Il déploya son échelle, et gravit les barreaux en prenant garde de ne pas trop la secouer. Après quoi il l'installa du mieux qu'il put au creux du lit, borda les couvertures, s'accroupit auprès d'elle et la contempla.

Charlie avait besoin de temps pour négocier son butin auprès du Gros René. Trois heures, pas plus, juste le temps d'un aller-retour jusqu'à Flavigny. Il n'avait d'autre solution que celle à laquelle il avait lui-même recours quand il souhaitait s'abrutir dans le sommeil : prendre une bonne cuite. Il saisit une bouteille de rhum à moitié pleine qui traînait près du lit, et la fit boire. Pas plus que dans le terrain vague, la petite n'opposa de résistance. C'était à croire qu'elle était habituée à ce genre de traitement. Elle avala l'équivalent d'un grand verre de Négrita, dodelina doucement de la tête, agita ses jambes, puis ferma enfin les yeux. Charlie attendit encore quelques minutes avant de lui soulever les paupières, l'une après l'autre. Des copains biturés jusqu'à la glotte, il en avait vu quelques-uns, dans la chambrée, à la caserne. Héléna était à présent dans le même état de léthargie profonde. Il se sentit soulagé. La gosse ne se réveillerait pas de sitôt, du moins pas avant son retour. Il fila chez le Gros René, serein.

*

La porte de la pièce qui faisait office de chambre dans le repaire de Charlie s'ouvrit lentement. Héléna fit une apparition timide, vêtue de la robe qu'il lui avait achetée au Printemps. Parmi les trois paires de mocassins, elle en avait trouvé une à sa convenance. Le résultat, honorable, laissait toutefois à désirer. En fait, Héléna avait surtout besoin d'un bain pour nettoyer la crasse qui lui couvrait les genoux, les bras, le cou, la face.

— Un bon coup de savon, ça te ferait pas de mal, tu crois pas ? On verra ça, assura joyeusement Charlie, en lui montrant les jerricans d'eau qu'il tenait toujours en réserve. Alors dis-moi, si on parlait un peu, tous les deux ?

La gosse, rassurée, épiait chaque recoin de la pièce, balayant le maigre espace du regard, dans des va-et-vient panoramiques, sans pouvoir s'empêcher de lorgner vers les fenêtres.

— Viens, je vais tout t'expliquer...

Charlie l'entraîna sur la coursive, lui montra le sol de l'entrepôt, en contrebas, la rampe d'accès des camions, l'échelle grâce à laquelle on accédait au repaire, et qu'il prenait soin de ranger sur la plate-forme...

— Tu vois, on est en sécurité, ici, tous les deux. Personne ne peut venir nous déranger ! Pigé ?

La petite, encore effrayée par la hauteur à laquelle elle se trouvait perchée, s'agrippait à la rambarde sans parvenir à dominer totalement sa phobie du vide. Elle s'accoutuma peu à peu.

— J'ai bien galéré avant de trouver cette planque, assura Charlie, mais maintenant, je suis peinard ! Hein, qu'est-ce que t'en penses ? Et toi, tu es ma petite invitée, ici, personne viendra te faire de mal ! Je te le jure !

Héléna se contenta de hocher la tête. Pour la première fois, Charlie remarqua qu'elle avait les joues pleines de taches de rousseur. Et de jolies fossettes au coin des lèvres.

— Héléna, tu ne dis rien ? Tu sais, moi je suis bien content de t'avoir rencontrée...

La gosse ouvrit grand la bouche et poussa un cri inarticulé, en même temps qu'elle montrait sa gorge. Ses mains s'agitèrent en décrivant des arabesques en apparence désordonnées mais qui obéissaient à une sorte de rythme, de rituel dont Charlie s'efforça de déchiffrer le sens.

— Merde, tu es muette, c'est bien ça ?

Il se pinça les lèvres entre ses doigts, se passa le poing sur la bouche à plusieurs reprises, essayant de répondre de manière appropriée aux mimiques de la petite. Elle secoua vigoureusement la tête, avec le sourire.

— Mais comment on va se comprendre, tous les deux ? demanda-t-il, désarçonné. Attends, attends, viens par ici.

Il l'attira dans la chambre, fouilla sous un tas de journaux et brandit un cahier à spirale ainsi qu'un assortiment de stylos.

— Essaie de me raconter ce qui t'est arrivé, d'accord ?

La gosse considéra le cahier avec satisfaction et commença aussitôt à dessiner. Une fillette qui se tenait près d'une voiture.

— Mais non, protesta Charlie, c'est pas ce que je te demande...

Il traça quelques mots sur une des pages. *Je m'appelle Charlie, toi Héléna, je suis content qu'on se soit rencontrés.* Elle écarta les bras en signe d'impuissance. Charlie comprit qu'elle ne savait pas lire, ni écrire. Il l'encouragea à terminer son dessin.

Les visites à l'hôpital Trousseau étaient autorisées à partir de quatorze heures, et, depuis que leur fille avait été admise dans le service, les parents de la petite Valérie Lequintrec ne manquaient jamais au rendez-vous. Pourtant, cet après-midi-là, ils ne se présentèrent pas.

Françoise Delcourt était occupée à régler les papiers d'admission de deux nouveaux gamins quand Vitold, l'interne qu'elle avait durement secoué le matin même, pénétra dans son bureau, la mine soucieuse.

— Je me suis penché sur le dossier de la 10 comme tu me l'avais demandé, expliqua-t-il. C'est effectivement très troublant. On ne peut pas joindre Vauguenard ?

— Il est au fond de son lit avec quarante de fièvre, il va falloir faire sans...

— Et Cantrot ?

— Monsieur le chef de clinique se prélasse aux Canaries. Il a bien de la chance. Alors ?

Vitold se gratta la tête. Françoise ne l'appréciait guère. Depuis le début de sa carrière, elle avait vu défiler quantité d'internes et avait appris à les jauger. Vitold n'avait pas l'étoffe d'un praticien hospitalier fiable. Trop hésitant, toujours en retrait, en attente de l'avis de ses confrères.

— Si on reprend depuis le début, marmonna-t-il en feuilletant le dossier, c'est le bordel. Médicalement, il n'y a pas d'explication raisonnable qui puisse expliquer la reprise des crises d'hypoglycémie.

— Je sais, acquiesça Françoise. On lui a enlevé la queue et l'ithsme du pancréas, toute la région suspecte d'abriter une tumeur, tout de même !

— On a les résultats de l'ana-path ?

— Les prélèvements ont été expédiés en Suisse, tu sais bien... on ne récupérera rien avant au moins une semaine.

Vitold hocha la tête. Vauguenard avait donné son accord pour participer à un programme de recherche international sur les tumeurs du pancréas chez l'enfant et toutes les pièces prélevées étaient expédiées chez un spécialiste de Genève.

— Il y aurait bien une hypothèse : l'opération a été trop tardive, il y a déjà, hélas, des métastases au foie, insulino-sécrétantes, ce qui justifierait le tableau actuel, bredouilla Vitold.

— Merde, la pauvre gosse, tu penses vraiment ? Alors ? la marche à suivre ?

— Une artériographie hépatique, ça permettra de vérifier !

— Tu signes ? demanda Françoise en lui tendant le cahier de prescription.

Vitold s'exécuta avec réticence. Elle appela aussitôt le service concerné. En tout état de cause, il était trop tard pour pratiquer l'examen le jour même, et elle dut batailler ferme pour bouleverser le planning du lendemain. Vitold était parti. Elle resta seule dans son bureau, surprise et inquiète de constater que les parents de Valérie n'arrivaient toujours pas.

Au même moment, Rovère réunissait toute l'escouade qui avait participé aux opérations à la Chapelle, dans les locaux de la Brigade criminelle, au quai des Orfèvres. Sandoval, le commissaire responsable du groupe, assistait à la réunion. Rovère fit un bref rapport de la découverte des corps.

— La presse ? s'inquiéta Sandoval.

— On a réussi à la tenir à l'écart. Officiellement, il y a quatre morts, point ! précisa Rovère. Pour le moment, personne ne sait qu'il s'agit d'enfants. Les photographies des cadavres, enfin, celles qui sont exploitables, ont été présentées aux collègues de la brigade des Mineurs. Sans résultat.

Il passa la parole à ses adjoints.

— On a le signalement du lascar qui a acheté la bouffe chez la Chinoise, une certaine madame Truong, expliqua Dimeglio en montrant un portrait-robot dont tous les présents s'accordèrent à penser qu'il n'était guère exploitable.

Une photocopie circula de main en main. L'esquisse du visage qui y figurait était d'une atroce banalité.

— Pourtant, tu l'as bien cajolée, la petite-fille de l'épicière. Ta tonkiki, ta tonkinoi-zeu... ricana un des présents.

— Eh ben quoi, hein ? rétorqua Dimeglio, j'ai fait le boulot, j'ai rapporté des éléments, même si notre lascar reste dans le flou, on a au moins une précision : il était accompagné d'une fillette d'une douzaine d'années. Et c'est pas un Français !

Il se rencogna dans son fauteuil, un rien vexé. Sandoval ordonna la transmission du document à tous les services, avec un avis de recherche, sans enthousiasme. La photocopie allait atterrir à des centaines d'exemplaires, punaisée dans les couloirs des commissariats, et personne n'y prêterait attention.

— La fillette, on n'a pas de portrait-robot ? reprit Sandoval.

— J'ai essayé avec la mémé chinoise, elle était vraiment coopérante, mais elle s'emmêlait dans ses descriptions. J'ai abandonné, ça menait à rien. Tout ce dont elle est sûre, c'est que la môme est de type européen. Enfin, à peu près...

— Et Alvarez, ton conducteur de travaux ? insista Rovère.

— Un abruti de première, je l'ai gardé au chaud, mais sincèrement, je crois pas qu'il puisse nous être utile. Il a parlé d'un casse sur son chantier mais ça n'a sans doute pas de rapport.

À son tour, bloc-notes en main, Dansel fit le compte rendu de ses démarches auprès de la SEFACO et de Verqueuil père et fils.

— R.A.S. de ce côté-là, du moins à mon avis, résuma-t-il, laconique.

— Choukroun, l'autopsie ? demanda Rovère en réprimant un bâillement.

L'inspecteur lut les premières conclusions de Pluvinage d'une voix monocorde.

— Pas de traces de violences sexuelles sur le... sur le seul corps qu'il a pu correctement examiner ? s'étonna Sandoval.

— Vous êtes déçu ? lança Rovère.

— Pardon ?

— J'ai dit « déçu ».

— Il n'y a pas lieu d'être déçu ni non plus de se réjouir, que je sache ! rétorqua Sandoval d'une voix soudain haut perchée. Je note simplement que si les gosses avaient subi des violences sexuelles, cela nous permettrait d'orienter plus sûrement les recherches.

Les prises de bec entre Rovère et son supérieur hiérarchique étaient si fréquentes que personne n'y prêtait plus aucune espèce d'attention. Rovère détestait Sandoval. Celui-ci avait cherché à lui rendre la vie impossible à l'époque, récente, où il se débattait dans des problèmes personnels assez douloureux et puisait au fond de maintes bouteilles de cognac un antidépresseur à même de lui soutenir le moral... Rovère lui avait d'autant moins pardonné ce manque de tact que Sandoval ne pouvait aligner que de maigres états de service. Parachuté à la Brigade à la suite d'intrigues de couloir sordides, il ne faisait pas le poids, professionnellement parlant, face à l'équipe que Rovère avait su souder autour de lui.

— Orienter les recherches ? répéta celui-ci, avec une pointe d'ironie. Déjà ? Et dans quelle direction, s'il vous plaît ?

— Eh bien, reprit Sandoval, pour brûler vifs quatre gosses, il faut avoir un motif sérieux. Crapuleux, de toute évidence.

— On écarte donc le crime passionnel ? demanda ingénument Dimeglio.

Sandoval l'ignora. Comme il ignora le petit rire de gorge que Dansel s'évertua à dissimuler en feignant une soudaine quinte de toux.

— Nous avons quatre gosses enchaînés, suppliciés de la manière la plus horrible qui soit. Les liens qui les entravaient suggèrent fortement un kidnapping.

C'est là un euphémisme. Les chaînes, n'est-ce pas...
Pas d'objection ? Dans quel but peut-on enlever des
enfants ? Chantage envers les parents ?

— Peut-être, lança Dimeglio. Vous vous souvenez, l'an dernier, les Vietnamiens qui se faisaient
racketter dans le treizième et qui voulaient pas cas-
quer ? Leur gosse avait salement dégusté !

— Quatre d'un coup, ça serait étonnant ! Et
d'après ce que nous dit le légiste, nous n'avons pas
ici affaire à des enfants asiatiques, un groupe ethni-
que dans lequel les pratiques de kidnapping des proches sont effectivement monnaie courante.

— Et les Turcs qui faisaient trimer des mômes
dans les ateliers de confection, les collègues des Mineurs en ont trouvé plus d'une vingtaine enfermés
dans un parking en septembre dernier ! risqua timidement Choukroun.

— Séquestrés mais gardés en bonne condition
pour qu'ils puissent travailler, précisément ! trancha
Sandoval. Alors ?

— Les pédophiles ? lança une voix, au fond de la
salle. Mais, justement, sur le seul cadavre que le
légiste a pu examiner, il n'y avait rien, hein, Choukroun ?

— Rien quoi ? répondit une autre voix. Les pédophiles, c'est pas forcément l'enculade qui les
branche !

— Ou alors, les gosses n'avaient pas encore été
heu... consommés ? suggéra un autre inspecteur. Ils
étaient en attente.

— Je dirais plutôt « en souffrance », nota Sandoval.

Rovère, accoudé à une fenêtre qui donnait sur la
Seine, fronça discrètement les sourcils. Il savait que

Sandoval suivait attentivement les informations relatives au tourisme sexuel. Sans doute rêvait-il d'agrémenter son plan de carrière grâce à un coup d'éclat mené dans les eaux fangeuses de ce milieu.

— Je comprends pas, grommela Dimeglio, si on se dirige vers une histoire de pédophiles, la petite fiesta à coups de cocktails Molotov, ça n'a pas de sens ! Ces gens-là adorent la chair fraîche, mais pas en barbecue !

— Quoi qu'il en soit, il est trop tôt pour retenir une piste plutôt qu'une autre, affirma Rovère. Le labo n'a pas encore donné tous ses résultats.

Sandoval hocha la tête, contrarié. Il n'avait cependant pas la moindre idée de ce qu'il convenait de faire, la moindre proposition à formuler, aussi quitta-t-il la pièce. Il y eut un brusque relâchement dans l'assistance. Des cigarettes jaillirent, les pieds qui s'entortillaient sous les fauteuils atterrirent soudainement sur les bureaux en signe de décontraction, quelques grilles de Loto se mirent même à circuler. Puis les troupes s'égaillèrent d'un pas lourd. Ne restèrent que Dimeglio, Dansel, et Choukroun que Rovère avait retenu par la manche alors qu'il s'apprêtait lui aussi à déguerpir.

— On respire mieux, non ? nota Rovère.

*

Ils se retrouvèrent bientôt accoudés au comptoir d'un bar de la place Dauphine où ils avaient leurs habitudes. Aucun d'entre eux n'avait eu le temps de déjeuner, aussi, malgré l'heure tardive, commandèrent-ils le plat du jour. Rovère offrit une bouteille de juliénas.

— C'est quoi, ça ? demanda Choukroun, suspicieux, quand la serveuse lui présenta l'assiette.

— Petit salé aux lentilles, de quoi requinquer son homme ! s'exclama Dimeglio en se pourléchant les babines. On dira rien à ton beauf, tu peux y aller !

Choukroun était si fatigué qu'il se sentit autorisé à faire une entorse à la *Halacha*, l'ensemble des commandements qui régissent la vie des Juifs pieux.

— Se taper un petit salé en revenant d'une autopsie, nota sentencieusement Dansel, c'est quasiment une *mitzva* !

— Une quoi ? demanda Dimeglio, la bouche pleine.

— Une bonne action, au sens théologal du terme, expliqua Dansel, pince-sans-rire. Moutarde ?

Ils dégustèrent en silence. Prirent ensuite un fromage, puis burent un café.

— Quand même, soupira soudain Choukroun, je trouve qu'on est un peu légers, ces pauvres gosses cramés, moi, ça m'a fait mal aux tripes. On devrait mettre le paquet, non ?

— Tu n'as pas confiance en Sandoval ? susurra Dimeglio.

— Qu'est-ce qui t'inquiète ? intervint Rovère. Ce matin, on s'est coltiné un boulot dégueulasse, et je suis comme toi, j'aimerais bien pouvoir foncer dans le tas, seulement voilà, ce n'est pas nous qui distribuons les cartes. Le salaud qui a fait ça les a toutes en main, et il va falloir patienter avant qu'il se manifeste de nouveau, d'une façon ou d'une autre.

Choukroun contempla piteusement le fond de sa tasse de café, jeta un billet de cent francs sur le comptoir et sortit sans attendre la monnaie. Dansel l'imita. Rovère et Dimeglio sirotèrent un digestif, puis firent quelques pas côte à côte, sur les quais. Rovère contemplait les eaux grises de la Seine, les yeux perdus dans le vague. Dimeglio garda le silence durant quelques secondes.

— Heu, dites-moi, c'est vrai ce que Dansel m'a dit ? Que vous... que vous... je sais pas si je dois parler de ça...

Il peinait à terminer sa phrase.

— Qu'est-ce qu'il t'a dit, Dansel ?

— Que vous revoyiez votre femme... Ça... ça me fait plaisir, c'est peut-être con à dire, mais c'est sincère ! C'est vraiment trop moche, ce qui vous est arrivé !

— Quelle langue de concierge, ce Dansel. Oui, c'est vrai, on l'a croisé dimanche dernier, sur les grands boulevards, il sortait du cinéma, on y entrait. Je revois Claudie, oui, c'est tout récent.

— Vous allez revivre ensemble ?

— J'en crève d'envie, mon vieux, mais c'est plutôt duraille de la persuader. Sur le fond, elle ne m'a pas pardonné. Quoi qu'elle en dise.

Dimeglio se gratta la tête, pensif. Il se souvint du petit cimetière de campagne, de la route en lacet qui y menait. Des quelques copains de la Brigade qui avaient fait le déplacement en sa compagnie. De la gerbe de fleurs, des œillets rouges, qu'il avait lui-même achetée après avoir réuni l'argent de la collecte. Quand le cercueil était descendu en terre, Claudie avait appuyé sa tête contre l'épaule de Rovère, et ils étaient restés un long moment, soudés l'un à l'autre devant la fosse. Dimeglio était certain que Claudie avait accordé son pardon. Le contraire eût été trop injuste.

Dans les locaux de la Brigade, sous les combles,

ils se partageaient une pièce minuscule, avec deux bureaux contigus. Chaque fois que Dimeglio se penchait pour transmettre ou récupérer un document, il voyait le portrait du gamin, encadré sous verre, sur celui de Rovère. Qui, tous les matins, passait un rapide coup de chiffon sur le cadre pour ôter la poussière, puis le reposait avec précaution.

— Et toi, tes gosses, ça va ? demanda Rovère.

— Le grand commence vraiment à faire chier, mais c'est de son âge, le genre cheveux teints en rose et rien que des trucs comme ça. La petite se plaît pas trop au collège, enfin, pour le moment, rien de grave...

— Tu vas leur raconter ce qu'on a vu ce matin ?

— D'habitude, ils me posent des tas de questions, mais je crois que ce soir, je vais avoir mal au crâne, ça les dissuadera ! Ils me prennent pour un cow-boy, alors là, j'aurais vraiment trop de mal à frimer...

10

Il était plus de dix-huit heures quand Marianne Quesnel et Saïd Benhallam se rendirent au chevet de leur fille, à l'hôpital Trousseau. Françoise les vit traverser le long couloir qui menait aux chambres. La petite Valérie avait bien de la chance. Nombre de parents, submergés par leurs soucis professionnels ou familiaux, le plus fréquemment éloignés par leur lieu de résidence, ne parvenaient pas à dégager le temps nécessaire à ces rendez-vous quotidiens et ne se déplaçaient que le dimanche. Les enfants se morfondaient, cloués au fond de leur lit, dans l'attente de la visite dominicale. Françoise attendit que

Marianne Quesnel vienne toquer à la porte de son bureau pour lui apporter le carnet de santé de la petite, comme convenu.

— Nous avons été retardés par des démarches administratives auprès de notre mutuelle, expliqua-t-elle avec un sourire qui reflétait une grande lassitude. Comme si ça ne suffisait pas. Vous comprenez, ma fille dans cet état, et toute cette paperasserie, tous ces dossiers à remplir, les pièces qui manquent, enfin, vous devez avoir l'habitude... mais ça ne vous empêche pas d'en rajouter, hein ? Il vous le fallait vraiment, ce carnet ?

Françoise encaissa ces reproches. Blindée. Stoïque. Elle se saisit du document et, seulement dans un second temps, serra la main de la maman.

— Je l'avais oublié chez mes parents, en Seine-et-Marne, poursuivit celle-ci, il a fallu que j'y passe ce matin, deux heures de train aller-retour, ça vous amuse de nous faire perdre notre temps ?

Françoise sentit ses joues s'empourprer, ses jambes flageoler. Ne pas fléchir. *La distance est la plus sûre des protections.* Il lui sembla entendre la voix suave de Vilsner ressasser son baratin. Le credo du soignant naufragé dans un océan de douleurs insondables. Vilsner qui dissertait volontiers sur le *travail du deuil* mais n'avait jamais tenu la main d'un petit bout de chou leucémique de six ans durant son agonie.

— Ça ne m'amuse absolument pas, c'était tout simplement nécessaire ! rétorqua-t-elle, d'un ton neutre.

Marianne haussa les épaules, rejoignit Saïd qui attendait dans le hall et se dirigea vers la chambre de sa fille. Françoise ouvrit aussitôt le carnet de santé et l'étudia. Valérie avait certes de la chance d'avoir des parents aussi attentionnés, mais c'était par contre une véritable poisse qui semblait s'être abattue sur elle depuis sa naissance. À l'âge de deux ans, elle était tombée d'un fauteuil, avec comme conséquence plusieurs dents fracturées, et ensuite des difficultés à articuler et à ingérer certains aliments. Un peu plus tard survint un traumatisme crânien bénin, lors d'une nouvelle chute. L'examen courant du vingt-quatrième mois, pratiqué par le pédiatre de la crèche, évoquait sans plus de détails une fracture du radius droit. À l'âge de cinq ans, elle fut victime d'une fracture de l'humérus. À l'âge de six ans, à la suite d'une nouvelle chute, ce fut le genou droit qui fut lésé. Une entorse simple mais dont la rééducation allait susciter quelques complications. Son genou droit n'en finissait plus de la tourmenter. Françoise retrouva également les traces de plusieurs luxations du poignet, toutes dues à de nouvelles chutes. Puis des ennuis à la cheville... en fait une fracture de l'extrémité inférieure du péroné. Un hématome aux paupières à la suite d'une mauvaise réception d'un ballon était également signalé. Sans oublier un hématome au pied gauche après qu'elle eut reçu une machine à laver sur le pied au cours d'un déménagement. Françoise ne releva aucune trace de demande d'examen concernant une éventuelle maladie susceptible de provoquer ces fractures à répétition. Enfin, deux mois avant sa nouvelle série d'hospitalisations pour ses crises d'hypoglycémie, la petite avait été admise aux urgences de l'hôpital de Lorient après s'être coincé la main dans une portière de voiture...

— C'est carrément n'importe quoi... soupira Françoise, atterrée.

Elle quitta son bureau et fit appeler Vitold. En l'attendant, elle se rendit devant la chambre de Valérie. Les parents étaient assis de chaque côté du lit et tenaient chacun une main de la petite. Marianne chantait une comptine que sa fille reprenait en riant. Elle montra une série de dessins qu'elle avait faits le matin même. Ils la félicitèrent, lui donnèrent des nouvelles, excellentes, de Doudou, le petit caniche qui batifolait dans le jardin de leurs voisins, en Bretagne, et que Valérie avait représenté avec une dextérité certaine pour une enfant de son âge.

— On va le colorier, tu veux bien ? proposa Saïd. Regarde, on t'a apporté une nouvelle boîte de pastels. C'est très facile de colorier, avec ça, et les couleurs sont douces ! Tu veux ?

Valérie battit des mains pour montrer son enthousiasme. Françoise sursauta quand Vitold lui toucha l'épaule. Elle s'éloigna de quelques pas en l'entraînant à sa suite et lui montra le carnet de santé.

— C'est dingue, non ? murmura-t-elle, dans l'attente de son approbation.

— C'est ce qui s'appelle ne pas avoir de bol, confirma Vitold. Et alors ?

— Et alors ? je... je me demandais si... si... tu comprends, moi, je ne crois pas au hasard, toutes ces fractures à répétition, ces chutes, je...

Les mots s'entrechoquaient dans sa gorge. Elle ne parvenait pas à exprimer ses soupçons. Vitold la contemplait, agacé par ses bafouillages.

— Je me demandais si ça n'est pas un tableau de maltraitance, voilà ! finit-elle par articuler à voix basse.

Vitold la fixa avec des yeux ronds.

— Tu déconnes, là, ou quoi ?

— Non, ça se pourrait, on a déjà vu des cas, je sais que c'est toujours délicat d'évoquer ça mais...

— Basta ! Primo cette gosse est arrivée ici avec une tumeur du pancréas, secundo demain matin, après l'examen, on saura s'il y a des métastases au foie et en cas de diagnostic positif, il faudra bien l'annoncer à ces pauvres gens, et toi tu viens me les briser avec des salades de doigts coincés dans des portières de bagnole ? De bobos au gros orteil pour des histoires de machine à laver qui se renverse ? Tu es dingue ou quoi ? Regarde-les, mais regarde-les !

Françoise tourna les yeux vers les parents qui embrassaient leur fille, lui couvraient les mains de baisers, la cajolaient. Dans la précipitation, Saïd bouscula d'un coup d'épaule la tige qui supportait la poche de perfusion. Le dispositif chuta sur le sol. Il le redressa maladroitement. Françoise pénétra à l'intérieur de la chambre et l'aida.

— À demain, Valérie, et surtout sois très sage, papa et maman comptent sur toi ! lança Marianne avant de sortir.

Françoise revissa la tubulure de la perfusion, déboîtée durant la chute. Elle caressa la joue de Valérie.

— Elle est... très gentille avec toi, ta maman, n'est-ce pas ? lui souffla-t-elle.

— Oh oui, confirma la gamine, c'est dommage qu'elle peut pas dormir ici. On pourrait peut-être demander l'autorisation, vous croyez pas ? Des fois, la nuit, quand je me réveille, je fais des cauchemars...

— Il faut appeler l'infirmière de garde, tu as le droit, tu sais ?

— Ben non, comme je suis grande, je dois faire des efforts pour me rendormir toute seule !

— C'est bien, Valérie, c'est bien. Maintenant repose-toi un peu, tu veux que je t'allume la télé ?

La petite confirma d'un battement de paupières. La surveillante quitta la chambre à son tour.

— Alors ? C'est terminé ton petit accès de parano ? ironisa Vitold. Il faut te calmer, n'oublie pas que tu as des responsabilités, ici ! Tu devrais parler à Vilsner, de temps en temps, au lieu de lui lancer sans arrêt des vacheries en réunion. Sincèrement, je crois que ça te ferait du bien.

Ils se séparèrent. Vingt minutes plus tard, harassée, Françoise s'apprêtait à quitter sa blouse quand la sonnette d'alarme du poste de garde retentit. Le voyant de la chambre 10 clignotait. Françoise bouscula les filles qui poussaient un chariot contenant les plateaux-repas du soir et fit irruption auprès de Valérie. Elle se plaignait de violents maux de ventre, demandait qu'on lui tende un haricot pour vomir.

— Pardon, madame, je peux pas me retenir, s'excusa-t-elle dans un hoquet.

11

Nadia Lintz quitta son fauteuil et vint observer le boulevard du Palais, par la fenêtre de son cabinet, au premier étage des galeries d'instruction. Les arbres commençaient à reverdir. Deux avocates discutaient sur le trottoir, leur robe noire froissée sous le bras comme un vulgaire chiffon. Elles portaient des corsages décolletés, des jupes ultra-courtes que le vent soulevait au gré de ses caprices, pour le grand plaisir des gendarmes en faction devant les grilles. Quelques ados juchés sur des VTT remontèrent à toute allure la chaussée à contresens, en direction de Saint-Michel, provoquant ainsi une volée de coups de klaxons rageurs.

La greffière, Mlle Bouthier, achevait de taper sur ordinateur la déposition des deux hommes que Nadia venait de confronter. L'un était expert-comptable, l'autre « commercial » dans un magasin d'informatique. Une patrouille les avait surpris sur un quai de métro aux Halles, tard le soir, alors qu'ils discutaient avec véhémence. Le comportement des deux types, soudain paniqués à l'approche de la patrouille, avait attiré l'attention des flics. Ils cherchaient à se refiler mutuellement un sac de plastique contenant une cassette vidéo sans étiquette. L'expert-comptable jura que le sac appartenait au « commercial », et inversement. Intrigués, les flics leur avaient demandé leurs papiers et c'est alors que le « commercial » s'était débiné à toutes jambes à travers les couloirs. Il s'était fait cueillir après avoir dérapé sur une flaque de vomi déversée par un ivrogne qui roupillait à même le sol, non loin de là. Une fois embarqués au commissariat de la porte Lescot, à la sortie du Forum, les deux zigotos s'étaient réfugiés dans le mutisme le plus total. Parmi les nombreuses « prises de guerre » qui encombraient les couloirs du commissariat figuraient quelques magnétoscopes en parfait état de marche. L'inspecteur chargé de la procédure décida de visionner la cassette que les deux hommes tentaient désespérément de se repasser au jeu de la patate chaude et vit défiler des images de partouzes banales, puis soudain une scène très hard dans laquelle figuraient des gosses d'une dizaine d'années à peine.

Quinze jours plus tard, après les premières démarches opérées par le Parquet, les deux hommes venaient de comparaître, libres, pour la première fois devant un juge d'instruction. Ils s'enferraient dans leurs dénégations et juraient ne pas se connaître. À les croire, leur rencontre sur ce quai du métro n'était due qu'au hasard. Le commercial affirmait que l'expert-comptable l'avait abordé pour lui proposer la cassette, et vice versa. L'un des deux mentait. Pour le moins. Les perquisitions menées à leurs domiciles respectifs avaient permis de découvrir, chez l'un comme chez l'autre, de nombreuses autres cassettes « naturistes » ou pornographiques, sans toutefois que des enfants y figurent. De plus, l'examen de son compte en banque l'attestait grâce au relevé des factures de carte bleue, le « commercial » s'était offert plusieurs séjours en Thaïlande et au Sri-Lanka, deux pays particulièrement prisés par les pédophiles.

La greffière lut à haute voix le compte rendu de leurs déclarations. Aucun des deux hommes n'avait tenu à se faire assister par un avocat. Cette attitude avait à leurs yeux valeur de preuve d'innocence. Durant tout l'énoncé des faits, Nadia Lintz leur tourna résolument le dos. Avec des gestes machinaux, elle lissait la robe du petit automate, un juge au visage grimaçant, qui reposait sur son bureau. Il suffisait de remonter le mécanisme pour le voir s'agiter dans une danse frénétique et abaisser son pouce, poing fermé, impitoyable... il ne lui manquait que la parole. Elle invita les prévenus à signer le procès-verbal d'interrogatoire, s'abstenant toujours de leur faire face. Ils s'exécutèrent sans rechigner, de bonne grâce. Nadia récupéra les formulaires, les parcourut en diagonale, satisfaite, et s'assit face à eux.

Elle les dévisagea l'un après l'autre, les trouva minables, presque attendrissants dans leur désarroi. Ils baissèrent les yeux à l'unisson, intimidés, humiliés, meurtris. Nadia ne fut pas dupe ; elle avait appris à s'endurcir. À son arrivée à Paris, trois ans auparavant, elle s'était sentie fragile, vulnérable. Elle dissimulait alors son regard derrière d'épaisses lunettes à monture d'écaille, censées la vieillir. Comme si l'âge avait pu la conforter dans ce rôle de juge dont elle ne se sentait pas pleinement investie. Au fil du temps, elle avait abandonné les lunettes : l'accessoire était devenu superflu. Son visage accusait à présent quelques rides au coin des yeux.

Après un début de carrière au tribunal des mineurs, à Tours, elle s'était trouvée projetée dans un univers d'une violence aussi inouïe qu'insoupçonnée : le quotidien de l'instruction dans une ville telle que Paris. La valse des dépravations, de la sauvagerie, du crime, un carnaval sinistre où s'agitaient des monstres ordinaires : assassins naïfs, pères incestueux, sadiques débonnaires, pervers rigolards, tortionnaires insouciants, tous frappés de stupeur à l'énoncé des faits qui leur étaient reprochés quand — par malchance la plupart du temps — ils se retrouvaient soumis à la *question* dans son cabinet. Combien d'entre eux, en effet, échappaient à la sanction et poursuivaient leur périple parsemé d'atrocités, en toute quiétude ?

L'expert-comptable et le « commercial » n'avaient pas eu cette chance. Ils semblaient épuisés par la confrontation. Questions, réponses, affirmations, dénégations, protestations, serments, la moindre de leurs paroles avait été captée par la greffière et aussitôt consignée dans la mémoire de l'ordinateur. À chaque phrase prononcée, le nœud s'était resserré, inexorablement. Nadia avait visionné la cassette incriminée en compagnie d'un inspecteur de la brigade des Mineurs. Elle n'était pas prête à lâcher le morceau. Elle alluma une cigarette et contempla longuement la flamme de son briquet jusqu'à ce qu'elle ressente une forte sensation de brûlure sur la pulpe des doigts.

Il lui arrivait souvent de rêver à de multiples supplices — les brodequins, la roue, le pal —, autant de stratagèmes des plus efficaces pour extorquer des aveux. Parfois, la nuit, elle s'éveillait, trempée de sueur, au fond de son lit, hébétée, horrifiée par ses propres fantasmes, ne parvenant pas à démêler l'univers de la réalité de celui de ses cauchemars. Un copain de lycée, devenu psychiatre et rencontré par hasard dans un restaurant, s'était permis de remuer le couteau dans la plaie en dissertant sur la composante fortement sadique de la personnalité des magistrats.

— Tu prétends incarner la loi et infliger la punition, en situation de toute-puissance, c'est très chargé, ma vieille ! Et comme par hasard, le cérémonial s'accompagne d'un accoutrement — la robe, la toque — en tout point comparable, symboliquement parlant, à la panoplie des cinglés qui prennent leur pied à fouetter leur partenaire !

Nadia avait éclaté de rire. L'espace d'un instant, elle s'était imaginée affublée d'une combinaison moulante de latex noir, la cravache à la main, martyrisant de pauvres prévenus exsangues, qui en redemandaient. L'instruction n'avait que peu de rapports avec ce folklore de sex-shop. Elle quittait souvent son cabinet le cœur au bord des lèvres, accablée. Un dossier bouclé, avec une promesse d'incarcération, n'équivalait en rien à une victoire. Ce n'était qu'un pas supplémentaire vers un tourbillon obscur, bouillonnant, dans lequel elle redoutait de se noyer. Quand elle marchait dans la rue, elle se prenait parfois à dévisager les passants avec insistance, cherchant à deviner quelle était leur profession. Celui-là, un dentiste ? Celui-ci, un notaire, et cet autre, un chauffeur de bus ? Elle guettait dans leur physionomie le détail, l'indice qui aurait permis de déchiffrer un destin, d'en élucider le secret. Avant de contempler son propre reflet dans le miroir, ébahie, incrédule, à deux doigts de la révolte. La vie l'avait déguisée en juge. Elle ne savait pas très bien s'il fallait en rire ou en pleurer.

On frappa à la porte du cabinet. Un avocat impatient qui venait s'enquérir du suivi d'un dossier. Nadia plissa le front dans un effort de mémoire. Le nom du « client » ne lui disait rien.

— Le non-lieu est en cours, non ? demanda-t-elle à la greffière.

— Toujours au règlement, confirma celle-ci.

L'avocat s'éclipsa. Nadia se retrouva seule avec ses deux amateurs de cassettes pédophiles. Ils gigotaient sur leurs fauteuils dans l'attente d'une décision. Elle garda le silence un long moment. Cajola son automate inerte, rangea quelques papiers épars.

— Ce n'était que le premier pas, leur annonça-t-elle enfin. Vous recevrez une nouvelle convocation en temps utile. D'ici là, vous aurez eu tout le temps de réfléchir.

Les deux types pâlirent. Elle leur avait déjà décrit ce qui les attendait au début de l'entretien. Une enquête approfondie de personnalité, quelques investigations sur leur lieu de travail, entre autres réjouissances. Le « commercial » était fiancé à une jeune fille de bonne famille, l'héritière d'une dynastie de bijoutiers poitevins ; le mariage promettait d'être d'un excellent rapport. L'imparfait était de circonstance. Nadia avait déjà convoqué la « promise », à toutes fins utiles.

— Sortez, murmura-t-elle enfin, les yeux mi-clos.

Ils obéirent.

— Ça ne devrait pas être trop difficile de les coincer, ces deux-là, enfin, je vous fais confiance ! annonça la greffière quand la porte se fut refermée.

— Si vous le dites...

Nadia quitta son fauteuil, défroissa la jupe de son tailleur et s'étira avant d'enfiler sa veste. Il était dix-sept heures.

— À chaque jour suffit sa peine, annonça-t-elle avec un sourire qui se voulait jovial. Qu'est-ce qu'on a, demain matin ?

— Les deux frères architectes qui violaient leur nièce, l'affaire de La Celle-Saint-Cloud. Vous avez convoqué la mère à dix heures.

— Ah oui, celle qui ne « savait » rien... Eh bien, quelle semaine !

Elle rafla son sac à main, quitta la pièce, longea le long couloir bordé de bancs de bois où s'alignaient les cabinets d'instruction et prit l'escalier qui menait au parvis du Palais. Elle traversa la Seine et se retrouva place du Châtelet, prête à descendre dans le métro. Elle aperçut alors Montagnac et Maryse Horvel en grande conversation, attablés à l'intérieur de la brasserie Sarah Bernhardt. Montagnac s'agitait, grimaçait sans aucune retenue, mimant à l'évidence une scène riche en péripéties. Les consommateurs voisins se retournaient, interloqués par sa prestation. Face à lui, Maryse ne parvenait pas à contenir son fou rire. Nadia pénétra dans la brasserie et les rejoignit. Montagnac lui montra un article du *Nouvel Obs* qui relatait la nouvelle vogue en matière de procès aux États-Unis. Pour mieux séduire les jurés, les plaignants aussi bien que les parties civiles faisaient appel à des sociétés de production audiovisuelle qui, à coups d'images virtuelles ou de dessins animés, réalisaient des clips illustrant les moments forts de l'acte d'accusation...

— Tu vois ça d'ici ? gloussa Montagnac. Tu instruis une affaire de viol bien crapoteuse, et au lieu de te débiter les balivernes habituelles, de t'expliquer que la fille l'a excité, qu'il n'a pas pu se retenir, bref que c'est la faute de la nana si elle s'est fait défoncer la rondelle dans un parking à deux heures du mat', le violeur te présente un cartoon style Tex Avery, avec le petit Chaperon Rouge qui se trémousse en porte-jarretelles, devant le loup affolé par tant de luxure !

Il accompagna son propos d'une imitation du loup très réussie, se frappant la nuque du plat de la main, les yeux exorbités, la langue pendante, haletant avec application.

— Et la partie civile, qu'est-ce qu'elle réplique ? Eh bien, elle balance dans les dents du jury un cartoon du même tonneau où l'on apprend qu'en fait le loup est un sacré récidiviste, et on le voit aussi sec, *horresco referens,* en train de sodomiser les trois petits cochons ! Hardi, hardi, il les besogne à tour de rôle, sans débander, une véritable bête de sexe, le mec ! Des petits cochons, tu vois d'ici le pervers ? Zoophile plus plus plus... Le montage est très

« cut », on zoome soudain sur de vrais porcs cloîtrés dans leur enclos, avant leur départ pour l'abattoir ! Ça couine à tout va, ça suinte la détresse, moment dramatique ! Le loup, très pro, débite ses proies en rondelles et les transforme en saucisses sèches, boudin et filet mignon ! On va lui coller trente ans incompressibles, à ce salaud, seulement voilà...

— Son entreprise de charcuterie s'apprête à embaucher une quinzaine de chomedus en fin de droits ? suggéra Nadia. Alors l'avocat du loup insiste lourdement : des petits cochons, il y en a à la pelle, mais des entreprises saines, par les temps qui courent... Là-dessus, le jury se retire pour délibérer, suspense insoutenable !

— Tatatata... la *Neuvième*, musique ad hoc, fondu au noir, renchérit Maryse.

— Le président revient en session et annonce le verdict en chantant *qui craint le grand méchant loup, méchant loup, grand loup noir,* crac, le violeur est acquitté ! assena Nadia.

— Mais la victime, en guise de compensation, est embauchée comme figurante à EuroDisney ! précisa Maryse.

— Exact, avouez que ça nous changerait un peu des réquisitoires tristounets et des plaidoiries à l'eau de rose ! Ah, chienne de vie ! Autant boire pour oublier !

Il avala d'un trait son ballon de bordeaux. Nadia remarqua que Maryse avait commandé un scotch, à peine entamé. Le regard vide, elle agitait son verre en faisant tinter les glaçons.

— Alors, Nadia, la journée a été joyeuse ? demanda Montagnac. Tu es ressortie de ton cabinet confiante en l'avenir de l'humanité ? Rassérénée par l'élan de fraternité irrésistible qui nous fait tous frémir d'enthousiasme chaque matin que le Bon Dieu fait ? *Hosanna, hosanna in exelcis deo !*

— *No comment !* Je rentre, tu fais un bout de chemin avec moi ?

La question ne s'adressait pas à Montagnac, mais à Maryse. Qui acquiesça.

— Alors c'est irrémédiable, protesta Montagnac, vous me laissez tomber ? Je connais un petit restau libanais, près de la Motte-Picquet, avec des danseuses du ventre, on leur glisse des billets dans le soutien-gorge, c'est assez canaille, je suis sûr que ça vous plairait ! hein ?

— Un de ces quatre, peut-être, mais pour l'instant, désolée, le planning est un peu encombré ! rétorqua Maryse.

— Vous me condamnez à errer dans les lieux de perdition, à souiller mon corps, à l'avilir de turpitudes sans nom alors qu'il vous est par avance consacré, qu'il ne demande qu'à s'abandonner à la caresse de vos mains virginales ?

— *Considérant l'obsédé sexuel Montagnac, toujours prêt à dissimuler sa véritable nature sous des dehors calamiteux aux fins de mieux tromper ses proies éventuelles...,* récita Nadia, sentencieuse.

— *Considérant que ses manœuvres louches, déjouées à maintes reprises par lesdites proies,* ajouta Maryse sur le même ton, *ne l'ont pas incité à s'amender, mais au contraire l'ont encouragé à persévérer dans des conduites répréhensibles au regard de la morale publique, article lambda du Code pénal...*

— *Considérant que le dénommé Montagnac est accessible à toute sanction pénale et parfaitement réadaptable...,* poursuivit Nadia.

— *Par ces motifs, ordonnons...* qu'il passe la soirée seul comme une âme en peine, alors que deux gonzesses aux fesses charnues à souhait lui explosent la libido au point de lui faire perdre tous ses moyens intellectuels ! C'est bien ça ?

— Tu connais parfaitement la musique ! confirma Nadia. *Certifions avoir étudié le dossier, examiné l'inculpé, nous être entouré de tous renseignements utiles et avoir consigné les résultats de nos investigations dans le présent rapport que nous affirmons sincère et véritable !*

— Bon courage, t'es foutu, M'sieur l'proc' ! ricana Maryse en vidant son verre de scotch.

— Ne vous réjouissez pas si vite, je peaufine déjà la riposte : lesdites heu... demoiselles, *étant liées professionnellement au prévenu, nonobstant leur mode de vie vertueux, peuvent légitimement être suspectées de harcèlement sexuel sur la personne dudit prévenu !...* heu... merde, je sèche ! J'étudierai la jurisprudence !

Les deux jeunes femmes avaient déjà disparu. Montagnac, soudain seul au milieu des clients de la brasserie, se mit à feuilleter son *Nouvel Obs* pour ne pas perdre contenance. Il s'intéressa à la rubrique des petites annonces. *F 40 a. jolie chtn yx bleus et. sup. tdre soumise ch H libre sérieux gentil fantasque.* Bof, songea-t-il en cochant l'annonce, ça mange pas de pain, mais c'est pas Byzance... La ligne suivante attira son attention. *La fessée, le mot vs trouble ? Tout comme la lecture de Sade ou de Masoch ? Juriste 35 a. raff. Je vs attends.* Juriste ? Avec un *e* au masculin ou au féminin ? Mystère. Dans le doute... Sous le sous-titre « Méli-Mélo », on proposait d'autres réjouissances. *Gentils loups cherchent*

deux femmes Naf Naf pour jouer aux petits cochons.
Écrire journal ref. 786/7G.

— Merde alors, bougonna-t-il, ça, ça s'invente
pas, quand même ! Je devrais me lancer, que je suis
con, mais que je suis con, des fois, vraiment !

Maryse et Nadia remontèrent bras dessus bras
dessous le boulevard de Sébastopol jusqu'à la rue
des Lombards qu'elles prirent à gauche en direction
de Beaubourg. La façade du Centre Pompidou était
ornée d'un énorme calicot annonçant l'exposition
Féminamasculin, *le sexe de l'art.*

— On y va samedi après-midi, si tu veux, suggéra
Maryse, j'ai lu un article, ça a l'air assez rigolo !

— Rigolo ?

— Ben ouais, c'est rien que du cul, mais attention, pour mater, y a plein d'alibis, tu vois le genre,
la psychanalyse, le ça du surmoi piégé par le moi du
sur-ça, et inversement, la sublimation, le non-dit du
refoulé, ou le contraire, je me rappelle plus, tous ces
trucs-là, bref, le blablabla intello, pas de bile à se
faire, on peut se rincer l'œil sans culpabiliser. O.K. ?
Tu connais Favrier, le premier substitut de la section
financière ? Il y est allé, tu vois pas qui c'est ? Le
genre grand bellâtre un peu fatigué. C'est le style
par ici poulette, je te montrerai mes estampes japo-
naises, carrément ! Il est tombé à bras raccourcis sur
toutes les minettes qui traînent au Palais, son
tableau de chasse favori, c'est les petites avocates
commises d'office à la vingt-troisième !

Étourdie par le bagout dont Maryse faisait
preuve, Nadia hocha la tête, vaguement approba-
tive. Elles arrivèrent devant la station de métro
Rambuteau.

— Viens jusque chez moi, il y a un nouveau thaïlandais qui a ouvert rue de Belleville, proposa Nadia.

— Pas ce soir : j'accompagne Butch à l'Élysée Montmartre !

— Il va encore défiler en string, barbouillé d'huile de monoï des pieds jusqu'à la tête en montrant ses biscoteaux ? C'est ça ? s'esclaffa Nadia, qui avait vu un poster de ce genre chez Maryse.

— Ben oui, qu'est-ce que tu veux, moi j'ai fini par apprécier ! Au début, je voyais pas trop l'intérêt, mais maintenant...

— Un jour, il faudra quand même que tu m'expliques ce que tu lui trouves !

— Tu veux vraiment que je te fasse un dessin ? demanda ingénument Maryse avant d'ouvrir la porte d'un taxi qui venait de stopper près d'elles.

12

Serge Vilsner habitait le onzième arrondissement mais recevait sa clientèle libérale dans un minuscule studio situé rue du Figuier. Les fenêtres s'ouvraient sur le Pont-Marie et les tourelles de l'hôtel Forney. Le loyer lui coûtait une véritable petite fortune. Il ne s'agissait pas d'un caprice mais en quelque sorte d'un investissement commercial : un psychanalyste établi boulevard Barbès, voire rue de la Goutte-d'Or, pour ne citer qu'un exemple à la limite de la caricature, avait statistiquement moins de chances de drainer une clientèle digne de ce nom qu'un confrère ayant pignon sur rue dans le Marais. Vilsner ne s'était installé que depuis quelques mois et comptait très peu de clients, six exactement. Il savait qu'il lui faudrait s'armer de patience avant que le bouche à oreille commence à fonctionner et que son nom circule dans les milieux intéressés. Autant par goût que par souci d'économie, il avait opté pour un aménagement très spartiate des lieux. Mobilier minimal, murs nus, éclairage halogène très cru, bibliothèque raisonnablement fournie mais non pléthorique : une atmosphère quasi monacale. Depuis trois semaines, le jeudi soir à dix-neuf heures, Vilsner recevait la visite d'un nouveau client. Maximilien Haperman, un Américain d'une soixantaine d'années, établi en France depuis 1980, parfaitement bilingue. Sa mère était française. Il avait pris contact avec Vilsner absolument par hasard : se promenant dans les parages, il avait vu la plaque de cuivre vissée sur la façade de l'immeuble et s'était décidé à presser la touche de l'interphone.

Haperman était peintre. Dans les années soixante, en dépit de son jeune âge, il avait, à l'en croire, connu son heure de gloire avec quelques rétrospectives dans de grandes galeries américaines. Ses toiles se vendaient alors à prix d'or, ce qui lui permit d'amasser une confortable fortune. Dès leur première rencontre, Vilsner fut très intrigué, pour ne pas dire fasciné par le personnage. Haperman avait un visage d'une pâleur étonnante, éclairé par des yeux d'un bleu intense, auréolé d'une épaisse tignasse grise. Très grand, légèrement voûté, il se vêtait sans recherche particulière mais faisait preuve d'une grande élégance naturelle. Il ne pouvait s'empêcher d'agiter les mains pendant qu'il parlait et ses longs doigts très fins décrivaient des courbes gracieuses, exactement comme si elles avaient tracé des lignes sur un tableau. L'entrée en matière fut des plus surprenantes.

— Dans quelques mois, une année tout au plus, je me suiciderai... annonça Haperman avec une grande assurance. Je souffre d'une maladie dégénérative du cristallin. Cruelle pénitence pour un peintre, ne trouvez-vous pas ? Je ne tolérerai pas de végéter, aveugle, à cogner ma canne blanche à chaque coin de mur, aussi suis-je certain qu'il me reste très peu de temps à vivre puisque je l'ai décidé.

Interloqué, Vilsner lui fit aussitôt remarquer que dans ces conditions, entreprendre une analyse n'avait guère de sens. Haperman haussa les épaules.

— Entreprendre une analyse ? Mon but est tout autre. Disons que je souhaite simplement éclaircir certains points avant de faire le grand saut, murmura-t-il avec un sourire empreint d'une grande tristesse. Mon temps est très précieux, je comprendrais parfaitement que vous refusiez de me venir en aide ! Mais si votre réponse, comme je l'espère, s'avérait positive, alors monsieur Vilsner, de grâce, épargnez-moi le charabia habituel à ce genre de situation. J'ai lu quelques ouvrages relatifs à... à votre art ! Je n'ai besoin que d'une écoute. Simplement d'une écoute. Pas d'interprétations vaseuses, de jargon, de discours abscons à propos de mon inconscient que je pressens... comment dire, assez volcanique ? Je vais bientôt mourir, j'assume le fait, je ne réclame qu'une présence. Disons que je veux faire le point, comme un navigateur égaré au milieu de l'océan. Et je ne sais pas me servir d'un sextan. Ai-je été clair ?

Vilsner avait accepté. Pour voir, comme on dit au poker. Soit ce type était un pervers particulièrement gratiné et la situation se décanterait rapidement, soit il était sincère, auquel cas l'expérience méritait d'être vécue. La discussion, toujours très délicate, à propos du montant des honoraires ne posa aucun problème. Haperman n'avait que faire de l'argent. Dès son arrivée, il posait sur le bureau de Vilsner une épaisse liasse de billets de cinq cents francs. Chacune des séances permettait de régler le loyer du cabinet pour un mois complet. Haperman s'allongeait sur le divan, fermait les yeux, et se montrait très loquace...

*

— Depuis notre dernière rencontre, expliqua-t-il ce jour-là, j'ai beaucoup pensé à un moment de ma vie qui a constitué un véritable tournant dans mon travail... à moins que ce ne soit l'inverse : mon travail déterminant les lignes de force de ma vie ? Bref, je veux parler du début des années soixante-dix, je vivais alors à New York. Après une période durant laquelle je m'étais beaucoup intéressé à l'hyperréalisme, j'avais soudainenent abandonné toute représentation figurative. Cette volte-face ne doit pas vous surprendre. La forme n'avait pas d'importance. J'ai toujours été très préoccupé par le matériau avec lequel on peut recouvrir une toile. Une de mes amies, de mes maîtresses, dois-je préciser, artiste elle aussi, utilisait son sang menstruel... le résultat était saisissant. J'allais fréquemment la voir travailler. Le geste pictural, ainsi enrichi par la matière elle-même, acquérait une force, une vérité insoupçonnées... pourquoi ? Parce que le sang est un élément d'emblée très collectif : si l'on greffe un organe, le corps le rejette violemment, alors que si l'on transfuse du sang du même groupe, il n'y a aucun problème. Le sang inclut d'emblée la notion de partage, de communion ! Avec l'aide d'un médecin je recueillis mon propre sang, dans une seringue de fort calibre. Quelques précieux centilitres... de quoi peindre une toile minuscule. Ce fut un échec. Le procédé, l'artifice par lequel je m'étais procuré la matière n'avait rien d'authentique. J'avais triché... je n'ai pas été le seul à explorer ce domaine. Avez-vous entendu parler d'Yves Klein ?

Vilsner resta silencieux. Haperman s'interrompit durant plus d'une minute, puis reprit son monologue.

— Yves Klein a beaucoup tâtonné dans cette direction. Il organisait des séances publiques, durant lesquelles il utilisait le corps de jeunes femmes en guise de pinceau. Il les appelait d'ailleurs les « femmes-pinceaux ». Elles étaient nues et il enduisait leur corps de peinture avant de le presser contre la toile. En négatif se dessinaient les seins, les hanches, les cuisses, la toison pubienne. Klein obtint un fameux succès grâce à ce procédé. Il voulut pousser plus loin. Il avait engagé une prostituée, à Pigalle, afin de réaliser des... des *impressions* du même type. Le sexe de cette femme aurait façonné diverses surfaces, papier, tissu, que sais-je encore, à la manière d'une presse d'imprimeur, et en guise d'encre, Klein escomptait cette fois utiliser le sang de ses règles, vous saisissez ? La fille était bien payée mais elle fut prise d'une sorte de répulsion avant de passer à l'acte, et se sauva en courant. Klein se rabattit piteusement sur un de ses modèles habituels et lui enduisit l'entrecuisse de sang de bœuf. Pitoyable stratagème, n'est-ce pas ? Plus récemment, j'ai pu voir au musée Ludwig d'Aix-la-Chapelle une... performance tout à fait extraordinaire. Savez-vous ce que j'entends par performance, monsieur Vilsner ?

Celui-ci acquiesça. Haperman avait gardé les yeux clos en posant sa question.

— Il s'agissait d'une artiste bien plus jeune que moi, Orlan, dont j'ignorais tout. Elle s'est exhibée dans une sorte de cabine ouverte au public, durant la période de ses règles. Elle restait là, des heures durant, les cuisses ouvertes, le sexe à nu, écartée, écartelée devant les visiteurs, sanguinolente... c'était un moyen encore plus radical de souligner le propos. L'important, dans ce cas, n'était plus de représenter quoi que ce soit, mais bien de mettre l'accent sur la matière avec laquelle, potentiellement, on peut le représenter. Le sang était vrai, c'était l'essentiel. Le sang d'une femme. Les femmes saignent à date fixe. C'est une fatalité incontournable, une sorte d'ascèse qui leur est imposée par la nature. Elles évacuent leurs impuretés. Je les envie. Je suis un homme. Pour faire saigner un homme, il faut le blesser. Mon idée de piqûre, de ponction, était simplement ridicule. Un simulacre de blessure puéril. Je manquais totalement de sincérité dans ma démarche. Depuis cette expérience plutôt humiliante, je n'ai plus jamais louvoyé.

Durant plus d'une demi-heure, Haperman parla ainsi. Ses souvenirs s'associaient les uns aux autres, réminiscences de blessures oubliées, d'images enfouies issues de sa jeunesse ou de son enfance, qui toutes avaient trait au sang, de la simple écorchure après une chute jusqu'à une hémorragie après l'ablation d'une dent... Il parla surtout, et très longuement, de la mort de sa sœur cadette, Tracy, à la suite d'un accident de voiture durant lequel elle avait perdu énormément de sang. Il évoqua les séances de prière avec ses parents, adeptes de la religion baptiste, dans les couloirs de l'hôpital.

— Rien n'y a fait, malgré les transfusions, le savoir-faire des chirurgiens, elle est sortie de la salle d'opération agonisante. Nous l'avons veillée plusieurs heures durant. J'étais présent dans la voiture, au moment de l'accident. Je m'en suis sorti sans la moindre égratignure mais j'ai vu ma pauvre petite sœur se vider avant l'arrivée des secours...

Il se tut enfin, se passa lentement la main sur le visage, et rouvrit les yeux. Sans que Vilsner l'y invite, il se leva, signifiant par là même que la séance était terminée. Vilsner se contenta de toussoter, faute de trouver une réaction plus appropriée. Haperman le salua d'un petit hochement de tête quand il quitta le cabinet après avoir fixé un nouveau rendez-vous pour le surlendemain samedi. Après quoi, encore sous le choc, Vilsner ouvrit la fenêtre et aspira une grande goulée d'air frais. Il n'avait absolument pas compris ce qu'attendait réellement Haperman de ces séances, mais se sentait déjà prisonnier, otage, de la relation étrange qui s'était instaurée entre eux. À la fois enthousiaste et inquiet. Il craignait de ne pas être à la hauteur, de manquer d'expérience. Il referma la fenêtre, enfila son imperméable et quitta l'immeuble. Il marcha le long des quais, d'un pas lent, songeur, et prit bientôt le boulevard Henri-IV qu'il remonta sur toute sa longueur pour arriver place de la Bastille. Il n'avait aucun projet pour la soirée ; après la séance éprouvante que lui avait infligée Haperman, il ne souhaitait pas rentrer immédiatement chez lui. Il pénétra dans un cinéma, au hasard, vit un film inepte, puis, à la sortie de la salle, vers vingt-deux heures, l'estomac agacé par l'appétit, poussa la porte d'un restaurant Tex-Mex, El Rancho, situé au tout début de la rue de la Roquette... Il commanda des enchiladas ainsi qu'une demi-bouteille de vin californien, et mastiqua lentement le contenu de son assiette en écoutant d'une oreille distraite la musique country que déversait la sono.

Vilsner n'avait guère l'habitude de boire. Un peu étourdi par l'alcool, il s'engourdit dans une rêverie cotonneuse. *Haperman ou les « règles » de l'art.* Le titre serait volontairement insolent, iconoclaste, provocateur. Il imaginait déjà la couverture du livre, les séances de signature qui s'ensuivraient, les interviews dans la presse, la mine envieuse de ses confrères, et surtout la rancœur de son père, psychiatre de la vieille école, organiciste irréductible, qui tenait l'analyse pour une somptueuse escroquerie intellectuelle. Pour que le rêve devienne réalité, il suffisait qu'Haperman tienne ses promesses. Vilsner était prêt à parier sur lui, comme un turfiste sur une pouliche. Il fallait le soigner aux petits oignons, le couver, le dorloter. Recueillir scrupuleusement l'intégralité de sa confession. Vilsner était persuadé que son nouveau patient allait lui livrer sur un plateau un de ces cas d'école propre à ébranler quelques dogmes solidement enracinés dans la cervelle de ses maîtres... Il fut dérangé dans ses pensées par une troupe assez joyeuse qui envahit alors le restaurant. Un type à la carrure de titan, que les serveurs applaudirent avec empressement, déposa sur le comptoir une coupe d'argent aux dimensions impressionnantes. Dans le vacarme qui s'ensuivit, Vilsner ne saisit que des bribes de conversations décousues. Il était question d'un concours de body-building remporté par le patron des lieux, un certain Butch. Magnanime, celui-ci offrit une tournée générale de mezcal. Définitivement grisé, Vilsner se laissa tenter. Butch lui servit lui-même un verre plein à ras bord avant de lui assener une grande claque qui se voulait amicale entre les épaules.

Ce fut d'un pas légèrement titubant que Serge Vilsner descendit la rue de la Roquette pour rentrer chez lui, place Léon-Blum. Il était bien trop absorbé dans ses pensées pour s'apercevoir qu'on le suivait.

13

Nadia Lintz était allée souper seule dans le restaurant thaïlandais dont elle avait parlé à Maryse. On y servait un potage de poulet à la citronnelle et du poisson cuit à la vapeur, enveloppé dans des feuilles de bananier, entre autres spécialités. La salle était décorée de posters vantant les charmes de plages aux noms enchanteurs, Pattaya, Phuket, etc. Elle rentra ensuite chez elle, dans la résidence où elle avait emménagé, au tout début de la rue de Belleville. Un immeuble sans âme habité par des cadres, des médecins, des avocats.

Elle s'était décidée à quitter le petit deux pièces que lui avait loué Isy Szalcman lors de son arrivée à Paris, estimant qu'il valait mieux cesser toute relation avec le vieil homme, du moins pendant quelque temps[1]. Ils en furent peinés aussi bien l'un que l'autre, et, lorsqu'ils se croisaient dans le quartier, ils

1. Voir *Les Orpailleurs*.

s'adressaient un salut discret. Puis le temps avait accompli son œuvre, et ils se voyaient désormais assez souvent. Elle lui rendait visite, dans le vieil appartement encombré d'automates qu'il entretenait toujours avec un soin jaloux. Nadia avait un projet un peu fou en tête : encourager Isy à écrire ses mémoires et même l'y aider. Son enfance en Pologne, la déportation, l'arrivée en France, sa vie de truand, son séjour en prison, et ce curieux métier de facteur d'automates...

La première fois qu'elle lui en parla, Isy éclata de rire. Il prétendit que sa vie n'avait rien d'extraordinaire, qu'elle ne méritait certainement pas qu'on lui consacre un livre. Mais, petit à petit, il consentit à parler devant un magnétophone. À raconter des anecdotes, sans aucun souci de la chronologie. Il y prit goût. Se laissa même aller à un certain cabotinage. Dès que Nadia l'appelait pour une nouvelle « séance », il était toujours disponible. Elle stockait les cassettes, les rangeait peu à peu par années. Isy était très disert sur son enfance, ou sa vie à Paris après guerre, les années passées derrière les barreaux de la Santé, mais refusait toujours obstinément d'aborder son séjour à Birkenau.

En retour, Nadia lui avait avoué pourquoi elle-même « collectionnait » les documents sur les camps nazis, pourquoi elle détenait tant de vidéos sur le sujet, pourquoi elle lisait tant de livres consacrés à la question. Elle avait avoué le passé honteux de son père, appris par hasard, en apercevant un jour, au fond du piano sur lequel elle avait joué durant toute son enfance, l'adresse d'une famille juive, rue des Archives, à Paris. Ce piano « confisqué » comme d'autres biens juifs par la Milice, avant le départ des

Grynbaum pour Drancy, puis Auschwitz... Isy dut déployer des trésors d'éloquence pour persuader Nadia qu'elle devait cesser de se tourmenter à cause de cette histoire dans laquelle elle ne portait aucune responsabilité. En vain.

Nadia avait orné un des murs de son séjour avec l'agrandissement d'une photo étrange. On y voyait quelques gaillards en bras de chemise, coiffés de bérets, occupés à transbahuter des meubles à l'intérieur d'un bâtiment d'allure plutôt cossue. Les types arboraient un sourire de circonstance, des trognes de déménageurs épuisés par la tâche mais décidés à en venir à bout. Il s'agissait en fait d'un des centres de tri des biens juifs raflés au petit bonheur la chance par la Milice. Nadia était persuadée que le second milicien à partir de la gauche, un tout jeune homme porteur de lunettes à monture d'écaille, était son père. La photographie était perdue au milieu d'autres, d'apparence tout aussi anodine, dues à Robert Doisneau ou à Willy Ronis. Il en existait des milliers d'exemplaires identiques dans bien des appartements parisiens.

Peu à peu, Isy comprit que ce projet de livre dans lequel elle cherchait à l'entraîner ressemblait en fait à une sorte de thérapie, à un exorcisme. La quête éperdue d'un pardon pour des fautes qu'elle n'avait pas commises.

— Je ne connais rien de rien à la psychanalyse, déclara-t-il avant la première séance d'entretien au magnétophone, mais il me semble qu'il y a quelque chose qui ne tourne pas rond ! C'est moi qui raconte mes souvenirs, mais c'est toi qui te soignes ! C'est le monde à l'envers !

Il s'asseyait toujours face à elle, un petit verre de

vodka à la main, et racontait. Tantôt les souvenirs du ghetto de Cracovie, ses quatre cents coups de gosse des rues, tantôt les soirées de bal-musette au Balajo, dans les années cinquante, les mauvais garçons qui guinchaient au son de l'accordéon... Ou les promenades interminables dans la cour de la Santé, durant ses longues années de détention. Nadia écoutait, reformulant mentalement les phrases dans le but de les coucher ultérieurement par écrit. Elle avait d'ailleurs déjà commencé à le faire, maladroitement, et détenait l'ébauche de quelques chapitres.

Ce jeudi soir, elle rentra chez elle, mit un CD sur la platine, les sonates pour piano de Beethoven, et ouvrit le dossier qui contenait les premiers feuillets rédigés.

14

Ce même jeudi soir, Françoise Delcourt resta très tard au chevet de la petite Valérie Lequintrec, qui souffrait beaucoup. L'interne Vitold était effaré des résultats des dernières analyses de glycémie qui frôlaient les 0,30 mmol, un chiffre situé dans une zone considérée comme mortelle. Malgré des injections répétées de glucagon intramusculaire, la situation ne s'améliora que très lentement. Il fallut attendre vingt et une heures avant de voir les courbes revenir à la normale. Épuisés, Vitold et Françoise transmirent les consignes à la garde de nuit, puis sortirent prendre un pot dans une brasserie de l'avenue Netter. Ils ne s'appréciaient guère mais la tension nerveuse qu'ils avaient subie durant les dernières heures les avaient rapprochés.

— Cette gamine a des métastases hépatiques, c'est la seule explication, résuma Vitold, affalé sur la banquette de moleskine, un verre de gin-fizz à la main. Auquel cas, elle n'en a plus que pour quelques semaines. Dis-moi, ça fait combien de temps que tu bosses dans le service ?

— Dix ans pile !

— Tu... tu as compté le nombre de gosses que tu as vus mourir ?

— Non. Pourquoi ? J'aurais dû ? Après tout, tu as raison, je devrais tailler des encoches sur le tiroir de mon bureau ! Tu sais, comme dans les films de guerre : on voit les aviateurs qui peignent des petites croix sur le fuselage de leur avion à chaque ennemi abattu, hein ? En dix ans, j'en ai vu pas mal, mais j'ai pas la manie des chiffres. Surtout ceux-là !

— À question idiote, réponse stupide, concéda Vitold.

— Excuse-moi, ça n'est jamais facile, je veux simplement dire qu'on ne s'y fait pas. Ou alors, il vaut mieux aller voir ailleurs. Quand je suis arrivée chez Vauguenard, j'ai tout de suite compris. Il y avait une surveillante assez blindée, qui ne se rendait même plus compte de ce qu'elle faisait. Elle devenait carrément dégueulasse. Elle traitait les mômes et les parents comme s'il s'était agi de... de vulgaires objets ! Elle tenait à ce que tout fonctionne au quart de poil, et crois-moi, ça tournait, mais en fait elle était devenue dingue. On se serait cru dans un garage : tant de carburateurs, de pots d'échappement, de culasses réparés, et tant de bagnoles envoyées à la casse. Un trait bleu pour les sorties, un trait rouge pour les épaves expédiées au broyeur, enfin, à la morgue... Vauguenard l'a éjectée en douceur, en nous expliquant qu'il ne fallait pas en vouloir à cette femme, mais au contraire méditer son exemple. Un an après, on a appris qu'elle s'était suicidée. On s'est tous sentis assez cons. On n'avait pas pigé qu'il fallait réagir tant qu'il en était encore temps, trouver les mots pour lui venir en aide. C'est une leçon que je ne suis pas près d'oublier.

— Si Vilsner avait été là, il aurait tout de suite pris l'affaire en main, non ? gloussa Vitold, sarcastique.

— Ah celui-là... j'en ai ras le bol de le voir traîner dans les couloirs, crois-moi !

— Il faut pas lui en vouloir, il fait ce qu'il peut pour justifier sa présence !

— Ah oui, quoi par exemple ?

— Eh bien, il drague la petite diététicienne, c'est déjà pas si mal, non ?

— Kadidja, la Beurette ? Il est pas le seul à avoir tenté le coup, ou je me trompe ? Ne joue pas les cyniques, vous avez tous voulu la sauter, et vous vous y êtes cassé les dents !

— Décidément, il n'y a rien qui t'échappe.

Françoise rentra chez elle, épuisée, à vingt-trois heures. Son fils s'était préparé à manger tout seul et dormait profondément, recroquevillé en chien de fusil en travers de son lit, tout habillé et entouré de feuilles éparses, couvertes d'équations, issues de son classeur de maths. Françoise lui caressa la joue sans qu'il se réveille et lui fredonna une berceuse, sans cesser de penser à la petite Valérie. Elle se fit ensuite réchauffer un plat surgelé au micro-ondes et dîna seule face à son poste de télé. À la fin du journal du soir, sur France 2, défilèrent quelques images — exclusives ! — de l'intervention pratiquée par le

Pr Lornac sur les deux sœurs siamoises, séparées le matin même dans le service de chirurgie de l'hôpital Trousseau. Le commentaire était dithyrambique. L'opération avait été *mise en scène* par les réalisateurs du reportage. Le scalpel manié de main de maître incisait la chair sous l'éclat des sunlights. Les viscères soumis à l'incursion de la lame captaient irrésistiblement le regard du spectateur, prisonnier de ce tableau vivant, animé, dont la couleur dominante était rouge sang. Écœurée, Françoise éteignit le poste, avala un cachet de somnifère et se coucha.

15

Héléna avait dormi plus de dix heures d'affilée. Elle s'était agitée à de nombreuses reprises durant la nuit sans toutefois s'éveiller. Charlie n'avait cessé d'observer le visage tourmenté de la fillette, qui émergeait des couvertures. En temps ordinaire, Charlie veillait jusqu'au petit matin ; il tournait en rond des heures durant, dans son repaire haut perché, angoissé par l'obscurité, hanté par ses propres cauchemars. Chaque soir, il allumait une lampe de camping-gaz, une cartouche de rechange à portée de main en cas de besoin. Durant l'hiver précédent, il en avait utilisé une quantité impressionnante. Un véritable gouffre pour son maigre budget. L'arrivée du printemps l'avait soulagé. Les nuits devenaient plus courtes.

Allongé dans un transat, il s'était finalement assoupi, lui aussi. Quand la petite fille s'éveilla enfin, il sursauta, effrayé. Le froissement du tissu des couvertures suffit à mettre ses sens en alerte. Sa main droite agrippa instinctivement le long poignard au manche de corne, à la lame gainée de cuir, qu'il portait toujours sous sa chemise, à même la peau. Un des rares souvenirs qu'il avait préservés de sa vie d'avant. D'avant la chute, d'avant la fuite. Un cadeau des copains du régiment, des « lascars » de sa section. Des braves mecs, les copains, finalement, une fois oubliés les engueulades dans la chambrée, les concours de pets qui n'en finissaient pas, les bitures au mess assorties de dégueulades fétides.

Fred le Chtimi, l'obsédé de la Formule 1, avec sa collec' d'autographes de coureurs, Lauda, Mansel, Berger, il les avait tous, ce con ! Nono, le gars de Saint-Nazaire, un vrai poème, celui-là, il racontait toujours des histoires de putes qui jouissaient rien qu'en le suçant, *personne y croit eh, banane,* ça gueulait à tout va dans la chambrée ! Et puis Steph, ce brave Steph, qui ne savait pas pourquoi il était là puisqu'il avait décroché un CAP de pâtissier avant de signer le formulaire d'engagement sur un coup de tête, un jour de cuite sévère. Pauvres bidasses mal préparés au sale tour que la vie leur avait joué. Elle les avait brutalement promus sauveurs, alors qu'ils n'étaient pas programmés pour ce genre de tâche. On leur avait appris à conduire des camions, à construire des ponts, à réparer des pistes d'atterrissage endommagées, bref, tout un tas de trucs utiles qui pourraient resservir, une fois redevenus civils. Le baratin officiel. En cas *1) de tremblement de terre, 2) de raz de marée, 3) de cyclône, 4) d'explosion de centrale nucléaire,* ainsi que le précisait le manuel que détenait l'adjudant instructeur. Après tout, pourquoi pas ? Charlie y avait cru mordicus, aux salades de l'adjudant. Pour de vrai ! Croix de bois, croix de fer, si je mens, je vais en enfer ! Il y avait cru, Charlie, à ces astuces, à ces combines. À ces mensonges. Il avait appris la leçon par cœur. Il ne demandait qu'à rendre service. Mais sauver des gens, au bout du compte, ce n'était pas un boulot de militaire. Trop compliqué. Un business pareil, ça devrait être réservé à des spécialistes, *à des gonzes préparés à ce genre de taf*, comme avait dit Fred, un soir où ils étaient allongés côte à côte, sous la tente, assaillis par les moustiques, malgré la gaze censée les en protéger. À des spécialistes, oui. Pas à des amateurs. Les croix de bois, il aurait fallu avoir le temps de les tailler, avant de les planter en terre. L'adjudant ne racontait que des salades. Total, Charlie s'était retrouvé en enfer.

Il ne s'en était jamais remis. Il se demandait souvent ce qu'ils étaient devenus, les copains de sa section. Fred, Nono et Steph. Les potes inséparables, deux ans après. On peut en faire, un sacré bout de chemin, en deux ans. Charlie avait cru devenir soldat, manque de bol, la vie l'avait déguisé en paumé. En SDF ? Ah non alors, il récusait ces initiales infamantes. De toutes ses forces. Un domicile, il en avait un. Conquis de haute lutte contre l'adversité. Ce perchoir dans lequel il avait entassé ses maigres biens.

*

La fillette n'osait affronter son regard. Elle semblait terrorisée par le poignard que tenait Charlie. Il répara sa bévue en le rangeant aussitôt, et s'adressa à Héléna d'une voix apaisante. Elle ne pouvait comprendre les mots qu'il prononçait mais le ton très doux dont il usait ne pouvait mentir. L'homme qui se tenait en face d'elle ne lui voulait aucun mal. Elle se détendit. En se redressant, Charlie fit tomber le cahier à spirale qu'il avait confié à Héléna la veille, et qu'il avait tenu sur ses genoux durant son sommeil. Elle avait rempli les pages de petits croquis naïfs en essayant de raconter son histoire. Le résultat laissait à désirer. Charlie eut l'impression d'avoir à déchiffrer une série de hiéroglyphes. Héléna n'avait pourtant pas épargné sa peine. Une vingtaine de feuilles étaient couvertes de saynètes colorées, encadrées, reliées entre elles à la manière d'un album de bandes dessinées. Charlie n'y comprenait pas grand-chose. De l'ensemble se dégageait une impression de grande violence. Des personnages en frappaient d'autres, il y avait des bâtons, des yeux d'où s'écoulaient des larmes, en abondance, des visages d'enfants meurtris, des gribouillages censés représenter des combats. Charlie sourit à sa petite pensionnaire et déposa le cahier sur le lit.

— Faudra qu'on essaie de faire mieux, d'accord ? Mais d'abord, je suis sûr que tu as faim, non ?

Héléna ne comprenait pas. Charlie agita sa main devant sa bouche et se massa le ventre en faisant « miam-miam ». La gamine sourit et hocha affirmativement la tête. Il disparut dans la pièce voisine et s'affaira à préparer un chocolat chaud. Il retrouva une boîte de gâteaux secs sur une étagère, mit le tout sur un cageot qui servait de plateau et revint dans la chambre. Quand il s'approcha d'elle pour lui tendre le bol et les petits-beurre, Héléna eut un nouveau sursaut instinctif, un geste de protection incontrôlé, l'avant-bras craintivement replié devant le visage.

— T'en as bavé, hein ? murmura Charlie, mais rassure-toi, maintenant, il t'arrivera plus rien de mal, t'as confiance en moi ?

Héléna avait saisi les gâteaux et les enfournait goulûment dans sa bouche, l'un après l'autre, comme elle l'avait fait avec les pâtisseries la veille au soir. Elle faillit se brûler en portant le bol de cacao à ses lèvres.

— Prends tout ton temps, on est pas aux pièces... lança joyeusement Charlie.

Il alluma une cigarette et laissa la petite terminer son repas. Elle ne semblait pas décidée à sortir du lit, sans doute parce que la chaleur lui procurait une sensation de sécurité. Charlie la débarrassa du bol et épousseta les miettes de gâteaux. Il reprit le cahier contenant les dessins.

— Tu veux bien essayer de m'expliquer encore ?

Héléna acquiesça et se cala le dos avec une couverture roulée en boule. Elle s'apprêtait à se saisir du cahier mais Charlie ne le lâcha pas.

— C'est moi qui vais dessiner, O.K. ? Et toi tu vas m'aider !

Il traça un croquis de la maison dans laquelle les petits compagnons d'Héléna avaient péri brûlés vifs. Pour mieux souligner le propos, il approcha la flamme de son briquet de la feuille de papier.

— Le monsieur qui a fait ça, c'est qui ? Tu pourrais me le dire ? Tu le connais ?

Héléna fronça les sourcils. Charlie dessina un grossier bonhomme qui lançait une bouteille, et, une nouvelle fois, alluma son briquet.

— Boum ! s'écria-t-il. Tu as pigé ? Le monsieur, c'était qui ?

Il était évident que la petite avait compris la question mais qu'elle ne savait par quel moyen y répondre. Elle montra ses dessins à elle. Et notamment l'un des tout premiers, où l'on voyait une fillette, parfaitement reconnaissable à sa robe, à ses tresses, plantée à côté d'une voiture. Héléna mima le geste d'essuyer quelque chose. Elle avait saisi un morceau de couverture et frottait dans le vide, consciencieusement. Puis elle tourna son pouce vers sa poitrine.

— Une voiture, tu as lavé une voiture ? s'étonna Charlie, décontenancé.

Elle montrait le « monsieur » qu'avait dessiné Charlie, le lanceur de cocktails Molotov et la voiture, de nouveau. Après quoi elle tendit la main avec un sourire et, dans un geste universellement compréhensible, frotta la pulpe de son index contre son pouce.

— Tu as gagné de l'argent en lavant une voiture, qu'est-ce que c'est que ce cirque ?

Héléna poursuivit ses mimiques, suggérant que l'argent gagné était remis au « monsieur ». À voir la mine effarée de Charlie, la petite se mordilla la lèvre inférieure, désolée. Un long moment de silence s'ensuivit. Héléna se frappa alors le front et s'agita, fouillant la pièce du regard. Ses mains dessinèrent un rectangle, dans le vide. Elle prit une page vierge sur le cahier et dessina ce qui ressemblait à une rame de métro. Ses yeux interrogèrent Charlie, tandis qu'elle traçait un rectangle constellé de petits points.

— Un plan de métro, tu veux un plan de métro ! J'ai pigé.

Emporté par l'enthousiasme, il saisit le visage de la petite et s'apprêtait à déposer un baiser sur son front quand elle se raidit, de nouveau tétanisée par la peur. Charlie recula promptement et se fit le plus rassurant possible. Il se leva, passa dans la pièce voisine et décrocha un vieux calendrier des PTT que les précédents occupants du local avaient abandonné. Il en feuilleta les pages et trouva un plan de la RATP. Quand il le présenta à Héléna, elle pointa son doigt vers la station Auber sans la moindre hésitation. Charlie frappa dans ses mains à plusieurs reprises.

— Bravo ! Faut me pardonner, des fois, je suis un peu dur à la détente.

Héléna ne savait pas lire, mais elle pouvait identifier certains mots qui lui étaient familiers. « Auber » faisait partie de la liste. Charlie ne posa plus de questions sur cette histoire de voiture à laver. À maintes reprises, il avait aperçu les nuées de gosses crasseux qui, en certains points de Paris, stationnaient aux feux rouges et se précipitaient pour passer un coup d'éponge sur les pare-brise en échange d'une pièce de monnaie. Héléna avait fait partie d'une de ces bandes. Charlie savait également qu'il s'agissait de gosses roumains. Leurs frères ou leurs petits cousins mendiaient dans les gares ou jouaient de l'harmonica dans le métro...

— Et ce mot-là, tu le connais ? demanda Charlie en traçant POLICE en lettres capitales.

Héléna roula des yeux affolés. Charlie déchira aussitôt la page. Il écrivit, toujours en lettres capitales, le mot ROUMANIE. Héléna secoua la tête ; ça ne lui disait rien.

— Rou-ma-nie... articula lentement Charlie. D'une voix geignarde, aiguë, imitant une femme tenant un bébé dans ses bras, il psalmodia en roulant les *r* : *mesdames et messieurs, j'arrive de Roumanie, donnez-moi à manger pour mon petit enfant...*

140

Ce fut au tour d'Héléna d'applaudir. Elle éclata de son rire muet, brandit le poing, pouce levé, et envoya une claque sur l'épaule de Charlie.

— On progresse. Et dis-moi, ça fait longtemps que tu es arrivée ici ? À Paris ? Auber, si tu préfères !

Nouvelle perplexité. Charlie montra le calendrier, les semaines et les mois. Il fit tourner son index autour de sa montre.

— Depuis quand ? Heu... combien de Noël ? Merde, comment on peut bien dire Noël en roumain ? Le petit Jésus, tu vois pas ?

Héléna avait capté les mots au vol. Elle ferma le poing en sortant le pouce et l'index. Deux ans. Charlie revint aux premiers dessins du cahier, ceux qui montraient Héléna près de la station Auber, occupée à laver les pare-brise des voitures arrêtées au feu rouge.

Il ne lui fallut pas moins de deux heures pour reconstituer l'histoire, à tâtons. Encore Charlie n'était-il pas certain d'avoir tout saisi. De nombreux points obscurs demeuraient. Il y avait toutefois un point sur lequel la fillette ne transigeait pas. Le « monsieur » qui était entré dans la maison du terrain vague de la Chapelle pour y lancer ses bouteilles incendiaires sur les enfants méritait selon elle un châtiment. À plusieurs reprises, Héléna avait désigné le poignard de Charlie, puis le dessin du « monsieur », sur le cahier. Le geste était éloquent. L'expression que Charlie put lire sur le visage de sa petite compagne ne démentit pas cette impression. Elle ne se contentait pas d'avoir été sauvée. Elle réclamait justice.

— On se calme, on se calme... bredouilla Charlie, effaré.

VENDREDI

1

Françoise Delcourt arriva très tôt au service le vendredi matin. La petite Valérie avait passé une assez bonne nuit, d'après l'infirmière de garde. Son visage était reposé et elle souriait, comme toujours. Françoise pénétra dans la chambre, s'assura que tout était en ordre et, quand elle en sortit, croisa Ernestine qui effectuait sa tournée habituelle, avec son chariot de serpillières, de désinfectant et de balais-éponges.

— Pas de fuite de la perf' à la 10, cette nuit, tout est propre ! annonça-t-elle, fièrement.

Françoise lui adressa un sourire forcé et pénétra dans son bureau pour préparer les formulaires destinés au service qui allait effectuer l'artériographie hépatique sur Valérie, suivant la prescription de Vitold. Un fax lui apprit que Vauguenard, remis de sa fièvre, serait de retour le lendemain. On emmena Valérie à dix heures. Françoise la regarda partir, assise sur un fauteuil roulant, le cœur serré.

Peu après, elle aperçut Vilsner qui passait dans le couloir, désœuvré, et lui fit signe d'entrer.

— Dis-moi, lui demanda-t-elle, tu as jeté un œil sur le dossier Lequintrec ?

Vilsner plissa le front. Il savait le peu d'estime dans lequel le tenait la surveillante et redoutait un piège. Il avait consacré quelques visites à la petite Valérie. Trois heures au total, peut-être un peu plus. Le temps de prendre contact. Françoise attendait la réponse.

— Ses dessins sont très frappants. Elle ne m'en a donné que deux. Sans couleurs. Très stéréotypés. Des caricatures de dessins d'enfants. Comme si elle avait compris ce que j'attendais d'elle et qu'elle répondait de façon purement, heu... protocolaire, tu vois ? Elle se protège. J'ai eu l'impression de faire face à un mur.

— Alors ? insista Françoise.

— Elle semble refuser de situer ses parents. Elle m'a expliqué qu'elle a oublié son vrai père, ce qui me paraît invraisemblable. Quant à son beau-père, Saïd, elle l'expédie en quelques mots, en jurant qu'il est très gentil, point ! Par contre, elle dit adorer sa mère. Ce qui me frappe, vraiment, c'est ce manque total de spontanéité, le contrôle d'elle-même qu'elle manifeste avec une grande froideur. Elle ne s'est en rien livrée au travers de ces tests. En fonction des éléments dont je dispose, je ne vois pas quoi dire d'autre.

— Tu crois qu'il pourrait y avoir des problèmes entre elle et ses parents ?

— Des problèmes entre les parents et les enfants, il y en a toujours ! rétorqua sobrement Vilsner. Quels types de problèmes ?

Françoise faillit évoquer le contenu du carnet de santé et son hypothèse d'une maltraitance, mais elle eut peur de se faire rabrouer par Vilsner comme elle l'avait été par Vitold. Aussi éluda-t-elle la réponse. Vilsner sortit du bureau, perplexe. Il croisa Kadidja, la diététicienne, qui s'affairait dans la salle où l'on préparait les plateaux-repas.

Moins d'une demi-heure plus tard, Vitold, qui avait assisté à l'artériographie hépatique de la petite Valérie, la raccompagna dans le service. Il la déposa dans son lit, tassa les oreillers dans son dos, rangea les peluches qui encombraient la table de chevet et quitta la chambre. Il s'assit sur une des banquettes du hall d'accueil et se mit à mâchonner lentement un chewing-gum, l'air absent. L'envie de griller une cigarette le tenaillait mais l'interdiction était formelle. Il avait beau se torturer les méninges, faire appel au plus infime de ses souvenirs de cours, se réciter mentalement le résumé des dossiers similaires qu'il avait eu à traiter depuis le début de son internat, rien ne collait. Ernestine lui bouscula les pieds en passant son balai-éponge sur le lino sans parvenir à le tirer de son apparente léthargie. Vilsner, empressé, traversa le hall accompagné de Kadidja. Un pâle rayon de soleil inonda la pièce. Les ombres et les lumières se répartirent aussitôt en de savants dosages. Vitold enregistra le dessin du soutien-gorge et du string de la jeune femme, ces deux traits foncés qui pointaient sous la blouse blanche largement échancrée. Une petite allumeuse, cette Kadidja. Elle n'avait vraiment pas besoin de se mettre quasiment à poil pour calculer les proportions de vitamines, de lipides ou de glucides contenues dans les purées de légumes ou les compotes servies aux mômes, mais bon...

— Merde, c'est pas la question ! marmonna-t-il en frissonnant.

— C'est quoi, la question ?

Vitold sursauta. Françoise lui faisait face.

— Alors l'artério, ça donne quoi ?

— Absolument normale. J'y pige plus rien. Il n'y a pas de métastases au foie. La gosse va vivre.

— Mais... les crises d'hypoglycémie à répétition, il y a quand même une explication, ça tombe pas du ciel ?

— Sais pas... soupira Vitold.

— Un peu court, comme réponse !

— Je te dis que je comprends pas ! La médecine, c'est pas une science exacte ! Et crois-moi, ça m'énerve !

Il frissonna de nouveau.

— Merde, cette saleté de virus, si je l'ai chopé, il faut pas que je traîne dans le service...

— Tu fais comme tu le sens, concéda Françoise, mais avant de te faire porter pâle, tu rédiges un compte rendu circonstancié de tes observations à propos de la 10. Quand Vauguenard sera de retour, il faudra qu'il dispose de tous les éléments, O.K. ?

Vitold acquiesça. Il se leva, sentit ses jambes cotonneuses qui commençaient à refuser de lui obéir, et se précipita droit vers les toilettes pour vomir. Françoise avait bien trop à faire pour s'attendrir sur son cas. Comme tous les après-midi, Marianne et Saïd se présentèrent à l'accueil pour rendre visite à leur fille. Elle vint à leur rencontre dans le hall et leur annonça le nouvel examen que Valérie avait subi le matin même. La maman fronça les sourcils, mécontente de n'avoir pas été prévenue.

— Même si ça va très mal, nous devons être avertis ! protesta-t-elle. Quand nous avons vu le professeur Vauguenard pour la première fois, c'est bien ce qui avait été convenu avec lui !

— Je suis sincèrement désolée, reprit Françoise, nous ne voulions simplement pas vous affoler. Je ne fais que vous apprendre une bonne nouvelle. L'artériographie est totalement normale. Valérie doit être très fatiguée, si elle veut dormir, je vous conseillerais de la laisser se reposer...

— Je peux parfaitement juger de la conduite à tenir avec ma fille !

Marianne Quesnel s'engagea dans le couloir menant aux chambres sans plus prêter attention à Françoise. Durant le bref échange, Saïd s'était tenu à l'écart. Depuis l'admission de Valérie, Françoise n'avait quasiment pas entendu le son de sa voix. Valérie n'était pas sa fille, mais l'enfant d'un autre. Peut-être était-ce la raison de sa discrétion ? Françoise aurait aimé s'entretenir seule à seul avec lui. Sa qualité d'externe en cinquième année de médecine lui permettait de suivre le dossier avec un œil assez compétent. Aussi ne pouvait-il rester indifférent devant les suites plus que surprenantes de l'opération. Il avait sans doute plongé le nez dans ses manuels, étudié la pathologie dont souffrait la petite. Inévitablement, il devait se poser des questions. Il avait pourtant choisi de se taire et de laisser sa compagne gérer les relations avec l'équipe médicale.

2

Rovère avait confié à Dimeglio le suivi des comptes rendus du labo de l'Identité judiciaire concernant le « ménage » opéré dans la maison de la Chapelle. Ce vendredi matin, il se leva tard. Il avait posé une journée de congé depuis la semaine précédente et ne tenait pas à se la faire carotter. Depuis sa séparation d'avec sa femme, il vivait dans un pavillon, près de la Croix-de-Chavaux, à Montreuil. Le mur d'enceinte du jardin était mitoyen de celui de la cour d'une école primaire, et, à chaque récréation, il entendait les cris des gosses qui jouaient à la « déli-délo », à la marelle, à grand-mère veux-tu ?, etc. Au tout début de son installation dans les lieux, ce voisinage lui fut très pénible. Il ravivait trop de souvenirs. Peu à peu, pourtant, il s'y habitua. Les voix enfantines le faisaient à présent sourire. Peu avant onze heures, il quitta son domicile et se rendit à Paris en voiture. Claudie terminait ses cours au lycée Charlemagne à midi. Il l'attendit dans un bistrot voisin, le cœur battant et les paumes moites.

*

Depuis la mort de leur fils, ils ne s'étaient quasiment pas revus. Claudie s'était plongée dans son travail avec un acharnement quasi obsessionnel. Elle organisait des sorties, des voyages pour ses élèves, animait des stages, participait à quantité de réunions. Rovère patientait. Très récemment, elle l'avait appelé. Ils avaient longuement parlé. Au téléphone, tout d'abord, puis de vive voix, en terrain neutre, dans un café. Claudie ne parvenait pas à oublier ce soir, près de quatre ans plus tôt, où elle avait surpris Rovère préparant un cocktail de barbituriques qu'il s'apprêtait à faire ingurgiter à leur enfant. Il y avait là de quoi le tuer en douceur. Elle l'avait frappé avec tous les objets qui lui tombaient sous la main. Il s'était laissé faire, sans même chercher à parer les coups. Le gamin les observait de ses yeux vides. Ils s'étaient retrouvés épuisés, face à lui. Rovère était parti. Il ne croyait absolument pas aux affirmations des médecins selon lesquelles son fils était devenu totalement débile au point de ne pas souffrir de son état. La méningite qui l'avait frappé à l'âge de neuf ans l'avait laissé pantelant, inerte, impotent. Condamné à finir ses jours dans un fauteuil sans même se rendre compte du temps qui filait. Rovère mettait en doute les certitudes médicales et passait de longues heures à guetter dans le regard de son fils les brèves lueurs de détresse qu'il croyait y déceler... Un appel au secours. Une supplication : celle d'en finir au plus vite. Il avait tenté d'y répondre, mais Claudie était rentrée trop tôt, ce jour-là.

*

Claudie arriva un peu en retard au rendez-vous. Elle paraissait détendue quoiqu'un peu fatiguée. Quand elle fut assise face à lui, Rovère sortit de la poche de son veston un petit écrin. Il contenait une bague ornée d'un diamant que Claudie contempla longuement.

— Tu es complètement fou... murmura-t-elle, les larmes aux yeux.

— Pas du tout, vingt ans, ça fait exactement vingt ans aujourd'hui que je t'ai rencontrée. Comment veux-tu que j'oublie ?

Il lui passa la bague au doigt et tint un long moment sa main dans la sienne sans qu'elle proteste, avant de lui proposer d'aller déjeuner au restaurant. Il faisait assez beau et ils optèrent pour une terrasse de la place des Vosges. Ils firent le trajet à pied. Rovère passa son bras sous celui de Claudie, qui lui parla de ses élèves. Il l'écoutait avec attention. Alors qu'ils traversaient la rue, une voiture grilla un feu rouge et ils durent se séparer brusquement. Lorsqu'elle revint aux côtés de Rovère, ce fut Claudie qui lui prit le bras, dans un geste spontané. Il avança avec prudence, craignant de heurter un passant, soucieux de ne pas rompre ce contact qu'il savait fragile. Il se prit à sourire, au souvenir de ses premiers émois de collégien amoureux, qui craignait lui aussi de voir sa petite amie se dérober à ses avances. Le moindre effleurement de la main, le plus pâle sourire, le battement de paupières le plus imperceptible prenaient alors des allures de signes cabalistiques qu'il convenait de décoder avec le plus grand soin. Claudie avait cessé de parler de ses élèves, des préparations du bac, d'une visite à Rome qu'elle projetait avec sa classe de prépa.

— Et toi, ça a l'air d'aller plutôt bien ? remarqua-t-elle.

— Ça va, ça va ! confirma Rovère en se sentant rougir.

3

À la fois effrayée et amusée par l'exercice, comme l'aurait été n'importe quel enfant, Héléna suivit les consignes de Charlie pour quitter le perchoir qui lui servait d'abri. Elle se laissa glisser le long de l'échelle de corde, à sa suite, l'observa la replier puis la ranger derrière le muret qui la dissimulait à la curiosité d'un éventuel rôdeur. Vus à ras du sol, les ex-bureaux du hangar semblaient parfaitement abandonnés. Charlie prenait garde à ne laisser traîner aucun objet sur la coursive.

— Tu vois, il n'y a vraiment rien à craindre, ici, personne ne pourra venir te faire du mal, tu me crois ? s'écria Charlie en posant ses mains sur les épaules de la petite.

Pour la première fois, elle ne répondit pas à ce geste par un mouvement de recul craintif. Charlie y vit un signe encourageant. Il l'avait convaincue de procéder à une toilette complète avant de revêtir les vêtements qu'il lui avait achetés. Le résultat était satisfaisant. Héléna ne ressemblait plus à une petite mendiante. Elle se laisserait peu à peu apprivoiser, Charlie en était certain. Il lui fit visiter les environs immédiats du hangar, les amas de déchets métalliques qui l'entouraient, les berges du canal de l'Ourcq tout proche et enfin sa mobylette dissimulée sous la toile de tente dérobée dans l'entrepôt du Gros René. Héléna découvrit ce domaine avec des yeux étonnés mais perçants, très attentive aux détails, à la topographie, à l'atmosphère lugubre qui régnait alentour. Elle écouta l'écho étouffé de la circulation automobile, le clapotis de l'eau du canal, le sifflement d'une rame de métro qui filait à l'air libre, sur l'autre rive, en direction de Bobigny. Charlie ne la quittait pas des yeux. Elle était là, les sens en éveil, aux aguets, prête à détaler au moindre danger. Il sortit la mobylette de sa cache, la délesta de sa roulotte, l'enfourcha et mit le moteur en marche.

— Viens, monte derrière moi ! Tu vas voir, je vais te faire une surprise !

Héléna obéit. Ils filèrent jusqu'à la porte de Pantin en empruntant un dédale de routes qui serpentaient entre les entrepôts abandonnés, et arrivèrent bientôt sur les boulevards extérieurs. Charlie roula tranquillement jusqu'à la porte Dorée. Il attacha son engin à une grille de métro, tendit la main et entraîna Héléna vers le bois de Vincennes. Ils longèrent le lac Daumesnil et arrivèrent sur la pelouse de Reuilly où se tenait la Foire du Trône. La musique tonitruante, ponctuée de claquements de pétards et du boniment des forains, fit grimacer Charlie. Héléna resta bouche bée devant les attractions. Elle se tordit le cou pour apercevoir le sommet de la Grande Roue, éclata de rire face aux monstres de pacotille qui ornaient le fronton des trains fantômes, frissonna devant la course folle des chariots du grand huit, écarquilla les yeux en contemplant la ronde cahotique des autos tamponneuses.

Charlie l'accompagna dans chacun de ces manèges. Trois heures durant, ils s'étourdirent, se firent bousculer, chahuter, et faillirent même se perdre dans le labyrinthe du palais des glaces. Héléna semblait épuisée. Elle titubait, traînait ses pieds chaussés des souliers neufs qui lui écorchaient les talons. Ses socquettes étaient souillées d'une large auréole de sang à la jointure de la cheville. Elle s'en défit et poursuivit son chemin pieds nus, ce qui ne parut nullement la déranger. Charlie réalisa alors qu'il aurait mieux valu lui offrir un survêt' et une paire de Reebock au lieu de ce costume de petite fille modèle, et se promit de faire mieux la prochaine fois... Un photographe se planta soudain devant eux, avec son Polaroïd et ses échantillons de clichés qui montraient des pères de famille souriant parmi leur progéniture devant les marchands de petits cochons en pain d'épice.

— Une petite, juste une petite, proposa-t-il à Charlie, allez, quoi, merde, ça lui fera plaisir, à la gosse !

Charlie faillit bien envoyer une beigne à ce parasite, mais capitula en voyant la mine réjouie d'Héléna, qui se jeta à son cou en souriant face à l'objectif.

— D'accord, après tout, faut bien que tout le monde croûte, lança-t-il en tendant un billet de cent francs au photographe.

Une minute plus tard, celui-ci lui remit deux clichés encore humides, aux couleurs criardes. La petite les contempla quelques secondes, assez satisfaite, malgré leur qualité plus que médiocre, mais son attention fut de nouveau distraite par les merveilles qui l'entouraient. Charlie l'entraîna vers une baraque à frites bordée d'une tonnelle sous laquelle étaient installées quelques tables. Il commanda deux saucisses-frites, une bière et un Coca. Ils mangèrent en échangeant des clins d'œil. Héléna avait posé ses mocassins à côté de son assiette et raclait la moutarde en se poissant les doigts. Charlie sentait son cœur battre la chamade. Jamais de sa vie il n'avait été aussi heureux. Héléna ne pouvait prononcer le moindre mot mais ses mimiques étaient éloquentes. Il appela le serveur et demanda une crème glacée.

— Je suis un paumé, tu sais, Héléna, murmura Charlie d'une voix étranglée, tandis qu'elle plongeait sa cuiller dans l'amas de crème Chantilly à moitié fondue qui débordait de la coupe. Et toi, t'es pas arrivée en retard le jour de la distribution des emmerdes, c'est rien de le dire ! Alors, normal qu'on se soit rencontrés, hein ?

Héléna lui tendit sa cuiller emplie à ras bord. Il

avala la noisette de chocolat et la remercia d'un salut de la tête avant d'allumer une cigarette. Il feignit de s'être irrité les yeux avec la fumée de sa gitane pour essuyer ses paupières où perlaient deux grosses larmes.

— On va être bien, tous les deux, tu vas voir, si tous les gens qui ont pas eu de bol se serraient les coudes, la vie serait un peu moins dégueulasse, tu crois pas ?

Ils quittèrent la guinguette en se donnant la main. Charlie débarrassa Héléna de ses mocassins inutiles et les enfouit au fond d'une des poches de son blouson. Ils traversèrent les allées de la Foire pour regagner le bois. Près du lac Daumesnil, Charlie sentit soudain la main de la fillette se raidir dans la sienne. Il était perdu dans ses pensées et fut surpris par ce geste. Héléna s'était arrêtée devant un accordéoniste installé sur un pliant, à l'ombre d'un platane, près de la guérite où patientaient les amateurs de canotage qui attendaient qu'on leur attribue une barque. Ils n'étaient guère nombreux. Quelques couples d'amoureux qui se bécotaient tendrement, voire se pelotaient sans vergogne. Charlie crut tout d'abord qu'Héléna avait, elle aussi, envie d'aller faire un tour de barque. Il était prêt à tout pour satisfaire ses caprices. Mais la fillette lorgnait avec insistance en direction de l'accordéoniste. Afin de dissiper le malentendu, elle mima les attitudes du musicien qui triturait son piano à bretelles, écartant les bras avant de les rassembler dans un geste qui ne souffrait pas l'ambiguïté. Pour parfaire sa démonstration, elle tendit la main vers les badauds qui traînaient dans les parages.

— O.K., O.K., acquiesça Charlie, qui se souvenait

de la « bande dessinée » qu'il l'avait encouragée à tracer quelques heures auparavant, sur le petit cahier d'écolier, tout là-haut dans son repaire. Tu veux me parler d'un accordéoniste, d'accord ! C'est quelqu'un d'important, l'accordéoniste ?

Le visage d'Héléna se voila de tristesse. Faute de cahier et de stylo, elle ne savait comment s'exprimer. Elle suivit Charlie qui regagna la sortie de métro près de laquelle il avait attaché sa mobylette. Héléna lui montra alors le plan de la RATP et mima de nouveau le geste de l'accordéoniste manipulant son instrument.

— Tu veux me montrer où est l'accordéoniste, c'est ça ?

La gamine s'agitait sans cesser de lorgner vers le plan. Elle se hissa à genoux sur la selle de la mobylette et pointa le doigt sur la porte de Clignancourt, tout en haut à droite de la carte.

— C'est à croire que tu as passé ta vie dans le métro... Porte de Clignancourt, c'est les Puces... les Puces, c'est bien ce que tu veux dire ? Hein LES PUCES ? articula Charlie, lentement.

Héléna hocha la tête, satisfaite. Elle avait reconnu la sonorité du mot. Charlie connaissait parfaitement l'endroit pour s'être rendu à plusieurs reprises au stand du Gros René. Il savait également que certains cafés accueillaient des musiciens.

— Écoute, aujourd'hui on est vendredi et les Puces sont fermées. On ira voir demain, d'accord, tous les deux ? Toi et moi ?

Il accompagna sa proposition de gestes appropriés, désignant tour à tour sa montre, puis sa propre poitrine avant celle d'Héléna. La fillette secoua vigoureusement la tête. Sa réponse était négative. Elle ne voulait pas aller aux Puces.

— À cause de l'accordéoniste ? demanda Charlie.

Héléna fouilla dans la poche de Charlie et en sortit un briquet qu'elle alluma avant de faire mine de le jeter droit devant elle.

— À cause du « monsieur » qui a lancé les bouteilles...

Charlie marqua un temps, perplexe. Héléna était suspendue à ses lèvres, aux mots qu'il pourrait prononcer et dont elle ne comprenait pas le sens.

— Le « monsieur » connaît l'accordéoniste, c'est ce que tu veux me faire comprendre...

Il avait nettement distingué son visage, tout à fait banal, barré d'une moustache assez fournie, lorsque l'inconnu était descendu de voiture pour pénétrer dans le pavillon, au milieu du terrain vague de la Chapelle. Charlie se lança dans une pantomime grotesque qui intrigua les passants. Lesquels le virent tour à tour agiter son briquet, crier « boum », imiter un accordéoniste, puis frotter ses deux index l'un contre l'autre, dans un signe évoquant le mariage. Héléna applaudit.

— Reçu cinq sur cinq, t'en fais pas, je le reconnaîtrai ! assura Charlie en pointant deux doigts en fourchette devant ses propres yeux.

Héléna lui sourit. Charlie avisa deux flics qui longeaient la chaussée, leur carnet de contraventions à la main, à quelques mètres de là. Mieux valait ne pas s'attarder dans les parages. Ils s'éloignèrent, soudés l'un à l'autre sur la selle de la mobylette. Chemin faisant, Charlie réalisa, angoissé, que la petite l'entraînait dans un jeu des plus dangereux.

4

En début d'après-midi, le responsable de l'équipe du laboratoire d'Identité judiciaire qui avait traité l'affaire de la Chapelle rendit visite à Dimeglio, dans son bureau du quai des Orfèvres. Il lui apprit que l'on avait pu relever des empreintes sur quelques débris de verre provenant des bouteilles incendiaires. Lesquelles étaient classiquement emplies d'essence et munies, autour du goulot, d'un dispositif détonateur à base de chlorate de potasse.

— Il suffit d'un chiffon imbibé de cette poudre, et ça pète, expliqua l'homme de l'art. Des empreintes identiques figuraient sur les échantillons de nourriture — paquets de chips, emballage plastique de jambon et bouteilles d'eau — retrouvés dans les cartons épargnés par les flammes.

— Notre client n'a pris aucune précaution, nota Dimeglio. Soit c'est le roi des cons, soit il n'a jamais écopé de la moindre condamnation. Inconnu au fichier, ni vu ni connu, j't'embrouille. Encore que, l'un n'empêche pas l'autre, ça s'est déjà vu !

— Sur les paquets de chips et les emballages de jambon, il y avait également d'autres empreintes. De petites empreintes. Celles d'un enfant.

— Vous les avez comparées avec celles que détient Pluvinage ? demanda Choukroun.

— Oui, et elles ne correspondent pas. Mais elles appartiennent peut-être à un des gosses qui a cramé.

— Peut-être, admit Dimeglio, songeur.

Il s'empara du dossier que le type lui tendait, une chemise cartonnée de rose à laquelle étaient agrafés quelques feuillets de papier pelure. Il les parcourut en diagonale.

— Vous avez retrouvé des échardes de bois sous le volet métallique de la cuisine ? demanda-t-il en s'arrêtant à la troisème page.

— Oui, elles proviennent bien du morceau de plinthe arraché dans le séjour. Une des... des victimes a de toute évidence utilisé cette latte de bois pour faire levier sous le rideau de ferraille dans le but de le soulever de l'intérieur. On en a relevé des particules en pagaille, une vraie poussière, comme de la sciure, partout sur le pourtour du chambranle. Vous pigez ?

— Vous avez fait du bon boulot, mais ça fait pas vraiment avancer le schmilblick, conclut Dimeglio. Merci quand même.

Le type du labo n'était pas habitué aux louanges. Modeste, il fit contresigner le double de son rapport avant de prendre le large. Après son départ, Dimeglio appela la morgue du quai de la Râpée et demanda à parler à Pluvinage. Il obtint d'abord Istvan, qui ne se priva pas de l'apostropher avec les seuls mots d'italien qu'il connaissait, une maxime d'inspiration gaillarde.

— *Ecco*, Dimeglio, *come va ? Acqua fresca, vino puro, ficca stretta, cazzo duro !*

De l'eau fraîche, du bon vin, une figue bien mûre, la bite bien dure. La figue « bien mûre » étant entendue sous l'angle métaphorique, en relation avec le dernier terme de l'aphorisme.

— Ça baigne, Istvan, ça baigne, soupira Dimeglio.

La voix grasseyante de Pluvinage retentit bientôt dans l'écouteur.

— Vous venez aux nouvelles pour les gosses ? Rien de bien intéressant ! Un tableau classique de malnutrition, comme je l'avais pressenti. Il n'y avait même pas besoin de prélèvements sanguins pour déceler des carences diverses. Par contre, on a relevé des traces de sédatifs dans l'estomac, du moins chez ceux dont l'état rendait l'examen possible. Vous avez des gosses, Dimeglio ? Vous leur avez déjà donné une petite cuillerée de Théralène pour faciliter le dodo ? Eh bien dans le cas qui nous occupe, on y est plutôt allé à la louche ! Voilà. Je vais mettre tout ça par écrit et vous aurez le rapport lundi. Je ne peux rien faire de mieux.

Dimeglio raccrocha après avoir remercié. On avait endormi les gosses, dont acte. « On » les nourrissait après les avoir enchaînés et « on » veillait à ce qu'ils se tiennent tranquilles en les assommant de somnifères.Voilà la raison pour laquelle, sans doute, les ouvriers du chantier voisin, placés sous les ordres de ce crétin d'Alvarez, n'avaient entendu aucun cri.

Choukroun pénétra alors dans le bureau. Dimeglio lui montra les documents et résuma ce que lui avait appris Pluvinage.

— Même mis KO avec le somnifère, un des mômes a quand même trouvé la force de tirer sur ses chaînes pour tenter de soulever le volet de la cuisine avec la planche, nota Choukroun.

Dimeglio secoua la tête, agacé. Choukroun le dévisagea craintivement. Il pressentait qu'il allait encore se faire engueuler. Ce qui ne manqua pas de se produire.

— Il faudrait quand même qu'un de ces jours tu te décides à te souvenir que tu as une cervelle et qu'il faut t'en servir ! Ne serait-ce qu'une fois de temps en temps, mon petit Choukroun !

— J'ai dit une connerie ?

— Si tu étais enchaîné en prison, qu'est-ce que tu ferais d'abord, avant de chercher à scier les barreaux de ta cellule pour te faire la belle ?

— Les chaînes ! s'écria Choukroun. Vous avez raison, ça colle pas ! Le gosse qui a essayé de se tirer aurait dû d'abord s'occuper de... des espèces de menottes qu'on a vues autour des chevilles ! Cela dit, un gosse, ça raisonne pas toujours logiquement. Non ?

— Non, en effet, concéda Dimeglio. T'as pas une autre idée ?

Choukroun demeura silencieux un long moment.

— Je vais te dire ce que je pense, reprit Dimeglio. Il y avait un autre gosse, dans la baraque. Et celui-là, il a réussi à se tirer, en s'attaquant au volet de la fenêtre, justement !

— Alors pourquoi on n'a pas retrouvé un autre collier relié à la chaîne ? rétorqua aussitôt Choukroun, fier de son effet.

— Mais parce qu'il n'était pas enchaîné, lui !

— Et qu'est-ce qu'il foutait là, alors ?

— Je pense qu'il s'occupait des autres. Qu'il leur donnait de la bouffe, qu'il veillait à ce que tout se passe bien. Quand je dis « il », je me comprends. Je pense plutôt qu'il s'agissait d'une fillette.

— Celle qu'a signalée votre épicière chinetoque ?

— Exactement ! Tu remontes dans mon estime, mon petit Choukroun.

Dimeglio quitta son fauteuil, enfila son imper et observa un moment le tableau de service où étaient mentionnées les gardes du week-end.

— C'est toi qui t'y colles dimanche, remarqua-t-il.

— Ah non, on m'a fait le coup trois fois d'affilée, c'est Dansel qui prend le relais ! rétorqua vertement Choukroun.

*

Dimeglio rentra très tôt chez lui, à Lésigny, évitant ainsi les embouteillages du départ en week-end. Il trouva sa fille Élodie occupée à faire ses devoirs, bizarrement installée, à moitié accroupie, à moitié à genoux près de la table basse du salon. Elle avait l'air maussade, renfrognée alors qu'elle était toujours assez enjouée. Et, contrairement à ses habitudes, elle ne posa aucune question sur les bandits que son père avait ou non arrêtés durant la journée.

— Quelque chose qui ne va pas ? demanda Dimeglio.

Elle répondit par un vague grognement sans quitter des yeux son livre de maths.

— Ton frère n'est pas encore rentré ?

— Si, si... il est dans sa chambre...

Quand Gabriel pénétra à son tour dans le salon, Dimeglio sentit ses jambes se mettre à flageoler.

— Qu'est-ce que c'est que ce cirque ? gronda-t-il en serrant les poings.

— C'est... c'est le piercing, c'est cool, c'est à la mode, p'pa ! argumenta le jeune homme.

— Des boucles d'oreilles dans les lèvres, c'est la mode ? Je rêve, dites-moi que je rêve... Et ça s'enlève comme tu veux, au moins ? Tu vas pas garder ça pour manger ?

— Ben si, p'pa !

Dimeglio perdit le peu de sang-froid qui lui restait.

160

— J' le savais, qu' ça chaufferait, protesta Élodie, en se bouchant les oreilles.

5

À dix-huit heures, la sonnerie retentit dans le bureau de Françoise Delcourt. Elle se figea, les yeux clos, fit pivoter lentement son fauteuil, persuadée que l'appel provenait de la chambre 10. Quand elle rouvrit les yeux pour consulter le tableau lumineux sur lequel chaque chambre était représentée par un voyant rouge, elle constata que son intuition ne l'avait pas trompée. Elle consulta sa montre. Les parents de la petite Lequintrec avaient quitté le service trois quarts d'heure plus tôt. Françoise avait croisé la mère dans le couloir alors qu'elle sortait de la chambre de sa fille pour jeter l'emballage d'un nouveau cadeau dans la poubelle. Les deux femmes avaient échangé quelques mots. Elle se précipita dans la chambre après avoir bipé Vitold qui ne tarda pas à la rejoindre. Sa fièvre de la veille n'avait été qu'une fausse alerte, il se sentait parfaitement en forme.

Valérie se plaignait de terribles maux de ventre. Elle vomit et eut un accès diarrhéique très violent. Sa température avait grimpé à trente-neuf sept. La magnifique poupée que ses parents lui avaient offerte une heure plus tôt était souillée de vomissures.

— Tu vas reprendre les injections de glucagon ? demanda Françoise en commençant à changer les draps.

— Non, enfin pas tout de suite.

— Elle souffre !

— Simplement le temps de faire une prise de sang !

Vitold prépara une seringue, caressa le front de Valérie et lui expliqua qu'il allait lui faire un peu mal avec sa piqûre mais que cela était nécessaire. Valérie avait les yeux vitreux et se tordait de douleur. Elle n'avait sans doute rien compris de ce que lui disait Vitold mais ne protesta pas quand il enfonça son aiguille. Quand le prélèvement fut effectué, il confia le tube empli de sang à Françoise.

— Il faudrait bousculer le labo pour qu'ils fassent le boulot le plus tôt possible. Demain matin, tu es là ?

Elle confirma d'un battement de paupières. Elle était de garde tout le week-end.

— Moi, je serai absent, je peux pas faire autrement, un repas familial, la communion de ma sœur, je ne peux pas y échapper... enfin, dès que tu auras le résultat, tu aviseras. Vas-y, je t'expliquerai tout à l'heure.

Elle fonça aussitôt au labo, confia le prélèvement à la collègue qui répartissait les analyses provenant des différents services, et lui expliqua qu'il s'agissait d'une urgence absolue. Pendant ce temps, Vitold prépara une nouvelle seringue pour une injection de glucagon, le seul moyen de calmer la crise d'hypoglycémie de Valérie. Une demi-heure plus tard, celle-ci put enfin se rendormir. Françoise resta à ses côtés, à lui tenir la main, puis la retira doucement. Elle inspecta machinalement le matériel de perfusion, sans y détecter de fuite. Elle rejoignit ensuite Vitold dans le bureau des internes. Il avait ressorti le dossier et l'étudiait.

— Tu... tu as un diagnostic possible ? lui demanda-t-elle.

— Pas vraiment, je me demandais si... mais c'est un truc vraiment dingue !

— Dis-moi quand même.

— La seule explication, ce serait l'insuline exogène... Il n'y a rien d'autre qui puisse expliquer la reprise des crises d'hypoglycémie.

— Hein ? L'insuline exogène ?

— Qu'on la lui injecte, tu as très bien pigé ! précisa Vitold.

— Mais ça risque de la tuer, ni plus ni moins ! protesta Françoise, incrédule.

Elle se laissa tomber sur une chaise. Vitold referma posément le dossier.

— J'ai bien réfléchi, je ne vois rien d'autre. On vérifiera avec l'analyse de sang. Tu te souviens de tes cours ? L'insuline pancréatique est sécrétée sous une forme de précurseur, la proto-insuline, clivée en insuline active...

— Et en peptide C ! l'interrompit Françoise. Et il y a normalement dans le sang autant d'insuline active que de peptide C.

— Bravo ! Au contraire, l'insuline exogène, artificielle, ne comporte que la partie active et pas de peptide C !

— Donc, si le peptide C est effondré dans le prélèvement que tu viens de faire, ça voudra dire que l'origine de l'insuline est bel et bien exogène !

— Et que quelqu'un s'amuse à lui en injecter ! Un — ou une — cinglé qui se balade dans les couloirs, une espèce de psychopathe, ça s'est déjà vu ! Tu te rappelles, ce fait divers, en Angleterre, il y a deux ou trois ans, l'infirmière qui avait assassiné une dizaine de bébés avant qu'on ne lui mette la main dessus ?

Françoise réalisa toutes les implications de cette hypothèse. L'enquête qui s'ensuivrait, la surveillance qu'il faudrait exercer sur tous les membres du personnel, le climat exécrable qui ne manquerait pas de s'installer. Elle se prit la tête entre les mains, les coudes en appui sur ses genoux, penchée en avant, et resta prostrée ainsi durant plus d'une minute.

— Il faut que tous les prélèvements qui ont été effectués depuis l'admission de la gosse soient préservés par le labo, précisa Vitold. Pour vérifier depuis combien de temps cette situation dure.

— Dès que Vauguenard sera de retour, je lui parlerai ! promit Françoise, en se redressant.

6

Après leur virée à la Foire du Trône, Charlie et Héléna étaient sagement rentrés à l'entrepôt voisin du canal de l'Ourcq. La fillette, désormais parfaitement familiarisée avec les lieux, s'était amusée de voir son protecteur tirer l'échelle de sa cachette, la déployer et l'arrimer sur les hauteurs, comme l'aurait fait un chevalier à l'assaut d'un château fort. Du haut de la « tanière », elle fit le tour de la coursive, les mains solidement agrippées à la rambarde, sous le regard attentif de Charlie. Puis elle décida de rentrer, de replonger au fond du lit. Elle s'installa confortablement, reprit son cahier, ses crayons et entreprit de compléter sa bande dessinée, la mine studieuse, concentrée. Charlie, pressentant qu'il valait mieux la laisser seule, disparut dans la pièce voisine. Sur le chemin du retour, il avait acheté l'édition du jour du *Parisien*. La découverte macabre dans le secteur de la Chapelle y était mentionnée dans un entrefilet en dernière page. Le rédacteur, sans doute parce qu'il l'ignorait, n'avait pas précisé que les corps carbonisés étaient ceux de jeunes enfants. Charlie découpa l'article et le punaisa sur un mur. Il se servit un verre de vin, s'assit dans son transat et tenta de réfléchir. Depuis le temps qu'il vivait au jour le jour, sans projet, sans amis, dans l'isolement le plus total, il avait quelque peu perdu l'habitude de ce genre d'exercice.

Tout s'était passé très vite. Il avait agi par réflexe. Le casse dans le chantier de l'immeuble en construction, la vision étrange de la gosse, perdue au beau milieu du terrain vague, dans la pâle clarté du petit matin, et puis l'irruption de la voiture, les cris de l'inconnu appelant Héléna, l'explosion des bouteilles incendiaires, la découverte des corps carbonisés... Il se repassa mentalement le film des événements, en accéléré. En s'efforçant de n'omettre aucun détail. Le bilan le laissa perplexe. Il n'était certain que d'une chose : il avait sauvé la gamine. Rien à regretter. Depuis la veille, il s'était laissé étourdir par la joie de jouer au grand frère ou au papa, au choix. Mais cela pouvait-il durer ? Il aurait bien aimé en parler à ses copains de la section, Steph, Fred et Nono, mais c'était évidemment impossible. Oui, à tout bien réfléchir, sa vie avait de nouveau un sens autre que sa propre survie. Charlie pouvait montrer à tous ceux qui l'avaient méprisé qu'il n'était pas qu'un paumé en fin de course. Qu'il était toujours resté le Charlie d'autrefois. Celui qui roulait des mécaniques, en uniforme dans les rues du village, à chaque perm'. Celui qui avait baisé toutes les nanas des bleds alentour, d'Abbeville jusqu'au Tréport ! Il but de nouveau, sans toutefois s'enivrer.

Il quitta son transat et passa la tête dans l'entre-bâillement de la porte qui s'ouvrait sur la chambre. Héléna s'était endormie, son stylo à la main. Il récupéra le cahier sans bruit et examina les nouveaux dessins. Il reconnut une silhouette porteuse d'un accordéon, des tables et des chaises, l'intérieur d'un café, avec un comptoir, un percolateur. L'accordéoniste était accompagné d'un chien. Une laisse pendait à son poignet et le reliait à une espèce de caniche. Un détail supplémentaire était censé aider Charlie : l'accordéoniste était barbu. Héléna avait mobilisé tout son savoir-faire pour parvenir à ce résultat. Elle croyait en Charlie. À son sauveur. Elle était persuadée que, grâce à lui, son désir de vengeance serait exaucé...

Quand elle s'éveilla, presque à la nuit tombée, il prépara un repas qu'il voulut fastueux. Il n'avait qu'un Butagaz et quelques conserves à sa disposition mais mit tout son cœur à l'ouvrage. Il disposa la table, avec en guise de nappe un linge propre, des assiettes et des couverts en fer-blanc dégotés chez le Gros René, et agrémenta le tout avec des bougies.

— On va se faire un festin aux chandelles ! annonça-t-il en se forçant à rire. Tu aimes ça, le cassoulet ?

La petite renifla le fumet qui montait de la casserole. Cela ne sembla pas lui déplaire. Une boîte de macédoine de fruits fit office de dessert. Charlie n'avait pas faim. Il se contenta de regarder manger sa petite invitée en grillant cigarette sur cigarette. Rassasiée, elle rota à plusieurs reprises et s'essuya les lèvres avec la nappe.

D'ordinaire, quand le temps était assez clément, Charlie passait ses soirées à se balader le long du canal. Il croisait des promeneurs de diverses obédiences, des joggers ou des cyclistes, des beaufs accompagnés de leur chien, des ados qui n'avaient d'autre refuge que les amas de parpaings pour s'envoyer en l'air ou pour tirer sur leur pétard, sans oublier d'autres rôdeurs aux mœurs moins anodines... Il hésita. Il ne tenait pas à ce que les abonnés des lieux le voient en compagnie de la gosse. Du moins pas tout de suite. Même si personne ne pouvait connaître son repaire, mieux valait ne pas attirer l'attention. On l'avait toujours vu seul. Taciturne. On se saluait, entre habitués. On échangeait même parfois quelques mots. Des bêtises dont Charlie se contrefoutait. Des mondanités de pauvres gens. Il fouilla dans un des sacs qui encombraient la pièce et en sortit un jeu de 52 cartes.

— Une bataille ? proposa-t-il. Tu vas voir, je vais t'apprendre !

Héléna écarquilla les yeux, s'empara des cartes, les battit vigoureusement et entreprit de montrer sa dextérité à les manier. Malgré une attention soutenue, Charlie ne parvint pas à saisir comment elle faisait jaillir les quatre as à volonté, ni pourquoi les rois disparaissaient d'un simple claquement de doigts. Puis Héléna choisit deux valets et un huit, et les retourna avant de fixer son protecteur d'un œil interrogatif.

— Le bonneteau, tu connais ça ? J'avais vraiment l'air d'un con, avec ma bataille ! Heureusement que t'as rien pigé, hein ? Il est là, le huit, c'est la carte de gauche ! Facile !

Charlie la retourna. Perdu. Héléna les agença de

nouveau, à toute vitesse. Charlie se trompa encore une fois. Puis vingt fois de suite. Il fit signe qu'il abandonnait. Il ne put réprimer un bâillement et joignit ses deux mains contre sa joue en murmurant « dodo ». Héléna hocha doucement la tête. Charlie l'aida à retaper le lit.

— Bon, eh bien t'es chez toi, bonne nuit, lui dit-il.

Elle ôta prestement sa robe. Il vit alors les traces qui marbraient son torse, ses cuisses maigrichonnes. Des traces de coups. Des zébrures noirâtres. Des points violacés qui évoquaient des brûlures de cigarette. Héléna le dévisagea avec insistance. C'était à dessein qu'elle s'était dévêtue devant lui. Elle disparut sous l'amas de couvertures. Il ne voyait plus que sa petite bouille de farceuse qui l'avait roulé au bonneteau. Quand il fit mine de sortir, elle battit du plat de la main sur le sol et lui montra toute la place qu'il restait à ses côtés.

— Après tout, t'as raison, murmura-t-il, on va pas jouer aux aristos, on est pas à Versailles, ici.

Il sortit pisser au-dehors, du haut de la coursive, scruta les lieux déserts, comme il le faisait tous les soirs, puis rentra dans la chambre. Il ôta ses chaussures, son pull, et se glissa à côté de la petite. La pièce minuscule était éclairée par le halo d'une lampe de camping-gaz. Il fouilla sous le matelas, en sortit une torche électrique, la déposa à ses côtés en cas d'urgence durant la nuit, la routine, puis éteignit son camping-gaz.

— Fais de beaux rêves, Héléna, chuchota-t-il.

Il resta immobile dans l'obscurité, couché sur le dos. Il entendait la respiration de la gamine, régulière, paisible, et se souvint des premiers gestes

168

qu'elle avait eus en s'éveillant dans ce lit, la veille. Vingt-quatre heures auparavant. Des gestes craintifs, qui trahissaient sa hantise des coups. Cela semblait si loin. En moins d'une journée, il était parvenu à l'apprivoiser, à l'amadouer, à la persuader qu'il ne lui voulait aucun mal. Il n'était pas peu fier du résultat. Quelques minutes plus tard, il sentit la gamine se rapprocher de lui. La main d'Héléna glissa le long de son torse, descendit jusqu'au nombril, hésita un instant et se plaqua brusquement contre sa braguette. Charlie sursauta violemment, chercha sa lampe-torche à tâtons, l'alluma.

La gosse s'était réfugiée à l'autre extrémité du lit. Il évita de lui braquer le faisceau de la torche en pleine face mais l'orienta de telle façon qu'il puisse malgré tout distinguer son visage. Elle le toisait d'un œil surpris. Nullement honteuse. Elle eut alors une mimique limpide, un geste de la main et de la bouche sur lequel il était impossible de se méprendre. Elle paraissait sincèrement étonnée de l'attitude de Charlie, de son refus. Celui-ci sentit une sueur glacée lui envahir le front. Il se leva.

— Merde alors, s'écria-t-il, sans savoir s'il devait céder à la colère qui l'envahissait.

Il était trop tard. Dans sa précipitation, il avait rejeté la fillette avec une violence spontanée, incontrôlable. Elle l'observait attentivement, sans comprendre. Elle répéta la proposition obscène, avec une gentillesse, une naïveté dans le regard qui bouleversa Charlie. Puis elle haussa les épaules, désolée, avant de se réfugier de nouveau sous ses couvertures. Charlie passa dans la pièce voisine, alluma une cigarette, se servit un verre, et tourna en rond dans l'espace réduit, en se cognant aux différents objets qui encombraient les lieux. Il finit par se calmer, s'assit sur son transat et fit le tri dans ses pensées. Peu à peu, il songea que si la gosse lui avait fait cette proposition, c'était tout simplement parce qu'elle y était habituée. C'était en quelque sorte sa manière à elle de remercier, d'être gentille. De lui témoigner sa reconnaissance. On avait dû lui enseigner à se comporter ainsi. Lui apprendre cette dégueulasserie à coups de ceinture, de brûlure de cigarette. La honte le submergea. Il éteignit sa torche, regagna la chambre en tremblant, s'allongea sur le matelas, et attira Héléna contre lui. Il passa les bras de la petite autour de son cou, lui couvrit le front de baisers et lui caressa la nuque en la berçant du mieux qu'il put. C'est alors qu'il la sentit fondre en larmes.

SAMEDI

1

En arrivant à l'hôpital, Françoise Delcourt fila directement au laboratoire chargé des analyses. Le résultat de la prise de sang de Valérie n'était pas encore prêt. Elle insista pour qu'il soit traité en priorité, fonça ensuite relever la collègue qui avait effectué la garde de nuit, et prépara le récapitulatif des soins pour tous les malades du service. Elle ne put s'empêcher de dresser une liste des différents personnels qui avaient eu accès à la chambre 10 depuis l'hospitalisation de la petite Lequintrec. Une dizaine de noms d'infirmières et d'aides soignantes sans oublier Kadidja, la diététicienne. Il lui fallut ajouter Ernestine et Clara, l'autre fille qui faisait le ménage dans les chambres, en alternance. Elle contempla sa feuille de papier, horrifiée par ses soupçons. Une demi-heure plus tard, elle reçut un coup de fil du labo, comme elle l'avait demandé. Vitold avait vu juste. Les crises d'hypoglycémie de Valérie, du moins la dernière, présentaient la curieuse particularité d'un peptide C totalement effondré. Elle prit son courage à deux mains, appela Vauguenard à son domicile et lui dressa un compte rendu détaillé de toute l'affaire. Vauguenard écouta avec attention et promit qu'il serait là dans les plus brefs délais.

Françoise plia soigneusement la feuille sur laquelle elle avait noté les noms, la fourra dans la poche de sa blouse et sortit faire le tour des chambres. À peine avait-elle commencé qu'elle entendit un hurlement strident en provenance du hall d'accueil. Elle sortit précipitamment, traversa le couloir et se trouva face à Ernestine qui continuait de crier en se tenant la main. Le contenu de la poubelle de plastique bleu qu'elle était en train de vider était renversé à terre. L'incident avait commencé à provoquer un certain émoi. Des enfants pointaient la tête hors de leur chambre et deux des infirmières de service étaient accourues à la rescousse. Françoise frappa dans ses mains pour rétablir le calme et renvoya chacun dans ses pénates. Ernestine se tut mais tremblait convulsivement, de la tête aux pieds. Elle avait arraché ses gants de caoutchouc.

— Calme-toi et explique-moi ce qui t'arrive ! ordonna Françoise, d'une voix qui ne souffrait pas la contradiction.

— Je me suis piquée avec une seringue en vidant la poubelle ! Elle était dedans, je me suis pas méfiée, j'ai pris le sac, comme d'habitude, pour le jeter dans le chariot, et voilà...

Françoise la fit asseoir sur un fauteuil et examina la paume de sa main où perlait effectivement une goutte de sang, avant de fouiller le contenu de la poubelle avec prudence. Elle y retrouva des emballages de friandises, des mouchoirs, le papier cadeau qui enveloppait la poupée que les parents de Valérie avaient offerte la veille à leur fille, ainsi qu'une petite seringue pareille à celles que les pharmacies délivrent aux diabétiques. Elle replaça le tout dans le sac, prit Ernestine par le bras et l'entraîna dans son bureau dont elle referma la porte.

— Je vais avoir le sida, sanglotait Ernestine.

— Mais non, qu'est-ce que tu racontes, c'est complètement stupide ! rétorqua Françoise en lui nettoyant la main avec un coton imbibé d'antiseptique. Allez, tu vas rentrer chez toi, te reposer et on en discutera lundi. D'ici là, repose-toi ! On fera tous les examens pour te tranquilliser. Et pour le ménage du week-end, je me débrouillerai ! Allez, file !

Ernestine sortit, sans cesser de sangloter. Françoise enferma le sac de la poubelle dans une armoire et garda la clé du cadenas.

*

Vauguenard se passa la main sur le visage en refermant le carnet de santé de Valérie Lequintrec. Dès son arrivée, il était allé voir la petite, puis il s'était longuement entretenu avec Françoise qui lui avait montré le document ainsi que le contenu de la poubelle. La seringue avec laquelle Ernestine s'était accidentellement blessée reposait sur son bureau.

— On n'utilise pas ce modèle dans le service, précisa la surveillante.

— Ni dans aucun hôpital de l'Assistance Publique, enfin, à ma connaissance, acquiesça Vauguenard.

Il lissa la feuille qui récapitulait les noms de tous les membres du personnel qui avaient pénétré dans la chambre 10 et la déchira posément, à la grande surprise de Françoise.

— C'est vous qui avez eu l'idée de demander à la mère d'apporter le carnet de santé ?

— Oui, je ne sais même pas pourquoi... la gosse avait ces crises d'hypoglycémie, je savais qu'il n'y avait pas d'explication rationnelle, alors je... je ne sais pas... je me suis dit... et quand j'ai lu c'est vraiment bête, j'ai pensé à un tableau de maltraitance. Et puis Vitold a demandé des analyses, et voilà ! On n'utilise pas ce type de seringue, dans l'hôpital, elle vient du dehors ! Il faut déclencher une enquête, non ?

— Ce papier cadeau, c'est bien celui qui enveloppait la poupée de la petite ?

— J'en suis certaine ! J'étais présente quand les parents l'ont apportée, j'ai vu la mère le jeter une fois la poupée déballée.

Vauguenard tambourina doucement sur le plateau de son bureau.

— La mère est aide soignante et le père, enfin, son concubin est étudiant en médecine, c'est bien cela ?

Françoise confirma. Vauguenard saisit un linge et enveloppa précautionneusement la seringue.

— Vous serez là tout le week-end ? Eh bien moi aussi. Nous allons surveiller la mère durant les visites.

— Vous croyez que... enfin qu'elle aurait pu... bredouilla Françoise, épouvantée, sans parvenir à achever sa phrase.

— L'histoire médicale de Valérie est incohérente et j'ai commis l'erreur de ne pas m'y intéresser. La perfusion a eu des fuites pour le moins curieuses, le peptide C est effondré, signe irréfutable que les crises sont provoquées par des injections d'insuline, et enfin on retrouve cette seringue dans l'emballage cadeau... qu'est-ce que vous voulez que je croie ?

— Mais pourquoi ? C'est complètement fou, cette femme est très gentille, sa gamine vit un véritable martyre... et...

— On surveille, et très attentivement !

— Mais enfin, si la mère avait osé faire ça, elle aurait dissimulé la seringue autre part que dans la poubelle du service, ça paraît incroyable !

— Oh, ça ne paraît pas, *c'est* incroyable ! assura tranquillement Vauguenard.

Il décrocha son téléphone et appela un des médecins biologistes responsables du labo. Qui fut surpris d'être dérangé un samedi matin.

— Vous venez à l'hôpital, je vous le demande, c'est à la fois personnel et professionnel. Et vous reprenez tous les prélèvements de la petite Lequintrec. Tous, depuis son arrivée. Vous recherchez le peptide C. Et puis aussi...

Il hésita un moment.

— Le peptide C et quoi encore ? s'énerva le biologiste.

— On verra plus tard, pour le moment, l'urgence, c'est le peptide C. Pour le reste, on a le temps.

Vauguenard passa plus de deux heures au téléphone. Après le biologiste de Trousseau, il contacta ses confrères de Lorient et de Rennes, où avait été hospitalisée Valérie. En les suppliant de pratiquer des examens similaires. Certains étaient partis en week-end, et la tâche fut des plus ardues.

Charlie tranquillisa Héléna avant de la laisser seule. Elle avait eu une nuit agitée de cauchemars, et à plusieurs reprises il avait dû la cajoler pour la calmer. Ce ne fut qu'au petit matin qu'elle trouva un sommeil serein. À son réveil, Charlie lui prépara un petit déjeuner, versa de l'eau tirée d'un jerrican dans une cuvette, sortit un morceau de savon et déchira une pièce de tissu qui pourrait faire office de gant de toilette. Héléna acquiesça. Charlie lui expliqua tant bien que mal qu'il serait absent durant plusieurs heures et qu'elle devrait l'attendre sans faire de bruit. Il lui montra le cahier empli de dessins et l'ouvrit à la page qui contenait celui de l'accordéoniste.

— Il me faut du temps, tu comprends ? lui demanda-t-il. Mais je te promets que je vais essayer !

Avant qu'il n'enfile son blouson, elle lorgna vers le poignard qui reposait dans son étui sous l'aisselle de Charlie. Il posa sa main sur la joue de la fillette, lui sourit, puis sortit sur la coursive de son perchoir pour déployer son échelle de corde. Une fois parvenu sur la rampe du hangar, il dissimula l'échelle dans sa cachette habituelle et leva les yeux. Héléna l'observait, accoudée à la rambarde, tout là-haut. Il lui fit signe de rentrer, de fermer la porte des anciens bureaux, de rester bien calfeutrée dans la planque.

Il était près de midi quand il arriva aux abords des Puces de Saint-Ouen. Il attacha l'antivol de sa mobylette à la grille du métro porte de Clignancourt, se faufila parmi les badauds, passa sous le pont du périphérique et arriva au marché Malik. Les allées étaient encombrées des stands habituels, marchands de fripes ou de meubles, brocantes plus ou moins douteuses, voire simples déballages de vieilleries sans valeur aucune, ou assortiment de prétendues statuettes africaines fabriquées à la chaîne et vieillies à l'acide. Il croisa même un stand où l'on vendait, pêle-mêle, des accessoires de piercing et de curieuses pipes en bambou, qui ne pouvaient servir qu'à fumer du crack. Charlie connaissait parfaitement les lieux et il évita soigneusement les stands du Gros René. Il ne tenait pas à le rencontrer, à supporter sa conversation vaseuse, ses questions, sa fausse sollicitude, et encore moins à aller boire un canon en sa compagnie. Le Gros René, volontiers paternaliste, ne dédaignait pas son petit personnel. Maître dans son domaine, il aimait montrer sa munificence en régalant son monde à coups de tournées générales. Il calait alors sa bedaine contre le comptoir et distribuait force claques entre les épaules de ses invités. Puis, fin cuit après quelques bouteilles vidées, il partait faire la sieste au fond de l'un de ses stands, affalé sur un hamac, entre deux piles de bottes de la Wehrmacht et une montagne de masques à gaz rescapés de la guerre du Golfe.

Charlie visita un à un les troquets des environs, la Brocante, le Picolo, le Baryton, dans lesquels il avait déjà croisé des musiciens. Guitaristes manouches, saxophonistes nécessiteux, accordéonistes sur le retour qui trouvaient là un public indulgent. Entre deux tournées de moules-frites arrosées de muscadet, on poussait la chansonnette en fredonnant *La Valse brune* ou *Le Dénicheur*. Au fur et à mesure de ses pérégrinations, Charlie croisa quelques connaissances, des types qui comme lui vivaient de combines pas vraiment avouables et venaient proposer leur camelote à qui voulait bien l'acquérir. Il les évita et vida en solitaire quelques bocks de bière sans croiser le moindre accordéoniste barbu ou accompagné d'un caniche. Il se prit à ricaner de sa propre vanité. Qu'était-il venu chercher ? Une silhouette, un dessin d'enfant. Il se trouva pitoyable. Héléna, du fond de sa détresse, lui avait bourré le mou. Il allait rentrer à son refuge, la convaincre gentiment d'oublier le passé. Ils pourraient vivre ensemble, sans trop de soucis. Charlie n'avait aucun avenir et ne se faisait aucune illusion à ce propos. Mais si la chance lui accordait ne fût-ce que quelques mois de tranquillité, de semblant de bonheur avec la petite, alors il accepterait de quitter la piste sans rancune. Quand son voisin de comptoir, percevant son trouble, lui offrit un Ricard bien tassé, Charlie accepta le verre que le loufiat lui tendait. Il le vida cul sec, sans y ajouter un trait d'eau claire. L'alcool lui réchauffa les tripes. La vie était laide, il le savait depuis longtemps. Ricard après Ricard, il écopa d'une cuite sévère et resta à demi somnolent au fond du bistrot, où il avait finalement trouvé refuge sur une banquette, la station debout près du comptoir devenant trop périlleuse. De temps à autre, il éclatait d'un rire aigre, sans raison apparente.

Au beau milieu de l'après-midi, enfin dégrisé, la bouche pâteuse, il se décida à quitter le bistrot et reprit son errance dans les allées chamarrées du marché aux Puces. Il titubait mais retrouva peu à peu une démarche plus assurée. Près du marché Vernaison, il croisa deux gamines guère plus âgées

qu'Héléna, qui déambulaient en tendant la main devant les passants. Aussi crasseuses qu'elle, aussi ef-
frontées. Chaque fois qu'elles essuyaient un échec,
elles tendaient le majeur dans un geste éloquent,
dans le dos du quidam qui avait refusé de leur accorder l'aumône. Il leur fila le train, à tout hasard.
Quand elles eurent amassé quelques piécettes, elles
partirent remettre le pactole à un type d'une trentaine d'années qui grignotait des cacahuètes, assis
sous le pont du périph'. Il empocha la comptée et
ordonna aux deux fillettes de repartir au turbin.
Charlie hésita avant de se décider à s'accroupir à ses
côtés. Le type ne parut pas surpris et continua
d'éplucher paisiblement ses cacahuètes de ses ongles
endeuillés. Autour d'eux, les voitures filaient sur le
bitume, lâchant au passage quelques effluves de gas-
oil.

— Alors mon salaud, ça marche, ta combine, ça
te gêne pas de faire marner des mômes pendant que
tu te la coules douce ? demanda soudainement
Charlie.

Le type, vaguement troublé, répondit par un grognement dont l'interprétation pouvait se révéler hasardeuse. Il entreprit de se curer le nez avec application.

— Non, je disais ça comme ça, reprit Charlie avec
le sourire. Des fois que ça me prenne, l'envie de te
péter la gueule, histoire de t'apprendre à vivre, tu
crois pas ?

Un long silence s'ensuivit, ponctué de coups de
klaxons.

— Tu veux pas me répondre, hein ? poursuivit
Charlie, soudain gagné par une grande lassitude.

— Yougoslavie, beaucoup malheur... moi, pas

comprendre... grimaça le type en dévoilant des incisives cariées.

Nauséeux, Charlie se leva et se mêla à la foule, les poings dans les poches de son blouson.

3

Marianne Quesnel arriva à quatorze heures dans le service du professeur Vauguenard. Le samedi était un jour très agité. Les familles résidant en province prenaient le train ou la voiture dans la nuit du vendredi, et passaient la journée à Trousseau avant de reprendre la route le soir même. Une petite éclaircie dans une longue semaine d'attente. Le hall d'accueil s'animait, résonnait des cris des petits frères ou des grandes sœurs des malades. Ils patientaient avec leurs consoles Nintendo ou leurs Game Boy, le plus souvent inconscients du drame qui se jouait à quelques mètres de là, parfois étonnés de constater les résultats de la chimio, un amaigrissement spectaculaire, une calvitie tout aussi incongrue...

Françoise l'accueillit avec un sourire très protocolaire. Elle lui apprit que la petite avait eu une nouvelle crise la veille au soir. La mère fondit en larmes.

— Saïd n'est pas venu, aujourd'hui ? demanda Françoise.

— Il a fallu qu'il rentre en Bretagne, il a tous ses examens à préparer, sinon, il va rater son année de médecine.

Elle se sécha les joues avec un Kleenex, prit une profonde inspiration et remercia la surveillante de sa franchise, avant de pénétrer dans la chambre. Françoise l'y accompagna.

— Tu sais, murmura Marianne après avoir embrassé sa fille, les beaux jours sont revenus. Saïd va acheter un bateau, un petit Zodiac, comme ceux que tu as vus l'année dernière, à Pâques, quand on est allés se balader dans le golfe du Morbihan. Tu te souviens ? Eh bien, cet été, quand tu seras guérie, vous irez à la pêche, tous les deux, tu veux bien ?

Françoise quitta la chambre sans pour autant s'en éloigner. Elle se plaça à l'angle du couloir, d'où l'on pouvait apercevoir par la baie vitrée tout ce qui s'y passait. Jamais elle n'avait vécu de circonstances similaires. Elle balançait entre la honte et la rage. La honte si l'hypothèse soulevée par Vauguenard se révélait fausse... La rage dans le cas contraire. Si cette mère attentive, aimante, était folle au point d'avoir empoisonné sa propre enfant, alors elle méritait... Françoise entendit soudain Vauguenard toussoter derrière elle et interrompit ses réflexions sans pouvoir préciser la nature du châtiment.

— Allez-y, moi je crois que je vais craquer, chuchota-t-elle en lui cédant la place.

— Vous avez bien noté le numéro ? La brigade des Mineurs ? Si... si quelque chose se passe, moi je l'embarque dans mon bureau, et vous, vous prévenez tout de suite les flics, d'accord ?

Françoise hocha silencieusement la tête. Elle n'avait jamais dissimulé son admiration pour Vauguenard. Chaque fois qu'elle faisait visiter le service à un nouveau venu — de l'aide soignant à l'interne — elle parlait du patron avec respect et chaleur. Depuis dix ans, elle l'avait souvent vu veiller des nuits entières au chevet de gosses à l'agonie, consoler des parents accablés de chagrin, avec ses pauvres mots, qui n'avaient d'autre valeur que leur sincérité. Elle l'avait parfois vu pleurer, seul, tard le soir dans son bureau, fou de désarroi devant son impuissance quand un petit patient était sur le point de mourir.

Il pénétra dans la chambre, à son tour.

Françoise le vit jouer avec Valérie, lui présenter le tour de magie qu'il affectionnait tant et qui consistait à faire disparaître, d'un simple souffle, deux grosses billes de verre, pareilles à celles qu'utilisent les gosses dans la cour de récré, et qui ne quittaient jamais la poche de sa blouse. Les billes réapparaissaient absolument n'importe où, à volonté, derrière l'oreiller, sous le drap, voire dans la poche de l'imperméable de la maman. Ou dans les cheveux de l'infirmière qui passait par là. Succès assuré. Puis il sortit.

— On reste dans les parages, je crois qu'elle est tranquillisée, murmura-t-il.

— J'ai honte de ce que je suis en train de faire ! chuchota Françoise.

— Et moi donc, j'aimerais tant me tromper ! assura Vauguenard.

4

Comme convenu, en début d'après-midi, Maryse Horvel et Nadia Lintz se retrouvèrent dans un café, près du Centre Pompidou, pour aller visiter l'expo *Le Sexe de l'Art*. Elles patientèrent dans la file d'attente, et, après une demi-heure, purent enfin pénétrer dans le Centre. L'expo était très spectaculaire.

Entièrement centrée sur les relations entre la sexualité et l'art, elle proposait quantité de tableaux, de sculptures, mais aussi de photographies et de vidéos. Elle s'ouvrait par le tableau de Courbet, *L'Origine du monde*, représentant une femme aux cuisses écartées, au visage invisible mais au sexe figuré en gros plan.

— Houlà, ça démarre très fort, on aurait dû inviter Montagnac, ça l'aurait inspiré, gloussa Maryse.

— Je crois qu'il faut arrêter de se foutre de lui, répondit Nadia, malgré toutes ses déconnades, il est assez déprimé...

— Tu as eu une petite liaison avec lui, je crois que c'est pas top secret ?

— Oui, et j'ai vite arrêté, du coup, il m'en veut un peu. Sans le montrer.

— Pourquoi ?

— On est venues voir une expo, ou potiner ? demanda Nadia en suivant les visiteurs.

— O.K., *no comment.*

De Cranach, Rembrandt à Picasso, en passant par Georg Grosz, Dalí ou Magritte, jusqu'aux artistes contemporains, Sophie Calle, Allen Jones, Robert Gober, toutes les facettes de la vie sexuelle, de sa réprésentation en images, étaient évoquées au fil des salles. Les multiples perversions, du voyeurisme au sadomasochisme, voire à la scatophilie y trouvaient leur place. Le public, parfois décontenancé, ne savait quelle attitude adopter devant l'urinoir de Duchamp baptisé *Fontaine* ni devant les montages de bidets ou de sièges de WC de Paul-Armand Gette, qui leur faisaient écho.

*

Maryse resta songeuse devant la *Princesse X*, un bronze poli de Brancusi représentant un sexe masculin — verge dressée et testicules gonflés — d'une soixantaine de centimètres de hauteur.

— Là, tu rêves... lui susurra Nadia. Même si Butch se bourre d'anabolisants, ça m'étonnerait qu'il arrive à ce résultat !

— L'espoir fait vivre !

Les représentations phalliques étaient nombreuses. Allusives, comme le bronze doré de James Lee Byars, *Golden Towers*, ou au contraire clairement explicites, à l'instar du moulage en latex de Louise Bourgeois, sobrement intitulé *Fillette*... Les organisateurs de l'exposition avaient réservé une large place au thème du travestissement, avec les aventures de Rrose Sélavy, le double fantasmatique de Duchamp, ou les autoportraits de Pierre Molinier en guêpière et bas de soie noire.

— L'autre jour, murmura Maryse à l'oreille de son amie, à la vingt-troisième, on m'a amené un prof de maths qui s'était fait coincer sur le coup de trois heures du mat' dans une bagarre de travelos, au bois de Vincennes. À poil, avec un porte-jarretelles et des bas à filets, le pauvre, il s'était fait dépouiller par des loubards et avait perdu un de ses talons aiguilles. Les flics du dépôt lui ont prêté une blouse, c'était pitoyable...

— S'il était resté au chaud chez lui devant son Polaroïd, comme Molinier, il serait peut-être devenu célèbre ? Qu'est-ce que tu as fait ?

— Il m'a émue, cet imbécile ! Je lui ai filé cent balles pour qu'il rentre chez lui en taxi. Il m'a envoyé une carte postale pour me remercier. Mais il m'a pas remboursé mes cent balles !

— Tu imagines la tête de sa concierge, quand il est passé devant la loge en petite tenue ? demanda Nadia, un sourire au coin des lèvres.

*

Maryse s'attarda longuement devant une création plastique signée de Charles Ray qui montrait toute une famille, le père, la mère, et leurs deux enfants, garçon et fille, nus, se tenant par la main, côte à côte. Le spectateur ne pouvait qu'éprouver un malaise certain devant la taille des différents personnages, rigoureusement identique. Comme si les enfants avaient grandi trop vite, ou plutôt, comme si, tétanisés par la croissance de leur progéniture, les parents s'étaient mis à rétrécir pour leur ressembler, dans une tentative désespérée d'abolir le temps qui leur annonçait leur propre vieillissement.

Les deux jeunes femmes déambulèrent un peu au hasard, avant d'arriver à l'entrée d'une salle où étaient accrochées des photographies retraçant la genèse d'une série d'*Anthropométries* réalisées par Yves Klein. Elles dataient de 1960 et avaient été prises au cours d'une « performance » à la Galerie internationale d'art contemporain de Paris, ou dans l'appartement de l'artiste, rue Campagne-Première. Klein utilisait un modèle féminin dont il enduisait le corps de peinture, avant de le plaquer sur une toile, en négatif.

— *Anthropométrie ?* On sort pas du boulot, c'est un adepte de Bertillon ! ricana Maryse, faisant ainsi allusion à l'inventeur du procédé de fichage des empreintes digitales utilisé par la police judiciaire.

Une des photos de Klein, présentant le modèle de

profil, devant l'impression de ses seins sur la toile, était intitulée *Femme-pinceau*. Une autre montrait le même modèle accroupi sur un banc, cuisses écartées, se barbouillant le sexe d'une matière indéterminée déposée sur un linge, avant d'aller s'asseoir sur un autre support prêt à recueillir la marque, à la manière d'un tampon d'imprimeur.

— Il y a des types inventifs, quand même... soupira Maryse.

Elle rejoignit Nadia qui s'était arrêtée devant un moulage de cire de Kiki Smith, une femme grandeur nature, vue de dos, à demi tournée vers le spectateur. De longs colliers de perles rouges s'échappaient d'entre ses jambes et s'étalaient en filaments sur le plancher, en une traînée sanglante. La pâleur du corps, grisâtre, quasi fantomatique, entrait en résonance avec la violence des filaments rouges qui s'écoulaient de son sexe. Maryse resta bouche bée, saisie par la force étrange, captatrice, qui émanait de ce montage.

— Au fait, tu sais, murmura-t-elle, d'une voix blanche, je... je crois bien que je suis enceinte !

— Tu crois ou tu es sûre ?

— C'est pas un retard, j'ai fait le test ! Je *suis* enceinte !

— De Butch ?

— Mais pour qui tu me prends ? protesta Maryse, à voix basse, tu t'imagines que je me fais sauter à tous les coins de rue par le premier venu ? Enceinte de qui ? Non mais je rêve ! De Butch ! Évidemment !

— *Ay, caramba !* s'écria Nadia. La bonne nouvelle !

— Une bonne nouvelle ? C'est à vérifier ! Je sais

pas très bien où j'en suis ! confia Maryse, sincèrement désemparée.

Elle suivit Nadia, qui se dirigeait à présent vers une série de petites cabines dans lesquelles des vidéos de « performances » passaient en boucle sur des écrans télé. Les spectateurs piétinaient devant chacune de ces mini-salles de projection, à la fois mal à l'aise et aguichés d'avoir à patienter pour satisfaire leur voyeurisme. Nadia pénétra dans l'une d'elles. Une bande-annonce rapide présentait la « performance » réalisée dans une galerie new-yorkaise au début des années soixante-dix par un certain Maximilien Haperman. L'artiste était nu face à une toile vierge, couchée sur le sol. Il montra une lame de rasoir que la caméra saisit en gros plan, et se lacéra franchement la poitrine. Le sang se mit à perler le long des entailles, puis à couler avec générosité. Haperman se pencha sur la toile, et l'arrosa, en appui sur les mains, le torse animé d'un mouvement circulaire, le visage crispé dans un rictus douloureux. Nadia sortit précipitamment de la cabine.

— N'y va pas, c'est à gerber... soupira-t-elle en prenant son amie par le bras. On est tombées au sex-shop rayon sado-maso, je me croirais au boulot, ça suffit ! On s'en va ?

— Si tu veux, acquiesça Maryse, hagarde. Tu sais, ça m'a remuée, la sculpture de la fille, avec ses règles qui coulaient sur le sol.

— Eh oui, dans ton cas, ça tombait à pic !

Elles quittèrent le Centre Pompidou et prirent place à la terrasse d'une brasserie, près de l'église Saint-Merri. Le garçon s'approcha et leur décocha un sourire enjôleur. Deux touristes espagnols, attablés tout près de là, leur adressèrent un salut éloquent en levant leur coupe de champagne.

— Parties comme on est, on pourrait faire un carton, remarqua Maryse en plissant les yeux sous les rayons du soleil. Si on les baratine bien, demain matin on se retrouve à Barcelone, sur les *ramblas*, ça te dit ? Non, O.K., j'arrête de déconner !

Elle commanda une tequila, et Nadia, un café. Maryse alluma une Marlboro et prit la main de son amie. Les deux touristes espagnols, se méprenant sur le sens de ce geste, détournèrent la tête, dédaigneux.

— Qu'est-ce que je fais ? demanda Maryse en se tapotant le ventre.

— Si tu veux le garder, tu te décides vite d'arrêter de picoler et de cloper tes deux paquets par jour ! Sinon tu vas accoucher d'un Martien !

Maryse sirota une gorgée de tequila, exhala une bouffée de fumée, les yeux mi-clos.

— Je m'y vois pas, et en même temps, merde, qu'est-ce que ce serait bien... un bébé, tu te rends compte ? Tu me le garderais, de temps en temps, pour que je puisse quand même aller au cinoche ?

— Butch ! Butch le langerait, le cajolerait, lui chanterait une berceuse, pendant qu'on irait au cinoche, toutes les deux !

— Ah oui, j'avais oublié, il pourrait faire ça, je suis sûre qu'il serait d'accord, enfin, il s'arrangerait, avec son restau, c'est quand même tout un pataquès, des responsabilités, aïe, aïe, aïe...

— Ça demande effectivement beaucoup de boulot, enfin, d'après ce que j'ai entendu dire !

— Ben voyons ! conclut Maryse en vidant son verre. Tu doutes que je puisse élever un gosse. À vrai dire, moi-même je ne me sens pas capable de faire grand-chose.

— Toi, tu nous couverais une petite déprime que ça ne serait pas trop étonnant.

— Mais non, rassure-toi, ma grande ! affirma Maryse. C'est juste un petit coup de blues. Je n'arrive pas à me sortir de la tête une affaire dégueulasse, des gosses cramés dans un chantier, vers la porte de la Chapelle, j'y ai eu droit avant-hier, pendant ma permanence.

Elle évoqua la vision d'horreur de ce petit garçon dont les jambes, le bassin étaient carbonisés, mais dont le torse, la tête et les membres supérieurs étaient intacts.

— Je n'avais jamais rien vu de pareil ! ajouta-t-elle d'une voix étranglée. Si j'avais su ce qui m'attendait, quand j'avais dix ans et que je jouais à la marelle dans la cour de récré, avec mes petites tresses, ma jupe à carreaux, mes petits souliers vernis. Procureur de la République, non, mais je rêve, ou quoi ?

5

— Regardez, nom de Dieu ! s'écria soudain Vauguenard.

Françoise Delcourt écarquilla les yeux. Ils étaient en faction dans leur coin de couloir depuis plus de deux heures. Le traditionnel chahut du week-end qui agitait le service les avait à la fois servis et gênés. Françoise avait dû déployer tout son talent de négociatrice pour éloigner les curieux, éluder les questions, rétablir un semblant de routine. Marianne Quesnel leur tournait le dos et s'affairait autour de la poche de perfusion, près du lit de Valérie.

— On y va ! s'écria Vauguenard, en ouvrant la porte de la chambre à la volée.

Il se précipita sur elle et lui saisit la main droite qui tenait une seringue dont l'aiguille était enfoncée dans la poche de perfusion. La petite Valérie dormait.

— Tout va se passer dans le calme, ne vous agitez pas ! chuchota Vauguenard.

Marianne se raidit, tétanisée.

— Françoise ? Vous récupérez la seringue... donnez-la, madame Quesnel, desserrez doucement le poing !

Il y eut quelques secondes de flottement durant lesquelles Françoise craignit le pire. Une crise nerveuse, des hurlements qui auraient réveillé Valérie, une bagarre, le début d'une panique. Marianne obéit. Françoise récupéra la seringue.

— Venez, Marianne, nous sortons de la chambre, nous allons dans mon bureau pour parler, reprit Vauguenard, d'une voix dépourvue de toute agressivité.

Elle fléchit les épaules, hocha la tête et suivit le médecin, qui lui donnait la main, comme à un enfant.

— Françoise ? Appelez tout de suite le numéro que je vous ai donné, dit-il avant de disparaître.

*

— Qu'est-ce qui s'est passé ? demanda-t-il. Comment en êtes-vous arrivée là ?

Marianne était assise face à lui, le regard absent. La seringue reposait sur le plateau du bureau, dans un haricot de métal habituellement destiné à recueillir les pansements souillés.

— Je sais ce qu'il y a dans cette seringue. De l'insuline.

— Non... non, c'est du fortifiant, des vitamines... protesta Marianne.

— Madame Quesnel, je vais vous dire ce que je pense de vous. Je crois, je ne crois pas, je suis sûr que vous êtes malade, vous souffrez d'une maladie mentale qui vous a amenée à empoisonner votre fille... Je pense également que pour mettre au point un tel scénario, aussi sophistiqué, vous êtes certainement quelqu'un de très intelligent. Autant me dire tout de suite ce qui vous a poussée à agir ainsi. Ne me parlez pas de vitamines, je vous en prie. Je vais évidemment faire analyser le contenu de la seringue. Dans moins de vingt minutes, les policiers seront là et il faudra que vous vous expliquiez.

Marianne, si abattue quelques instants plus tôt, retrouva soudain toute sa pugnacité.

— Vous m'accusez ? rétorqua-t-elle. Vous n'êtes pas capable de soigner ma fille, que j'aime plus que tout, alors vous inventez n'importe quoi ? Cette histoire de piqûre d'insuline ? Ah oui, ça serait trop beau ! Vous voulez cacher la vérité, professeur Vauguenard ! Vous avez commis une erreur, une lourde faute médicale, un diagnostic erroné, vous avez fait opérer Valérie et ça n'a pas marché, la preuve, les crises d'hypoglycémie continuent ! Alors vous avez monté une petite mise en scène avec cette seringue que vous avez remplie d'insuline, et vous espérez faire croire à ma culpabilité ! Je me défendrai ! Vous entendez, je me défendrai ! On n'a pas le droit d'attaquer une mère comme vous le faites ! Vous êtes un salaud !

Elle s'était levée et martelait ses arguments en

frappant du poing sur le bureau. Vauguenard écarta prudemment le haricot qui contenait la seringue et l'enfouit dans un tiroir.

— Je ne suis pas seul à vous avoir vue pratiquer l'injection ! nota-t-il. La surveillante, Françoise Delcourt, pourra confirmer mes dires.

— Évidemment ! C'est votre subordonnée, n'est-ce pas ? Qu'est-ce que vous lui avez fait miroiter pour qu'elle accepte de jouer ce rôle pourri ? C'est votre maîtresse ?

— Il y a vos empreintes sur la seringue, répliqua Vauguenard. Je ne suis pas policier, mais ça me paraît être une preuve suffisante !

— C'est vous ! Vous, et cette Delcourt qui ne cesse de me persécuter, qui me l'avez mise entre les mains, cette seringue, alors évidemment, mes empreintes y sont ! Ainsi que les vôtres, les siennes ! C'est un complot, un complot destiné à couvrir votre incompétence ! Avouez, avouez tout de suite, professeur Vauguenard, quelle erreur avez-vous commise dans le traitement de ma petite Valérie ?

Vauguenard sentit sa gorge se nouer. Il imagina la confrontation qui ne manquerait pas de se produire, le face-à-face avec un juge quelconque, parole contre parole. Lui ou Marianne. Le doute atroce qui s'insinuait à la manière d'un virus dans un organisme sain. Il se souvint d'un article récent, paru dans le *Quotidien du médecin,* qui égrenait la liste des procès intentés par des plaignants victimes de bavures médicales, réelles, ou inventées par des imposteurs habiles, épaulés par des avocats pervers. La presse qui envenimait les débats. La souillure définitive, le soupçon rédhibitoire, quel que soit le résultat des investigations.

— Nous n'avons plus rien à nous dire, énonça-t-il d'une voix assourdie par l'angoisse. Rien d'autre à faire qu'attendre l'arrivée de la police.

*

Trois inspecteurs de la brigade des Mineurs, deux hommes et une femme, ne tardèrent pas à se présenter. Françoise les mit rapidement au courant. L'un d'eux resta enfermé dans le bureau du patron avec Marianne tandis que Vauguenard et Françoise s'entretenaient avec les autres dans le bureau de la surveillante.

— Il faut l'isoler immédiatement, demanda Vauguenard, après leur avoir dressé un rapide tableau des événements.

— Vous... vous l'avez réellement vue la seringue à la main ? demanda l'un des inspecteurs, dubitatif.

— Je sais que ça peut paraître incroyable, mais c'est la vérité !

— J'étais présente, je suis entrée dans la chambre au même moment, renchérit Françoise. Elle avait enfoncé l'aiguille dans la poche de perfusion et se préparait à pousser sur le piston. Depuis plusieurs jours, il y a des fuites à répétition dans le cathéter. Nous avons cru à des incidents dus à un défaut de matériel, sans penser à les mettre en relation avec les crises d'hypoglycémie... Il aurait fallu être un peu fou pour soupçonner la mère ! Et pourtant...

— L'accusation est très grave, reprit l'inspecteur.

— Je suis professeur agrégé de médecine, je dirige ce service depuis quinze ans, croyez-vous que je pourrais m'avancer à la légère ? demanda doucement Vauguenard.

Les deux flics échangèrent un regard circonspect.

— Je sais, vous pouvez mettre ma parole en doute. Mme Quesnel va vous jurer que c'est moi qui ai monté une machination contre elle... Après tout, pourquoi pas ? Je ne demande qu'une chose, qu'elle soit placée en garde à vue et qu'on perquisitionne dans sa chambre d'hôtel ainsi qu'à son domicile. Pour rechercher les ordonnances qui lui ont permis d'obtenir l'insuline et, éventuellement, d'autres médicaments !

— Et si elle est elle-même diabétique ? reprit l'un des inspecteurs. Si elle s'apprêtait simplement à s'injecter le médicament à elle-même ?

— Mais enfin, vous ne comprenez pas, explosa Françoise, nous l'avons *vue* piquer la poche de perfusion, il n'y a aucun doute, aucun ! Depuis plusieurs jours, il y avait des fuites et nous avons cru que le cathéter se déboîtait parce que la petite tirait dessus !

— Si nous avons raison, les crises d'hypoglycémie vont cesser, plaida Vauguenard. Pas de piqûre, pas de crises, c'est simple, non ?

— Alertez le Parquet, trancha l'inspecteur. Tout de suite. Vous téléphonez, et nous, on sera couverts.

— Mais bien entendu, acquiesça Vauguenard en décrochant le combiné. Je peux même me rendre immédiatement au palais de justice si ça nous permet d'accélérer.

Les flics se concertèrent et finirent par opter pour cette solution. Vauguenard se débarrassa de sa blouse et enfila sa veste.

*

À son arrivée au Palais, on l'aiguilla vers un des substituts de la huitième section, André Montagnac, qui le reçut sans tarder. Quand il lui eut résumé la situation, le magistrat contempla Vauguenard d'un air effaré.

— Vous... vous êtes certain de ce que vous avancez ? demanda-t-il d'une voix tremblante.

— Je comprends votre scepticisme. Mais il n'y a aucun doute. Hélas.

— Je suis tout à fait disposé à vous croire, reprit Montagnac. Vous pourriez me rédiger une lettre, un résumé des faits.

Le médecin s'exécuta. Montagnac lut le document à haute voix.

— Bien, pour la forme, je vais ouvrir une information « contre X ».

— Contre « X » ? s'étonna Vauguenard. Il faut placer la mère en garde à vue, je ne sais pas, je ne connais rien au droit, à la procédure, mais enfin, il me semble... Écoutez, en cas d'erreur, c'est de toute façon moi qui en subirai les conséquences, non ? J'assume. Si elle m'attaque en diffamation, on verra bien. J'ai un témoin, la surveillante, Françoise Delcourt. Il faut me croire.

Montagnac réfléchit durant quelques secondes. Puis il décrocha son téléphone, demanda qu'on lui passe la brigade des Mineurs, et ordonna une perquisition dans la chambre d'hôtel qu'occupaient Marianne Quesnel et Saïd Benhallam. Vauguenard précisa l'adresse, rue de Picpus, près de la place de la Nation. Suivant les conseils du médecin, Montagnac transmit un ordre similaire au SRPJ qui couvrait la région de Lorient pour que soit aussi « visité » l'appartement des parents de Valérie.

— C'est très important, insista Vauguenard. Il faut établir s'il n'y a pas eu une intoxication médicamenteuse beaucoup plus ancienne.

— Soyez rassuré, je vous tiens au courant, approuva Montagnac. Si jamais on trouve quelque chose de suspect, alors la procédure suivra son cours.

— Vous prenez vos responsabilités, moi, je prends les miennes. Quel que soit le résultat de vos investigations, j'interdirai tout nouveau contact entre les parents et l'enfant. Faites vite, je vous en prie. De mon côté, je vais faire procéder à d'autres examens. Je suis persuadé que l'intoxication est ancienne, je veux dire antérieure à l'hospitalisation de la petite dans mon service.

Montagnac acquiesça, impressionné par la détermination dont faisait preuve son interlocuteur.

— Je suis de permanence tout le week-end, ajouta-t-il. Vous pourrez me contacter à n'importe quel moment.

Vauguenard quitta le Palais, les épaules voûtées, la gorge nouée par le dégoût et une violente colère envers lui-même. Jamais il ne pourrait se pardonner de ne pas être venu plus tôt au secours de Valérie. Il prit un taxi pour rentrer à Trousseau où il fit une incursion au labo. Il y apprit que toutes les analyses de sang postérieures à la pancréatectomie de la petite présentaient un peptide C effondré.

Il revint dans le service.

— Les flics ont embarqué la mère, lui apprit Françoise.

Vauguenard fit quelques pas dans le couloir, avisa un grand bouquet d'œillets que des parents avaient offert au personnel, en détacha une tige avec délicatesse et la glissa dans la boutonnière du col de la blouse de Françoise.

— Ça vous va à merveille, remarqua-t-il. Le rouge, c'est votre couleur préférée, n'est-ce pas ?

Il fredonna l'*Internationale*, en souvenir du jour où il avait accompagné la délégation des infirmières en grève sur le parvis du ministère de la Santé.

— Vous vous souvenez ? C'était la première fois depuis 68 que je bousculais un CRS ! Le temps passe... Au fait, comment va votre fils ? La sixième, c'est un cap difficile, les gosses sont paumés à la sortie du primaire, toute cette cohorte de profs qui débarquent en rang d'oignons, au lieu du vieil instit' traditionnel, la transition est parfois difficile.

— Laurent est en seconde, et ça tourne plutôt bien, répondit timidement Françoise.

Vauguenard hocha la tête avec un sourire désolé. Il plongea les mains dans les poches de sa blouse, en extirpa un bonbon au réglisse, le croqua machinalement.

— J'ai toujours été gaffeur, excusez-moi, balbutia-t-il, confus. J'oublie, j'oublie tout... Ça fait combien de temps qu'on travaille ensemble ?

— Dix ans.

— Vous ne m'en voulez pas, Françoise ? Rentrez chez vous, je vous remercie.

— Non, je ne vais quand même pas vous laisser seul !

Une demi-heure plus tard, installés dans le bureau des surveillantes, ils mastiquaient en silence une pizza mal cuite que Françoise avait commandée chez un livreur du quartier. La bière qui l'accompagnait était tiède.

— Le pire, ce n'est peut-être pas les injections

d'insuline, soupira Vauguenard. Ils ont très bien pu lui fabriquer tous les symptômes qui ont entraîné l'opération et nous, comme des naïfs, nous sommes tombés dans le panneau. Au point de charcuter cette pauvre gosse. Peut-être pour rien.

— C'est impossible !

— Non, absolument pas ! Je n'avais jamais rencontré de cas précis, depuis le temps que je porte une blouse blanche. Les psychiatres appellent ça le syndrome de Munchausen. Ils ont toujours le mot pour rire, ces braves psys. Le baron passait sa vie à inventer des histoires toutes plus rocambolesques les unes que les autres. Eh bien, il existe de doux dingues qui étudient les livres de médecine et s'amusent ensuite à simuler des symptômes divers, abracadabrants, mystérieux. Parfois, c'est tout à fait bénin, il suffit de se faire prescrire une analyse d'urine, de se piquer le doigt pour faire perler le sang, d'en faire tomber quelques gouttes dans le tube et c'est parti pour toute une série d'investigations qui au finish ne donneront évidemment rien. Le médecin est désemparé, il ne comprend pas ce qui se passe, doute de son diagnostic, bref, on s'amuse. La personne atteinte de ce syndrome prend littéralement son pied en narguant la médecine.

— Ça n'a pas de sens, protesta Françoise. C'est même absurde.

— La maladie n'a généralement pas grand sens. Vous pouvez me dire si une leucémie chez un gosse de cinq ans n'est pas le comble de l'absurdité ? Parfois, ça va beaucoup plus loin ! On cite des cas de septicémies provoquées par des injections intraveineuses d'eau souillée par des matières fécales. Charmant, non ?

198

— Mais alors ces gens-là peuvent mettre leur vie en danger, juste pour provoquer leur médecin ? balbutia Françoise, toujours incrédule.

— Exactement. Ils sont à la fois profondément masochistes, et en même temps, quand ils se retrouvent hospitalisés, ils sont entourés de soins, maternés, choyés, ils deviennent un centre d'intérêt, alors que par ailleurs leur vie n'est guère plaisante. Ils régressent en se faisant souffrir et ainsi captent un simulacre d'amour qu'ils ne seraient pas capables de susciter par ailleurs ! Votre fils n'a jamais fait traîner une grippe pour que vous vous occupiez davantage de lui ?

— Si bien sûr, mais de là à... ça n'a quand même rien à voir ! Là, il s'agit d'une gosse ! Comment des parents peuvent-ils en arriver là ?

— Ne me demandez pas de vous l'expliquer. On évoque alors un syndrome de Munchausen « par procuration ». Ce sont toujours les psys qui parlent. Il faudrait en toucher deux mots à ce cher Vilsner, il doit connaître la question !

— Marianne adore Valérie, elle s'est mise en congé sans solde, a pris une chambre d'hôtel pour rester près d'elle, elle la couvre de cadeaux ! rétorqua Françoise, qui se refusait toujours à admettre la vérité.

— Nous aussi, elle nous a couverts de cadeaux, comme vous dites ! Des fleurs, des boîtes de chocolats, ce sont toujours des parents absolument exemplaires ! Charmants, soumis. Pas un mot plus haut que l'autre.

— Mais alors, il faut les enfermer pour des années !

— C'est aux magistrats de décider !

— Et le père, enfin, Saïd, il est étudiant en médecine, quel rôle il joue là-dedans ?

— Oui, et la mère est aide soignante... Je ne voudrais pas gloser sur la formation des couples, l'alchimie de l'amour, les barrières sociales, etc., mais c'est quand même assez étonnant, non ? Toujours à propos de ce syndrome, les psys décrivent des couples aussi curieux, un père assez absent, une mère qui tient les rênes, et qui généralement travaille en milieu hospitalier. Vous voyez, tous les éléments sont réunis !

Françoise se mit à marcher de long en large dans le bureau, abasourdie. Vauguenard consulta une nouvelle fois sa montre, et les voyants lumineux du tableau d'appel. Celui de la chambre 10 restait obstinément éteint.

— C'est fou, j'en viendrais presque à souhaiter que ça sonne chez Valérie, murmura-t-elle.

— Rassurez-vous, ça ne sonnera pas !

Vauguenard se leva pesamment et rejoignit son bureau. Françoise longea le couloir jusqu'à la chambre 10 et observa la fillette qui dormait. L'infirmière de garde arriva alors et demanda quelles étaient les consignes.

6

Après sa déconvenue au marché aux Puces, Charlie n'osa pas regagner immédiatement son repaire. Il traîna le long du canal de l'Ourcq, indécis. Il redoutait le regard lourd de reproches que ne manquerait pas de lui adresser Héléna. Elle lui avait confié une tâche impossible. L'homme aux bouteilles incendiaires pouvait très bien s'être évaporé dans la nature, et le seul indice qui permettait de retrouver sa trace, l'accordéoniste des Puces, ne s'était pas montré. Charlie pouvait fort bien passer des heures entières dans le marché, week-end après week-end, sans jamais croiser son chemin. Dans sa petite tête de gosse paumée, Héléna se représentait le monde, et a fortiori une ville telle que Paris, d'une bien curieuse façon, difficilement cernable pour un esprit adulte.

*

Quand enfin il se décida à la rejoindre, en début de soirée, il constata qu'Héléna avait non seulement fait sa toilette, mais qu'elle avait récuré la cambuse avec ardeur. Jamais depuis que Charlie y avait installé ses pénates, l'endroit n'avait paru si accueillant. La petite lui souriait, partagée entre la fierté du travail accompli et un reste de timidité à son égard. Il la félicita et faillit s'étrangler de rire en constatant qu'elle avait également tenté de repriser une paire de ses chaussettes en piteux état. Il lui montra le stock de chaussettes neuves qu'il détenait, enfouies au fond d'un vieux sac de toile kaki.

— Tu vois, je suis peut-être dans la dèche, mais j'ai encore mes aises, lui dit-il.

Sur le chemin du retour, il s'était arrêté dans une boucherie pour acheter des steaks. Héléna écarquilla les yeux en découvrant les deux énormes tranches de bavette bien saignantes. Ils mirent la table. Charlie fit frire ses steaks dans une noix de beurre tandis qu'Héléna attendait, sagement installée devant son assiette.

Quand elle eut fini de manger, elle toisa Charlie d'un regard interrogatif. Le moment qu'il redoutait. À l'expression qui se dessina sur son visage, elle comprit que l'expédition à la porte de Clignancourt s'était soldée par un échec.

— Ne m'en veux pas, Héléna, supplia Charlie, j'ai traîné là-bas tout l'après-midi... Ton « monsieur », tu sais, je crois bien qu'on le retrouvera jamais, tu comprends ? Autant pas se faire d'illusions ! On passe l'éponge et on essaie de vivre peinards ?

Elle ne se laissa pas démonter, disparut un instant dans la pièce voisine et en revint avec son cahier et ses stylos. Charlie découvrit les dessins qu'elle avait réalisés durant son absence. Elle l'avait représenté en colosse capable de tout écraser sur son passage, tranchant la gorge de ses ennemis, piétinant leurs cadavres sous ses bottes. Un détail très particulier attira son attention. Sur l'un des dessins, il portait un béret rouge et une chemise camouflée dont les épaules s'ornaient de deux barrettes. Héléna affronta son regard interrogateur.

— T'es une vraie petite femme, hein ? T'as pas pu t'empêcher de fouiller partout ?

Charlie plongea la main sous une pile de journaux tassés sur une étagère et en sortit son portefeuille de cuir. Un cadeau de ses parents pour ses dix-huit ans.

— T'as regardé là-dedans, pas la peine de baratiner ! C'est même pour ça que t'as fait le ménage ! Vous êtes bien toutes les mêmes !

Héléna ouvrit le portefeuille et en extirpa une photo sur laquelle il figurait au milieu des copains de la section. Tout fier d'exhiber ses galons de caporal décernés la veille, en grande pompe dans la cour de la caserne, avec la fanfare du régiment, les gants blancs du colonel et tout le tremblement.

— C'était juste avant qu'on monte dans l'avion ! ricana Charlie. Ils avaient même pensé à nous filer des pilules des fois qu'on ait le mal de l'air, ces salauds, tu te rends compte ? Et alors qu'est-ce que tu crois ? Tu me prends pour Rambo ? Si tu savais...

Elle tourna la page du cahier et montra le dessin de l'accordéoniste. Obstinée, patiente, déterminée.

— T'es têtue comme une bourrique ! lança Charlie, excédé. Je l'ai pas vu, ton lascar, tu piges ? Il y était pas, aux Puces ! Et même si je l'avais croisé, qu'est-ce que j'aurais fait, hein ? Tu peux me le dire ? Non, tu peux pas, forcément, t'es muette !

Elle frappa de ses deux petits poings sur la table, furieuse, enragée.

— Ça suffit, Héléna, on va pas s'engueuler, quand même, on est pas bien, ici, tous les deux ? Pourquoi qu'on irait s'attirer des emmerdes ? Tu veux que je te dise ? Je vais pas le chercher ton « monsieur », tu saisis ? J'ai déjà donné, crois-moi !

Il feuilleta nerveusement le cahier d'Héléna, s'arrêta à un des dessins qui représentait le type qui avait lancé ses cocktails Molotov sur les gosses dans le chantier de la Chapelle, et le déchira. Il s'acharna sur la feuille de papier jusqu'à la réduire en une poussière de confettis.

— Il faut oublier, c'est la seule chose à faire ! reprit-il d'une voix adoucie, chaleureuse. J'essaie d'oublier, moi, j'y arrive pas, mais au moins, j'essaie ! C'est le seul moyen pour pas devenir dingue ! Tu veux que je te dise, si je pouvais me passer la cervelle au papier de verre pour effacer tout ce que j'ai vu, je le ferais !

La gamine hocha longuement la tête, accablée. Elle se leva, cracha sur le sol et ouvrit la porte qui donnait sur la coursive.

— C'est ça, s'écria Charlie, tire-toi, après tout, t'es libre, à chacun sa merde...

Il alluma rageusement une cigarette, se versa un verre de blanc et le vida d'un trait. C'est alors qu'il entendit le cri, précédant d'une fraction de seconde un bruit mou, en contrebas. Il se précipita à la rambarde. La nuit était tombée. Il saisit sa torche électrique et braqua le faisceau sur le sol bétonné et couvert de détritus du hangar.

7

André Montagnac reçut les inspecteurs de la brigade des Mineurs qui avaient perquisitionné dans la chambre d'hôtel de Marianne Quesnel et de Saïd en début de soirée. Ils lui firent un bref compte rendu de leurs investigations. Plusieurs seringues d'insuline avaient été retrouvées dans le tiroir de la table de chevet et aussitôt mises sous scellés. Il téléphona ensuite en Bretagne et ne tarda pas à apprendre que l'appartement de Marianne aurait pu servir d'officine pharmaceutique tant elle recelait de médicaments en tout genre.

— Merde, murmura-t-il, le toubib n'était pas parano !

Une heure plus tard, la mère de Valérie était déférée au dépôt du palais de justice tandis que Saïd bénéficiait d'un hébergement comparable à l'hôtel de police de Lorient.

Montagnac quitta les locaux du Parquet, traversa

la cour de la Sainte-Chapelle et rejoignit le dépôt. Il traversa le secteur réservé aux hommes. Il y flottait en permanence une odeur insupportable, excrémentielle, cocktail de vomissures, d'effluves corporels, de vinasse et de tabac froid. Les responsables prétendaient que de mystérieuses remontées d'égouts incontrôlables généraient une telle puanteur. Mais, curieusement, à quelques mètres de là, à peine franchie la porte séparant les cellules dévolues aux femmes de celles où s'entassaient les hommes, l'atmosphère s'assainissait soudainement, comme par miracle. Le dépôt des hommes était à la charge de la préfecture de police, tandis que celui des femmes, à la suite d'une curieuse survivance de pratiques ancestrales, relevait d'un petit bataillon de nonnes en cornette. Sans doute fallait-il en conclure que les prières de ces créatures étaient plus à même de combattre la puanteur environnante que le stock de détergents mis à la disposition des flics. Montagnac fut reçu par sœur Cécile, minuscule bout de femme à la silhouette fragile, au sourire radieux, qui régnait sur cet étrange domaine avec un mélange de grâce et de fermeté. À chacune de leur rencontre, il ne pouvait s'empêcher de s'extasier à la contemplation de ce visage angélique, tout en douceur.

— Royal, comme fantasme, songeait-il parfois, retrousser la robe de bure d'une nonne, s'émerveiller de son émoi... non, pas royal, mieux encore : divin !

Il s'inquiéta de l'état psychologique de Marianne Quesnel, après son interpellation. Sœur Cécile lui assura qu'elle faisait preuve d'une grande sérénité.

— Elle est persuadée qu'il s'agit d'une erreur judiciaire, qu'elle est victime d'un monstrueux malentendu, expliqua la nonne.

— J'espère qu'elle a été fouillée et qu'il n'y a pas de risque de...

— Non, rassurez-vous. Elle a simplement demandé un sédatif, et je le lui ai donné. Elle dort. Si j'ai bien compris, il s'agit d'une histoire de maltraitance à enfant ?

— C'est hélas un petit peu plus compliqué, soupira Montagnac, sans dissimuler qu'il ne tenait pas à en dire plus.

La nonne respecta son souci de discrétion. À travers le judas, Montagnac jeta un coup d'œil sur la cellule où était enfermée Marianne. Elle dormait, effectivement.

— Je... je peux ? demanda-t-il ensuite en désignant l'entrée de la petite chapelle qui jouxtait le dépôt.

— Je vous en prie, confirma sœur Cécile, en rosissant, avec vous, c'est toujours un plaisir !

Montagnac pénétra dans la chapelle, s'installa face à l'harmonium, régla les touches, les pédales, et plaqua ses doigts sur le clavier. Il joua le *Stabat mater*, enchaîna avec les premières mesures du *Dies irae* du *Requiem* de Mozart, et, pour faire plaisir à la sœur, termina par un cantique plus trivial.

— *Je m'avancerai jusqu'à l'autel de Dieu, la joie de ma jeunesse...* chantèrent-ils tous deux, en chœur.

— J'aime bien aussi quand vous interprétez *Parle, Commande, Règne* ! risqua timidement la nonne.

Montagnac s'exécuta, docile. Il entonna le cantique de sa voix de baryton.

Dix minutes plus tard, rassasiés par tant de merveilles, Montagnac et la nonne sirotèrent un café dans la petite cellule qui faisait office de bureau, et d'où les sœurs veillaient sur les femmes qui leur étaient confiées. Putes, gamines toxicos, poivrotes à bout de souffle, mères infanticides, il y avait là tout un purgatoire d'âmes en souffrance, dans l'attente d'un rachat.

— Merci, murmura sœur Cécile.

Montagnac apprécia le compliment à sa juste mesure. Il tendit sa main. La nonne hésita avant de lui confier la sienne. Ils restèrent ainsi un long moment, unis par ce contact charnel, chaleureux. La petite paume de sœur Cécile palpitait de moiteur.

— Venez, venez plus souvent, vous serez toujours le bienvenu ! précisa la voix de la nonne, alors qu'il s'éloignait au détour du couloir.

— Arrête, arrête, protesta Montagnac, entre ses dents.

— Que Dieu vous garde ! insista sœur Cécile.

8

— Vous continuez, je vous en prie, supplia Vauguenard.

Le confrère biologiste qu'il avait en quelque sorte réquisitionné la veille au soir s'épuisait depuis plusieurs heures devant sa collection d'éprouvettes et de réactifs. Tous les prélèvements sanguins de la petite Valérie Lequintrec étaient réunis sur la paillasse.

— Je suis crevé, protesta le biologiste en réprimant un bâillement.

— Moi aussi, assura Vauguenard. Continuez.

Il se tourna vers la fenêtre. Le soleil commençait à se lever sur une brume laiteuse qui entourait les bâtiments de l'hôpital. Vauguenard sortit dans le couloir et batailla contre la machine à café qui prétendait lui refuser son expresso, en dépit des pièces de deux francs qu'il avait introduites dans la fente. Il revint dans la pièce où officiait le biologiste.

— Bon, c'est positif, murmura celui-ci, planté devant l'écran de son ordinateur. Cela dit, j'ai procédé en urgence, il faudrait confirmer par une seconde série d'examens. Surtout s'il s'agit d'une affaire... heu... litigieuse !

— Alors ?

— Le glibenclamide. Vous ne vous étiez pas trompé. Il y a des traces significatives. Avant l'opération. Plusieurs jours avant. Dans chacun des prélèvements.

Vauguenard vérifia le listing qui sortait de l'imprimante. Les dates correspondaient effectivement à la période d'observation précédant la pancréatectomie, durant laquelle la petite Valérie Lequintrec avait été admise dans le service. Le biologiste rangea les supports qui contenaient les éprouvettes dans le compartiment d'un frigo.

— Personne n'y touchera ? demanda Vauguenard, inquiet.

— Vous voulez peut-être que je mette un scotch sur la porte ?

— Pourquoi pas ? Et si vous pouviez signer au bas de chaque feuillet, ça me rassurerait. Vous paraphez chaque page, n'est-ce pas, et vous inscrivez la date, votre nom, à la suite, et là, votre signature en toutes lettres. Et le tampon du labo... c'est... c'est important pour moi !

Le biologiste acquiesça, consterné. Vauguenard vérifia le résultat, feuillet après feuillet.

DIMANCHE

1

Vauguenard traversa à pied la place du Châtelet, totalement déserte. À quelques mètres de là, malgré l'heure très matinale, le quai du Marché aux Fleurs était agité de va-et-vient fébriles. De nombreux commerçants forains venaient s'y ravitailler avant d'aller rejoindre leurs stands, aux quatre coins de la région parisienne. De pleines brassées de lilas, de roses, de glaïeuls, d'œillets, valsaient de main en main avant d'atterrir dans les camionnettes. Vauguenard contourna le bâtiment du tribunal du commerce, contempla les grilles du palais de justice, avec leurs pointes dorées, et ne put contenir un haussement d'épaules fataliste. Il consulta sa montre. À peine huit heures. Le substitut qu'il avait rencontré la veille lui avait assuré qu'il serait présent aux premières heures de la journée. Vauguenard se dirigea vers la guérite du poste de garde et présenta sa carte d'identité. Le gendarme de faction contacta par talkie-walkie ses supérieurs, lesquels se mirent en relation avec Montagnac, qui autorisa le visiteur à pénétrer dans l'enclos du Palais. On l'escorta jusqu'à un bureau où l'attendait le substitut.

— Vous pourrez vous vanter de m'avoir pourri mon week-end, dit celui-ci en serrant la main du médecin. D'habitude, j'attends tranquillement chez moi, avec mon portable sur la table de chevet. Votre histoire m'a tellement remué que je me suis déplacé ! Vous prenez un café ?

Vauguenard accepta. Les deux hommes s'installèrent face à face, de part et d'autre d'une petite table près de laquelle sifflotait une cafetière électrique.

— La mère a bien dormi... toute la nuit... annonça Montagnac. Je viens de m'en assurer en passant au dépôt.

— Les policiers que vous avez envoyés perquisitionner son hôtel, qu'est-ce qu'ils ont rapporté ?

Montagnac montra les PV consécutifs aux perquisitions menées à l'hôtel de la rue de Picpus et au domicile de Marianne Lequintrec, à Lorient.

— C'est arrivé par fax, les gars de la brigade des Mineurs ont mis tout le paquet !

Vauguenard s'en empara et feuilleta le paquet de documents. Des photocopies d'ordonnances, d'emballages de médicaments.

— *Xynoxil* et *Pertilex*, c'est évident, j'avais raison ! Pertilex 5 mg, cent comprimés. Cent comprimés, vous vous rendez compte ? Ils ont acheté ça à la pharmacie centrale, à Lorient, un mois avant les premiers troubles hypoglycémiques... Il faut consigner tout cela dans... dans le dossier, vous notez tout, n'est-ce pas ?

— Les PV de la brigade des Mineurs sont tous conservés, ça va de soi ! Vous m'expliquez ?

— Le Pertilex et le Xynoxil sont des médicaments très fréquemment administrés par les médecins... du... du coin de la rue ! Par les généralistes, il n'y a rien d'extraordinaire ! Ce sont des sulfamides hypoglycémiants.

— Excusez-moi, pour ce qui me concerne, c'est de l'hébreu.

— On utilise ces substances pour le traitement des diabétiques, expliqua patiemment Vauguenard. Elles agissent sur le pancréas ! Le problème, c'est que leur prise à haute dose peut simuler une tumeur pancréatique ! C'est ce qui s'est produit avec Valérie ! La mère a *fabriqué* la maladie de sa fille, de A à Z ! Elle présentait tous les symptômes et on l'a opérée.

— « On », c'est-à-dire vous ?

— Non, pas moi. Je me suis contenté de signer le diagnostic et de donner le feu vert pour l'intervention.

— Pardon ?

— En clair, je vous affirme que Valérie Lequintrec n'avait rien ! Vous comprenez ? Je me suis fait bluffer ! Les symptômes ont été fabriqués. Fa-bri-qués. Vous n'avez pas de secrétaire, enfin, de greffier, je ne sais pas, moi, pour noter tout ce que je vous dis ? C'est pourtant capital !

— Monsieur Vauguenard, si je vous entends bien, vous êtes en train de m'expliquer que vous avez charcuté cette pauvre gosse en lui ôtant la moitié du pancréas pour rien ?

— Oui.

— C'est impossible.

— Non. Les symptômes étaient patents, et dans ce cas, le chirurgien respecte un protocole opératoire établi par l'expérience. Qu'est-ce que vous voulez que je vous dise ? On suspecte le danger, les métastases éventuelles, alors on... on coupe !

— On coupe ?

— Oui, on coupe !

— On ouvre le ventre d'une gamine qui est peut-être parfaitement saine, et on coupe ?

— Exactement. Je conçois parfaitement que cela puisse paraître choquant aux yeux du profane, mais c'est la vérité !

— Mais quand le chirurgien ouvre le ventre, excusez-moi, il me semble que... que la tumeur, il la voit ? Non ? Et s'il ne voit rien, il peut se donner un temps de réflexion ? Hein ?

— La tumeur n'est pas forcément visible à l'échelon macroscopique, à l'œil nu, si vous préférez, il faut des examens beaucoup plus poussés pour obtenir une certitude. Il y a les symptômes, le protocole, alors le chirurgien fait le nécessaire. Les prélèvements ont été expédiés en Suisse. Mon service participe à un programme international de recherche sur les tumeurs du pancréas chez l'enfant. Je n'ai pas encore reçu les résultats.

Les deux hommes se dévisagèrent, aussi effarés l'un que l'autre.

— Vous avez peut-être fait une erreur ? demanda Montagnac après quelques secondes de réflexion. Nous sommes seuls dans ce bureau. Je... je perçois votre angoisse, je peux vous aider. Enfin peut-être ? Autant le dire tout de suite au lieu d'accuser aussi fermement la mère ?

Vauguenard s'affaissa sur son siège. Il se passa la main sur le visage, ferma les yeux, étendit ses jambes.

— Vous pouvez me faire incarcérer tout de suite, j'y suis prêt, allez-y, murmura-t-il. Ce n'est pas moi qui ai opéré la gosse, mais j'accepte d'endosser toute la responsabilité de l'affaire ! Alors je vais vous résumer, une fois de plus tout ce que je sais, tout ce dont je suis persuadé, et ensuite vous prendrez votre décision.

Il répéta toute l'histoire, patiemment, en cherchant ses mots, avec toute la pédagogie nécessaire.

*

— C'est incroyable ! s'entêta Montagnac. Il doit bien exister des moyens de détection, des examens, je ne sais pas, moi, des radios, des analyses. !

— Le glibenclamide... c'est tellement monstrueux que personne n'y a pensé ! balbutia Vauguenard, abasourdi. Non ! Il aurait fallu être complètement paranoïaque pour évoquer une telle hypothèse !

— Attendez, en ce qui me concerne, j'ai accepté d'ouvrir une information contre X pour empoisonnement à l'insuline, sur la foi de votre témoignage et de celui de votre surveillante. Mais ce que vous me dites là, c'est tout à fait différent ! Mme Quesnel, ou son mari, chez qui on a effectivement retrouvé des boîtes de Pertilex et de Xynoxil sont peut-être eux-mêmes diabétiques ou réservaient ces médicaments à des personnes de leur entourage souffrant de cette maladie ? Non ? De là à établir que la petite Valérie ait pu être intoxiquée à l'aide de ces produits, il y a une marge !

— J'ai passé ma nuit au laboratoire d'analyses de l'hôpital, avec un médecin biologiste. Nous avons analysé les prélèvements de la gosse depuis son admission à Trousseau. Les traces de glibenclamide sont patentes ! Regardez !

Montagnac saisit la liasse de feuillets-listing que lui tendait le médecin.

— Le biologiste a signé à ma demande ! précisa Vauguenard, à bout de souffle. Il n'y a aucun doute... aucun ! Je n'ai commis aucune erreur, j'ai été trompé... trompé par une mère totalement folle et qui a su venir me combattre sur mon terrain : celui de la médecine. Quand on a un adversaire reconnu, on peut se défendre. Mais elle ? Si vous l'aviez vue pleurer, à la veille de l'opération, vous n'auriez jamais osé formuler l'hypothèse d'un empoisonnement. Je vous le jure !

— Je vous plains, soupira Montagnac.

2

Lorsqu'il avait retrouvé le corps d'Héléna, la nuque brisée sur la rampe du hangar, au bas de sa tanière, Charlie, fou de chagrin et de culpabilité, comprit que sa seule rédemption serait désormais de venger la petite. Il n'était certes pas responsable de la mort des autres gosses. Mais s'il s'était montré plus compréhensif, plus patient, et surtout moins lâche, Héléna ne se serait jamais enfuie et ne serait pas tombée du haut de la coursive. L'idée qu'elle aurait pu volontairement se donner la mort ne l'effleura même pas. C'eût été trop lourd à supporter.

Toute la journée du dimanche, il retourna traîner au marché aux Puces de Clignancourt, dans les cafés, les allées, à la recherche de l'accordéoniste. En vain. Il se sentait prêt à revenir le lendemain, puis tous les autres week-ends, jusqu'à obtenir satisfaction. Ce fut sur le chemin du retour, quand il arriva près du métro Porte-de-Clignancourt, qu'il fronça les sourcils en regardant le grand M jaune qui surplombait l'entrée de la bouche. Il enfourcha précipitamment sa mobylette et traversa presque Paris du nord au sud pour rejoindre le secteur de l'Opéra. Là, il dévala les escaliers mécaniques de la station Auber jusqu'au premier niveau et arriva dans le grand hall au fond duquel était installée une cafétéria. C'est celle-ci qu'Héléna avait tenté de figurer sur ses dessins, et non les brasseries des Puces ! Le percolateur, le comptoir, les chaises, tout y était. Y compris l'accordéoniste barbu, accompagné d'un caniche et installé sur un pliant, qui jouait à l'entrée du couloir voisin, perdu dans le flot des voyageurs qui se dirigeaient vers les quais du RER. Charlie sentit le sang refluer de son visage. Il s'accouda au comptoir et commanda un café. L'accordéoniste s'accorda un moment de repos et grilla une cigarette. L'homme était âgé d'une soixantaine d'années, et tout dans ses traits accusait la fatigue de longues années passées à trimer dur pour gagner sa pitance. Charlie le dévisagea à distance, perplexe. Il ne pouvait l'accoster ni le sommer de s'expliquer sur ses relations avec le salopard de la Chapelle. Il se résigna à patienter. L'accordéoniste ne prêtait aucune attention à ce qui l'entourait. Il s'était remis à jouer son pot-pourri de valses musettes d'un air morne, sans conviction. Quelques pièces tombaient de temps à autre dans la coupelle déposée à ses pieds.

Deux heures passèrent. Charlie fit les cent pas dans le hall, s'abritant derrière les piliers, les panneaux publicitaires, pour éviter de se faire repérer. L'accordéoniste se leva enfin, rangea son instrument dans un étui, ramassa son pliant et, tenant la laisse de son chien, se dirigea vers la sortie. Charlie le suivit à distance dans les escaliers mécaniques. Arrivé à la surface, l'accordéoniste contourna le Palais-Garnier et pénétra dans une brasserie rue de la Chaussée-d'Antin. Charlie l'imita. Il ne tarda pas à apercevoir le salopard de la Chapelle, installé au fond de la salle, occupé à lire un magazine de turf. Charlie sentit ses jambes flageoler. Il était certain de ne pas se tromper. C'était bien le même visage, un peu empâté, barré par une moustache fournie. Le type serra la main de l'accordéoniste, qui s'assit sur la banquette. Puis il se leva pour gagner les toilettes en sous-sol. Charlie le vit boitiller fortement. Son pantalon présentait un renflement à hauteur de la cuisse. Il avait eu le temps de s'occuper de sa blessure, mais souffrait toujours.

Les deux hommes quittèrent la brasserie un quart d'heure plus tard, après avoir vidé un demi. Charlie leur emboîta le pas. Ils firent quelques mètres en direction de la rue de Provence et s'arrêtèrent près d'une Opel à la carrosserie cabossée, celle-là même que Charlie avait aperçue dans le terrain vague. Et qui démarra bientôt. Charlie resta en plan sur le trottoir. Il partit au petit trot en sens inverse, vers la station Auber, pour récupérer sa mobylette. Après quoi il fonça en direction de la porte de Clignancourt, la poignée dans le coin. Dans ses explications, Héléna avait mentionné le lieu. Charlie avait certes confondu la cafétéria de la station Auber avec les troquets des Puces, mais il n'y avait aucun doute, il existait un lien entre l'accordéoniste et le marché de la porte de Clignancourt. La nuit était tombée quand il y parvint. Les stands étaient fermés, mais quelques rares badauds erraient encore dans les ruelles. Il demeura quelques instants, interdit, à l'entrée de ce labyrinthe. Prenant son mal en patience, il y déambula au fil de son inspiration.

« Si Héléna a tant insisté sur les Puces, songea-t-il, et puisque maintenant, les boutiques sont fermées, alors il n'y a qu'une explication, c'est que l'accordéoniste crèche dans le coin ! »

Il aurait bien voulu en être sûr, et redoutait une nouvelle erreur d'interprétation des dessins de la petite. Il leva des yeux inquiets vers les immeubles hauts de plusieurs étages qui se dressaient alentour et abritaient des centaines de logements, refusant de se laisser décourager. Patiemment, il sillonna les abords des marchés Malik, Serpette, Vernaison, à la recherche de l'Opel. Après plus de deux heures d'errance hasardeuse, il était prêt à capituler et à re-brousser chemin, quand soudain il l'aperçut, garée dans un passage ouvert sur la rue Paul-Bert, près du marché Jules-Vallès. La voiture jouxtait un pavillon misérable, vermoulu, au toit rafistolé de tôle ondu-lée. Un des rares rescapés de la frénésie immobilière qui, depuis plusieurs années, avait conduit à l'éradi-cation de ses semblables dans tout le secteur. Comme à la Chapelle.

Charlie s'en approcha avec une prudence de chat et se plaqua contre la façade. Il lança quelques coups d'œil de part et d'autre de la ruelle pour s'as-surer que personne n'y traînait, puis s'enhardit jusqu'à s'approcher d'une fenêtre éclairée. Il scruta l'intérieur d'une pièce misérablement meublée où étaient attablés l'accordéoniste et le « monsieur ». Ils dînaient tranquillement, en silence, face à face. L'accordéon était rangé sur un trépied destiné à cet usage et des photos de bal musette ornaient les murs.

Charlie s'éloigna. Pour réfléchir. À présent qu'il avait « logé » son client, il pouvait se le permettre. Il eut envie de boire un coup pour fêter l'événement. Rien ne pressait. Il avait tout son temps. Il convenait de mûrir une stratégie, de ne rien précipiter au risque de commettre un impair. D'un pas guilleret, il se dirigea vers le Baryton, qui restait ouvert jusque très tard dans la nuit. C'était en quelque sorte le quartier général du Gros René mais à cette heure-ci, il ne courait aucun risque de le rencontrer.

Il s'installa sur une banquette, près de la vitrine, et commanda un calva qu'il sirota doucement, le sourire aux lèvres. Un juke-box jouait un air de rock. Deux filles dansaient en faisant tressauter leurs seins sous leur tee-shirt. Quand la musique prit fin, elles s'embrassèrent à pleine bouche. Charlie les applaudit, à l'instar des autres clients. Le calme revenu, il ferma les yeux et soupira d'aise. Son adversaire ne se doutait absolument pas qu'il était repéré : il avait donc l'avantage de la surprise. Le type était de surcroît blessé, d'autant plus vulnérable. Il convenait d'apporter un correctif à cet accès d'optimisme.

« Rien ne prouve qu'il habite là, se dit-il, il vient peut-être voir l'accordéoniste quand ça lui passe par la tête. Ce soir, il est là, mais demain ? »

Charlie rouvrit les yeux. Il ne craignait pas d'avoir à affronter les deux hommes en même temps. L'accordéoniste était vieux, chétif, et son « client », éclopé. Ils pouvaient cependant déclencher un sacré chambard s'il pénétrait au culot dans le pavillon ! Et il y avait peut-être une arme qui traînait quelque part ? Charlie plongea la main sous son pull-over et caressa le manche de son poignard. C'est alors que la porte du bistrot s'ouvrit. Le salopard de la Chapelle s'approcha du bar et commanda des cigarettes, en jetant un paquet de Gitanes vide sur le sol couvert de sciure. Charlie eut un haut-le-cœur, se leva et frôla le comptoir avant de sortir. Une fois dans la rue, il marcha d'un pas rapide en direction du pavillon. Il s'embusqua derrière une camionnette garée non loin de l'Opel et attendit.

LUNDI

1

Quand il regagna les abords du canal de l'Ourcq, le lundi matin à l'aube, Charlie gara sa mobylette dans sa planque habituelle mais ne grimpa pas tout de suite dans sa tanière. Il remonta la rive sur environ deux cents mètres et s'arrêta à la hauteur d'un pylône électrique qui lui servit de point de repère. Il lança alors un petit bouquet de fleurs dans les eaux noires. Elles se délièrent et une risée de vent les dispersa.

— Excuse-moi, Héléna. Si j'avais compris plus tôt ce que tu essayais de me dire, on n'en serait pas là...

C'est à cet endroit qu'il avait jeté le corps de la fillette dans le canal, enveloppé d'un linge, ficelé et lesté à l'aide de quelques parpaings, au beau milieu de la nuit, après s'être assuré que personne ne rôdait dans les parages. Il aurait souhaité lui offrir une sépulture digne de ce nom mais c'était impossible. L'ensevelir dans un des terrains vagues qui s'étalaient alentour — outre le fait que creuser une tombe de fortune eût augmenté ses chances de se faire repérer — n'aurait guère été plus digne. Il avait donc opté pour la solution la plus facile. Héléna l'aurait sans doute approuvé, c'est ce dont il parvint à se persuader, maintenant qu'il venait lui annoncer la bonne nouvelle. Charlie ne croyait pas en Dieu, mais il était convaincu qu'un mort ne disparaît jamais tout à fait. Quelque chose, à son avis, continuait de flotter autour des vivants qui l'avaient aimé, une présence diffuse, qui pouvait encore manifester ses sentiments, sa joie comme sa souffrance.

— Tout va bien, Héléna, tout va bien ! murmurat-il en fixant la surface du canal. Mais c'est pas fini ! Je vais continuer, jusqu'au bout, tu verras, tu ne seras pas déçue ! Au revoir, Héléna !

2

Quand le chef de travaux Alvarez arriva sur son chantier à six heures et demie, il fut surpris de constater que la porte de la maison voisine claquait au vent. Pourtant, une fois tout leur cirque terminé, les flics l'avaient soigneusement verrouillée avant d'y apposer des scellés. De plus, deux plantons avaient monté la garde durant la journée du vendredi et même du samedi. Ce jour-là, Alvarez et toute son équipe durent rattraper le temps perdu la veille, en raison de la décision de l'inspecteur Dimeglio de le faire poireauter pour interrogatoire au Quai des Orfèvres.

Alvarez, intrigué, s'avança prudemment. Il poussa la porte, pénétra dans le couloir et avança jusque dans la cuisine. Il écarquilla les yeux, recula précipitamment et courut jusqu'à l'algéco où était installée une ligne de téléphone. Il composa le numéro que lui avait donné Dimeglio, au cas où il se souviendrait d'un élément pouvant intéresser l'enquête.

Au Quai, l'inspecteur Dansel achevait sa seconde nuit de permanence. Comme à son habitude, il emportait une Bible et tuait le temps en relisant certains passages. Il avala les dernières gouttes de son énième café, et fronça les sourcils quand il entendit sonner le téléphone dans le bureau de Dimeglio et Rovère, tout au bout du couloir. Les coups de fil de l'extérieur transitaient par le standard de la préfecture et, durant la nuit, aboutissaient en principe à un poste unique, celui devant lequel Dansel avait passé tout son week-end. Il fallait que quelqu'un possède le numéro de la ligne directe pour appeler Dimeglio ou Rovère à une heure si matinale. Dansel quitta son fauteuil et partit décrocher. Dans sa précipitation, l'infortuné Alvarez donna ses explications en espagnol et dut se reprendre. Dansel l'écouta posément, un crayon à la main.

— Ne touchez à rien, et éloignez-vous de la maison, conclut-il avant de raccrocher.

Il saisit de nouveau le combiné, consulta sa montre, ouvrit un calepin dans lequel étaient consignés les numéros personnels des membres du groupe, et sourit en pointant celui de Choukroun. Le hasard de la liste alphabétique voulait qu'il figurât en tête de liste. Il fut donc le premier à être réveillé.

*

Une heure plus tard, toute l'équipe était réunie dans le terrain vague de la Chapelle. Choukroun arriva le dernier.

— Tu vois, lui dit Rovère, il n'y avait pas de raison de s'impatienter, on nous apporte du neuf sur un plateau...

— Vous avez l'air content, alors, que ça recommence ? s'étonna Choukroun. La vie de ma mère, vous êtes maso !

— Laisse ta pauvre mère tranquille, Choukroun ! Tu es allé voir ? demanda Dimeglio.

— Ben, faut me laisser le temps, pour ce genre de trucs, je suis pas trop pressé.

— Passe par-derrière et vise la fenêtre de la cuisine, lui conseilla Dansel.

Choukroun s'exécuta. Il revint quelques secondes plus tard, blême et fébrile.

— C'est dégueulasse... bredouilla-t-il, le cœur au bord des lèvres.

— Tu l'as reconnu, au moins ? demanda Dimeglio en sortant une feuille de papier de la poche de son imper. Il la déplia, la défroissa sur le plat de sa cuisse et montra le portrait-robot de l'homme qui était allé acheter des victuailles chez la vieille épicière chinoise.

— Merde, vous avez raison, approuva Choukroun, ça a l'air de coller !

— Voilà le proc', lança une voix, à l'entrée du passage qui menait à la rue et dans lequel s'engageait la Clio du substitut Maryse Horvel.

Elle descendit de sa voiture et avisa Rovère d'un œil inquiet. Il s'avança vers elle, la main tendue, le sourire aux lèvres. Surprise par cet accueil, elle fronça les sourcils.

— Ça n'est pas très réjouissant, lui dit-il, mais ça va peut-être nous permettre de progresser !

Il l'accompagna jusqu'à la maison. Maryse découvrit le cadavre d'un homme coincé sous le volet de

223

la cuisine. Ses jambes, ses cuisses, son bassin étaient totalement calcinés, jusqu'aux premières vertèbres lombaires. Un bidon d'essence reposait sur le sol, près de la fenêtre.

— Il a subi le même sort que le gosse qui avait tenté de fuir, souligna Rovère. Le reste est totalement intact, de l'autre côté !

— Une idée de son identité ?

Rovère secoua négativement la tête, mais précisa que le visage de la victime correspondait au portrait-robot obtenu par Dimeglio, avec une marge d'erreur minime.

— Œil pour œil, dent pour dent, ricana Maryse sans parvenir à réprimer un frisson. Ce qui signifie que quelqu'un a eu connaissance du sort réservé aux gosses.

— Et les a vengés, ajouta Rovère. Au point de faire crever ce type dans des souffrances aussi atroces.

Ils ressortirent pour examiner l'autre moitié du cadavre. La partie supérieure du corps reposait sur le glacis de la fenêtre, tête pendante, un chiffon enfoncé dans la bouche.

— On ne lui a laissé aucune chance, constata Maryse, en voyant les mains de la victime, liées dans le dos par un savant laçage de fil électrique. L'assassin a dû étudier l'art du matelotage.

Elle s'était penchée sur le corps et scrutait les liens, très serrés.

— Une double clé avec un rabat en boucle, joli travail ! On appelle ça un nœud d'étresillon. Je connais parce que je fais de la voile pendant mes vacances ! reprit-elle en rougissant.

— Le détail ne manque pas d'intérêt, apprécia

Rovère. Je ne parle pas de vos vacances, ça va de soi !

— On avance, enfin, pas nous, mais les événements ! Il est manifeste que les deux affaires sont étroitement mêlées, on sort de l'enquête flagrante, maintenant, le dossier va passer à l'instruction ! Pour moi, c'est terminé !

Rovère acquiesça et lança l'escouade des techniciens du labo à la curée. Il rejoignit Dansel et Dimeglio qui attendaient à l'écart et les interrogea du regard.

— Belle panade, assena Dansel, on a un tour de piste dans la vue et on va mettre du temps à combler le retard !

Dimeglio hocha la tête, approbatif.

— Si le cadavre ne parle pas, il faudra attendre la suite...

*

En début d'après-midi, le cadavre « parla ». On put l'affubler d'un nom. Constantin Dimitriescu. Un immigré clandestin d'origine roumaine qui s'était fait coffrer deux ans auparavant dans une sombre affaire de trafic de voitures volées et expédiées en direction de l'Est. Jugé en comparution immédiate, il avait écopé de trois mois fermes et d'une expulsion hors des frontières avec interdiction de séjour. Son identité ne faisait aucun doute. Les photos du fichier et les empreintes digitales correspondaient. Sitôt transmis les rapports de la Brigade criminelle, le secrétariat de l'instruction confia le dossier à Nadia Lintz.

À dix heures, le lundi matin, Vauguenard profita de la réunion hebdomadaire qui réunissait tous les intervenants du service pour les avertir de la situation. Il préférait couper court aux rumeurs qui ne manqueraient pas de se propager s'il gardait l'affaire secrète. Le psy, Serge Vilsner, était présent. Au fur et à mesure de l'exposé de Vauguenard, les visages s'allongèrent.

— Voilà, conclut-il, il y a d'abord eu une intoxication au glibenclamide contenu dans les médicaments administrés par la mère à Valérie, intoxication qui a simulé une tumeur pancréatique, et ensuite, l'administration d'insuline *après* la pancréatectomie. C'est horrible, mais c'est la vérité. En ce qui nous concerne, l'affaire est close. Tout ce dont nous pouvons nous féliciter, c'est que Valérie soit encore en vie. Méditons la leçon, tous autant que nous sommes. Je dois préciser que, quelles que soient les suites de cette affaire, je ne chercherai pas à fuir mes responsabilités !

Il quitta la salle. Les regards se tournèrent vers Vilsner, qui se vit contraint, *ès qualités*, d'improviser un topo sur le syndrome de Munchausen. Il chercha ses mots.

— C'est... c'est une pathologie particulièrement déroutante, auto-provoquée, factice, en quelque sorte. On la désigne également sous le vocable de pathomimie, ou imitation de maladie. Ces malades utilisent leur propre corps comme un instrument, oui, exactement comme un instrument, un accessoire, comme au théâtre, mais là, ils veulent jouer au malade. Ils veulent montrer leur corps en état de souffrance, du moins avec toutes les apparences de celle-ci ! Il existe des cas, disons, bénins. L'exemple le plus courant est celui des laxatifs, administrés à haute dose par une mère obsessionnelle à des fratries entières sous prétexte de « purifier » l'intestin des chers petits. Le syndrome de Lasthénie de Ferjol est aussi très fréquent. Il porte ce nom à cause d'une héroïne de Barbey d'Aurevilly. Il s'agit d'anémie provoquée par des saignements volontaires, dus à des incisions parfois indécelables. Des blessures vaginales, par exemple. À l'inverse, on mentionne, en milieu hospitalier, des cas d'hématémèse — des vomissements de sang — à la suite d'absorption de flacons, heu... de sang, précisément !

Un frisson parcourut l'assistance. Les gens présents eurent l'impression de voir leur monde vaciller.

— Mais dans le cas de Valérie, enfin, de sa mère, qu'est-ce qui s'est passé ? demanda Joëlle, une des infirmières qui avaient constaté les fuites du cathéter de perfusion.

— Il s'agit du même syndrome, mais déplacé... en l'occurrence sur l'enfant. Il faudra étudier le passé médical de la mère. Je ne serais pas étonné d'apprendre qu'elle a subi elle aussi de multiples traitements et opérations diverses ! Elle a en quelque sorte transféré sa propre pathologie sur le corps de sa fille. Par défi vis-à-vis de nous. C'est difficile à admettre, mais elle a éprouvé une certaine jouissance à nous mener en bateau. Par défi, ou peut-être pour une autre raison qu'une psychothérapie permettrait d'élucider ? Hélas, ce genre de malades se refusent d'ordinaire à toute investigation concernant leur personnalité profonde.

— Comment peut-on faire ça à son propre enfant ? demanda Kadidja, la diététicienne.

— Avec l'enfant d'un autre, ça paraîtrait plus acceptable ? rétorqua Vilsner, regrettant aussitôt cette repartie, qui fit rougir Kadidja.

— C'est complètement barjot, cette histoire, lança une voix. Comment on explique ça ?

— On n'explique pas, répondit modestement Vilsner, on constate.

— Mais vous, le spécialiste, puisque vous étiez au courant de ce genre de risque, pourquoi vous ne vous en êtes pas préoccupé plus tôt ? répliqua Joëlle avec une certaine agressivité. Les crises d'hypoglycémie de la gosse étaient inexplicables !

Vilsner, piqué au vif, ne sut que répondre. Joëlle avait posé la question qui brûlait sur bien des lèvres. Ce fut Françoise qui vint à son secours.

— La question me semble déplacée, dit-elle, nous étions tous concernés, inutile de chercher un bouc émissaire ! Vous l'avez entendu tout à l'heure, Vauguenard lui-même assume et tient à rester en première ligne ! Alors basta !

Vilsner inclina doucement la tête, reconnaissant. Les participants à la réunion quittèrent la salle. Françoise vint à la rencontre de Vilsner.

— Merci, lui dit-il, c'était très sympathique de votre part. Cela dit, je m'attends à en prendre... heu... plein la gueule ! Le vilain psy qui traîne dans les couloirs, avec ses petits dessins d'enfants, son jargon incompréhensible et qui ne voit même pas le sadique embusqué au coin du bois. Tout le monde est en droit de lui demander des comptes. C'est la règle du jeu, n'est-ce pas ?

228

— Pas du tout ! affirma tranquillement Françoise.

4

Quand Mlle Bouthier, la greffière, apprit à Nadia que Rovère patientait afin d'être reçu, celle-ci quitta son fauteuil et ouvrit elle-même la lourde porte capitonnée du cabinet. L'inspecteur était assis sur une des banquettes de bois, parmi les prévenus ou les témoins convoqués par les collègues de Nadia, sous la surveillance tatillonne des gendarmes. Elle se dirigea vers lui.

— Très heureuse de vous revoir.

Le ton était des plus sincères. Ils échangèrent une longue poignée de main. Nadia et Rovère s'étaient croisés à maintes reprises aux abords du Palais ou dans les brasseries voisines, mais ne s'étaient plus adressé la parole depuis l'affaire dont ils s'étaient occupés, trois ans plus tôt[1]. Les confidences qu'ils avaient alors échangées avaient fait naître entre eux un courant de sympathie réel, sans pour autant les décider à nouer des relations plus étroites. Les liens autres que professionnels entre flics et magistrats n'étaient pas si fréquents.

— Je viens pour le dossier de la Chapelle, annonça Rovère.

— Je sais ! J'ai tout juste eu le temps de lire les premiers PV ! Écoutez, si on allait boire un verre au lieu de moisir ici ? Je sors d'une série de confrontations assez pénibles et j'étouffe dans ce cloaque.

1. Voir *Les Orpailleurs*.

C'est surchauffé, et on respire le gas-oil des bus qui filent sur le boulevard !

Rovère acquiesça. Nadia récupéra son sac, sa gabardine et avertit Mlle Bouthier de son départ. Ils quittèrent la galerie d'instruction, descendirent les marches du grand escalier du Palais et aboutirent aux Deux Palais, un des bistrots que Nadia avait en ligne de mire depuis les fenêtres de son cabinet. Attablés devant un café, ils restèrent un moment silencieux. Rovère se décida à briser la glace.

— Alors maintenant, vous héritez des dossiers concernant les mineurs ?

— Oui, vous savez, avant de venir à Paris, j'étais juge des enfants, dans ma Touraine natale. Je sermonnais les petits voleurs de mobylette, les caïds de quinze ans qui sèment la terreur dans leur cage de HLM, ce genre de galéjades. Alors ma hiérarchie, dans sa grande sagesse, a estimé que j'avais le profil idéal pour m'occuper des dossiers de pédophilie, de maltraitance, et autres joyeusetés. À longueur de journée, je n'arrête plus de voir défiler des pervers, des sadiques, et surtout de pauvres gosses déglingués.

— Et vous tenez le coup ?

— Pour le moment, oui. Quand j'en aurai ma claque, je demanderai une mutation à l'application des peines, ou au trafic des œuvres d'art ! J'aurai l'impression de prendre des vacances !

Ils restèrent un moment silencieux, de nouveau.

— La Chapelle, c'est vraiment dégueulasse, reprit Rovère.

— J'ai vu les photos de l'autopsie, effectivement, c'est le mot ! Votre sentiment, c'est quoi ? Les violences familiales, c'est exclu. Il ne reste que l'hypothèse pédophile, non ?

— Si on veut. On peut penser à un conflit qui aurait opposé les membres d'un réseau. Les fournisseurs et les acquéreurs...

— Faute d'un accord, on se résigne à bousiller la marchandise ? suggéra crûment Nadia.

Rovère la fixa d'un œil ahuri.

— Je vous l'ai dit, cinquante heures par semaine en compagnie des monstres, ça vous trempe un caractère ! assena-t-elle d'un ton cynique. À votre avis, pour la Chapelle, qu'est-ce que je dois faire ?

— Vous nous passez des commissions rogatoires et on donne quelques coups de pied dans la fourmilière des clandestins roumains, proposa Rovère. Puisqu'on a identifié le... le dénommé Dimitriescu, autant jeter un œil de ce côté-là, mais enfin, ça ne mènera pas bien loin.

— Je vous fais confiance. L'audition des témoins, Alvarez et Mme Truong, l'épicière, ça vaut la peine ? Non ?

— Inutile de vous presser.

Ils se levèrent, quittèrent le bistrot et firent quelques pas, côte à côte, le long du trottoir de la préfecture.

— Et... et votre fils ? demanda soudain Nadia, après avoir retenu son souffle.

— Il est mort. Il y a trois ans. Ma femme a pris la décision d'autoriser les médecins à arrêter la réanimation. C'est mieux comme ça. Beaucoup mieux. Je... je vous remercie de m'avoir posé la question.

— Je vous en prie.

Ils étaient arrivés devant les grilles du Palais, prêts à se séparer.

— Arrêtez-moi si je suis trop indiscrète, reprit-elle. Mais avec votre femme, précisément, ça... ça s'est arrangé ? Je veux dire, vous vous revoyez ?

— Depuis peu. C'est peut-être en bonne voie. Peut-être... On ne sait jamais, non ?

— C'est bien, c'est bien, balbutia Nadia, avant de marquer un temps d'arrêt. Excusez-moi, c'est complètement idiot, ce que je viens de dire !

— Mais non, protesta Rovère, ému. Au contraire, de votre part, je ne m'attendais pas à...

— Ne me regardez pas comme ça, lança Nadia, honteuse. Je suis toujours empotée dans ce genre de circonstances !

Il lui saisit le bras avec douceur.

— Vous êtes très surprenante, murmura-t-il. J'aurais cru que vous aviez oublié.

Elle détourna la tête, au comble de la gêne. Rovère, penaud, enfouit sa main au fond de la poche de son duffel-coat. Il contempla sa silhouette menue qui traversait à grandes enjambées la cour du Palais, et se décida soudain à la rejoindre. Nadia sursauta quand il lui effleura l'épaule.

— Et dites-moi, Szalcman, ce vieil homme, que nous avions retrouvé à Cracovie, qu'est-il devenu ? demanda-t-il.

— Isy ? Je le revois toujours !

— Pour lui, c'était sans doute un moment très pénible.

— Isy a le cuir solide, je ne vois pas ce qui pourrait l'affecter ! Il va bien, il va très bien ! Le temps a passé, pour lui comme pour nous. Le temps efface tout. Enfin, presque tout.

— Bien, ma question était indiscrète, c'est à moi de m'excuser, soupira Rovère, je suis aussi empoté que vous. Vous ne m'en voulez pas ?

— Non, non, pas du tout ! Au contraire. Bon. Eh bien, puisqu'on est d'accord, les commissions rogatoires concernant la filière des Roumains, je vous les transmets demain matin. Au revoir.

Elle s'éloigna. Rovère resta seul, ballotté parmi un groupe compact de touristes américains venus assister à un concert à la Sainte-Chapelle. Sous la houlette de leur tour-opérateur muni d'un fanion fluorescent, ils s'apprêtaient à rejoindre dare-dare le bateau-mouche qui les attendait pour les transporter jusqu'à la tour Eiffel.

5

Après avoir quitté la réunion de service à Trousseau, Serge Vilsner, très éprouvé par l'hostilité dont le personnel avait fait preuve à son égard, fila directement jusqu'à son cabinet de la rue du Figuier, dans le Marais. Désireux d'effacer de sa mémoire les récriminations larvées des infirmières, il plongea dans les notes concernant les patients qui venaient le consulter en analyse. L'exercice fut salutaire. Il s'y consacra tout l'après-midi et recouvra peu à peu tout son calme. Rasséréné, il se sentait prêt à accueillir Maximilien Haperman, qui lui avait donné rendez-vous à dix-huit heures. Haperman était toujours très ponctuel et ne dérogea pas à son habitude. Il arriva à l'heure dite, déposa une liasse de billets sur le bureau et s'allongea aussitôt sur le divan. Vilsner s'assit derrière lui, à la tête du divan, de façon à rester invisible.

— Où en étions-nous ? murmura Haperman, les yeux clos.

— Vous me parliez d'expériences picturales dont le sang était la matière, le support, bredouilla Vilsner, son carnet de notes en main.

— Oui, cette artiste, Orlan, qui restait des heures durant, les cuisses ouvertes, le sexe à nu, écartée, écartelée devant les visiteurs, sanguinolente, exposant le sang de ses règles... c'est bien là que nous en étions restés. Les femmes, je veux parler des artistes, m'ont toujours beaucoup impressionné par la sincérité absolue de leur démarche. Elles ne trichent pas. Avez-vous entendu parler de Gina Pane ?

Vilsner s'abstint de répondre. Le nom ne lui était pas étranger, mais il eût été totalement incapable de préciser s'il s'agissait d'une chanteuse de rock ou d'une danseuse classique.

— Gina Pane est sans doute l'artiste dont je me sens le plus proche, reprit Haperman. Elle est morte voici quelques années, en 90. J'ai toujours salué son courage. En 75, je l'ai vue se « maquiller » à l'aide d'une lame de rasoir, lors d'une performance. Et croyez-moi, il n'y avait rien de feint. Le sang, toujours le sang, monsieur Vilsner. On n'en sort pas. Le sang perlait de la bouche de Gina Pane comme plus tard il a coulé des lèvres du sexe d'Orlan. Orlan a subi plusieurs opérations de chirurgie plastique, modelant son corps, son visage, à volonté. Sous anesthésie. Et sous l'œil de caméras attentives. Orlan a toujours refusé la souffrance. Sans doute parce qu'elle s'affirme délivrée de la détestable morale judéo-chrétienne qui ne peut s'empêcher d'accorder à cette sacro-sainte douleur je ne sais quelle vertu rédemptrice des péchés commis. Gina Pane, au contraire, plaçait la souffrance au cœur de son travail d'artiste, la revendiquait avec force. Elle se mutilait en fondant sa démarche sur la notion de « blessure-signe », expliquant que l'image de son corps endolori, totalement morcelé, se détachait d'elle, progressivement, pour se reconstruire dans le regard des spectateurs. Je vous entends déjà saliver, monsieur Vilsner. Quel bel aveu pour un thérapeute de votre envergure, n'est-ce pas ?

Vilsner ne releva pas. Haperman s'agita sur le divan, se tourna un instant sur le côté, face au mur, avant de reprendre sa position d'origine, allongé sur le dos.

— Gina Pane, soupira-t-il. Il faudrait que vous puissiez voir les photographies qui témoignent d'une des plus extraordinaires mises en image de sa souffrance, monsieur Vilsner. Cela s'appelle *Action Escalade non anesthésiée*. Gina a gravi, pieds nus, mains nues, une échelle dont les barreaux étaient hérissés de picots tranchants. Elle s'y est écorchée, meurtrie, tout le poids de son corps reposant sur la plante de ses pieds, en appui sur les picots. L'ascension a pris beaucoup de temps. Comprenez-vous ce que cela signifie ? Le travail que cela implique pour dominer ainsi son corps, et exiger qu'il obéisse sans renâcler ? Oui, sans doute, mais vous avez décidé de rester muet. Alors je vais poursuivre... c'est important pour vous, pour moi... pour ce qui nous rassemble, ce lien de dépendance stupide que vous espérez voir s'établir entre nous. Moi vous fournissant le matériau brut de mes fantasmes, et vous, vous, monsieur Vilsner, m'en révélant le sens obscur quand vous l'aurez décidé. Hein ? C'est bien ce que vous vous êtes imaginé !

Vilsner se figea. Depuis la première de ces séances de confession, jamais Haperman n'avait haussé le ton, jamais il n'avait laissé transparaître la moindre agressivité. Le ricanement qui ponctua ses dernières paroles présageait-il une rupture de ton ?

— Je vous présente mes excuses, monsieur Vilsner, reprit Haperman après un long moment de silence. Je suis venu solliciter votre attention, votre aide, et voilà que je vous agresse.Vous m'en voyez désolé.

— Si vous préférez remettre à plus tard, je n'y verrais aucun inconvénient, proposa Vilsner, il peut parfois se produire des incidents de ce genre sans que cela n'entrave la poursuite du...

— Non ! s'écria Haperman. J'ai commencé à vous parler de Gina Pane, il faut conclure sur ce chapitre. Gina Pane était pour moi un modèle. J'ai éprouvé un réel chagrin à l'annonce de son décès. C'est alors que j'ai décidé de prendre le relais. J'ai peint quelques toiles en les aspergeant de mon sang, après m'être tailladé le torse à l'aide d'un rasoir. J'étais déterminé à utiliser mon corps comme un instrument, oui, exactement comme un instrument, un accessoire, je voulais le montrer dans sa nudité blessée et demander aux spectateurs, *alors, qu'en pensez-vous ?* Au fond, qu'est-ce qui peut réellement, sincèrement nous réunir, vous et moi, nous qui ne nous connaissons pas, nous qui nous croisons sans même nous adresser la parole, oui, qu'est-ce qui peut bien nous unir, en dehors de la souffrance ? Nous tous, vous comme moi, sommes condamnés, un jour ou l'autre à voir ce corps se déliter, nous offrir le spectacle de sa décrépitude, alors pourquoi ne pas commencer dès aujourd'hui ? À quoi d'autre l'Art — l'art avec un A majuscule excusez-moi du peu — pourrait-il nous servir, monsieur Vilsner, sinon à nous préparer à la mort ? Je parle en connaissance de cause, pour moi, l'échéance est proche.

Atterré et à la fois profondément bouleversé par

la confession d'Haperman, Vilsner se leva de son siège et vint se planter devant la fenêtre. Il hésita à l'ouvrir pour aspirer une goulée d'air frais, mais renonça.

— Si vous préférez remettre à plus tard, je n'y verrais aucun inconvénient, susurra Haperman, qui n'avait pas bougé de son divan, il peut parfois se produire des incidents de ce genre sans que cela n'entrave la poursuite du...

— Votre ironie est parfaitement déplacée ! l'interrompit Vilsner. Poursuivez ! Si toutefois vous y êtes prêt ?

— Soit ! J'obéis à votre injonction ! reprit Haperman, en se levant.

Vilsner, sidéré, le vit se dénuder. Posément. Haperman ôta sa veste, puis sa chemise. Le spectacle était impressionnant.

— Mes premières tentatives de suspension remontent au début de 91, expliqua-t-il. Le 20 février, pour être tout à fait précis. Avant chaque séance, un de mes amis médecin me cousait les lèvres et les paupières avec du fil chirugical et je me plaçais en équilibre sur deux cordes tendues à quelques centimètres du sol, de part et d'autre de la salle. Je m'allongeais sur les cordes, tout simplement. Elles se balançaient doucement, puis s'immobilisaient. Je « m'exposais » dans la galerie — j'allais oublier de mentionner le lieu, cela se déroulait à New York — des heures entières, ainsi condamné au mutisme et à la cécité. Les spectateurs passaient devant moi. Il ne s'agissait que d'un travail de préparation. Une ouverture, comme on dirait d'une symphonie. Quelques semaines plus tard, en effet, toujours sous le contrôle d'un médecin, deux autres assistants me tirèrent la peau, dans le dos, le creux des cuisses, les aisselles, et y enfoncèrent des crochets d'acier stérilisés, avant de les relier à un savant jeu de filins, pareil à une toile d'araignée dans laquelle je me trouvais prisonnier. Cela permettait de me placer dans une sorte d'état d'apesanteur. Il fallait environ dix-huit points d'insertion pour que cela reste supportable, de manière à répartir tout le poids du corps le long des axes de sustentation. Il s'agissait d'un travail des plus minutieux.

Vilsner, épouvanté par les cicatrices qui parsemaient le torse de son patient, ne put s'empêcher de sortir de sa réserve...

— C'est insensé, murmura-t-il, vous avez mis votre vie en danger ! Une rupture d'un de ces crochets, je veux dire de la peau, une hémorragie, un de vos assistants aurait pu, involontairement, blesser une artère, je...

Haperman l'ignora.

— J'ai répété l'opération à maintes reprises, avant de parvenir à calculer au plus juste l'équilibre entre la douleur acceptable, ma détermination à mener à bien l'opération, et sa faisabilité. Il s'agissait d'un compromis à négocier. Entre mes assistants, les spectateurs, et moi-même.

— Les... les spectateurs ?

— Oui, ils étaient peu nombreux, mais triés sur le volet. Des mécènes très généreux, lassés de contempler des toiles où ne s'étalaient que quelques griboullis abscons, et donc vivement intéressés par les promesses du *body art*. Je dois vous avouer, monsieur Vilsner, que ces petites facéties ont confortablement étoffé mon compte en banque. Je leur offrais un spectacle assez piquant, à ces milliardaires

238

texans ou californiens, crevant d'ennui, rongés par leur artériosclérose ou leur diabète, et ils payaient pour me voir mettre ma vie en danger, exactement comme au cirque, quand on redoute que le trapéziste ne chute sur la piste et qu'on se donne du frisson à le voir narguer la mort qui l'attend, si par malheur il rate les mains de son partenaire, prêtes à le recueillir en plein vol. Voilà tout. Finalement, tout se réduisait à un enjeu aussi infantile. J'étais tombé dans le piège. Dans leur piège.

Après avoir exhibé ses cicatrices, Haperman se rhabilla et s'assit sur le divan, vaincu par une fatigue extrême. Il se couvrit le visage de ses deux mains jointes.

— C'était une sorte de dérive, poursuivit-il d'une voix sourde. Une impasse artistique dans laquelle je me suis fourvoyé, en dépit de la pureté de ma démarche. Je me souviens des premiers manifestes de l'*art corporel*, ainsi que nous le désignions, moi et mes amis, nous qui avions décidé de payer le prix fort pour balayer les petites compromissions des artistes en cour, avec leurs toiles bien proprettes, leurs sculptures bien lissées ! Nous avions une profession de foi, un credo. *Le corps est le donné fondamental. Le plaisir, la souffrance, la maladie, la mort s'inscrivent en lui, et au fil de l'évolution biologique, façonnent l'individu socialisé, c'est-à-dire mis en condition de satisfaire à toutes les exigences du pouvoir en place.* Vous voyez, monsieur Vilsner, il y avait un petit parfum subversif dans nos happenings. Mais il ne faudrait pas me juger trop vite, m'épingler comme un papillon exotique sur l'album des révoltés pitoyables, abonnés aux causes perdues d'avance. J'ai beaucoup souffert lors de ces séances qui se sont répétées une fois par mois, durant une année entière. Durant les deux années qui ont suivi, je suis resté totalement improductif. Et progressivement, je suis revenu à la peinture figurative. Je vous en parlerai la prochaine fois.

Haperman se leva et tendit la main à son « thérapeute » avant de quitter la pièce. Vilsner s'adossa à la porte et s'épongea le front avant de se précipiter sur son bloc-notes.

6

Tous les lundis soir, à dix-huit heures, l'inspecteur Dansel se rendait chez sa sœur cadette, rue Pixérécourt. Il y dînait rapidement en compagnie de son neveu Félix, âgé d'une douzaine d'années, puis accompagnait celui-ci au temple protestant de la rue du Jourdain. Le pasteur animait un séminaire hebdomadaire de réflexion sur les écrits bibliques. L'assistance, très studieuse, réunissait principalement des adultes. Les tables étaient disposées en arc de cercle, des bouteilles de jus de fruits et des thermos de café étaient tenus à la disposition des participants. Le pasteur, volontiers iconoclaste, évoquait semaine après semaine les grands thèmes de l'Ancien Testament, la Genèse, la naissance d'Abraham, l'ivresse de Noé, la tour de Babel, etc. Dansel l'appréciait beaucoup. Il n'hésitait pas à étoffer son discours d'une pointe d'humour tout à fait salutaire. Ce soir-là, il avait décidé de traiter du sacrifice d'Isaac.

— L'histoire est célèbre, commença-t-il, et les traces iconographiques fort nombreuses. Ce thème du sacrifice a inspiré, entre autres, Rembrandt et le

Caravage. Dieu apparaît donc à Abraham à Bersa-
bée et lui ordonne d'emmener un de ses fils sur une
montagne dans le pays de Moriah, sans lui cacher
qu'il va lui demander de sacrifier l'enfant en holocauste. Obéissant, Abraham, qui ne fait jamais les
choses à moitié, choisit celui de ses rejetons qu'il
aime le plus, Isaac, et emporte un couteau, des
fagots, ainsi que des braises dans un pot de terre.
Hardi, hardi, il entreprend l'ascension de la montagne ! Inutile d'entrer dans les détails, vous connaissez tous la progression dramatique, le suspense est
insoutenable. Jusqu'au dernier moment nous croyons
qu'Isaac va vraiment mourir ! Cecil B. De Mille a
réglé la mise en scène, imaginez le soleil implacable,
son reflet étincelant dans la lame du couteau, zoom,
gros plan sur la gorge palpitante d'Isaac, travelling
avant sur le visage torturé du père, et patatras...
Juste avant l'instant fatidique, une voix caverneuse
venue du ciel s'adresse soudain à Abraham et lui dit :
« Dépose ton couteau, ne fais aucun mal à l'enfant !
Puisque tu ne m'as pas refusé un si grand sacrifice,
je sais que ton cœur est parfait. » Isaac est donc épargné ! *Happy end !* Musique sirupeuse, dans un recoin
du décor, nous voyons s'accoupler deux serpents à
sonnettes !

Un rire discret parcourut l'assistance. Le pasteur
reprit son souffle, avala une gorgée d'eau, et lissa du
plat de la main le Livre qui reposait sur la table, devant lui.

— Le plus étonnant dans cette affaire, reprit-il,
c'est qu'Isaac était consentant ! Après que son père
eut érigé l'autel sur lequel devait avoir lieu le sacrifice, il lui dit : « Serre bien mes liens, père, pour que
je n'aille pas reculer devant le couteau et rendre ton

offrande inacceptable à Dieu ! » Il va même beaucoup plus loin en déclarant : « Ensuite, prends les cendres et dis à Sarah, ma mère : ces cendres attestent la saveur exquise de la chair sacrificielle d'Isaac ! » Nous sommes bien évidemment dans la légende — souvenez-vous par exemple que Sarah aurait accouché d'Isaac à l'âge de quatre-vingt-dix ans ! — mais le sens profond de cette anecdote ne doit pas nous échapper. De tels sacrifices rituels, concernant des enfants, étaient monnaie courante dans l'Antiquité. Il en reste de nombreuses traces écrites : le roi moabite Mésa brûla ainsi son fils en sacrifice au dieu Camos — vous trouverez la référence en *Rois III* — de même les Araméens de Sépharwaïm, ou les Ammonites, tous sont, si j'ose dire, « crédités » de pratiques semblables. Il n'y a donc aucune raison de penser qu'il ne s'agissait pas là de rituels extrêmement fréquents. Et même jusqu'à Salomon — référence en *Rois XI* — qui introduisit à Jérusalem le culte du dieu Moloch, pour lequel on brûlait des enfants en sacrifice dans la vallée du Topheth, alias la Géhenne, référence en *Rois XXIII*... Moloch est la divinité la plus fréquemment citée dans ce registre quelque peu barbare. Moloch était un citoyen assez peu fréquentable. Lors de leurs fêtes, les Carthaginois chauffaient sa statue de métal à blanc avant de déposer dans ses bras un très jeune garçon qui se débattait en se consumant dans d'atroces souffrances. Les initiés qui assistaient à la cérémonie prétendaient pouvoir lire l'avenir en interprétant les gestes désordonnés de la victime... Dès lors la « parabole » du sacrifice d'Abraham prend tout son sens. À première vue, le dieu de la Bible, le dieu des Hébreux, est insensible à la souffrance des hommes, exige leur obéissance absolue mais se distingue de Moloch, puisqu'il renonce in extremis « à l'ordonnance qui n'était pas bonne ». En d'autres termes, il se détache peu à peu du tronc commun des autres dieux, et ce, de façon radicale, à savoir en faisant preuve de miséricorde, bien qu'il emprunte, au départ, les us et coutumes assez sadiques de ses hum... « collègues »... C'est donc quand il paraît le plus cruel qu'il se révèle pleinement, dans sa différence. On trouve dans le Lévitique d'autres allusions à Moloch, telles que celle-ci : *L'Éternel parla à Moïse et dit : Tu diras aux enfants d'Israël : si un homme des enfants d'Israël ou des étrangers qui séjournent en Israël livre à Moloch l'un de ses enfants, il sera puni de mort.* Et plus loin : *Si le peuple du pays détourne ses regards de cet homme, qui livre ses enfants à Moloch, et s'il ne le fait pas mourir, je tournerai, moi, ma face contre cet homme et contre sa famille, et je le retrancherai du milieu de son peuple, avec tous ceux qui se prostituent comme lui en se prostituant à Moloch.* La conclusion est évidente, je le répète, l'holocauste annulé d'Isaac prend la valeur d'une condamnation sans appel des rites sacrificiels divers auxquels les Hébreux étaient confrontés au contact d'autres peuplades, et qu'ils étaient tentés d'imiter ! Il est assez piquant de constater que, pour le sens commun, le Dieu d'Abraham, au travers de cet épisode, apparaisse encore comme une brute sanguinaire qui s'amuse à torturer son serviteur en lui faisant croire qu'il va le pousser à assassiner son fils, alors qu'il s'agit précisément du contraire ! Dieu soumet Abraham à l'épreuve, pour mieux lui démontrer, hum, disons... qu'il ne mange pas de ce pain-là !

La causerie se poursuivit par un échange assez savant à propos des échos de ce mythe dans les cultures plus tardives. Un des participants, professeur d'histoire hellénistique, établit notamment un parallèle avec les personnages cadméens Athamas et son fils Phrixos. La contrée était ravagée par une sécheresse catastrophique et ne retrouverait sa fécondité que si Athamas sacrifiait son rejeton. Au moment où il levait son couteau, Héraclès lui apparut soudain en déclarant : « Mon père, Zeus, a en horreur les sacrifices humains. »... Puis on en vint au Nouveau Testament, au sacrifice de Jésus de Nazareth sur la croix. La soirée s'acheva sur une question troublante : pourquoi, alors que Yavhé avait suspendu le geste sacrificiel d'Abraham, le Dieu des chrétiens n'avait-il pas fait de même pour épargner son propre fils ? Il était pour le moins troublant qu'il l'ait laissé gravir la Via Dolorosa, jusqu'à l'agonie finale, sans intervenir.

Félix, le neveu de Dansel, notait tout dans son cahier mais éprouvait quelque peine à suivre le fil de la discussion. À la fin de la séance, Dansel le raccompagna jusque chez ses parents. En chemin Félix posa quelques questions.

— Aujourd'hui, ça existe plus ce genre de religion, comme le Moloch ?

— Non, je ne crois pas !

— Et personne fait plus de sacrifices humains, hein ? Sauf dans les sectes, j'ai vu un reportage sur Planète là-dessus, reprit le gamin, songeur.

— Sauf dans les sectes, évidemment, approuva gravement Dansel. Dis-moi, c'est ton anniversaire la semaine prochaine, qu'est-ce qui te ferait plaisir ?

— La compil' de Tonton David ! s'écria Félix, sans l'ombre d'une hésitation.

— Hein ? Ton... ton qui ? balbutia Dansel.

— Un Black qui fait du rap !

Dansel lui embrassa le front et redescendit la rue de Belleville d'un pas très lent. Il monta dans un taxi et se fit conduire chez lui, rue Saint-Sulpice. Il vivait, seul, au dernier étage d'un immeuble bourgeois, dans un vaste studio né de la réunion de plusieurs chambres de bonne qu'il avait rachetées une à une. Il se servit un porto et contempla quelques instants, le cœur serré, la photographie de Jeffrey, le jeune étudiant anglais qu'il avait hébergé quelques semaines durant l'été précédent. Puis il ouvrit sa vieille Bible, l'édition Segond datant de 1910, que lui avait léguée son père. Il s'assit dans un fauteuil, feuilleta les pages du Lévitique, et retrouva l'avertissement à Moïse que le pasteur avait mentionné : *Tu diras aux enfants d'Israël : si un homme des enfants d'Israël ou des étrangers qui séjournent en Israël livre à Moloch l'un de ses enfants, il sera puni de mort...* Dansel soupira en regrettant que l'Éternel n'ait pas cru judicieux de préciser par qui.

7

Dimeglio ne parvenait pas à trouver le sommeil. Il se retournait constamment dans son lit, tirait sur les draps, malaxait son oreiller, malmenait les couvertures, à tel point que sa femme finit par se réveiller. Elle vit le cadran du réveil à quartz qui marquait deux heures trente.

— Avale un Lexomil, sinon, demain matin tu vas encore marcher au radar ! bougonna-t-elle d'une voix pâteuse.

— J'en ai déjà pris deux ! Non, tu comprends, là, Gabriel, il en fait vraiment trop. Quand il s'est teint les cheveux en rose, j'ai fermé les yeux, mais ses histoires de... de boucles d'oreilles dans les lèvres, ça commence à faire beaucoup, les voisins vont nous prendre pour des cinglés !

— Ça lui passera... Plus tu t'énerves, et plus il te provoque !

— N'empêche, son scooter, il peut toujours se brosser pour qu'on lui offre ! trancha Dimeglio.

— Tu crois qu'il attend après toi ? Il a déjà les sous, ça fait un an et demi qu'il décharge des cageots tous les dimanches matin au supermarché, alors...

— Merde, merde, merde ! Eh ben tiens, je vais lui sucrer son carnet de chèques ! ricana Dimeglio, fermement décidé à mettre la menace à exécution.

— Sale flic, murmura sa femme, avant de se rendormir.

MARDI

1

Le mardi matin, Charlie se leva très tôt, quitta
son repaire, acheta *Le Parisien* à un kiosque de la
porte de Pantin et pénétra dans un café. Il commanda un crème, parcourut attentivement le journal
et tomba sur une brève qui annonçait qu'une certaine Nadia Lintz, juge d'instruction, avait désormais en charge le dossier des « suppliciés » de la
Chapelle. On donnait également le nom de la dernière victime, Constantin Dimitriescu. Charlie ne
put s'empêcher de sourire. Il aurait bien voulu la
rencontrer, cette Mme Lintz. Il sortit du café et
chercha une papeterie. Il en trouva une un peu plus
loin sur l'avenue Jean-Jaurès. Il acheta un luxueux
coffret contenant un stylo à plume calligraphique,
un buvard et un bloc de papier à lettres. La vendeuse lui proposa un emballage cadeau, qu'il refusa.
Il régla son achat avec un billet de cinq cents francs.
Dimitriescu en portait une pleine liasse sur lui au
moment de leur rencontre.

Au collège, Charlie avait séché les cours de français plus souvent qu'à son tour. Et, même quand il

y assistait, il se tenait au fond de la classe, à rêvasser, sans parvenir à se passionner pour les mystérieuses règles grammaticales qui exigeaient qu'on mette un *s* ici, un *e* à tel endroit, un *x* à tel autre, etc. À la caserne, il avait suivi quelques cours de mise à niveau, sans grande conviction. Il le regretta un peu quand, une fois rentré dans sa tanière, il se retrouva plume en main devant la feuille blanche.

2

Comme promis, Nadia Lintz avait transmis une commission rogatoire destinée à l'équipe de Rovère et lui enjoignant de diriger ses recherches dans le milieu des Roumains. Rovère scinda son groupe en une série de « doublettes » et les expédia sur tous les points où les clandestins roumains avaient l'habitude de se regrouper. Les Puces de Clignancourt, de Montreuil, quelques secteurs à l'entrée du périphérique où les gosses se ruaient sur les voitures à l'arrêt pour laver les pare-brise, les stations de métro sur lesquelles la mendicité était rationnellement organisée par des « chefs de famille » qui récupéraient la comptée en tête de ligne, sans oublier quelques garages un peu louches où l'on maquillait des voitures volées avant de les confier à des chauffeurs chargés de les convoyer vers l'Est. C'était d'ailleurs ainsi que Dimitriescu s'était signalé à l'attention de la justice la première fois.

— On cherche à retracer le parcours de notre client, mais attention, on y va tout doux, expliqua Rovère, il s'agit avant tout de faire de la procédure ! Cela dit, on ne sait jamais, avec un peu de chance ou pourrait décrocher quelque chose ! Bon courage !

Les « doublettes » se dispersèrent, pourvues d'une photocopie du portrait de Dimitriescu. Rovère lui-même se rendit au fichier de la préfecture en compagnie de Dimeglio pour dresser la liste de tous les détenus d'origine roumaine qui auraient pu croiser Dimitriescu durant son incarcération. Si un « gang » s'était constitué avant ou après son séjour à Fleury-Mérogis, cela vaudrait la peine d'aller rendre visite à ses membres...

Cette démarche ne donna aucun résultat. Rovère ne s'en formalisa pas. À midi et demi, il partit déjeuner avec Dimeglio, qui, durant tout le repas, parla de la dernière lubie de son fils, le piercing. Il était très remonté.

— Dites-moi franchement, vous le laisseriez faire des conneries pareilles ? demanda-t-il en touillant le sucre dans sa tasse de café.

— Si j'avais encore un fils, je le laisserais faire toutes les conneries, répondit doucement Rovère.

— Ah merde, excusez-moi. Après tout, vous avez raison, c'est pas forcément grave. N'empêche que ça m'énerve ! C'est plus fort que moi !

Quand ils furent de retour dans les locaux de la brigade, on leur transmit une note leur indiquant que Nadia Lintz demandait à les voir de toute urgence. Ils traversèrent les couloirs reliant le Quai des Orfèvres au palais de justice et se présentèrent au cabinet d'instruction. Nadia les reçut sans tarder.

— On oublie la commission rogatoire de ce matin, lisez ! leur dit-elle en montrant une feuille de papier noircie d'une écriture serrée, déposée sur son bureau.

Épaule contre épaule, les deux hommes se penchèrent pour prendre connaissance du document.

— Merde, murmura Rovère, en se redressant. C'est arrivé comment ?

— Dans cette enveloppe. Un coursier l'a déposée à mon nom au poste de garde, devant les grilles, juste en bas !

— Un coursier ? répéta Dimeglio.

— Oui, j'ai tout de suite fait venir le gendarme qui en a pris possession. Le type qui lui a donné l'enveloppe portait un casque intégral et avait garé une mobylette sur le trottoir. Il y avait également ceci à l'intérieur de l'enveloppe.

Nadia montra une photographie. Celle d'un jeune homme en compagnie d'une fillette, dans les allées d'une fête foraine. Et quelques dessins d'enfant assez confus. On y distinguait un accordéoniste, des scènes de bagarres, des voitures garées devant un feu rouge. Rovère et Dimeglio se repassèrent les documents. Nadia demanda à sa greffière de les photocopier en plusieurs exemplaires avant de ranger les originaux dans son enveloppe. Elle remit le paquet de copies aux deux inspecteurs et attendit leur commentaire. Rovère relut la lettre à haute voix. Le texte était émaillé de fautes d'orthographe et de grammaire, mais la syntaxe était aisément compréhensible.

Madame le juge,
C'est moi qui ai tuer Constantin Dimitriescu, dont la police a retrouvé le cadavre dans le chantier près de la porte de la Chapelle. Je me nomme Charlie Grésard, et sincèrement, je ment pas. Si je vous écris, c'est pour vous rassurer, vous tracassez pas pour vo-

tre boulot, les coupables vont être puni. Tout va rentré rapidement dans l'ordre. Dimitriescu avait tué les pauvres petits que la police a aussi retrouver dans le pavillon. Pour vous prouver que je raconte pas de bobards, je peu vous dire qu'il y en avait quatres. Trois dans le séjour et un dans la cuisine, qui a seulement brulé sur les jambes, le pauvre. Pour moi, si vous voulez mon avis, Madame le juge, faire soufrir des gosses, c'est ce qu'il y a de pire, c'est mon opinion. Si vous voulez en apprendre plus sur ce salaud de Dimitriescu, vous pouvez envoyé la police rue Paul-Bert, à Saint-Ouen, numéro 10, la ou il y a une impasse, vous trouverez un accordéoniste, une vrai ordure, c'était chez lui que vivait Dimitriescu, mais maintenant c'est fini pour eux, puisqu'ils ont payé. C'est Héléna, ma petite Héléna qui m'a tout racontez, enfin, elle a essayer, mais comme elle était muète, elle m'a fait des dessins. Je vous adresse des exemplaire pour bien prouver que je baratine pas. Je vous met aussi une photo d'Héléna, pour que vous voyez comme elle était belle et gentille. Vous avez peut-être des enfants, vous, Madame le juge, alors vous comprendrez, les mamans comprennent toujours mieux ses choses-là. C'était une gosse adorable, Héléna. Je me suis pas assez bien ocupé d'elle et c'est pour ça qu'elle a voulu mourir. J'ai cru que je pouvai jouer au papa, mais j'étais même pas foutu d'y arriver. On parlera de tout ça plus tard, Madame le juge, j'ai tout ratté dans ma vie, mais maintenant je vais me rattraper, je vais comme qui dirait devenir juge, mais pas comme vous, parce que la Justice avec un grand J, j'ai pas confiance, mais vous verrez, ça sera bien quand même. Maintenant que Dimitriescu est crevé, je vais pas m'arrêté en si bon chemain, ses copains *vont payer pour les gosses. Je vous contacterai plus tard pour vous dire ou j'en suis, mais vous pouvez d'orzédéja savoir que le caporal Charlie Grésard, cette fois, ne vas pas rater sa mission... j'aimerai bien vous rencontrer, pour tout vous expliquez à fond, Madame la juge, quand toutes cette salade sera terminées.*

— Primo, c'est pas du bluff, il y a là-dedans la mention d'éléments que seul quelqu'un qui a pénétré dans le pavillon de la Chapelle peut connaître, résuma Rovère. Secundo, le ton est assez posé, il n'y a aucun indice de délire, au contraire, c'est très rationnel. Tertio, ce type nous affirme, enfin, *vous* affirme qu'il n'a plus rien à perdre. Implicitement.

— La presse, ce matin, a mentionné mon nom en précisant que j'instruisais, ajouta Nadia. La lettre a donc été rédigée « à chaud ».

— Il cherche à nouer le contact, ça peut être important pour la suite... nota Dimeglio.

— Charlie Grésard, caporal Charlie Grésard.... reprit Rovère. Il faut vérifier que le nom n'est pas bidon.

— Qu'est-ce que vous suggérez ? demanda Nadia.

— En principe, c'est vous qui dirigez les opérations.

— Je vous en prie, je vous dispense de ce genre de remarque ! rétorqua Nadia, nullement vexée. J'appelle le ministère de la Défense ?

— Oui, allez-y, et secouez-les parce que j'ai un peu peur qu'ils fassent traîner !

Après plus de trois quarts d'heure de palabres téléphoniques, de renvois de poste en poste, de déconvenues, d'interruption de communication, Nadia, excédée, finit par coincer au bout du fil un certain colonel Herblain. Celui-ci demanda à Nadia de lui transmettre ses coordonnées, avant de raccrocher. Dix minutes plus tard, elle l'avait de nouveau en ligne, après qu'il l'eut demandée en passant par le standard du palais de justice. Une petite précaution qui ne la scandalisa pas outre mesure. L'officier lui demanda de lui expédier un fax explicitant les motifs de sa démarche, ce qui occasionna une nouvelle attente. Elle se garda bien de préciser la raison exacte de sa demande, se contentant de suggérer qu'une enquête criminelle en cours risquait fort de mener à une mise en examen du caporal Grésard. Pendant ce temps, Rovère utilisa une autre ligne pour récupérer ses doublettes parties à la chasse aux clandestins roumains.

— Dimeglio ? Tu fonces à cette adresse, rue Paul-Bert, à Saint-Ouen ! Et tu fais le nécessaire.

L'inspecteur quitta le cabinet.

— Alors ? demanda Rovère, en se tournant de nouveau vers Nadia.

Elle eut une grimace éloquente. Le colonel Herblain lâchait ses renseignements au compte-gouttes.

— Un certain Charlie Grésard s'est engagé le jour de ses dix-huit ans, et a été affecté au 45e régiment du génie de l'armée de l'air, cantonné à Istres, dit-elle en couvrant de sa main le combiné téléphonique. Une unité spécialisée dans le soutien logistique. Grésard a quitté l'armée il y a deux ans. J'ai demandé les coordonnées de sa famille, ainsi que celles des officiers qui l'ont eu sous leurs ordres.

À l'autre bout de la ligne, le colonel Herblain consultait l'écran de son ordinateur. Nadia eut l'intuition qu'une gêne certaine s'était emparée de son interlocuteur. Elle actionna la touche haut-parleur de l'appareil, de telle façon que Rovère ne perde rien de l'échange.

— Madame le juge, lança la voix hésitante du colonel, il y a une personne qui serait à même de vous donner tous les renseignements souhaitables à propos du soldat Grésard.

— Je vous écoute.

— Il s'agit du médecin-major Taillade, à l'hôpital du Val-de-Grâce, à Paris. Grésard y a été hospitalisé trois mois, de janvier à mars 1994. Le médecin-major Taillade dirige le service de... de... psychiatrie...

Nadia remercia avant de raccrocher.

— Il faut y aller tout de suite, décida-t-elle.

Ils sortirent du cabinet. À peine Nadia avait-elle quitté la galerie où s'alignaient les cabinets d'instruction qu'elle croisa le président de sa section, chargé de répartir les différentes affaires au fur et à mesure de leur transmission par le Parquet.

— Madame Lintz, lui demanda-t-il, le dossier Blanchot est bouclé, n'est-ce pas ?

— J'ai transmis hier matin à la chambre d'accusation, confirma Nadia.

— Et l'infanticide, le bébé noyé dans la baignoire, j'ai le nom sur le bout de la langue ?

— Léonard ! C'est terminé aussi. Je n'en suis pas mécontente : aux assises, la défense pourra toujours s'amuser à plaider l'accident, ça ne fera pas un pli ! assura-t-elle.

— Bien, alors, puisque vous avez recouvré une certaine disponibilité, je vous confie une autre affaire, c'est le substitut Montagnac qui a ouvert, vous connaissez ?

— Tout à fait, acquiesça Nadia, sans dissimuler son impatience.

— Vous partez ? Alors je transmets les premiers PV à votre greffière, c'est une histoire de maltraitance assez sophistiquée. Lequintrec, Valérie Lequintrec, une petite fille de huit ans. La mère est en garde à vue.

*

Rovère roula sagement au volant de sa voiture de service. Ils décrivirent tout un périple par le Pont-Neuf, le quai Conti, la rue Bonaparte et la rue de Rennes, avant de rejoindre le carrefour Port-Royal, en direction du Val-de-Grâce. Durant tout le trajet, ils n'échangèrent pas une seule parole, concentrés à se remémorer les termes de la lettre du caporal Grésard. Rovère se gara devant l'hôpital et descendit précipitamment ouvrir la portière droite. Nadia fut surprise de ce geste un peu désuet, empreint d'une galanterie presque surannée. Rovère s'en aperçut et ne put s'empêcher de rougir.

Il leur fallut montrer patte blanche aux différents postes de garde, affronter la méfiance de plantons, de sous-officiers, puis d'officiers qui faisaient barrage aux différents échelons de la hiérarchie, avant de pouvoir enfin rencontrer le médecin-major Taillade, responsable du service de psychiatrie. Lequel avait été entre-temps prévenu de l'imminence de leur visite par le colonel Herblain, confortablement embusqué dans son bureau du ministère. Taillade affichait une cinquantaine débonnaire, bedonnante, mâchonnait un mégot de cigare et se trémoussait sur un fauteuil dont les jointures de cuir grinçaient à l'envi.

— Bon, autant jouer la carte de la franchise, annonça-t-il dès que Rovère eut résumé le motif de l'entrevue, Grésard, le caporal Grésard, c'est un cas assez lourd. Je me souviens très bien de lui, il a passé trois mois ici, un brave type, vraiment un brave type. J'ai le dossier.

Il désignait un classeur de toile d'une épaisseur appréciable posé sur un coin de son bureau, dont il sortit une photographie. Nadia s'en saisit. Il n'y avait aucun doute, il s'agissait bien du même homme photographié en compagnie de la fillette, dans les allées de la fête foraine. Grésard souriait face à l'objectif, l'air vaguement arrogant mais nullement antipathique.

— Pourrais-je voir un échantillon de son écriture ? demanda Nadia.

Le médecin lui tendit une lettre destinée à ses parents, que le caporal avait rédigée la veille de sa disparition. Nadia examina brièvement l'écriture, la barre des T, le dessin assez régulier des O. La calligraphie assez méticuleuse. Elle ressemblait en tout point à la lettre remise par les gardes du Palais.

— Le problème du caporal Grésard, c'est le PTSD, expliqua le médecin. *Post traumatic stress disorder...* un syndrome qui frappe les victimes de chocs émotionnels intenses. Je m'explique. Grésard a servi durant l'opération humanitaire Turquoise, au Rwanda, en 94. Son régiment a été expédié à Goma au mois de juillet. Vous avez peut-être vu les images à la télé ? Les Tutsis qui poussaient devant eux des dizaines de milliers de civils hutus, hagards, terrorisés.

Nadia et Rovère confirmèrent d'un vague hochement de tête.

— Vous n'avez rien vu, rien que des images édulcorées, triées, même si elles vous ont paru atroces. Quand l'état-major, sur la foi des rapports qui lui parvenaient, a réalisé ce qui se passait réellement là-bas, on a décidé d'envoyer sur place une équipe de psychiatres. En urgence. J'en étais. Je suis allé à Goma, à la fin de ce mois de juillet. C'est là que pour la première fois j'ai rencontré le caporal Grésard. De tous les gars que j'ai débriefés à chaud, excusez-moi, c'est le terme que nous utilisons dans notre jargon, il m'a paru comme un des plus solides, un des moins éprouvés. Ce n'est que dans les mois qui ont suivi qu'il a brusquement décompensé. Une dépression sévère. Hallucinations, crises d'angoisse, insomnies rebelles, et même troubles locomoteurs. Son séjour à Goma l'avait cassé. Ce n'est pas un terme médical, mais il convient parfaitement. Cassé.

Le médecin ouvrit son dossier et le feuilleta machinalement. Le téléphone se mit à sonner mais il décrocha la prise sans plus de manières.

— Par où commencer ? L'intervention au Zaïre nécessitait une logistique impeccable. Le problème numéro un, c'était la piste d'aviation de Goma, par laquelle devaient transiter tous les transports de troupes ou de matériel. Elle était totalement défoncée. Le 1er juillet, le 45e bataillon des travaux du Génie a embarqué à bord d'un Antonov. La fin du parcours, c'était assez sportif.... la piste de l'aéroport de Goma était parsemée de nids-de-poule, d'ornières, les trains d'atterrissage s'y rompaient. Bon, les gars se mettent au boulot. Charlie Grésard est du nombre. En moins de trois jours, ils remblaient tout, déplacent des tonnes de graviers, s'épuisent à combler les trous à la lumière de projecteurs. Rien que de très normal, ils ont été formés à ce genre de tâche. Ils savent conduire des engins mécaniques, pelleteuses, excavatrices, c'est leur job. Les gars peuvent souffler, une fois le boulot accompli. Le FPR, le Front patriotique rwandais, pendant ce temps-là, continue sa progression. On fait état de dizaines de milliers de réfugiés qui se dirigent vers la frontière zaïroise. Des dizaines de milliers... parmi lesquels des femmes et des enfants. Beaucoup d'enfants. Mademoiselle, enfin, madame, est-ce que je peux fumer ?

Nadia fit signe qu'elle n'y voyait aucun inconvénient. Taillade ouvrit une boîte de Davidoff, la proposa à Rovère, qui déclina l'offre, en alluma un et se cala contre le dossier de son fauteuil.

— Ce qui suit, je ne l'ai pas vu, enfin, je veux dire personnellement, je n'ai vu que les conséquences, mais le soldat Grésard, lui, s'est trouvé en première ligne. Bien, trois cent à cinq cent mille personnes marchent de Ruhengeri, droit sur Goma. C'est le 13 juillet. Grésard et ses copains préparent la revue, qu'est-ce que vous voulez, on est dans l'armée française, n'est-ce pas, alors le jour de la fête nationale, c'est sacré, on astique les cuirs, on nettoie les armes, on se pomponne en vue de la fiesta du lendemain. C'est à l'aube du 14 que les premiers réfugiés arrivent. En éclaireurs, si j'ose dire. Des hommes, des femmes, des enfants. Épuisés. Ils marchent comme des fantômes. Ils n'ont plus faim, plus mal, ils marchent. C'est tout. Ils ne savent même plus dans quelle direction. On les parque petit à petit dans des camps de fortune, des villages de tentes, on met en place des pompes qui puisent de l'eau dans le lac

Kivu, on la filtre, la stérilise... Bon. Trois jours passent. Le 17 juillet au soir, le FPR tire au mortier sur tout le secteur. C'est la panique. Mais on la jugule assez facilement. Le caporal Grésard est toujours aux avant-postes. Et soudain, à la suite de cette attaque, c'est le flot qui se déverse, des milliers, des milliers de réfugiés qui envahissent les environs de la ville, et avec eux, les premiers cas de choléra. Vous connaissez les symptômes ?

— Je crois savoir, oui, murmura Nadia en rougissant.

Elle se souvint d'une sortie, récente, au cinéma en compagnie de Maryse.

— C'est très à la mode, ricana Taillade, les spectateurs se sont rués dans les salles pour voir le film tiré du roman de Giono : *Le Hussard sur le toit* ! Le bel Angelo qui ne craint pas la mort et parvient à sauver sa belle... Magnifique, cette scène où il lui frictionne les cuisses, les seins. C'est comme s'il lui faisait l'amour ! Dans la réalité, c'est un peu différent. Le choléra, c'est l'épouvante. Ce n'est pas de la littérature. Ni du cinéma. Le choléra, ça pue, ça pue horriblement. C'est au-delà des mots, bien au-delà, au-delà des images, aussi ! Bon, je reprends, dès le début de l'épidémie, l'état-major fait distribuer aux soldats français des comprimés de doxycycline...

Taillade s'interrompit, le temps de tirer sur son cigare, d'exhaler une épaisse bouffée de fumée.

— Et la vague continue, poursuivit-il. 700 morts le 21, 1 700 le 22, 2 000 le 23, 2 200 le 24, jusqu'à 2 500 le 25 juillet. Les réfugiés qui continuent d'arriver sont dénutris, déshydratés, sidéens, paludéens, au choix, ou bien tout à la fois, et en plus, le choléra les infecte ! Le soldat Grésard a vu des gens à bout de souffle aller de leur plein gré s'allonger sur les tas de cadavres. La ville en est remplie. On a parlé de 50 000 morts à l'est du Zaïre, de 500 000 au total. Les chairs putréfiées pourrissent au soleil, risquant ainsi de démultiplier l'épidémie. Détail piquant, le sol de la région est constitué de roche volcanique, très dure. Les soldats du 45e bataillon du Génie, dont Grésard, vont devoir, des jours durant, creuser des fosses pour ensevelir une masse de corps considérable. La pelle de leurs bulldozers en charrie littéralement à la tonne. À la tonne. Et tout cela, évidemment, dans une odeur épouvantable, une véritable infection que les masques à gaz ne parviennent pas à endiguer. Il faut bien ménager une petite part de rêve, et la télévision française, je ne me souviens plus quelle chaîne, s'y est employée. Elle a monté en épingle le cas de ce légionnaire qui a soudain aperçu un petit bras d'enfant qui remuait dans une fosse qu'on allait recouvrir de chaux, et qui s'est précipité pour récupérer une gamine qu'on a pu sauver... ou un petit garçon ? Bah, peu importe ! Non, c'était un petit garçon, il l'a d'ailleurs surnommé Angelo, le petit ange, ça a un côté un peu naïf, mais dans de telles circonstances, on n'évite pas les effets faciles... Angelo ! Rien que ça ! Le brave légionnaire n'a sans doute pas lu Giono ! Enfin, ça m'étonnerait...

— Si je résume, lança Nadia d'une voix qu'elle eût souhaité plus assurée, le caporal Grésard a été soumis à une pression psychologique insupportable ?

Elle se tut soudain, consternée par la banalité de sa remarque.

— On peut dire que vous avez le sens de la formule, reprit Taillade d'une voix indulgente. Pour tous les jeunes soldats expédiés là-bas, et qui n'ont sauvé personne, qui se sont simplement contentés d'ensevelir les morts pour éviter une contagion plus grande, l'épreuve a été terrible. Terrible. Depuis les faits, ils sont tous suivis, régulièrement, par le service de santé des armées. Ils ne l'acceptent pas facilement. Surtout ceux du 45e du Génie, cantonné à Istres. Ceux-là, vraiment, ils ont dégusté et ne tiennent pas à évoquer leurs souvenirs.

Un long moment de silence suivit l'exposé du docteur. Nadia et Rovère ne cherchèrent pas à le rompre, trop préoccupés par la relation qu'ils étaient à même d'établir avec le courrier parvenu au cabinet d'instruction au début de l'après-midi.

— Grésard a commencé à présenter des troubles assez sérieux six mois après, poursuivit le psychiatre. Il était devenu totalement insomniaque, caractériel, se battait fréquemment avec ses copains. Quand il rentrait chez lui en permission, en Picardie, c'était pire. Il buvait comme un trou, provoquait les gendarmes, enfin, bref... Il a fallu user de beaucoup de persuasion pour le décider à accepter de séjourner ici, au Val-de-Grâce. Je l'ai longuement entendu. Il ne refusait pas les entretiens, se prêtait volontiers aux tests, mais sur le fond, il se dérobait. Il parlait surtout des cadavres d'enfants qu'il poussait dans la fosse, avec son bulldozer. C'était là le thème récurrent de ses cauchemars. Et puis un jour il a disparu. Sans prévenir. Je lui avais autorisé quelques sorties. Des « permissions ». Il allait au cinéma, ou boire une bière au quartier Latin avant de rentrer sagement dans sa chambre. À l'issue de l'une de ces sorties, il n'est pas revenu. Plus personne n'a eu de nouvelles de lui. Évanoui dans la nature. Je sais que vous ne me croirez pas, mais je pense souvent à lui.

— Je vous crois, protesta Nadia.

— Avez-vous lu Platon ? La *République* ? Grésard me fait penser au mythe d'Er, ce soldat qu'on a cru mort sur le champ de bataille et qui est allé visiter les Enfers. Il en revient marqué à jamais, sans parvenir à faire partager son expérience à quiconque, et pour cause...

— Je réviserai mes cours de philo, promit Nadia.

— Alors, qu'a-t-il fait, ce pauvre Charlie ?

— Je dirais qu'il est persuadé d'avoir commis une faute, et qu'il essaie de se racheter. Il aurait voulu sauver un enfant, lui aussi, comme ce légionnaire dont vous venez de nous parler.

— Sauver un enfant, c'est redonner sens au chaos... affirma gravement Taillade. Je crois qu'il n'avait pas tort.

— Je vais faire saisir ce dossier pour le placer sous scellés, précisa Nadia en montrant la chemise cartonnée que détenait le médecin.

— Il est à vous. Dites-moi franchement, Charlie a fait une grosse bêtise ? Il a tué quelqu'un ?

— Oui, confirma Nadia. Mais après toutes les explications que vous venez de nous fournir, je crois qu'on pourra lui accorder les circonstances atténuantes. Quand on lui aura mis la main dessus, évidemment.

*

Dès qu'ils eurent regagné la voiture, dans la cour de l'hôpital, Rovère chercha à joindre Dimeglio par la fréquence radio réservée à la brigade. La voix nasillarde de l'inspecteur ne tarda pas à crachoter dans l'appareil.

— C'était pas du flan ! On a l'accordéoniste, et c'est assez croquignolet ! Rappliquez dare-dare, ça vaut le coup d'œil !

Rovère embraya, colla son gyrophare sur le toit de la voiture et descendit tout le boulevard Saint-Michel, le pied au plancher et sirène hurlante.

— C'est pas tous les jours qu'on joue aux cow-boys, s'excusa-t-il d'une voix grinçante.

Nadia se cramponnait d'une main à sa ceinture de sécurité, et de l'autre au tableau de bord.

— Étonnant, ce toubib, non ? reprit Rovère en donnant un nouveau coup d'accélérateur. Je me souviens de ceux que j'ai croisés à l'armée, ils n'étaient pas taillés dans le même bois !

— Il a été éprouvé, lui aussi, soupira-t-elle. On l'aurait tous été, non ? Grésard n'a pas supporté la mort des enfants, c'est l'évidence. Je veux parler de ceux qu'il a vus mourir à Goma, et des petits de la Chapelle... ça l'a rendu fou.

— Vous en connaissez beaucoup, vous, des gens que le spectacle de la mort d'un enfant ne rend pas fous ? répondit Rovère en s'engageant sur le Sébastopol.

Nadia se mordilla la lèvre inférieure, consciente d'avoir gaffé. Un quart d'heure plus tard, après avoir dépassé Barbès et remonté le boulevard Ornano, ils parvenaient dans les ruelles, désertes en semaine, du marché aux Puces de Saint-Ouen. Rovère aperçut les voitures de la brigade qui barraient l'entrée d'une petite rue, près du marché Jules-Vallès. Il se gara, serra son frein à main et se tourna vers Nadia.

— Ça va ? demanda-t-il, vous n'avez pas été trop secouée ?

— Pas trop, non, merci !

Dimeglio les accueillit à l'entrée du pavillon. Il y flottait une odeur d'encaustique et d'eau de Javel, mais, dès qu'il en eut franchi le seuil, Rovère en perçut une autre, bien plus entêtante.

— C'est où ? demanda-t-il.

— Là, dans la piaule, vous poussez la porte.

— Ah oui, O.K. d'accord, soupira Rovère en pénétrant dans la pièce.

Nadia, qui s'y était engagée à sa suite, ne put réprimer un frisson de dégoût. Le corps, nu, émasculé, d'un homme d'une soixantaine d'années gisait sur le sol couvert de lino au milieu d'une vaste mare de sang. Son sexe tranché à ras du pubis, verge et testicules, reposait près de la tête. Un jeu de photographies avait été éparpillé autour du cadavre. Rovère se pencha pour les étudier, bientôt imité par Nadia.

— C'est la petite qui figure sur la photo que vous a transmise l'ami Grésard, nota Rovère.

Sans y toucher, elle détailla les clichés, l'un après l'autre, en serrant les poings. Une gamine d'une dizaine d'années à peine y figurait en compagnie de l'accordéoniste, nue, dans diverses poses pornographiques. Plusieurs d'entre elles représentaient Héléna, occupée à pratiquer une fellation

— Dimeglio ? demanda Rovère. La gosse ?

— C'est déjà vérifié ! Dès qu'on a débarqué ici, j'ai pas voulu perdre de temps, alors je me suis dit, bon, faut prendre l'initiative, j'ai piqué une photo au hasard et j'ai envoyé Choukroun chez Mme Truong, mon épicière de la Chapelle. Elle l'a formellement reconnue. C'est bien la même qui accompagnait Dimitriescu quand il est venu acheter ses provisions dans l'épicerie.

— Exact, confirma Choukroun, elle en est sûre et certaine, sa petite-fille m'a traduit toutes les réponses.

— L'identité de l'accordéoniste ?

— Michel Detancourt. Soixante ans, annonça Dansel. Condamné à trois reprises dans des affaires d'atteinte à la pudeur sur mineur de moins de quinze ans.

— Pluvinage arrive, il a bigophoné, précisa Dimeglio. Mais je vois pas ce qu'il pourrait nous apprendre de plus.

— Alors ? demanda Rovère, en se redressant.

Nadia, désemparée, le fixait d'un œil rond. Il sortit de la pièce où reposait le cadavre. Elle le suivit. Ils firent quelques pas dans la ruelle.

— Qu'est-ce que vous me conseillez ?

— On a le profil de notre client. Un paumé qui en a bavé et qui cherche à tout prix à finir en beauté. Il veut être reconnu comme un type bien. Et il a pris la peine de vous écrire. Il tient à vous. Dans sa lettre, il postule même au titre d'homologue, de juge sauvage, si vous préférez, celui qui instruit et qui administre directement la peine, la sentence. C'est à vous qu'il cherche à parler. D'une façon ou d'une autre, il faut que vous parveniez à nouer le contact.

— Un point de presse ? C'est ce que vous suggérez ? mumura Nadia, réticente.

— Oui... au début, quand on a découvert les corps des gosses, dans le pavillon de la Chapelle, j'ai tout verrouillé pour que les journalistes ne viennent pas nous traîner dans les pattes, mais à présent, je serais plutôt d'un avis contraire. Il faut lui assurer que son message a été reçu. Qu'il a un interlocuteur. Vous, en l'occurrence.

Nadia poursuivit son chemin, seule. Ses talons s'enfoncèrent dans les interstices des pavés, comblés par de la terre couverte de mousse. Elle faillit trébucher. Rovère la rejoignit.

— Voilà plus de vingt ans que je fais ce boulot de flic, et des dingues, croyez-moi, j'en ai vu défiler quelques-uns ! Charlie, c'est autre chose.

— Vous approuvez ce qu'il a fait ?

— Ça restera entre nous ? Je n'approuve pas, je comprends... avoua Rovère. S'il s'avère qu'il s'est lancé sur la piste d'un réseau de salopards mouillés dans la pédophilie, et qu'il les liquide un à un, ça ne me fera ni chaud ni froid qu'on arrive chaque fois avec un temps de retard. Il déblaie le terrain, et après tout, c'est tant mieux. À froid, évidemment, et là, c'est le « citoyen » Rovère qui parle, je préfère au contraire voir la justice suivre sereinement son cours... à chacun ses contradictions, ses problèmes de conscience, non ? Vous avez vu les photos, là, chez l'accordéoniste, et celles du dossier des gosses de la Chapelle ? Et encore, vous avez eu la chance de ne pas assister à l'autopsie ! Dites-moi, droit dans les yeux, ce que vous en pensez. Hein ?

— Arrêtez ! supplia Nadia.

— Dont acte.

— Reprenons. Je montre ma bobine à la télé, c'est ça ? Pour qu'il morde à l'hameçon ?

— Oui, ça peut se concevoir ! Qu'est-ce que vous risquez ? Réfléchissez, vos collègues des affaires financières n'ont aucun scrupule à s'adonner à ce genre de...

— D'exhibition ? Moi, je déteste !

— Après tout, ça fait pourtant partie de votre boulot, non ?

Il revint sur ses pas, vers l'entrée du pavillon où l'attendait Dimeglio, et s'entretint à voix basse avec lui, le mettant au courant des éléments révélés par le psychiatre Taillade. Nadia resta seule dans le passage, indécise. Elle vit les techniciens de l'Identité judiciaire pénétrer à l'intérieur de la maison pour prendre possession du corps et relever tous les indices.

— D'accord, je marche, dit-elle, en s'adressant à Rovère.

Il consulta sa montre.

— Le temps que Pluvinage et le labo aient fini leur boulot, il y en a pour plus d'une heure. Il suffit de passer un coup de fil aux journalistes accrédités au Quai des Orfèvres et, dans une demi-heure, on a toutes les télés.

Ils patientèrent à l'entrée de l'impasse, barrée par de longs rubans de plastique portant le sigle de la préfecture de police.

— Venez, dit Rovère, en s'adressant à Dansel et Dimeglio. On va tenter de faire le point... j'attends vos lumières, messieurs !

Nadia ne put s'empêcher de sourire en voyant ce curieux symposium de flics blanchis sous le harnais qui évitaient son regard, non par méfiance, mais par timidité.

— Dimitriescu s'est servi de la petite comme garde auprès des gosses qu'il avait enfermés dans le pavillon de la Chapelle, ça me paraît plus que probable, suggéra Dimeglio. Seulement voilà, Héléna s'est fait la malle. En forçant le rideau métallique de la cuisine de l'intérieur.

— Héléna, c'est le nom de la petite qui taillait des pipes à l'accordéoniste ? demanda Dansel, qui n'avait pas assisté à l'ouverture du courrier de Charlie dans le cabinet d'instruction.

Il croisa le regard de Nadia et se sentit gêné.

— Ne vous en faites pas, je ne sors pas du couvent des Oiseaux, lui dit-elle.

— Une sorte de nounou, c'est ça ? reprit Rovère, songeur.

— Ça paraît cadrer ! approuva Dimeglio. Dimitriescu devait l'avoir en permanence à ses côtés et l'utiliser comme une bonne à tout faire. Vraiment à tout faire ! Le salaud ! Au départ, j'y croyais pas, à la piste pédophile, mais maintenant, si. Dimitriescu a pu importer les mômes de Roumanie, là-bas, c'est la misère, les gens sont prêts à tout... même à vendre des gosses !

— Reste à comprendre pourquoi il les a grillés vifs après les avoir lui-même installés dans le pavillon, et nourris ? tiqua Dansel.

— Ça, Charlie le sait sans doute. Il est dans la nature, il a livré son nom, sa photo, il se doute qu'on ne va pas le lâcher mais il s'en fout ! ajouta Nadia.

— On peut lancer un avis de recherche, un appel à témoins, non ? risqua Dimeglio.

— Avec Rovère, nous pensions plutôt intervenir dans la presse pour l'amener à se confier davantage, expliqua Nadia.

— Pourquoi pas ? De toute façon, il est dans la nature, comme vous dites, et on peut mettre des semaines avant de le retrouver, grogna Dimeglio, en se mouchant.

— Et l'accordéoniste, qu'est-ce qu'il vient faire là-dedans ? demanda Rovère.

— Dimitriescu était clandestin, en cavale. Il lui repassait la petite et en échange il avait une planque, un point de chute, suggéra Dansel.

Dimeglio hocha la tête, approbatif.

Les premières voitures de presse arrivèrent à l'entrée de la rue Paul-Bert. Des journalistes équipés de micros et même de caméras marchèrent vers l'impasse, filtrés par Choukroun.

3

Isy Szalcman sonna chez Nadia peu après vingt et une heures. Ils s'étaient donné rendez-vous tous les mardis soir pour travailler au projet de « mémoires » du vieil homme.

— Alors, on devient une vedette de la télé ? Je t'ai vue tout à l'heure sur France 2 ! s'écria-t-il en déposant sur la table du séjour un gros sac de papier d'où dépassait le goulot d'une bouteille de vodka.

Il ôta la vieille veste de cuir râpée qu'il traînait depuis des années et rangea sa canne en appui contre un coin de mur.

— Wyborowa, à l'herbe de bison, c'est la meilleure ! précisa-t-il en montrant la bouteille. Je suis allé chercher une petite collation chez Sacha Finkelstajn, le traiteur de la rue des Écouffes.

Il déballa le reste des victuailles, du tarama à l'aneth, quelques tranches de pickel-fleish, de la charcuterie casher, des cornichons molossol, du pain aux oignons, du foie haché, du gâteau au fromage, ainsi que deux barquettes emplies de pâtes crémeuses.

— Une merveille, précisa-t-il, Finkelstajn appelle

ça la « croisière jaune », c'est de la chair de poisson au curry, et l'autre, l'espèce de yaourt rouge, c'est une spécialité de fromage hongrois au paprika.

— Isy, protesta gentiment Nadia, tous les mardis soir, vous débarquez ici avec de quoi ravitailler un régiment. Je mets plusieurs jours à finir les restes, j'en donne même des Tupperware à ma greffière !

— Je vais convertir tous tes collègues du Palais à la bonne cuisine juive ! ricana Szalcman. Ils m'ont collé au trou ? Eh bien ma revanche, ce sera de leur boucher les artères, de leur mitonner un bon cholestérol ! Enfin... non, tous ceux à qui j'ai eu affaire sont à la retraite ! Il y en a même beaucoup qui doivent dormir au cimetière, la conscience tranquille...

Il déboucha la bouteille de vodka, emplit deux petits verres et en tendit un à Nadia.

— *Lechaïm !* lança-t-il joyeusement.

— *Lechaïm !* reprit Nadia avant d'y tremper ses lèvres.

— *Nu ? wous mit gescheft*[1] *?* demanda-t-il en prenant ses aises sur le canapé.

— Le « gescheft » ne désemplit pas ! Les « clients » s'y bousculent... il faudrait ouvrir des succursales pour les accueillir tous !

— Je t'ai vue à la télé, mais le son ne marche plus très bien, qu'est-ce qui s'est passé ?

Nadia s'assit à ses côtés et lui fit brièvement le récit de sa journée.

— Il faut que tu fasses un autre boulot ! Tu ne tiendras pas longtemps comme ça... murmura-t-il en lui prenant doucement la main. Ce... ce n'est pas un métier pour une femme ! Oh, je sais, tu vas encore

---

1. Expression yiddish : « Alors, comment va la boutique ? »

me dire que je suis un vieux macho ! Quand même, de mon temps, les juges, c'étaient des hommes !

Elle ne put s'empêcher de rire.

— Je sais, soupira-t-il, ça doit faire la cinquantième fois que je te chante le même refrain : peut-être qu'à force de le répéter, tu finiras par céder ? Comme les murailles de Jéricho ! Il suffit de tourner autour, sans relâche, jusqu'à ce qu'elles s'écroulent.

— Mais je l'aime, ce boulot, Isy, je l'aime, j'en ai rêvé longtemps, et maintenant que j'y suis, je ne veux pas le lâcher. De toute façon, je ne sais rien faire d'autre. Si on mangeait ?

Ils s'installèrent à table. À la fin du repas, Isy désigna le petit magnétophone sur lequel ils avaient l'habitude d'enregistrer ses confessions.

— Je ne t'ai jamais parlé de Dédé ? s'écria-t-il d'un ton enjoué. Un truand de la vieille école, un apache, un vrai de vrai ! Un dur des fortifs ! Je l'ai connu en 52 et un peu plus tard, on s'est retrouvés à la Santé, dans la même division. Je crois que ça serait pas mal, dans ton livre, les aventures de Dédé.

— Dans *votre* livre, Isy, corrigea malicieusement Nadia.

— Mouais... Enfin, bref, c'est qu'il en a forcé, des coffres-forts, le Dédé ! Un cambrioleur de génie !

Nadia acquiesça. Elle mit en marche le magnétophone tandis qu'Isy servait une nouvelle tournée de vodka. Elle l'écouta évoquer l'existence haute en couleur d'André Lacombe, dit Dédé-les-mains-de-fée, ses exploits, puis sa chute à la suite d'une dénonciation.

— Le fourgue, précisa Isy, il s'est pas méfié assez du fourgue. Chez les monte-en-l'air, le point faible, c'est toujours le fourgue. Enfin bref, un jour, dans la cour de promenade, à la Santé, voilà-t-il pas qu'il réussit à tirer le trousseau de clefs du maton qui nous regardait tourner en rond... y avait du projet d'évasion dans l'air !

Nadia s'accouda à la table, le menton entre les mains, attendrie. Isy possédait de tels talents de conteur qu'il en était irrésistible. Pourtant, après un quart d'heure d'écoute ponctué d'éclats de rire, Nadia ne put maintenir son attention. Les images du cadavre qu'elle avait vu dans le pavillon de la rue Paul-Bert s'imposèrent à elle. Et d'autres encore, qui découlaient du récit du docteur Taillade, au Val-de-Grâce.

— Tu es fatiguée, ce soir, remarqua Isy en appuyant sur la touche off du magnéto. Et moi, je te casse les oreilles avec mes salades.

— Mais non, continuez, c'est bête, protesta-t-elle sans grande conviction, je commençais tout juste à faire connaissance avec votre Dédé !

— Non ! tu penses à ces gosses dont tu m'as parlé... et moi j'ai l'air d'un vieux clown !

Il se leva, son verre à la main, et se dirigea vers la baie vitrée qui donnait sur un square. Malgré l'heure plus que tardive, des gamins y jouaient au foot. Il les contempla longuement.

— Tu sais, quand... quand les Américains sont arrivés à Buchenwald et qu'on a été libérés, j'en ai vu beaucoup, des soldats qui n'en revenaient pas, de... de nous voir comme nous étions ! Ils étaient prêts à se mettre en quatre pour nous faire plaisir.

Nadia se figea. Depuis leur rencontre, c'était la première fois qu'Isy évoquait ses souvenirs des camps.

272

— Plus tard, au début des années cinquante, j'allais souvent dans un bar de Pigalle, là, je te parle de ça, j'étais déjà devenu un vrai marlou. Dans ce bar, il y avait des... des putes, quoi, tu vois le genre de bar ? Il y en avait une petite, une brune mignonne, elle s'appelait Eugénie, tu parles d'un nom... Elle aurait pas été contre que je m'occupe d'elle, que j'attende à jouer aux cartes au tabac du coin qu'elle me ramène le pognon qu'elle gagnait avec ses passes, mais moi, le pain de fesses, ça a jamais été mon fort !

Nadia craignit qu'il ne se dérobe, une fois de plus, que son récit bifurque sur d'autres sentiers de la mémoire. Isy continuait de regarder les gosses jouer au foot dans le square. Il appuya son front contre la vitre.

— Dans le bar, il y avait un pilier de comptoir, un Anglais, un type très jeune, même pas trente ans. Il en paraissait cinquante. Des mains qui tremblaient, des yeux de malade, injectés de sang, un ventre énorme. On a fait une petite partie de poker, et machinalement, j'ai retroussé les manches de ma chemise pour être plus à l'aise. Il a vu mon tatouage. Brusquement il s'est mis à chialer. Il en avait un sacré coup dans le nez, forcément, depuis le temps qu'il descendait cognac sur cognac, et il m'a raconté sa vie. C'était un fils à papa, son vieux avait une usine de... de je sais plus quoi, du côté de Manchester, si je me souviens bien. Mon Angliche, il s'était engagé en 43. Avec ses relations, son paternel aurait pu lui dégoter une planque à l'état-major, mais non, il voulait aller à la castagne, direct. Total, il s'est retrouvé affecté dans le Génie. Il aurait préféré autre chose, mais bon, on choisit pas, dans ces cas-là. Bref, en 45, avec son régiment, il... il est entré à Bergen-Belsen. Les gars du Génie ont dû creuser les fosses. On s'est baladés dans Paris, tous les deux, jusqu'au petit matin. On est descendus de Pigalle jusqu'aux quais, à pied. Il s'appelait Winston, tiens, maintenant ça me revient, Winston, comme Churchill ! Il me parlait des fosses. Des fosses de Belsen. Avec son bulldozer, il... il a poussé les cadavres à l'intérieur. On s'est séparés devant Notre-Dame. Il est parti, tout vieux, tout voûté, tout seul. Depuis des années, il traînait, à droite, à gauche, son paternel lui envoyait des mandats pour qu'il survive. C'est complètement con, avant qu'on se sépare, il m'a demandé pardon. Tu te rends compte ? J'y étais pour rien, moi, s'il était devenu dingue, je pouvais pas l'aider.

Isy se tut mais resta le front appuyé contre la vitre. Nadia respecta son silence.

— Alors tu vois, ce type-là... ton Charlie ? Il faut essayer de le comprendre. Ce n'est sûrement pas un salaud.

— C'est bien mon avis ! assura Nadia.

— Oui, sauf que ton boulot, c'est de le coller au trou !

Nadia se servit un verre de vodka et l'avala d'un trait. Isy vint vers elle et lui caressa doucement la nuque.

— Et toi, reprit-il, des enfants, quand est-ce que tu vas en faire ?

— J'y pense, ça viendra en temps voulu !

— Justement, encore faut-il qu'on le veuille ! Ce n'est pas en m'écoutant radoter que tu vas recruter le futur papa, murmura le vieil homme en lui pinçant tendrement la joue.

— Isy, une misérable petite soirée par semaine..

— C'est encore une de trop !

— Isy, une promesse est une promesse...

Il enfila sa veste et se dirigea vers l'entrée. Nadia quitta son canapé et vint lui ouvrir la porte.

— Je suis un homme de parole ! Bon, d'accord, alors à mardi prochain ! Ne fais pas de mauvais rêves, Nadia !

Elle le vit sortir de l'immeuble, traverser le square, dribbler quelques secondes le ballon que les gamins se disputaient. Il disparut au coin de la rue, et, sachant qu'elle l'observait, leva sa canne en l'agitant d'un moulinet, sans se retourner.

MERCREDI

1

Nadia fixa avec attention la jeune femme que les gardes avaient escortée jusqu'à son cabinet et qui se tenait assise, face à elle, les poignets encore entravés par des menottes. Elle ordonna qu'on les lui ôte. Marianne Quesnel la remercia d'un signe de tête discret. Elle avait accepté de comparaître sans l'aide d'un avocat, renonçant ainsi par avance aux « nullités » qu'une telle absence pouvait entraîner, au regard du Code de procédure pénale. Elle ne semblait pas avoir trop souffert de sa détention au dépôt. On ne lui avait pas confisqué son nécessaire de maquillage et les nonnes l'avaient sans doute autorisée à repasser le pantalon et le chemisier qu'elle portait lors de son arrestation, si bien qu'elle se présenta devant le juge sans avoir à pâtir de l'image désastreuse, dégradée, saccagée, que bien des prévenus affichaient habituellement après vingt-quatre heures de garde à vue. En dépit de ce qu'elle savait du dossier, Nadia était résolue à le traiter comme s'il se fût agi d'une affaire ordinaire. Elle ne tenait pas à se laisser submerger par le dégoût ou la pitié. En tout état de cause, elle garderait une attitude strictement neutre, adopterait un regard clinique, et s'en tiendrait aux faits. Avant de rejoindre son cabinet, elle s'était longuement entretenue avec Montagnac. Elle savait que Marianne protesterait de son innocence.

— Il n'y a que le témoignage de Vauguenard et de la surveillante. Je dois prendre une décision rapide, lui avait-elle dit, soit la renvoyer dos à dos avec le médecin, soit l'incarcérer : j'ai un doute.

— Tu n'as pas lu les PV ? Ils sont totalement accablants ! Fourre-la au trou ! protesta Montagnac.

— Et si les toubibs se sont plantés et cherchent à se couvrir ?

— Alors, tu auras tout le temps de rattraper le coup. Après tout, c'est sur la base des PV que je t'ai transmis que tu vas décider. À ta place, je n'hésiterais pas une seconde.

*

— Madame Quesnel, les charges retenues contre vous sont extrêmement lourdes, énonça Nadia d'une voix neutre, en montrant les PV réunis par la brigade des Mineurs.

Elle détenait également un bref mémorandum rédigé par Vauguenard, dans lequel le médecin récapitulait les hypothèses d'intoxications médicamenteuses ayant pu entraîner les troubles dont souffrait Valérie.

— Laissez tout cela. Comment se porte ma fille ? C'est tout ce qui m'intéresse !

Nadia contempla le visage de son interlocutrice, ses traits creusés, ses yeux injectés de sang, nota le tremblement des mains. Marianne répéta sa question. Pathétique. Suppliante.

— Aux dernières nouvelles, Valérie n'a pas eu de nouvelles crises, précisa Nadia.

— Alors tout va bien... c'est formidable... la pauvre petite, elle a déjà tellement souffert, je suis contente, très contente ! Depuis le début de sa maladie, j'étais rongée par l'angoisse... Si aujourd'hui elle est guérie, je ne demande rien d'autre, cette enfant, c'est tout ce que j'ai au monde. Le reste, je m'en moque !

Elle se détendit, releva une mèche de cheveux qui pendait sur son front, s'efforça de sourire.

— Je vous parlais des charges retenues contre vous, insista Nadia. Du témoignage catégorique du docteur Vauguenard, des...

— Il n'y a là qu'affabulations ! On m'a enfermée dans une cellule, avilie, humiliée, souillée, on m'a arrachée à ma fille. Avez-vous des enfants, madame le juge ?

— Non ! Enfin, pas encore.

— C'est dommage, vous comprendriez mieux ma détresse. Je suis néanmoins très contente d'avoir affaire à une femme, vous verrez, nous allons très bien nous entendre. Il s'agit d'un coup monté, d'une manipulation. Le professeur Vauguenard a commis une erreur médicale, alors il cherche à se couvrir en m'accusant, c'est honteux ! Honteux et accablant. Mais vous allez très vite rétablir la vérité, je vous fais totalement confiance.

Au cours de cette brève tirade, Marianne s'était rapprochée du bureau derrière lequel Nadia se tenait assise. Sans précipitation aucune, avec des gestes assurés, mesurés, elle avait progressivement avancé son propre siège, pour venir au contact. Par petites touches. Elle souriait. S'intéressait même au petit automate inerte qui reposait sur le plateau.

— Reculez votre chaise, je vous prie, ordonna sèchement Nadia. Remettez-la à l'endroit où elle se trouvait lorsque vous vous y êtes assise. Et n'en bougez plus.

Marianne se retourna et examina la moquette qui tapissait le sol du cabinet. Les pieds de la chaise y avaient laissé quatre empreintes bien distinctes, à leur emplacement habituel. Elle soupira et finit par obéir. Les deux femmes se toisèrent, de nouveau séparées par un no man's land de moins d'un mètre cinquante, mais dont l'exiguïté ne réduisait en rien la charge symbolique.

— Vous avez été surprise par le professeur Vauguenard et Mme Delcourt, la surveillante du service, alors que vous vous apprêtiez à injecter de l'insuline dans la poche de perfusion de votre fille. Qu'avez-vous à répondre ?

— Accusation absurde ! J'avais effectivement dans mon sac des seringues emplies d'insuline, que j'avais achetées dans une pharmacie de la place de la Nation. Elles étaient destinées à une cousine de mon mari, Salima. Elle vit en Algérie, à Blida et là-bas, j'espère que vous le comprendrez, il n'est guère aisé de se procurer des médicaments en urgence. Salima est diabétique. Nous comptions les lui expédier dans les plus brefs délais. Le reste n'est qu'inventions. Divagations du professeur Vauguenard et de cette Delcourt ! Comment une mère pourrait-elle empoisonner sa fille ? Puisqu'il s'agit bien d'une accusation d'empoisonnement, n'est-ce pas ?

Le ton était posé. Nadia eut l'impression que Marianne s'appliquait à jouer un rôle, celui de la victime d'une erreur judiciaire, avec le maximum de professionnalisme requis en de telles cirsconstances.

— Les chefs d'accusation qui peuvent être rete-
nus contre vous sont vol, recel de vol, cela concernant les médicaments qui ont été découverts chez
vous, faux en écriture privée, puisqu'il a bien fallu
que vous falsifiiez des ordonnances pour vous les
procurer, et, enfin, empoisonnement. J'ai là une
photocopie de l'ordonnancier de la pharmacie Vi-
gnot, place de la Nation. Avec la mention de ces
achats, le numéro des chèques. Et la photocopie des
ordonnances. Paraphées de la main de Saïd Benhallam. Avec un en-tête de l'hôpital de Lorient où il
suit un stage de gastro-entérologie. Vous admettez
donc avoir acquis ces médicaments de façon fraudu-
leuse ? Votre compagnon, étudiant en médecine,
n'est en effet pas habilité à signer des ordonnances.

— Cela, je le reconnais ! concéda Marianne.
Nous avons fraudé. Pour rendre service à sa cousine, Salima. Par pure générosité. C'est moi qui ai
pris la décision, puisque j'ai signé les chèques.

— Et lui l'ordonnance ?

— Tout cela n'a rien à voir avec ma fille ! À ma
place, vous n'auriez pas agi de la même façon ?

— Je ne sais pas. Tout ce que je sais, tout ce que
vous venez de me dire, c'est que vous avez acheté
de l'insuline grâce à des ordonnances illicites. Et je
sais par ailleurs que votre fille Valérie a été intoxiquée à l'insuline. Je m'en tiens aux faits. Uniquement aux faits. D'autre part, après la perquisition menée à votre domicile, il apparaît que d'autres
médicaments saisis chez vous ont été achetés dans
diverses pharmacies de Lorient, de Vannes, d'Au-
ray, dans les semaines qui ont précédé ou suivi
l'hospitalisation de votre fille Valérie. Je veux parler
du premier séjour, à Lorient. Ces faits sont à rap-

procher avec la reprise des crises d'hypoglycémie de votre fille après son opération, symptômes totalement irrationnels.

— Ah, parce que vous croyez que la médecine est toujours rationnelle ? s'esclaffa Marianne.

— Je ne crois rien, madame Quesnel. Je constate. Toutes les ordonnances retrouvées chez vous proviennent de services où Saïd Benhallam effectue des gardes en qualité d'externe en médecine. Vous le reconnaissez ?

Marianne fondit brusquement en larmes. Nadia attendit qu'elle se calme et lui tendit même une pochette de Kleenex pour qu'elle se sèche le visage. Elle était pitoyable, les joues soudain couvertes de traces de rimmel, de fond de teint.

— Au regard des diverses pathologies dont a eu à souffrir votre enfant, certains de ces médicaments, parmi la masse retenue — les inspecteurs chargés de la perquisition évoquent, je cite, *une véritable pharmacie privée* —, revêtent une importance particulière. Notamment le Xynoxil et le Pertilex. Tous deux de la famille des sulfamides hypoglycémiants. Qu'avez-vous à dire à ce propos ?

— Pour le Xynoxil, il s'agit d'un médicament que je prends quand j'ai mangé trop de sucre ! On me l'a prescrit quand j'ai été opérée de l'estomac, il y a dix ans....

— Soit. Tout sera vérifié. Et en ce qui concerne le Pertilex ?

— C'est différent ! Les boîtes, je les ai achetées pour Salima, la cousine de mon compagnon. Elle est diabétique, je vous l'ai déjà dit. Nous lui en avons expédié plusieurs petits colis, très discrètement.

— Vous avez conservé les traces de ces envois ?

Je suppose que pour expédier des colis, même légers, en Algérie, vous avez pris certaines précautions. Des recommandés internationaux ?

— Oui, bien entendu, mais je n'ai pas conservé les avis de réception. La paperasse, vous savez, on ne la garde pas ! Du moment qu'il s'agit de rendre service ! Quand la santé est en jeu...

— Donc, le Xynoxil, c'était réservé à votre propre usage, et le Pertilex, pour la cousine Salima ? Et l'insuline, c'était également pour Salima ?

— C'est bien ça... soupira Marianne, épuisée.

— Admettons. Durant la perquisition opérée chez vous, les inspecteurs de la brigade des Mineurs ont aussi saisi des emballages d'autres médicaments, ainsi que les ordonnances correspondantes, toujours falsifiées, en provenance du service où travaille votre compagnon. Il s'agit cette fois de Limodrax. Exact ?

— Je... je ne me souviens pas très bien ! Mais si vous le dites... vous avez certainement raison.

— J'ai tous les documents. Le Limodrax est un diurétique extrêmement puissant, utilisé dans les accidents cardio-vasculaires et l'œdème du poumon. Entre autres manifestations secondaires — hypokaliémie, chute de tension — il provoque une élévation de la glycémie lors d'une administration courte et intense. Votre fille a présenté un tableau clinique avec élévation de la glycémie.

— Vous êtes médecin pour affirmer tout cela ? demanda Marianne avec un reste de défi dans le regard.

— Je m'appuie seulement sur le rapport transmis par le docteur Vauguenard, et qui sera bientôt corroboré ou infirmé par un expert que je ne tarderai pas à désigner.

— Vauguenard ? Ah oui ? Il est juge et partie, à présent ? Les médecins sont tous solidaires les uns des autres dès qu'il s'agit de couvrir une bavure ! Or ma fille a été victime d'une bavure. Ils lui ont arraché à coups de scalpel la moitié du pancréas, par erreur, et maintenant, ils cherchent à me rendre coupable ! Vous ne voyez pas clair dans leur scénario ? Vous êtes juge, et je me soumets à votre autorité, mais enfin, le doute est permis, non ? On m'enferme, on m'accuse, et eux, ils tirent les ficelles à leur guise. Madame Lintz, je tiens à vous avertir solennellement, vous n'êtes qu'une marionnette qu'on manipule !

— J'évoquais les effets secondaires indésirables du Limodrax, reprit posément Nadia.

— Vous êtes folle ! bredouilla Marianne.

— Comment expliquez-vous que des boîtes de Limodrax aient été saisies à votre domicile, madame Quesnel ?

— Vous êtes jolie, vous êtes même belle, madame le juge. Je vous envie. Bien des femmes doivent vous envier. Vous avez sans doute la chance de jouir d'une parfaite santé... ce n'est hélas pas mon cas. Le Limodrax, j'en prends régulièrement pour ses propriétés diurétiques, précisément.

— Un médecin vous a-t-il prescrit ce médicament ?

— Non, je reconnais avoir falsifié des ordonnances. La médecine n'est pas une science exacte. Je suis aide soignante depuis plus de dix ans. J'ai vu... j'ai vu les médecins commettre de telles erreurs que c'en est à pleurer. Alors j'estime que je suis à même de juger de ce qui est bon pour moi. C'est mon droit le plus strict. Mais pour ce qui concerne ma fille, je n'y suis pour rien, Vauguenard devra payer. Je vais me constituer partie civile. Contre lui et contre le professeur Lornac !

Nadia se tourna vers sa greffière et lui dicta un bref compte rendu de l'échange, en s'efforçant de retranscrire quasiment au mot à mot les affirmations de Marianne.

— Relisez, je vous prie, demanda-t-elle.

Mlle Bouthier s'exécuta, récitant d'une voix monocorde le texte qui s'était affiché sur l'écran de son ordinateur.

— Rien à préciser ?

Marianne demanda que soient rectifiées quelques phrases, reprenant ses accusations envers Vauguenard.

— Si vous y tenez...

Nadia, une nouvelle fois, dicta au mot à mot. L'imprimante cracha la version définitive.

— Vous signez ? C'est exactement ce que vous avez déclaré.

— Oui, de toute façon, Vauguenard finira par avouer. Je n'ai aucune inquiétude à ce sujet. Pour l'instant, il bénéficie de la protection que lui confère son statut, mais le masque finira par tomber. Alors ? Que va-t-il se passer maintenant ?

Nadia récupéra les feuillets paraphés et fit appeler Montagnac pour procéder au débat contradictoire, ainsi que l'exigeait la procédure. Il arriva quelques minutes plus tard. Nadia lui lut la déposition de Marianne. Le ton était très protocolaire, et Montagnac répondit de même. La conclusion était évidente.

— Vous voulez dire que je retourne au dépôt ? balbutia Marianne.

— Non. Cette fois, vous allez en prison.

— Pourquoi ?

— Parce que je viens de le décider. Vous êtes placée en détention provisoire, suite aux injections d'insuline dans la poche de perfusion. C'est suffisant pour motiver une telle décision. Pour ce qui est du reste, je veux parler des éventuelles intoxications antérieures, la suite de l'instruction nous en apprendra davantage.

Marianne se tassa sur sa chaise.

— Et ma fille ? sanglota-t-elle.

— Valérie reste à l'hôpital.

— Vous *décidez* que je vais en prison, vous *décidez* que ma fille reste à l'hôpital, vous *décidez* de séparer une mère de son enfant, mais qui êtes-vous pour *décider* ainsi ?

Marianne s'était soudain redressée, le poing brandi. Elle fixait Nadia d'un regard fou, où la haine le disputait à l'incrédulité. Les gardes qui étaient restés présents durant tout l'entretien s'approchèrent. Ils durent la ceinturer et la traîner dans le couloir tandis qu'elle se débattait. Nadia ferma les yeux en écoutant ses hurlements, qui décrurent progressivement en intensité. Une collègue de l'instruction qui officiait dans un cabinet voisin, intriguée par le chambard, se risqua à pousser la porte. Nadia lui résuma brièvement les faits.

— Munchausen... soupira la collègue. Ma pauvre Nadia, tu sais pas où tu mets les pieds, c'est l'épouvante ! Un vrai plan de dingue, j'ai eu un dossier similaire, l'an dernier. À Saint-Vincent-de-Paul. Une mère totalement frappée, tu sais ce qu'elle a fait à son fils ? Attention, hein, quatre ans, le môme. Figure-toi qu'elle l'a bourré de suppositoires d'Histalidon ! Arrivé à l'hosto, c'était carrément le tableau d'occlusion intestinale ! Aussi sec le chirurgien y va à grands coups de bistouri, charcute le petit et lui pose un anus artificiel !

— Et ensuite ?

— Attends, ça, c'est juste l'entrée en matière. Après l'opération, la délicieuse maman remmène son bambin à la maison. Il ne pouvait plus s'alimenter normalement, tu piges ? Donc les toubibs lui prescrivent des poches de soluté préparées à l'hôpital. Une semaine plus tard, septicémie massive, le petit risque d'y laisser sa peau. Perplexité générale, enquête, bref, je te la fais courte, tu sais ce qu'elle bricolait, la mère ? Avec les poches de soluté ?

Nadia, épouvantée, dut avouer son ignorance.

— Elle y injectait de l'eau du bocal de la tortue de Floride ! Tu connais, les tortues de Floride, ces petites choses dégueulasses, verdâtres, visqueuses, qu'on voit dans toutes les classes de maternelles et chez les pauvres parents qui ne savent pas résister à la mode ? On en vend à la tonne sur le quai de la Mégisserie, les mômes en sont dingues. De l'eau de son bocal, à la tortue, dans la poche de soluté du gosse, je te jure que je ne mens pas. Avec une seringue ! Tranquille ! Non mais je rêve ? Et le pire, c'est que la charmante maman a bien failli me convaincre que tout ce cirque, c'était une bavure médicale et qu'on cherchait à lui faire porter le chapeau. J'ai passé des nuits entières à me culpabiliser parce que je l'avais envoyée à Fleury-Mérogis ! Alors crois-moi, la tienne, tu lui serres la vis, et tu lâches pas ! Allez, je retourne au charbon, moi j'ai un père incestueux... il se morfond dans mon cabinet. Il a sauté sa fille cadette mais sans doute aussi les deux aînées, j'allais juste le faire avouer quand ta cliente a fait diversion en nous jouant la charge de la brigade légère ! Salut !

2

Quand Nadia pénétra dans la chambre de Valérie, celle-ci dormait profondément. Vauguenard l'avait fait transférer dans un autre bâtiment de l'hôpital, en réanimation, bien que son état ne le justifiât pas : comme il l'avait annoncé à Nadia, il ne s'agissait que d'une simple précaution, d'une mise à l'écart. Ils restèrent un moment à contempler son visage apaisé. Nadia sentit sa gorge se nouer et, gagnée par un sentiment d'étrangeté, d'irréalité, ne put réprimer un frisson. D'un côté, il y avait les hurlements, les imprécations de la mère, de l'autre, l'enfant, sa fragilité, son abandon dans le sommeil. La fureur et la sérénité.

— Plus aucune crise, la glycémie est normale, murmura Vauguenard. Elle va s'en sortir. Avec des séquelles, mais elle va s'en sortir.

Ils sortirent de la chambre. Françoise Delcourt les rejoignit dans le couloir et Vauguenard la présenta à Nadia.

— Les grands-parents, le concubin et même le père, enfin, le vrai, M. Lequintrec, ne savent rien, expliqua le médecin. Tant que la gosse est ici, je suis rassuré, mais il faut étudier une mesure de placement ! La DDASS ?

— Vous êtes persuadé de la complicité des membres de la famille ? demanda Nadia.

— Je ne parle que de Saïd Benhallam. Il étudie

la médecine et le susbstitut m'a affirmé que leur appartement, à Lorient, regorge de médicaments. Il est impossible qu'il ne se soit pas, au moins à un moment, posé quelques questions. Il est complice. Mais je ne sais pas à quel degré.

— Le SRPJ de Rennes me l'amène jusqu'au Palais, je le verrai en fin d'après-midi. Mais dites-moi, M. Lequintrec, le père de Valérie, il n'est jamais venu voir sa fille ?

Françoise répondit par la négative. Elle précisa qu'il n'avait même jamais téléphoné. Ils quittèrent tous trois le bâtiment et se retrouvèrent dans les jardins de l'hôpital. Les inspecteurs de la brigade des Mineurs qui avaient accompagné Nadia les rejoignirent, les bras chargés de cartons isothermes qui contenaient les prélèvements sanguins de Valérie, et qu'ils chargèrent précautionneusement à bord de leur camionnette.

— Il y aura une contre-expertise, c'est la règle, expliqua Nadia.

— Autant que vous le voudrez, soupira tristement Vauguenard. N'importe quel biologiste pourra vous le certifier, la gosse a été intoxiquée au glibenclamide.

— Tous les soignants qui ont été en contact avec Valérie seront convoqués, reprit Nadia. Ce qui prendra des semaines, c'est une affaire au long cours. Mais j'aimerais d'abord vous entendre, vous, monsieur Vauguenard, ainsi que le professeur Lornac. Le plus tôt serait le mieux.

— Quand vous le voudrez. Je préviendrai Lornac.

— Si j'ai bien compris, reprit Nadia, le... le morceau de pancréas « prélevé » sur Valérie a été expédié à l'étranger ? En Suisse ?

— Oui, je vous faxerai les coordonnées du laboratoire, à Genève, assura Vauguenard. Plus d'une
dizaine de jours se sont écoulés depuis l'opération,
ils devraient déjà pouvoir donner quelques précisions.

— « Déjà » ? s'étonna Nadia.

— Ce délai n'a rien d'extraordinaire, je vous l'assure !

Vauguenard se tourna vers Françoise, guettant
son approbation. Celle-ci dévisagea Nadia et confirma d'un hochement de tête.

3

Il s'éveilla lentement. Ouvrit un œil, puis l'autre.
Ne distingua tout d'abord que quelques formes vagues, dans la demi-pénombre. Il aperçut une trouée
de verdure, au-dehors. Un volet claquait au vent sur
une fenêtre dont les carreaux brisés étaient couverts
de toiles d'araignées. Il distingua des chaînes, des
poulies, une meule ou quelque chose d'approchant,
un gros disque de pierre pourvu d'une manivelle, en
tout cas. Puis d'autres outils évoquant les travaux
des champs, faucilles, râteaux, bêches et binettes,
alignés contre une paroi de planches. Une saute de
vent entrouvrit la porte du réduit. Les rayons du soleil s'immiscèrent au ras du sol. Il perçut des odeurs
de bois, d'herbe grasse, de terre mouillée.

Il se souvint des quelques pas qu'il avait faits dans
la rue, en sortant du cercle de jeu, au petit matin.
Des mains qui lui avaient soudain enserré les épaules par l'arrière, du genou qui s'était enfoncé dans
le creux de ses reins.

Peu à peu, il comprit qu'il était ligoté sur une table, en fait un établi couvert de copeaux de bois. Un énorme maillet reposait près de son front. Son nez pouvait presque en toucher le manche. Un insecte indéterminé effectuait des allées et venues devant ses paupières, se lissait les antennes, les ailes, et risqua même un coup de patte pour tâter ses sourcils. Il frissonna. L'insecte, épouvanté, préféra déguerpir.

Il resta ainsi, plongé dans un demi-sommeil, engourdi par des douleurs diffuses, des élancements lointains, des fourmillements le long des membres, des brûlures à l'origine incertaine mais qui semblaient bien prendre naissance dans ses entrailles. Peu à peu, toutes ces poussières de souffrance éparses se décidèrent à s'unir en un seul flux, comme si elles avaient cherché patiemment leur chemin, tâtonné de neurone en neurone, d'artère en artère, de viscère en viscère, avant de se frayer une voie jusqu'au cortex. L'épicentre de la douleur logeait quelque part au creux de l'aine, des vertèbres lombaires, de la ceinture pelvienne. Il tenta de se redresser, en vain. Ses jambes, ses cuisses ne répondaient pas à ses appels. Quant à ses mains, ses bras, ils refusaient également de lui obéir. De s'écarter, de battre l'air comme il l'aurait souhaité. Il ressentit une violente brûlure aux poignets et une sensation de froidure, de gel, intense, paradoxale, dans ses phalanges, sur la pulpe de ses doigts. Il ferma les yeux, affolé. Se concentra sur le trajet des liens. Une cordelette — ou un filin — lui entravait les deux mains, plaquées le long du torse, et courait dans son dos, de telle sorte qu'il se tenait les bras croisés, comme un enfant sage, endormi. Ses doigts étaient engourdis, privés de sang, peut-être déjà nécrosés. La cordelette — ou le filin — lui cisaillait la peau des poignets à chaque tentative de mouvement. Il ne put réprimer le tremblement qui agita ses membres inférieurs et sentit ses intestins se tordre dans un spasme irrépressible. Une douce sensation de chaleur, apaisante, lui envahit le bassin ; l'odeur qui monta aussitôt jusqu'à ses narines l'emplit pourtant d'effroi. Il ne sut pas s'il avait crié, mais la porte de l'appentis s'ouvrit alors. La silhouette qui se dressait devant lui lui sembla gigantesque. Aveuglé par la lumière, il n'en distingua pas le visage, seulement le torse. Avec un curieux harnais de cuir qui contenait un poignard à manche de corne.

— Vlad, mon pauvre Vlad, te voilà réveillé ? Il va falloir m'aider... murmura la voix de Charlie. Dimitriescu m'a juré que tu parlais français. C'est vrai ?

4

Rovère avait rassemblé toute son escouade dans la salle de conférence de la brigade, sous l'autorité du commissaire Sandoval. Sur les murs étaient scotchés des agrandissements de la lettre de Grésard à Nadia Lintz, des dessins d'Héléna qui l'accompagnaient, ainsi que du polaroïd pris à la Foire du Trône. Choukroun avait retrouvé le photographe, parmi la petite vingtaine qui vivotaient autour des manèges, grâce à un numéro de série au dos du cliché, mais le type ne se souvenait que très vaguement de Charlie et ne put donner aucun renseignement intéressant. Le portrait du caporal Grésard avait été expédié dans tous les commissariats avec un avis de recherche spécial. Sandoval se tourna vers Dimeglio.

— Il est évident, dit-il, si j'en crois les termes de la lettre qui est parvenue chez le juge, que Grésard est bien le cambrioleur du chantier de la Chapelle ! Auquel cas, il faut se mettre sur la piste d'éventuels receleurs. Si Grésard s'est donné la peine de rafler ce matériel, c'était bien pour le revendre, non ?

— Il y a des milliers de clandestins dans le bâtiment, soupira l'inspecteur, des centaines de boîtes qui utilisent du matériel volé en pagaille, sans oublier les loueurs de machines aux particuliers, qui eux non plus ne se privent pas de recycler la camelote piquée sur les chantiers... Tout ça pour vous dire que ça vaut pas le coup de chercher de ce côté-là... sauf si on se dit qu'on en a pour cinq ans. Moi, je veux bien, notez !

— Bon, alors prenons la piste par l'autre bout : l'accordéoniste. Il a bien été condamné pour pédophilie ?

— Exact ! confirma Dansel. On a fait le voisinage, les commerçants du quartier, il avait la réputation d'un type tranquille qui jouait de son instrument dans les couloirs du métro. Sa dernière condamnation remonte à plus de dix ans, une fillette qu'il a tripotée dans les douches, à la piscine Molitor, ça ne cadre pas. C'est un élément annexe, une pièce rapportée, j'en suis persuadé.

— Pourquoi ?

— L'accordéoniste était un minable. Pas Dimitriescu. Pour cramer quatre gosses à coups de cocktails molotov, il faut en vouloir. Nous savons qu'Héléna s'en occupait, de ces petits, qu'elle leur servait de nounou, qu'elle servait aussi de petite pute à l'accordéoniste et que Dimistriescu se faisait héberger rue Paul-Bert, à Saint-Ouen. Mais ça ne nous dit pas *pourquoi* Dimitriescu a liquidé les gosses... et ça, Charlie le sait sûrement !

— On dispose d'éléments, on doit pouvoir en tirer quelque chose, d'une façon ou d'une autre ! insista Sandoval, angoissé.

— On a à peu près le scénario, concéda Dimeglio. Grésard est le témoin de l'exécution des gosses par Dimitriescu tout simplement parce qu'il cambriole le chantier. Ce qu'il voit le rend dingue. Il se met en chasse et punit Dimitriescu comme il a *puni* l'accordéoniste, ce sont ses propres termes ! Il est évident qu'il s'agit d'une affaire ayant trait à la pédophilie. Le hic, c'est que Charlie est dans la nature. Et tant qu'il n'aura pas fait une connerie, on devra se résigner à attendre.

Sandoval s'abstint de répondre. Il caressa la vilaine cicatrice qui courait le long de sa gorge, de la pomme d'Adam jusqu'au creux de la clavicule, comme s'il avait voulu, par ce geste, rappeler aux présents ses états de service[1]. Son regard croisa celui de Rovère. Qui resta silencieux.

— Charlie, c'est l'aiguille dans la botte de foin. O.K., oublions-le pour le moment... annonça le commissaire après s'être raclé la gorge pour s'éclaircir la voix. Mais Dimitriescu c'est différent. Il avait sans doute quelques habitudes au marché aux Puces, puisqu'il logeait chez l'accordéoniste ? C'est peut-être là qu'il a « recruté » Héléna et les autres gosses ? Non ? Vous n'y êtes jamais allés ? Il y a des

1. Voir *Les Orpailleurs*.

milliers de promeneurs, des centaines de commer-çants... ça pullule de gamines qui font la manche... de petits garçons, aussi ! Des Roumains pour la plu-part. Ceux qui lavent les pare-brise des voitures à l'entrée du périph', vous ne les avez jamais croisés ? Donc, on peut lancer un coup de chalut par là, avec des photos de la petite d'une part, de Dimitriescu d'autre part. Au travail !

L'évocation du fameux « coup de chalut » fit sou-rire les inspecteurs présents. C'était là une des ex-pressions préférées de Sandoval. Il voulait toujours agiter les bas-fonds, les racler pour provoquer le maximum de remous. Dimeglio lui avait un jour ra-conté l'épopée de ces fragiles plongeuses hawaiien-nes qui partent, nues, en apnée, à la recherche de perles rares et ramènent entre leurs doigts fluets de minuscules coquillages. Patiemment. Sans troubler l'onde pure. Avec un délicieux mouvement des reins, cambrure et ondoiement, au moment de l'im-mersion. Sandoval s'était étonné.

— Je sais, avait admis Dimeglio, bonhomme, je n'ai pas le profil d'une naïade, et pourtant, je pré-fère leur technique à celle du chalut !

— C'est juste une métaphore... avait souligné Dansel.

Dans les jours qui suivirent, les bureaux de la bri-gade s'ornèrent de posters aux couleurs enchante-resses, de photos de lagons baignés d'eau turquoise, et d'autres images à connotation nettement éro-tique.

Sandoval se tourna vers Rovère, en quête d'une approbation.

— On est mercredi, précisa celui-ci. Les Puces ne sont ouvertes que le week-end et le lundi. Le reste de la semaine, c'est désert. C'est comme la marée, si vous préférez... votre filet, vous risqueriez de le jeter sur le sable. Ou de le déchirer sur les hauts-fonds.

— Donc, on attend ? grimaça le commissaire avec une pointe d'amertume dans la voix.

Rovère consulta sa montre, sans même prendre la peine de feindre le moindre intérêt pour les interrogations de Sandoval. La perspective d'un rendez-vous avec Claudie pour le soir même ne l'incitait guère à la patience. Ni à l'indulgence.

5

Depuis leur séparation, Claudie avait emménagé dans un minuscule studio situé tout près de l'entrée du lycée Charlemagne, rue du Figuier. Les fenêtres s'ouvraient sur les quais de la Seine et les tours de l'hôtel Forney. Le loyer était plus que ruineux, mais Claudie consentait à ce sacrifice de bon cœur. Le matin, elle rejoignait sa salle de cours en moins de cinq minutes, montre en main. Dès l'arrivée des beaux jours, elle prenait ses paquets de copies sous le bras, traversait la Seine, et s'installait tranquillement sur un banc, à la pointe de l'île Saint-Louis, pour les corriger. Rovère n'était jamais venu visiter les lieux, faute d'invitation.

Ce soir-là, après qu'il eut retrouvé Claudie à la sortie du métro Saint-Paul, elle l'entraîna tout d'abord vers la rue des Rosiers. Entre deux colles avec ses classes de khâgne, elle grignotait souvent un falafell en guise de repas de midi, mais fréquentait aussi, et assidûment, les boutiques de *delikates-*

sen, dont elle s'était entichée. Ils firent quelques provisions chez Goldenberg pour le souper, avant de rejoindre le studio de Claudie, bras dessus bras dessous.

Rovère dégusta quelques spécialités casher. Il ne put s'empêcher de sourire en pensant aux tourments de Choukroun. Le pauvre garçon avalait des sandwiches jambon-beurre à longueur de semaine, au hasard de ses permanences, terrorisé à l'idée que son beau-frère Élie ne découvre le pot aux roses.

Claudie était détendue. Elle plaisantait, mangeait avec gourmandise, assise en tailleur au milieu du salon encombré de livres. Rovère ne l'avait pas vue aussi apaisée depuis bien longtemps. Il mesura l'ampleur du chemin qu'elle avait parcouru et en conçut, à sa grande honte, une vague jalousie. Pour lui, le temps semblait s'être figé. Le sablier refusait de digérer les grains de sa détresse. Claudie parlait, riait. Rovère restait silencieux, s'efforçait de sourire. Il mourait d'envie de la prendre dans ses bras. Les souvenirs affluèrent en ordre dispersé. Chaotiques. La première rencontre au resto U du centre Bullier, à Port-Royal, ce plateau-repas franchement dégueulasse, la purée froide et l'ersatz de crème caramel qui tremblotait dans une soucoupe ébréchée. Un premier sourire échangé dans la file d'attente. Claudie était inscrite à la Sorbonne, lettres classiques, Rovère à Assas en première année de droit. Des lascars qui s'efforçaient de prendre des mines de conspirateurs vendaient à la criée *Lutte ouvrière* à l'entrée du réfectoire. Claudie en avait toujours un exemplaire dans sa serviette. Tous les lundis soir, elle se rendait à une réunion d'un cercle de sympathisants. Lisait les classiques du marxisme, citait à foison Lénine ou Engels. À l'entendre, sa future mission de prof promise aux collèges des cités ouvrières équivalait à un sacerdoce.

Rovère ferma les yeux, l'espace d'un instant. Il revit les soirées avec ces copains guitaristes dont il avait oublié le nom et qui connaissaient par cœur le répertoire de Simon et Garfunkel. Claudie marchant sous la pluie d'orage, un soir du mois de juin, une balade au Luxembourg, après les exams de fin d'année. La piaule de bonne près des Gobelins, où ils avaient fait l'amour pour la première fois. Les photos de vacances, une semaine en Grèce, la visite de Plaka, les cheveux longs, les pétards fumés sur la plage de Naxos. Et plus tard, bien plus tard, l'attente interminable, dans les couloirs du service d'obstétrique, à Saint-Vincent-de-Paul. La tronche de l'interne venant annoncer que l'accouchement s'était bien passé. Claudie épuisée, avec le bébé dans les bras. Le paquet de linges souillé de sang que la fille de salle avait oublié dans la chambre de la jeune maman.

Vingt ans avaient passé. Claudie parlait, riait, et Rovère crut réentendre les bribes d'un dialogue qui avait pesé lourd dans sa vie.

« *Voilà, ras le bol de la fac, mes vieux peuvent pas me filer le fric pour glander des années en amphi, je me suis inscrit au concours de la préfecture, je vais devenir flic... après tout, pourquoi pas ?*

— Bon, et alors ?

— Alors, ça te fait rien de penser que tu vas passer ta vie avec un chien de garde du Capital ?

— Passer ma vie ? Tu y vas fort.

— Il s'agit pourtant de prendre une décision. C'est oui, c'est non ? »

Claudie avait dit oui.

Elle était là, aujourd'hui, devant lui. Avec quelques rides au coin des yeux. Vingt longues années. Rovère ferma les yeux pour endiguer la sensation de vertige qui le gagnait. Il sentit la main de Claudie qui effleurait la sienne, et tressaillit à ce contact.

— Écoute, dit-elle, je suis très heureuse que nous puissions de nouveau nous revoir et parler, comme ce soir, mais...

— Mais ?

— Il n'y a plus rien à attendre, murmura Claudie. Je... je devine ce que tu espères d'une soirée comme celle-ci, je ne veux pas que tu te fasses d'illusions. Le chemin que nous avions à suivre, ensemble, il est derrière nous. Pas devant. C'est fini, tu entends, fini ! Ce serait franchement stupide de continuer à nous faire du mal, après tout ce que nous avons vécu, mais je ne crois pas pour autant que nous puissions nous faire du bien.

Rovère prit une profonde inspiration et bloqua son souffle au fond de sa gorge. Il eut le sentiment d'avoir à plaider une cause désespérée.

— Tu ne veux vraiment pas essayer ? demanda-t-il. On... on pourrait faire un enfant, de nouveau ?

— J'ai quarante-deux ans, il est déjà trop tard.

— Alors on en adoptera un ! Ça n'est pas ce qui manque. En trois semaines ça peut être réglé, il suffit d'un billet d'avion pour le Brésil, le Vietnam... ou la Roumanie. Des gosses, il y en a à vendre. Partout.

— Non, murmura doucement Claudie. Oublie tout ça. Toi et moi, il faut qu'on rebondisse différemment. Chacun de notre côté.

Rovère préféra ne pas s'attarder.

JEUDI

1

Saïd Benhallam fut introduit dans la cabinet de Nadia Lintz en début de matinée. Tout comme sa compagne, il avait les traits tirés, la mine blafarde. Sa nuit de garde à vue à l'hôtel de police de Lorient l'avait éprouvé, et, au dire des gendarmes, il ne s'était même pas assoupi durant tout le voyage en train. Contrairement à Marianne, il ne chercha absolument pas à nouer le contact avec Nadia. Il se contenta de contempler le bout de ses chaussures tandis qu'elle rassemblait les pièces du dossier, le rapport du substitut, les PV de la brigade des Mineurs déjà cotés par la greffière, sans oublier les quelques scellés rassemblés en vrac dans un grand sac de plastique : les seringues trouvées dans la poubelle, l'emballage-cadeau de la poupée, la poche de perfusion, bien évidemment vidée, mais dont la trame était entourée d'un trait rouge à l'endroit où avait été pratiquée la piqûre.

— Monsieur Benhallam, commença Nadia, vous savez pourquoi vous êtes là, mais si vous le voulez bien, nous allons tous les deux avoir une petite con-

versation préliminaire avant que l'interrogatoire
proprement dit ne commence... Mlle Bouthier, ma
greffière, ne consignera vos dires que dans un second temps. Êtes-vous d'accord ?

Saïd acquiesça. Tout dans son attitude attestait
d'une profonde soumission à l'autorité que répré-
sentait le juge. Et à toute autre autorité potentielle,
Nadia en eut bientôt l'intuition.

— Vous savez que votre épouse a été incarcé-
rée ? Que vous ne pourrez communiquer avec elle ?
Qu'en pensez-vous ?

— C'est sans doute injuste, mais c'est vous qui
prenez les décisions.

— Vous vivez avec Marianne Quesnel depuis
deux ans, c'est bien cela ? Vous avez vingt-six ans et
elle trente-deux. Comment vous êtes-vous rencontrés ?

— Dans un café, près de l'hôpital, à Lorient. Je
venais d'arriver en France, pour mes études. Ma
famille, en Algérie, avait des relations à l'ambassade
de France... J'ai pu venir à Paris, obtenir l'équiva-
lence du bac, et passer la sélection de la première
année de médecine.

— Et ça... ça a tout de suite marché avec Marianne ?

— Tout de suite, oui...

— Vous vous êtes mariés moins de six mois plus
tard. Pardonnez-moi, monsieur Benhallam, mais
dans l'affaire, vous avez acquis la nationalité française. C'était important, pour vous ?

— Ma famille m'a encouragé dans cette démarche. C'était préférable de terminer ma médecine en
France. Vous connaissez la situation en Algérie.

— Mais vous, qu'en pensiez-vous ?

— J'étais d'accord avec ma famille.

— Pour terminer vos études en France, ou pour épouser une Française ?

— J'étais d'accord avec ma famille, et d'accord avec Marianne.

— C'est ça, soupira Nadia, du moment que ça ne contrarie personne, vous ne voyez d'inconvénient à rien ?

— Pourquoi vous êtes agressive avec moi, madame le juge ? se rebiffa soudain Saïd. Parce que je suis d'origine arabe ? Je ne suis pas un Français à part entière, à vos yeux ?

— Si, bien entendu... j'enregistre simplement avec une certaine satisfaction que vous avez une opinion affirmée sur au moins un sujet : votre nationalité actuelle. Vous vous êtes donc marié avec Marianne Quesnel, qui a préféré, de façon usuelle, conserver son nom de jeune fille. Ce... cet élément ne vous a pas gêné ? Ni vous, ni votre famille ?

— Je m'appelle Benhallam, dans la France d'aujourd'hui, ce n'est pas forcément un nom agréable à porter. Autant s'appeler Quesnel. Non ?

— Tout à fait... concéda Nadia. Votre... votre union avec Marianne était-elle pleinement satisfaisante ?

— Vous employez l'imparfait, nota Saïd. De quel droit posez-vous ce genre de question ? Je viens d'un pays où les hommes n'ont aucun compte à rendre aux femmes, surtout de... de ce point de vue !

— Eh oui, monsieur Benhallam, mais maintenant, vous êtes français, et vous répondez aux questions d'un juge, même s'il s'agit d'une femme.

— Qu'est-ce que vous insinuez ? Que j'ai accepté de me marier avec une Française uniquement parce que, ipso facto, je devenais français moi aussi ? Qu'est-ce que ça signifie ? C'est scandaleux !

— Je n'insinue rien, monsieur Benhallam, je m'interroge. C'est mon travail. Maintenant vous répondez à mes questions simplement par oui ou par non ! Compris ? Madame la greffière, vous prenez note ?

Saïd tressaillit, désemparé, avant de lisser ses paumes sur le tissu de son pantalon et de courber la tête.

— On a retrouvé chez vous des quantités importantes de médicaments qu'on ne peut se procurer que sur ordonnance. Les pharmacies concernées nous ont transmis la photocopie de quelques-unes de ces ordonnances. Elles proviennent toutes de services hospitaliers où vous avez effectué des stages en qualité d'externe. La question est simple. Est-ce vous qui avez rédigé ces ordonnances ?

— Non. S'il y a des expertises graphologiques, elles confirmeront mes dires !

— Est-ce votre épouse, Marianne Quesnel ?

— Je ne sais pas.

— Écoutez, monsieur Benhallam, les faits pour lesquels vous vous trouvez dans ce cabinet, complicité éventuelle d'empoisonnement, relèvent de la cour d'assises et j'essaie d'établir votre part de responsabilité. Vous comprenez ce que ça signifie ? Je répète ma question : est-ce votre épouse qui a rédigé et signé ces ordonnances ?

— Je pense, oui.

— Les formulaires provenaient des services où vous étiez en formation. Vous les y avez dérobés ?

— Il ne s'agit pas de vol, tout le monde emporte des papiers, il a pu arriver que j'en ramène à la maison.

— Ces médicaments, vous en avez constaté la présence à votre domicile ?

— Oui.

— Commençons par le Limodrax. Votre femme en avait-elle l'usage ?

— Elle a toujours pris beaucoup de médicaments.

Nadia leva les yeux au ciel. Les inspecteurs du SRPJ de Lorient lui avaient transmis par fax la copie du dossier de Sécurité sociale de Marianne. Le nombre de consultations médicales auxquelles elle s'était soumise depuis une dizaine d'années était totalement incroyable, sans compter ses séjours à l'hôpital. Elle avait subi plusieurs interventions chirurgicales, appendicectomie, vésicule, ablations de grains de beauté, qui toutes avaient entraîné des complications, si bien qu'au bout du compte, elle avait passé presque plus de temps à « se soigner » qu'à travailler. Seules la naissance de Valérie et les suites de couches semblaient s'être déroulées sans problème.

— Le Limodrax ne doit pas s'administrer sans un suivi médical attentif, reprit Nadia. En tant que médecin, ne trouv...

— Je ne suis pas médecin, simplement étudiant en médecine.

— Soit, en tant qu'étudiant en médecine, ne vous inquiétiez-vous pas de voir votre femme prendre du Limodrax alors qu'elle ne présentait aucune pathologie suffisamment grave pour le justifier ?

Saïd se mit à bredouiller. Nadia répéta la question et il déclara qu'il n'avait pas de commentaires à faire. Il adopta la même attitude lorsqu'elle évoqua directement les piqûres d'insuline administrées, via le cathéter, à la petite Valérie. À chaque interrogation, il expliqua qu'il ne savait rien ou qu'il n'avait aucun commentaire à formuler. Il insista sur le fait qu'au moment où Vauguenard et la surveillante avaient surpris sa femme la seringue à la main, lui-même n'était pas présent. L'argument était de poids. Non pas d'un point de vue moral, mais bien juridique.

— Et dites-moi, monsieur Benhallam, reprit Nadia, le carnet de santé de la petite, vous y jetiez un coup d'œil, de temps en temps ? Ça ne vous a pas surpris, toute cette succession étrange d'accidents, de maladies atypiques ?

— Valérie n'est pas ma fille, je laissais sa mère s'occuper d'elle.

— Bien entendu. Il y a un autre fait qui m'intrigue. Votre cousine Salima est bien diabétique ?

— Absolument.

— Votre épouse m'a expliqué que vous lui expédiiez des médicaments qu'il est difficile de se procurer rapidement en Algérie. En l'occurrence de l'insuline et du Pertilex.

— Tout à fait.

— Monsieur Benhallam, j'ai rapidement consulté un médecin avant notre entretien de ce matin. Un médecin de ville. Pas un spécialiste. Un expert sera commis dans les plus brefs délais pour étudier le stock de médicaments que vous déteniez à votre domicile. Le généraliste avec lequel je me suis entretenue m'a aussitôt déclaré que l'administration simultanée, et d'insuline, et de Pertilex, n'avait aucune justification d'un point de vue médical. C'est même totalement contradictoire. Soit on prend de l'insuline, soit du Pertilex, jamais les deux simultanément. Il s'agit d'une absurdité qu'un praticien ne se risquerait pas à prescrire. À moins que vous reconnaissiez que vous avez expédié n'importe quoi, je répète, *n'importe quoi,* à votre cousine, comment justifiez-vous l'achat simultané de ces drogues ? Répondez, je vous prie. Dans l'attente du verdict d'un expert, votre réponse ne sera pas consignée au dossier.

Saïd s'épongea le front et évita le regard de Nadia.

— Je n'ai rien à déclarer à ce propos.

— Bien, reprit Nadia, une autre question. Cette fois, la réponse sera consignée. Les policiers ont également retrouvé à votre domicile une étude sur les tumeurs du pancréas. Les représentants d'un laboratoire pharmaceutique ont effectué une visite dans le service où vous étiez en stage au mois de novembre. Ils y ont distribué des brochures concernant le diabète chez l'enfant. Les avez-vous étudiées ?

Elle montra les différentes brochures que la brigade des Mineurs avait jointes aux scellés et attendit la réponse.

— Non. Les labos distribuent toujours de la pub, on ne s'en soucie pas toujours...

— Votre épouse en a-t-elle pris connaissance ?

— Nous habitons un petit appartement, je ne cache aucun document.

— Monsieur Benhallam, savez-vous que le Pertilex et le Xynoxil sont, parmi d'autres, les dénominations commerciales du glibenclamide ?

— Oui.

— Savez-vous qu'il ne s'agit pas d'une substance naturelle contenue dans le sang, qu'elle est utilisée dans le traitement des diabétiques et qu'elle agit directement sur le pancréas ? Savez-vous qu'elle peut simuler une tumeur pancréatique en cas d'administration non justifiée ? Savez-vous que les précautions d'emploi la concernant stipulent que l'absorption est particulièrement dangereuse chez l'enfant ?

— Je... je sais tout cela, admit Saïd.

— Vous vous occupiez peu de Valérie. Soit. Par contre, savez-vous si votre épouse lui faisait absorber certains des médicaments qui ont été retrouvés à votre domicile ?

— Je ne sais pas. Je suis très peu présent. Je suis très pris par mes études.

— Le contraire m'eût étonnée. En somme, monsieur Benhallam, dans toute cette histoire, vous n'avez joué qu'un rôle de figurant. Vous admettez que votre épouse ait pu falsifier certaines ordonnances, vous admettez la présence plus qu'étrange de certains médicaments à votre domicile, vous admettez que Valérie ait souffert d'une pathologie paradoxale, vous l'admettez, n'est-ce pas ?

— Je l'admets. Mais je ne suis pas médecin, je vous le répète.

— Vous admettez tout ce qui vous arrange, tout ce qui permet de dégager votre responsabilité éventuelle, mais vous n'en savez pas plus ! Reconnaissez-vous au moins vous être rendu au chevet de Valérie à l'hôpital Trousseau en compagnie de votre épouse ?

— Naturellement. Mais pas le jour où l'on a retrouvé la seringue d'insuline, je le répète.

— J'ai bien noté, soupira Nadia.

Elle mit fin à l'entretien quelques minutes plus tard, après avoir établi avec précision les dates et horaires des visites que Saïd, seul ou avec Marianne,

avait effectuées dans le service du professeur Vauguenard.

— Vous allez pouvoir rentrer chez vous, monsieur Benhallam, mais sachez d'ores et déjà que
vous n'êtes pas quitte de vos actes vis-à-vis de la société, de la justice, me comprenez-vous ? L'instruction, qui ne fait que démarrer, établira sans doute
votre degré exact de responsabilité dans ce qui est
arrivé à Valérie.

Quand il ressortit du cabinet, libre, Nadia sourit
avec tristesse à sa greffière.

— Il n'y a pas grand-chose à se mettre sous la
dent. De simples vols de documents à l'hôpital...
Pour le reste, on ne pourra jamais rien prouver contre lui, et pour s'en sortir, je suis prête à jurer qu'il
chargera sa femme au maximum. C'est elle qui le
dominait, mais il a suffisamment d'instinct de survie
pour la rejeter. Quant à elle, elle arrivera bien à
persuader un expert psychiatre qu'elle est complètement folle. Et, qui sait, la chambre d'accusation la
déclarera irresponsable ! Elle a réussi à rouler les
médecins dans la farine, je ne vois pas pourquoi elle
échouerait avec les magistrats, non ?

— Vous êtes bien pessimiste, protesta Mlle Bouthier.

— Simplement lucide !

2

Une heure plus tard, à la cafétéria du Palais, Maryse Horvel hocha longuement la tête en écoutant
Nadia lui brosser un rapide portrait de Marianne et
de Saïd.

— Je ne t'ai jamais vue dans cet état, remarqua-t-elle.

— Tu comprends, des gens comme ça, on en croise tous les jours, dans le métro, à la charcuterie du coin de la rue, dans la salle d'attente du dentiste, ce sont des gens terriblement ordinaires, épouvantablement ordinaires... et ce qui m'esquinte, c'est que ce petit salaud d'étudiant en médecine de merde, il va me filer entre les pattes ! Je n'ai rien pour le coincer. Elle, Marianne, elle va plonger, mais lui ? Dans deux ou trois ans, il sera médecin, il aura son petit cabinet en ville, les mères de famille viendront lui présenter leur môme, il soignera les coqueluches, les rougeoles...

— Y a pas d'justice, ma pauv'dame ! ricana Maryse d'une voix faussement geignarde. Bon, c'est fini, tes états d'âme ? Tu m'accompagnes, ou pas ?

— Bien sûr que je viens. Comment tu te sens ?

— Mal. Enfin, juste un peu. Rassure-toi, je crois que je vais très bien supporter.

Elles montèrent dans un taxi. Maryse avait rendez-vous dans une clinique des Lilas, où l'on pratiquait les IVG. Sa décision était arrêtée. La voiture fila à travers les embouteillages, jusqu'au périphérique. Quand elles en descendirent, Nadia prit le bras de Maryse et l'embrassa avec tendresse.

— Tu es certaine de ne pas regretter, au moins ? demanda-t-elle en lui tapotant le ventre.

— J'ai juste un peu la trouille que ça fasse mal, c'est tout. Et arrête de me faire des papouilles, ça pourrait devenir gênant.

— Butch aurait pu se déplacer, quand même !

— Il avait rencart à la banque, pour un prêt. Et puis toute cette... ce cérémonial, les blouses blanches, ça le dégoûte !

— Ah oui ? Monsieur ne se sent pas responsable ?

— Tu lui en veux vraiment, ou quoi ? Nadia, par moments, tu me surprendrais presque. Butch me saute quand j'en ai envie, et le résultat, c'est chaque fois trois gouttes de sperme ! Et tagadac, les petites bestioles cheminent vers leur destination, alors il suffit d'une aspiration en sens inverse pour annuler le voyage, point. On va m'enfoncer une grosse canule dans le minou, tirer le piston en arrière et ça sera terminé.

Maryse creusa les joues, et, du bout des lèvres, émit un chuintement obscène, évocateur d'une puissante succion.

— Ah ouais ? Résumé en ces termes, ça paraît simple, effectivement.

— Nadia, ne me dis pas que tu espères qu'in extremis un commando d'abrutis de cathos intégristes viendra gâcher la cérémonie ? Tu comptes pas avoir tes vapeurs, des fois ? En classe de sciences nat', tu supportais déjà pas qu'on torture des grenouilles, alors là, ça risque de pas être triste... On y va, oui ou non ?

— C'est toi qui t'y colles, ou je me trompe ?

— De Fallope ! Excuse-moi, c'est parti tout seul.

— Qu'est-ce qu'on rigole ! En avant !

*

Durant toute l'intervention, Nadia se tint aux côtés de son amie et lui serra la main. Au moment fatidique, elle ne put s'empêcher de lorgner vers le piston translucide de la seringue, qui s'emplissait progressivement d'un liquide rougeâtre. Le médecin lui adressa un sourire contrit.

— Voilà, c'est fini, murmura Nadia.

À la sortie de la salle, Maryse resta allongée durant plus de deux heures sur une civière. Sonnée par les antalgiques, apaisée par les anxiolytiques, totalement lucide. Nadia fit quelques pas dans les couloirs voisins. De jeunes femmes à l'abdomen distendu y patientaient dans l'attente d'une séance d'initiation à l'haptonomie. Elles parlaient à voix basse, les mains jointes sur le ventre, échangeant des conseils, des recettes, sous l'œil attentif des futurs papas, tassés contre le mur comme des écoliers, fébriles à quelques minutes de l'entrée en classe pour une compo de calcul. Nadia ne put s'empêcher de leur adresser un sourire d'encouragement. Elle sortit prendre l'air au-dehors. Bouleversée par le spectacle auquel elle venait d'assister et qui l'avait affectée, bien plus qu'elle n'aurait pu le croire, elle resta seule, quelques instants, la gorge serrée.

3

Vilsner attendait Haperman avec une certaine appréhension. La dernière séance, qui remontait au lundi précédent, l'avait éprouvé. Le spectacle des séquelles des mutilations que son client s'était volontairement infligées ne pouvait laisser personne indifférent. Vilsner se demandait vers quel nouvel abîme de noirceur Haperman risquait de l'entraîner. Il était allé consulter quelques ouvrages relatifs aux pratiques « corporelles » comparables à celles auxquelles s'était astreint Haperman, sans trouver de réponse satisfaisante. Les fakirs et autres chamans qui parvenaient à une sorte d'ascèse par la souffrance enveloppaient leur discours de références mystico-religieuses dont Haperman n'avait pas fait la moindre mention. Sa démarche était purement névrotique, la jouissance qu'il tirait de la gêne, ou du plaisir assez trouble éprouvé par les spectateurs invités à ses exhibitions, semblait bien être le seul objectif recherché. La blessure en tant que spectacle. Haperman ne trichait pas. Pas de faux-semblants. C'était en quelque sorte son credo. Il avait soumis son corps à la question. Sans obtenir de réponse.

Il fut ponctuel, comme à son habitude. Il arriva souriant, détendu, presque nonchalant, déposa une liasse de billets sur le bureau et prit aussitôt place sur le canapé après s'être débarrassé de sa veste. Il conserva ses lunettes noires, comme à chacune des séances.

— La dernière fois que je vous ai rendu visite, monsieur Vilsner, je vous ai annoncé que je ferais le point sur mon parcours artistique. Si vous avez la patience de vous y intéresser, vous y trouverez sans doute le point nodal qui vous permettra de mener à bien la « cure » que je suis venu entreprendre avec votre aide si précieuse. Qu'en pensez-vous ?

Vilsner demeura obstinément silencieux.

— Après les performances dont je vous ai donné le compte rendu, j'avais tellement souffert qu'il me fallait marquer une pause. Comme je vous l'avais déjà dit, je m'étais décidé à user de moyens plus classiques : la toile, les pinceaux, les couleurs. J'ai vécu à Londres, à Madrid, Buenos Aires, Mexico, j'ai beaucoup vagabondé. Je n'avais aucun souci matériel, je veux dire pécuniaire. Mes... « frasques » passées avaient considérablement étoffé mon compte en banque. Cela peut vous paraître immoral, mais c'est ainsi. Lors d'un voyage en Norvège, j'ai été amené à visiter le Nasjonalgallereit, à Oslo. J'y ai vu pour la première fois les toiles d'Edvard Munch. Ce fut un choc, une révélation. Connaissez-vous Munch, monsieur Vilsner ?

Cette fois, Vilsner se décida à sortir de sa réserve. Il répondit par l'affirmative, l'attention brusquement mise en éveil par l'aveu qui venait de lui être fait.

— Munch, reprit Haperman, dans un soupir. L'archétype de l'artiste maudit. Une vie de souffrance avant d'aboutir à la gloire...

Vilsner se remémora son propre séjour à Oslo, à la suite d'un échange culturel, en classe de première. Une étudiante scandinave, Olga, était venue loger dans l'appartement de ses parents, avenue de Versailles, avant qu'il ne séjourne à son tour chez elle, quelques mois plus tard. Vilsner en avait conservé une rancune certaine. Olga, en dépit de la réputation assez libérée des filles du Nord, était désespérément coincée. Il n'avait obtenu d'elle qu'une pénible branlette, concédée du bout des doigts Elle l'avait par contre copieusement baladé dans les salles du Nasjonalgallereit, pour y admirer, entre autres, les toiles de Munch.

— *Le Cri,* avez-vous vu *Le Cri*, monsieur Vilsner ?

Vilsner ferma les yeux durant quelques secondes. Il revit le tableau. Sur un pont, une créature chauve, au visage famélique, cadavérique, dont les yeux se réduisent à deux orbites floues, se couvre les oreilles de la paume des mains, tout en gardant la bouche grande ouverte, exprimant ainsi une détresse, une angoisse absolument poignante. En arrière-plan, deux silhouettes s'éloignent du malheureux, indifférentes à sa souffrance. L'impression de malaise que ressent le spectateur ne provient pas de la précision du dessin, assez grossier, mais de la violence des couleurs, du tourbillon du fleuve qui coule en contrebas, et dont les eaux noirâtres semblent se mêler, à l'horizon, avec le rougeoiement du ciel, comme embrasé par un incendie d'une grande fureur dévastatrice.

— Huile détrempe et pastel sur carton, cela date de 1893, précisa Haperman. Je n'ai jamais rien vu de plus violent, de plus pathétique. Savez-vous que le personnage qui figure sur ce tableau n'est autre que Munch lui-même ? L'épisode que révèle cette toile est autobiographique. Munch a expliqué qu'il traversait ce pont avec deux amis quand il ressentit soudain une bouffée de mélancolie. Il était las à en mourir. Au-dessus de la ville et du fjord d'un noir bleuté, il vit du sang et des langues de feu. Ses amis ne s'aperçurent pas de son trouble. Munch a précisé qu'à ce moment, il perçut comme un grand cri interminable déchirant la nature. Ce n'est pas le personnage qui hurle, comme on pourrait le croire de prime abord, c'est le monde. Le monde hurle sa souffrance, mais seuls quelques-uns peuvent percevoir son appel désespéré. Dans la plupart de ses œuvres on retrouve ce même désir de restituer des moments absolument cruciaux de notre vie psychique, des instants où tout semble pouvoir basculer. Le lien entre la vie et l'au-delà de la vie. Pour parvenir à ce résultat, il ne faut pas louvoyer. Tout art, toute littérature, disait Munch, toute musique doit naître dans le sang de notre cœur. L'art *est* le sang de no-

tre cœur. Le sang, monsieur Vilsner, vous voyez, décidément, je n'en sors pas. Si, avant de mourir, je
pouvais avoir la force de peindre une toile d'une
force équivalente à celle du *Cri,* j'accepterais de
quitter la scène sans aucune amertume. Depuis
quelque temps je suis revenu à la peinture figurative. Je tâtonne, avec la douloureuse impression
d'avoir une épée plantée au creux des reins. Je n'ai
plus de temps à perdre, bientôt ma vue aura décliné
à un point tel que je ne pourrai plus distinguer les
couleurs.

— Et quels sont les motifs que vous avez choisi
de représenter ? se risqua à demander Vilsner.

— Diverses scènes d'une grande rudesse, tirées
de mes expériences passées. Après tout, la souffrance que j'ai endurée doit pouvoir être rentabili-
sée, ne croyez-vous pas ? Durant mes « performances », j'ai été filmé, photographié, sous tous les
angles, oserais-je dire, « sous toutes les coutures » ?
Je travaille sur ces documents, j'ai amassé une collection d'autoportraits « en situation » tout à fait in-
téressante, du moins je le crois...

Une longue minute passa sans qu'Haperman ne
desserre les lèvres. Il semblait plongé dans une rêverie douloureuse.

— Je vous effraie parce que je ne suis pas venu
quémander une quelconque guérison... d'ailleurs, de
quelle maladie ? Mais bien parce que je ne vous
parle que de ma mort prochaine ? Vous ne parvenez
pas à saisir ce que j'attends de vous, n'est-ce pas ?

— Je dois admettre que parmi tous mes patients,
vous êtes assez déroutant, avoua Vilsner.

— N'ayez pas pitié de moi, monsieur Vilsner, ce
serait bien le dernier service que vous puissiez me

rendre. J'exècre la pitié. Je vais mourir ? La belle affaire ! J'évoquerai ici une autre des « maximes » de Munch, totalement en rapport avec *Le Cri. Nous ne mourons pas, c'est le monde qui meurt en nous.* Qu'en pensez-vous ?

Vilsner se garda bien de répondre. Après une brusque quinte de toux, Haperman reprit son monologue. Vilsner était perplexe. Son patient se contenta de disserter longuement sur la vie de son idole. Il en connaissait la biographie absolument par cœur, jusque dans ses moindres détails. Il s'attarda sur d'autres œuvres du maître, ayant toutes trait à la mort. *La Mort à la barre, La Mère morte, La Mort dans la chambre de la malade,* etc.

— On pourrait dire à propos de toutes ces œuvres que les personnages représentés sentent la présence silencieuse d'une existence qui ne se trouve pas parmi eux d'ordinaire et transforme toute chose y compris la vie elle-même. Ce n'est plus la mort qui prend possession d'une personne, mais la personne qui prend possession d'une identité diffuse, qui se l'approprie pour en faire sa propre mort. Munch m'est essentiel pour m'aider à franchir le pas. Me suivez-vous, monsieur Vilsner ?

— Vous faites allusion à votre volonté de vous suicider, murmura celui-ci, bouleversé.

Il avait à présent l'impression d'avoir devant lui un pauvre type miné par l'angoisse et qui, malgré ses rodomontades, cherchait désespérément une bouée de sauvetage. Il éprouva un sentiment de honte au souvenir de son enthousiasme après la première visite d'Haperman. Il escomptait alors en tirer une solide étude, un de ces essais qui vous assoient une carrière, qui vous trempent une réputation, alors que son rôle, s'il s'en tenait aux règles déontologiques, et, au-delà, à la simple compassion, consistait humblement à aider un homme à mourir.

Haperman se leva, enfila sa veste et se dirigea vers la porte.

— Écoutez, lui dit Vilsner, je compatis à votre détresse, j'imagine que pour un peintre, la perspective de perdre la vue est la plus cruelle des peines, mais je doute que je puisse vous venir en aide. Je suis prêt à vous écouter, autant que vous le voudrez, mais...

— Vous doutez de pouvoir me venir en aide ? l'interrompit Haperman avec un sourire indulgent. Ne doutez pas, monsieur Vilsner, ne doutez pas, vous comprendrez en temps utile. Et votre aide me sera précieuse.

La porte du cabinet se referma. Vilsner réalisa que son patient l'avait quitté sans prendre soin de fixer un nouveau rendez-vous. Il faillit le suivre sur le palier mais entendit la lourde mécanique de l'ascenseur se mettre en marche. Après tout, Haperman laisserait en temps voulu un message sur le répondeur... Vilsner quitta à son tour le studio, traversa le Marais en direction de la rue Saint-Antoine et marcha jusqu'au Centre Pompidou. Il comptait se rendre à la librairie et y acquérir une biographie aussi détaillée que possible d'Edward Munch. Chemin faisant, il se remémora l'entretien qui venait d'avoir lieu et, soudain, ne put s'empêcher d'éclater d'un rire aigre.

— Bravo le psy, s'écria-t-il, au grand étonnement d'une jeune femme qui croisait son chemin. Dire que je n'avais rien entendu... Munch. Haperman et son corps lardé de cicatrices hideuses. Comme celles que le baron de Munchausen s'enorgueillissait d'avoir récoltées sur maints champs de bataille, purement imaginaires ! D'où le nom du syndrome, à en croire certains auteurs ! Munch, Munchausen, c'est con, totalement con, mais c'est limpide.

Il y avait bien un point commun entre cette mère folle, Marianne Quesnel, qui avait utilisé sa propre fille pour mettre en scène une souffrance destinée à des spectateurs triés sur le volet, à savoir Vauguenard et ses assistants, et Haperman, qui s'était infligé de terribles blessures, dans le seul but de satisfaire quelques amateurs pervers. La blessure-spectacle. Dans un cas comme dans l'autre.

Cette constatation emplit Vilsner d'une bonne humeur goguenarde. Le hasard l'avait placé au confluent de deux pathologies mentales rarissimes, mais dont la similitude, la parenté, ne faisait guère de doute. Et, oubliant la pitié qui l'avait submergé à la suite de la confession de son patient, il se reprit de nouveau à rêver du livre qu'il ferait bientôt paraître, avec un peu de chance. De facto, le propos s'en trouvait élargi. Ce serait une étude comparative. Audacieuse. À visée synthétique. Il pourrait y adjoindre quelques remarques sur les cinglés qui se fouettaient jusqu'au sang lors de remake de la passion du Christ, à chaque fête pascale, élargir encore la perspective avec un petit chapitre sur les nouvelles pratiques en vogue dans certaines franges de la jeunesse, tel le piercing, y discerner, mine de rien, une nouvelle attitude face au corps, la volonté obtuse de renouer avec des coutumes ancestrales, apanage de tribus primitives, scarifications, mutilations diverses.

Ce fut en sifflotant qu'il longea les travées de la

librairie du Centre Beaubourg. Comme il se l'était promis, il y fit l'acquisition d'une biographie illustrée de Munch, parue aux éditions Flammarion, et due à un certain Reinhold Heller. Il s'installa à la terrasse d'une des brasseries voisines et commença à feuilleter le recueil. Il rechercha tout d'abord la reproduction du *Cri*, qu'il étudia longuement. La toile exerçait une fascination indéniable. Elle exprimait une douleur indicible, une souffrance absolue, avec une économie de moyens confondante : le visage du personnage était à peine esquissé. C'était dans son attitude prostrée, la paralysie qui semblait l'avoir gagné, la force qui semblait le tétaniser, qu'il fallait chercher l'explication au fait que le spectateur se sentait prisonnier, comme si, lui-même, il entendait le cri.

Puis, au hasard des pages, il glana quelques renseignements qui recoupaient les dires d'Haperman. Edward Munch avait vécu une existence d'artiste maudit. La critique officielle l'avait traité de dégénéré, s'était même employée à contrecarrer ses projets d'exposition, il était devenu alcoolique, avait vu sa vie affective se réduire à une peau de chagrin, s'était consolé dans les bras de prostituées... jusqu'à ce qu'enfin on reconnaisse son talent. Il avait, tel un funambule, traversé le gouffre de la folie, sans jamais y sombrer totalement. Rien que de très banal, après tout. Comme l'avait souligné Haperman, on ne peint pas une toile d'une force telle que celle qui émanait du *Cri* en se contentant de la fréquentation des salons huppés. Munch était un malade, un écorché, un malheureux qui portait sa souffrance en bandoulière. Toutefois, au fil de sa lecture, deux points intriguèrent fortement Vilsner. D'une part,

Munch avait décidé de devenir peintre à la suite du décès de sa sœur Sophie. Emportée par une maladie pulmonaire, et à l'agonie de laquelle il avait été, tout jeune garçon, contraint d'assister. Des années durant, il avait retravaillé une toile intitulée *L'Enfant malade*. Les différentes versions qu'il en avait données tournaient toutes autour de la même scène traumatisante. Une fillette à l'agonie, clouée dans son lit, et différents personnages se succédant à son chevet. On priait éperdument. Et Dieu restait indifférent. Vilsner souligna le passage dans lequel le biographe expliquait que *plutôt qu'une représentation de sa sœur sur un lit de mort, le tableau devient une manière de compenser émotionnellement cette mort, le peintre incitant le spectateur à partager l'expérience de son propre échec...* Il ajoutait plus loin : *Comme c'est souvent le cas lorsqu'on survit à la mort d'un proche, Munch se sentit coupable d'être encore en vie alors que Sophie était morte. Ce sentiment rend sans doute compte de ses multiples tentatives identifiables tant dans sa peinture que dans ses écrits, pour expérimenter la mort à travers elle, par procuration.*

Les mots s'enchevêtraient à la manière des pièces d'un puzzle. Lors de la première séance, Haperman avait parlé de la mort de sa sœur Tracy, à la suite d'un accident de voiture, et de l'image de son sang, s'écoulant de ses blessures, qui n'avait jamais cessé de l'obséder.

D'autre part, et c'était le second point commun entre Munch et Haperman, le maître norvégien, à la fin de sa vie, avait eu à souffrir de graves problèmes oculaires. Atteint de kystes à la cornée, il s'était révolté contre la cécité qui le gagnait peu à peu. Il n'en fallait guère plus pour se poser la question, évidente entre toutes, d'une identification délirante d'Haperman à son idole. Une tentative désespérée, après une carrière artistique parsemée d'errances et d'échecs, de se raccrocher à un modèle idéal, à l'approche de la fin.

Vilsner s'épongea le front. Expérimenter la mort par procuration. Durant quelques secondes, il se répéta mentalement la formule, jusqu'à la nausée. L'humiliation qu'il avait ressentie lors de l'AG des membres du personnel soignant, dans le service de Vauguenard, lui était restée en travers de la gorge. L'accusation stupide selon laquelle son manque de discernement concernant la mère de la petite Valérie avait été à la source de la catastrophe, le rôle de bouc émissaire qu'on cherchait implicitement à lui faire endosser, toute cette boue qui ne demandait qu'à se déverser sur son dos lui parut encore plus répugnante. Face à des personnalités aussi complexes, aussi énigmatiques, que celle de Marianne Quesnel, qu'on pouvait soupçonner d'avoir mis en place une telle stratégie — expérimenter la mort par procuration, avec sa propre fille ! — quel était le pouvoir d'un petit psychiatre vacataire ? Vaugenard l'avait toujours considéré de haut. De très haut. Il fallait un psy dans le décorum du service. C'était en quelque sorte un accessoire. Un gadget, comme les clowns qu'il était à présent question de balader dans les chambres des mômes cancéreux, dernière lubie du patron. Quelle sinistre farce !

Vilsner se détendit et se reprit à feuilleter l'ouvrage. Un autre détail biographique, plus anodin, le fit sourire. De retour d'un séjour en Allemagne, selon ses propres souvenirs, Munch avait fait la rencontre d'un curieux personnage sur le ferry le ramenant chez lui.

« *Vous allez loin ? demanda l'inconnu.*

— *Oh non, jusqu'à Copenhague, seulement. Je suis nerveux, très nerveux. Depuis longtemps. Il faut que j'essaie de faire quelque chose.*

— *Clinique ?*

— *Je ne sais pas.*

— *Les nerfs, c'est embêtant. Long traitement. Régime. Vie de schizophrène.*

Drôle d'oiseau, précisait Munch. Il s'intéresse à moi.

— *Je suis un artiste, lui dis-je, et vous ?*

— *Psychanalyste, à Vienne !* »

Vilsner considéra qu'il s'agissait là d'un heureux présage, referma lentement le livre, avala la dernière gorgée de bière qui tiédissait au fond de son verre et quitta la brasserie. Il était tellement fasciné par l'univers qu'il venait de découvrir qu'il ne se rendit pas compte qu'une nouvelle fois on lui filait le train...

VENDREDI

1

Durant toute la soirée de la veille, à la suite de la comparution de Marianne et de Saïd, Nadia s'était plongée dans le dossier jusqu'à une heure très avancée de la nuit. Elle s'accorda une matinée de repos et arriva au Palais en début d'après-midi. Elle contempla l'automate que lui avait offert Isy Szalcman, ce petit juge au visage cramoisi, en remonta le mécanisme et l'observa s'agiter, avec sa robe noire, son poing serré, au pouce tendu vers le sol, à la manière des empereurs romains qui prononçaient leur sentence, invitant ainsi les gladiateurs à exécuter leurs camarades vaincus, sur le sable de l'arène.

— Si seulement c'était si simple... si cruel mais si simple...

— Pardon ? demanda Mlle Bouthier, qui venait de faire son entrée dans le cabinet.

— Rien, je... je divaguais !

La greffière fit un commentaire acerbe sur la qualité des repas qu'on servait au self du Palais, s'installa face à son ordinateur, tendit la main vers la boîte de bonbons qui reposait sur son bureau et présenta à Nadia le courrier du matin, qu'elle avait eu le temps de trier. Il n'y avait rien de particulièrement passionnant.

Nadia attendit Georges Lequintrec, le père de Valérie, séparé de Marianne depuis sept ans. Il avait appris ce qui était arrivé à sa fille par l'intermédiaire de Vauguenard, qui lui avait envoyé une longue lettre. Il arriva à quatorze heures. C'était un homme de petite taille, de forte carrure, au teint rougeaud, au tempérament probablement sanguin. Très intimidé, il s'assit face à Nadia en jetant de petits coups d'œil furtifs sur tous les objets qui parsemaient le décor plutôt austère du cabinet. Elle lui résuma le contenu provisoire du dossier. Il l'écouta avec attention, les sourcils froncés.

— Depuis combien de temps n'avez-vous pas vu votre fille, monsieur Lequintrec ? demanda-t-elle ensuite.

— Trois ans.

— Trois ans, c'est très long.

— Oh oui... quand nous nous sommes séparés, ma femme et moi, j'ai obtenu un droit de visite, mais elle me rendait la vie tellement insupportable que petit à petit j'ai espacé. C'étaient des cris, encore des cris, et des engueulades à n'en plus finir, et puis vous comprenez, le plus terrible, c'est qu'elle montait la petite contre moi, elle lui disait que j'étais méchant, elle lui demandait si... si je ne la tripotais pas... vous vous rendez compte, moi, faire ça à ma fille... alors... Mais si elle va en prison, moi je veux bien m'en occuper de Valérie, hein, ça il faut le marquer dans vos papiers ! Après tout, c'est moi le père, c'est pas l'autre !

Sa voix s'était brisée à l'énoncé de la dernière phrase. Il prit une profonde inspiration.

— Finalement, reprit-il, j'ai pensé qu'une fois que Valérie serait grande, elle reviendrait peut-être un peu vers moi, parce que son nouveau papa, comme elle l'appelait, elle l'aimait bien, il avait fini par prendre ma place, et puis lui il était étudiant, alors que moi je suis qu'un simple ouvrier, alors... Ah, si j'avais pu prévoir qu'un jour elle en viendrait là... c'est vrai tout ce qui est écrit, dans la lettre que m'a envoyée le docteur ? Parce que si c'est vrai, alors là, alors là...

Nadia lui fit un signe apaisant pour l'inviter à se calmer. À voir ses mains qui tremblaient, sa lèvre inférieure secouée de tics, ses yeux embués de larmes, il était évident que cet homme avait vécu un véritable enfer. S'il avait fini par renoncer à voir sa fille, ce n'était sans doute pas à cause de l'argument assez raisonnable selon lequel le temps finirait par arranger les choses, mais bien parce qu'il avait été vaincu, laminé par le combat qui l'avait opposé à Marianne. Nadia le questionna sur le passé « médical » de sa femme.

— Ah ben c'est bien simple, s'exclama-t-il, elle dépensait plus chez le docteur ou le pharmacien qu'à Auchan pour remplir le frigo, toute sa paye y passait ! C'était vraiment dingue. Et puis c'est qu'elle s'y connaissait, elle passait des soirées entières à lire son Larousse Médical, elle le savait par cœur, et des tas d'autres bouquins... au lieu de regarder la télé avec moi. C'était pas une vie, non, c'était pas une vie...

Nadia se tourna vers la greffière, et, en quelques questions concises, amena le témoin à consigner ce qu'il venait de déclarer. Il parapha cette première déposition.

— Monsieur Lequintrec, reprit-elle, je vais à présent aborder un sujet plus délicat, et vous n'êtes pas obligé de répondre. Au début, vous vous entendiez bien avec Marianne, je veux dire, sexuellement ?

Il rougit jusqu'aux oreilles, au comble de la gêne.

— Ça vient faire quoi, dans l'enquête ? demanda-t-il d'une voix peu assurée.

— Ça peut simplement m'aider à comprendre la personnalité de votre femme. Vous n'êtes pas obligé de répondre, je vous le répète.

— Oh, et puis après tout, au point où on en est... soupira-t-il, accablé. Au début, oui, ça allait à peu près, mais ça a mal tourné, très vite. Et puis dès qu'elle a été enceinte, ça a été complement fini. Zéro. Voilà. Rien d'autre à dire. R.A.S.

— Je vous remercie de votre franchise, monsieur Lequintrec.

Il se tassa sur sa chaise, à la fois soulagé d'avoir parlé et honteux de s'être laissé amener à évoquer de telles blessures intimes. Nadia respecta son silence.

— Il... il y a autre chose... murmura-t-il. S'il faut vraiment déballer son sac, hein, pourquoi pas aller jusqu'au bout ?

— Autre chose ?

— Sa famille, à elle... mes beaux-parents, quoi ! C'est des drôles de gens. Surtout lui. Le beau-père.

— Je vous écoute.

— Ça, vous le marquez pas, ça peut rester entre nous ?

Nadia adressa un regard en coin à sa greffière. Mlle Bouthier sursauta sur son fauteuil, se leva et annonça à Nadia qu'elle partait chercher le dossier Vuibert, oublié au secrétariat. Le dossier Vuibert était purement imaginaire. Elle sortit du cabinet.

— Quand on allait chez eux, le dimanche, Marianne et moi, reprit le père de Valérie, des fois, y avait des choses que j'avais du mal à comprendre.

— Oui ?

Georges Lequintrec se raidit et fixa Nadia d'un air effaré, suppliant. L'aveu était trop difficile à formuler, il ne parviendrait à en livrer la teneur que si on le lui arrachait lambeau par lambeau, question après question.

— Ces choses, que vous aviez du mal à comprendre, monsieur Lequintrec, elles se passaient fréquemment ?

— Tous les dimanches.

— Elles se passaient entre qui et qui ?

— Entre... entre ma femme et son père.

— Elles se passaient comment, monsieur Lequintrec ?

— Eh ben, ma femme et lui... comment dire ? On mangeait en famille, tous ensemble, et à la fin du repas, ils partaient dans le jardin, tous les deux, et lui, il l'embrassait dans le cou... il lui faisait des tas de caresses dans les cheveux, dans le dos, enfin, je sais pas si vous voyez, moi, j'étais là, avec ma fille, à faire ses coloriages, je savais plus trop où j'en étais, quoi !

— Et votre belle-mère, que faisait-elle, durant ces moments-là ?

— Oh, elle, elle tricotait. Elle sait rien faire d'autre que tricoter. Il était avec Marianne, dans le jardin, il la tripotait, il n'y a pas d'autre mot, il la tripotait... je trouvais que c'était pas normal. Un père, ça peut aimer sa fille, mais quand même, mais quand même, à cet âge-là, ça se fait pas !

— Vous n'en avez jamais parlé avec Marianne ?

— Ah bah, déjà à la maison j'avais qu'à la boucler, alors chez mes beaux-parents, j'étais même pas chez moi ! Hein, quand on est chez les autres, on est pas le maître ! Et puis...

— Et puis ?

— Et puis il y a eu un dimanche, Valérie jouait dans le jardin, ma belle-mère tricotait, Marianne était partie dans la cuisine, faire la vaisselle, avec son père... moi je fumais ma cigarette en regardant la télé, bref, mon cendrier était plein, alors j'ai voulu aller le vider dans la poubelle. Quand j'ai poussé la porte de la cuisine... je peux en allumer une, de cigarette ?

— Je vous en prie, assura Nadia en poussant vers lui le cendrier qui traînait sur son bureau.

Il alluma une gitane, contempla un instant la flamme de son briquet, prit sa cigarette dans la main gauche et mima le geste de pousser une porte, de la main droite.

— J'ai juste entrouvert, ils ont pas pu me voir. Je suis resté là, mon cendrier plein à la main. Lui, il se tenait derrière elle. Marianne, elle avait les mains plongées dans le bac à vaisselle, avec de la mousse partout. Et...

Cette fois, les mots se bloquèrent dans sa gorge. Il éclata en sanglots, se détourna, le visage enfoui dans les mains. Il lui fallut plus d'une longue minute pour reprendre son calme.

— Et ce jour-là, risqua Nadia, vous avez vu votre beau-père avoir un geste plus... plus grave que d'habitude avec sa fille, n'est-ce pas ?

— Oui... oui, il avait la main sous sa jupe. Elle était comme ça, debout devant l'évier, et lui, il la caressait, carrément sous sa jupe, mais assez haut...

et elle, elle écartait les cuisses, ça avait l'air de lui plaire, enfin je sais pas, mais toujours est-il qu'elle faisait rien pour protester... murmura Georges Lequintrec, apoplectique, les yeux rivés sur le sol dallé du cabinet. Alors vous comprenez, quand, après, elle disait que c'était moi qui tripotais Valérie, j'ai trouvé ça un peu fort !

— Je vous remercie, monsieur Lequintrec. Comme vous me l'avez demandé, ces derniers éléments ne figureront pas au dossier. Pour le moment. Mais un jour, plus tard, je serai peut-être amenée à y revenir. Je ne veux pas vous tourmenter, réveiller de pénibles souvenirs, simplement savoir la vérité, toute la vérité.

— J'en avais parlé à personne, jamais, balbutia-t-il, mais fallait que ça sorte, fallait que ça sorte, je pouvais plus garder ça pour moi.

Elle l'invita à quitter le cabinet après avoir évoqué l'avenir de Valérie. Avec prévenance, elle l'avertit que les démarches qui l'attendaient s'il souhaitait réellement récupérer la pleine autorité parentale risquaient d'être longues, épuisantes. Il ne l'écouta que d'une oreille distraite, visiblement soulagé d'avoir pu confesser ce qui lui tenait le plus à cœur. Il s'agissait là d'une toute petite vengeance à l'encontre de ce qu'il avait subi des années durant.

Mlle Bouthier fut de retour quelques minutes plus tard. Nadia la mit au courant.

— Le plus terrible, dit-elle en conclusion, c'est qu'il n'a pas l'air de se poser la question essentielle ! La seule qui vaille !

— Vous voulez dire que la petite Valérie pourrait être la fille de... de son grand-père ? chuchota la greffière, effrayée par sa propre question, en se retournant instinctivement vers la lourde porte capitonnée qui fermait le cabinet, comme si elle craignait de pouvoir être entendue.

— Bien sûr. Ce qui éclairerait peut-être l'attitude de Marianne. Elle aime sa fille, comme n'importe quelle mère, mais en même temps, elle veut la tuer, pour effacer la souillure. Elle la livre aux médecins à la fois pour qu'ils la soignent *et* pour qu'ils la tuent. Parce qu'elle n'ose pas le faire elle-même. Je ne suis pas psy, mais il me semble que ça tient debout !

Nadia ne put s'empêcher de frissonner. Épouvantée par cette hypothèse, par ce qui risquait d'émerger peu à peu, plus tard, au fil de l'instruction, des expertises psychiatriques qu'elle allait devoir mettre en branle.

— La pauvre gosse a survécu à l'empoisonnement, à l'opération, mais si je suis amenée à établir qui est le vrai père, cette fois, c'est moi qui risque de lui porter un coup fatal.

— Elle n'en saura rien. Elle n'a que huit ans ! protesta Mlle Bouthier.

— Les secrets de famille, même les plus épouvantables, finissent toujours par revenir aux oreilles des enfants, je peux vous l'assurer, mumura Nadia, les yeux perdus dans le vague, ça peut prendre dix, vingt ans, mais la vérité sort du puits, un jour ou l'autre. Toute nue, et pas forcément jolie à voir.

Elle frappa rageusement du poing sur son bureau.

— Il y a douze juges dans cette galerie, douze, et il a fallu que ça tombe sur moi !

— Ah, au fait, je suis allée prendre un café en cherchant le « dossier Vuibert ». Il y avait encore un pli, au courrier de ce matin. Il avait abouti par erreur à l'étage du dessous...

Nadia décacheta l'enveloppe de papier kraft, en tira quelques feuillets et reconnut aussitôt l'écriture appliquée de Charlie Grésard.

2

— Ah, ça fristouille ! Bravo, Rovère, pour fristouiller, ça fristouille ! Vous m'embarquez toujours dans des coups à la con ! Vous cherchez à battre un record, ou quoi ? grommela Pluvinage en sortant de la cabane.

Boudiné dans un smoking, ses escarpins vernis crottés de boue, il ne décolérait pas et triturait son nœud papillon d'un doigt rageur. Dimeglio, Dansel, toute l'équipe sans oublier Choukroun piétinait autour d'une bicoque en bois, à moitié effondrée, située au fond d'un champ, à proximité de Flavigny, petit village perdu de Seine-et-Marne. On voyait le clocher de l'église émerger au-dessus d'une rangée de hêtres.

— Ce soir, je m'apprêtais à fêter paisiblement mes trente ans de mariage, j'avais rendez-vous à Poitiers, un petit resto qui a eu deux étoiles au Michelin, et vous avez le culot de venir me les briser ! ajouta Pluvinage.

— Toutes mes excuses, on travaille parfois dans l'urgence. Alors ?

— Alors, votre lascar a eu les vertèbres lombaires brisées. Comme si ça ne suffisait pas, vous avez vu qu'on l'a ligoté, hein ? Comme le gosse de la Chapelle, le petit brûlé, et comme votre Roumain, Dimitriescu. Dimitriescu, c'est bien ça, celui qu'on a retrouvé dans le même pavillon ? Ligoté suivant le même cérémonial, ça crève les yeux.

Rovère acquiesça.

— Vous voulez savoir de quoi il est mort ? Je sais pas ! La fracture des vertèbres a entraîné une paraplégie, c'est pour ça que les sphincters ont lâché. La paraplégie aurait pu provoquer des complications très rapidement mortelles, mais le gars a tenu le choc, c'est tout ce dont je suis sûr. Il a dû survivre un jour, peut-être deux. Il a connu une mort atroce ! Est-ce que ça vous va ? Vous me le mettez au frais, vous me le livrez lundi matin à l'IML, et je pourrai vous en dire plus, mais vous voyez, Rovère, si j'ai choisi la médecine légale, c'est précisément pour ne pas bosser aux urgences, c'est clair ? Sur ce, salut !

Pluvinage claudiqua dans l'herbe grasse, en évitant les mottes de terre, les nids de taupes, les bouses de vache, jusqu'au coupé Mercedes qui l'attendait au bout du chemin.

— Parfois, il n'est pas commode, s'excusa Rovère en se tournant vers Nadia.

— On a tous nos défauts.

Sitôt reçue la lettre de Charlie Grésard, elle l'avait alerté. Ils l'avaient relue ensemble. Charlie avait pris soin de dessiner un plan assez détaillé de l'endroit où reposait le corps. Il suffisait de quitter la nationale à la sortie de La Queue-en-Brie, de prendre la départementale vers Flavigny, de tourner à gauche au premier embranchement, de s'engager sur un petit chemin de terre et de suivre le bord de la rivière. On débouchait sur un champ bordé de ronces, de peupliers et de saules pleureurs. La cabane se trouvait tout au bout. L'arrivée de la caravane des voitures de la brigade et des techniciens de l'Idendité judiciaire avait aussitôt alerté la curiosité des riverains. Ils s'étaient approchés, timidement.

Certains tenaient un chien en laisse, d'autres avaient carrément amené les gosses. Ils mâchonnaient un brin d'herbe, un rien ébahis du spectacle proprement phénoménal qui leur était proposé à domicile. Les petits se tordaient le cou pour apercevoir Navarro...

Dimeglio était parti glaner les premiers renseignements.

— C'était là que le père Cochu vivait, jusqu'au mois dernier, lui apprit un des villageois. Jusqu'à ce qu'on l'emmène à l'hospice.

— C'était qui, le père Cochu ?

— Un vieux du coin, il bricolait pour les gens du village, un coup il réparait les outils, une tondeuse par-ci, une débroussailleuse par-là, une autre fois, il changeait un carreau, réparait une serrure. Paraît même qu'il était vaguement rebouteux. Dans le temps, quand y avait encore des fermes, il était bien utile, bien serviable, mais des fermes, y en a plus qu'une... À part un coup de rouge qu'il venait se siffler au tabac de la mairie, on le voyait pas trop. C'est bien simple, on l'avait presque oublié.

Dimeglio finit par obtenir les coordonnées du mouroir où avait abouti le père Cochu. L'hôpital Dupuytren, à Draveil. Trois semaines plus tôt, il avait eu une « attaque » en sortant d'un des bistrots du village, face à la mairie. Dimeglio expédia quelques « doublettes » dans le village. Les inspecteurs étaient munis d'une photographie de Charlie Grésard.

— Vous allez à la pêche, essayez de me rapporter du gros ! Charlie était peut-être connu dans le coin, leur expliqua-t-il. Il y a sans doute un de ces bouseux qui pourra nous renseigner sur son compte... En piste !

Il revint d'un pas lourd vers les abords de la cabane. Nadia et Rovère en faisaient l'inventaire. Le cadavre d'un homme d'une cinquantaine d'années reposait ligoté sur un établi de menuisier. Il était totalement nu, mais un paquet de vêtements reposait sur le sol couvert de sciure et de copeaux. Des essaims de mouches tournoyaient dans le réduit encombré d'un fatras d'outils agricoles, fourches, faux, binettes, serpettes, etc., tous soigneusement entretenus. La cabane était divisée en deux parties, séparées par une simple couverture en guise de rideau. D'un côté, « l'atelier » du père Cochu, de l'autre, ce qu'il fallait bien appeler sa chambre. Un matelas rongé par les mites reposait sur le sol de terre battue. Un ballot de vêtements, des ustensiles de cuisine en fer-blanc, un miroir ébréché ainsi que quelques accessoires de toilette complétaient le décor.

— J'en ai assez vu, j'ai besoin de prendre l'air ! lança Nadia, le cœur au bord des lèvres, en se dirigeant vers la sortie.

Rovère lui emboîta le pas. En attendant que les gens du labo aient fini de s'occuper du corps qui gisait sur l'établi, à l'intérieur de la cabane, ils s'assirent côte à côte dans la voiture de Rovère. Nadia déplia la seconde lettre que lui avait fait parvenir Charlie Grésard. Une nouvelle fois, il s'était offert le luxe de venir la déposer lui-même à l'un des postes de garde du Palais.

Madame le Juge,
Je vous est vue à la télé et aussi votre photo dans le Parisien. *Je crois que vous êtes quelqu'un de très bien. J'ai beaucoup avancé dans mon travail à propos de Dimitriescu. Je vous done les coordonnées*

*d'un nouvel endroit où vous pourré retrouver quel-
qu'un d'autre, un des salopards qui voulaient faire
du mal à Héléna.*

Suivait un plan assez détaillé, tracé au feutre sur
une feuille de papier millimétré, qui permettait d'arriver jusqu'à la cabane du père Cochu.

*Voilà où j'en suis, Madame le Juge : c'est Dimi-
triescu qui a ramené les gosses de Roumanie. Il parait
que là-bas, on en trouve tant qu'on en veut, et pour
pas cher ! Il devait les livrer à celui que vous allez
trouvez si vous suivez bien mon plan. Il s'appelait
Vlad. Dimitriescu devait empoché pas mal de fric en
échange des gosses. Seulement voilà, Vlad a pas été
réglo, il a pas voulut donner tout l'argent promi a
Dimitriescu. Il se son engueulés, ça a mal tourné,
alors Vlad a tiré sur Dimitriescu. Alors Dimitriescu
a compris qu'il s'était fait roulé. Qu'est-ce qu'il s'est
dit, Dimitriescu ? Puisque j'aurai pas mon fric, Vlad
aura pas les gosses. Alors il est retourné dans le pavillon de la Chapelle, et là, vous savez déjà ce qui
s'est passer, malheureusement. Y a que ma petite Héléna qui a réussi à se faufiler au dehors. Vlad, il sera
surement crevé quand vous le trouveré. On a pas mal
discuter et maintenant j'ai compris comment faire
pour aller un peu plus loin et punnir toute cette
bande d'ordures, comme ils le mérite. Voilà, c'est tout
ce que je voulais vous dire pour aujourd'hui mais je
vous tindré au courant bientôt.*

CHARLIE.

— Il a pris de l'assurance, remarqua Rovère.
— Vous croyez vraiment qu'il ne se fait pas de

cinéma ? Je veux dire, qu'il remonte réellement une filière ?

— Ça en a tout l'air.

Nadia hocha longuement la tête, en retournant la lettre entre ses mains. À cet instant, les inspecteurs d'une des « doublettes » envoyées par Dimeglio jusqu'au village revinrent vers la cabane, encadrant un clampin qui portait un tablier de toile bleue.

— Le patron du rade de la place de l'Église, annonça l'un d'eux. Il dit qu'il a souvent vu Charlie venir boire un coup en compagnie du père Cochu.

Le bistrotier confirma aussitôt.

— Ben, on le voyait souvent, au village, Charlie. Il garait sa mobylette avec sa carriole devant mon café, et il buvait son coup, c'est pas sorcier. Il s'entendait bien avec le père Cochu.

— Une mobylette avec une carriole ? Qu'est-ce qu'il trimbalait, là-dedans ?

— Ah ça, je sais pas !

— Il habitait dans le coin ?

— Je crois pas... Ici, c'est la campagne, on connaît tout le monde.

— Qu'est-ce qu'il venait faire dans le coin ?

— Moi, je sers tous les gars qui se présentent à mon comptoir, mais je leur en demande pas plus.

Dansel s'approcha. Il avait étudié le contenu des poches du costume qui reposait, chiffonné, près du cadavre, dans la cabane, et tenait un petit sachet de plastique dans lequel il avait rangé divers objets.

— La moisson est bonne...

— Résume ! ordonna Rovère.

— Une carte d'identité française au nom de François Durand, la photo correspond avec la bobine du macchab', mais je crois qu'on peut passer là-dessus. C'est manifestement un faux. À part ça, un trousseau de clés, un agenda téléphonique, et la carte d'un cercle de jeu, l'Excelsior, rue Frochot, dans le neuvième.

Les techniciens de l'Identité judiciaire achevaient leur travail et transportaient une grande housse noire contenant le cadavre à l'intérieur d'une camionnette. Rovère consulta sa montre. Il était dix-neuf heures. Rovère s'empara du sachet que lui tendait Dansel.

— Bien, messieurs, il faut secouer le cocotier. Dimeglio, tu vas éplucher l'agenda de ce monsieur Durand, alias Vlad, d'après ce que nous dit Charlie. Dansel, tu files à l'hospice où est hébergé le père Cochu, et tu essaies de le faire parler de Charlie... s'il est en état de te répondre.

— J'ai pas l'adresse...

— Hôpital Dupuytren, c'est à Draveil, dans l'Essonne, précisa Dimeglio en montrant son calepin.

— Encore ? protesta Dansel.

— Comment ça, encore ?

— Eh bien, j'y suis déjà allé, c'est là qu'est hospitalisé le père du proprio de la maison de la Chapelle ! Verqueuil !

— Un hasard, trancha Rovère. Toi, Choukroun, tu files rue Frochot, dans le cercle de jeu, et tu essaies de te rencarder sur Vlad. En piste ! Et nous nous retrouvons tous demain matin à neuf heures à la brigade, avant de traîner nos guêtres au marché aux Puces de Clignancourt !

— Les Puces ? s'étonna Dimeglio.

— Sandoval, il y tient, à son fameux coup de chalut, tu avais oublié ?

— Ah, ça m'était complètement sorti de la tête ! Charmant week-end en perspective !

Ils se dispersèrent. Rovère s'était séparé de l'agenda et de la carte du cercle de jeu pour ne conserver que les deux trousseaux de clés qu'il examina machinalement. Choukroun traînait ses santiags dans l'herbe grasse et shoota rageusement dans un caillou. Dansel ne manqua pas de remarquer son peu d'empressement à obéir aux consignes.

— Ça va pas, Choukroun ?

— C'est la merde, c'est vraiment la merde, il est plus de sept heures et on est vendredi soir, avec cette connerie de cercle de jeu, je suis bon pour bousiller toute ma soirée !

— Ah oui, c'est shabbat, acquiesça Dansel. Si tu veux, on échange ? Moi, je me tape le cercle de jeu, et toi, tu vas à l'hosto. Qu'est-ce que t'en dis ? Un cercle de jeu, ça ouvre pas avant au moins vingt-deux heures, tandis que l'hôpital, tu fais juste un aller-retour, et tu as presque le temps de rentrer chez toi pour la bénédiction ?

— Vous... vous feriez vraiment ça pour moi ? balbutia Choukroun, éperdu de reconnaissance. La vie de ma mère, j'oublierai jamais !

— Si je te le dis, mon petit Choukroun, c'est que c'est sincère...

Pas tant que ça : Dansel préférait de loin une virée à Pigalle à une nouvelle visite dans les locaux plus que déprimants de l'hôpital.

Le jeune homme fonça jusqu'à sa voiture, dont la lunette arrière était ornée d'un bandeau adhésif fluorescent à la gloire de « *Machiah'* », le Messie, à l'arrivée duquel les loubavitchs croyaient dur comme fer. Son beau-frère Elie s'était montré très ferme à ce propos. Chaque adepte devait afficher sa foi et pratiquer un prosélytisme intransigeant, quel-

les que soient les circonstances de la vie quotidienne.

3

Le champ qui abritait la cabane du père Cochu
retrouva peu à peu toute sa quiétude. Les villageois,
déçus par la banalité du spectacle, étaient tous rentrés chez eux. Rovère resta seul au volant de sa voiture, Nadia à ses côtés.

— Je vous raccompagne à Paris, si vous voulez ?
proposa-t-il.

— Je ne vois pas le moyen de faire autrement, à
moins que vous n'ayez les coordonnées d'un loueur
d'ânes ? Sur la place du village, peut-être ?

Rovère éclata de rire.

— Excusez-moi, j'ai pris une série de décisions
sans même penser à vous demander votre avis. Je
vous avais presque oubliée.

— Je vous ai transmis une commission rogatoire
en bonne et due forme, vous êtes libre de l'exécuter
comme bon vous semble, enfin, presque.

— On y va ?

La voiture tressauta violemment.

— Si vous voulez vraiment démarrer, suggéra Nadia, il faut d'abord desserrer le frein à main. Je n'ai
pas mon permis, mais je suis certaine d'avoir lu ça
quelque part...

Trois quarts d'heure plus tard, ils arrivaient à Paris, après avoir patienté dans les embouteillages du
départ en week-end. Rovère s'arrêta en double file
en bas de la rue de Belleville, tout près de la sation
de métro. Nadia le remercia et disparut après lui

avoir donné son numéro de téléphone personnel. Si son équipe collectait de nouvelles informations d'ici au lundi matin, il pourrait ainsi la joindre.

Rovère trouva une place au début de la rue du Faubourg-du-Temple. Les enseignes lumineuses des restaurants asiatiques avaient attiré son attention. Il avait sauté le repas de midi, et préféra souper dans les parages plutôt que de rentrer chez lui où l'attendaient quelques boîtes de conserve.

*

Le voyant lumineux du répondeur de Nadia indiquait plusieurs messages. Elle les écouta. Le premier émanait de Maryse, qui lui indiquait qu'elle avait loué un voilier pour les vacances de Pâques et qu'elle l'invitait à une petite croisière en Bretagne. Nadia secoua la tête, amusée. Le second était d'Isy, Qui la conviait le lendemain à déjeuner dans un restaurant des Buttes-Chaumont pour fêter la venue du printemps. La troisième voix était celle de Mlle Bouthier, sa greffière. Elle demandait simplement de la rappeler, après avoir annoncé qu'il s'était passé « quelque chose de grave ». Nadia composa le numéro.

— Ah c'est vous ? bredouilla Mlle Bouthier. Vous êtes partie en coup de vent cet après-midi, et à peine un quart d'heure plus tard le directeur de Fleury-Mérogis a cherché à vous joindre !

— Eh bien ?

— Marianne Quesnel, elle s'est suicidée !

— Comment ? demanda Nadia, d'une voix blanche.

Les cellules de la section des femmes étaient équipées de telle façon qu'une probabilité de ce genre était difficilement envisageable. Les meubles étaient scellés au sol, il n'y avait pas de barreaux où se pendre, mais des verres blindés aux fenêtres, les couverts distribués lors des repas étaient en plastique, etc.

— Il semblerait qu'au cours d'une promenade, elle ait acheté une lame de rasoir à une codétenue... une toxico. Malgré toutes les fouilles, il paraît que ça circule.

— Elle n'a pas perdu de temps, soupira Nadia. Enfin, c'était la meilleure façon pour elle de signer des aveux. Elle n'a pas laissé de lettre ?

— Rien. Il paraît que c'était assez horrible. Les veines des poignets, des chevilles, la gorge, elle ne s'est accordé aucune chance, ce n'était pas du cinéma.

— Je vous en prie, n'en rajoutez pas !

— Bien, je vous laisse, alors ?

— Oui, merci d'avoir appelé.

Nadia tourna en rond dans son séjour et avala un petit verre de la bouteille de vodka qu'Isy avait abandonnée lors de sa dernière visite. Elle s'en servit un deuxième et se laissa tomber sur son canapé. Il n'y aurait pas d'autre interrogatoire, d'expertise psychiatrique, de complément d'information, rien qu'un secret emporté dans un tourbillon de sang. Saïd Benhallam était tiré d'affaire. Elle appela Vauguenard, à son domicile, pour lui faire part de la nouvelle et lui proposa de lui rendre visite le lendemain. Puis elle resta prostrée quelques minutes, incapable du moindre geste. Il lui sembla réentendre les hurlements de Marianne à l'instant où les gardes l'avaient extraite du cabinet et ne put supporter de rester enfermée seule entre quatre murs.

Après avoir fait quelques pas dans la rue, elle poussa la porte du Président, le grand restaurant asiatique situé à l'angle de la rue du Faubourg-du-Temple, et monta au premier étage. Des dragons de pierre se dressaient à chaque coin de la salle et tout un assortiment d'aquariums, où s'ébattaient des homards aux pinces cerclées d'élastiques afin d'éviter qu'ils ne s'entre-tuent dans leur prison liquide, venait compléter le décor. Les serveurs accoururent, empressés, afin de la diriger vers une table libre. Son regard balaya la salle et rencontra soudain celui de Rovère, qui venait de commander un café. Il n'était pas possible de l'ignorer. Il faillit détourner la tête, mais parvint aussitôt à la même conclusion. Il eût été stupide de feindre l'indifférence. Nadia se dirigea vers lui.

— Décidément, on ne se quitte pas... murmura-t-elle.

— J'allais partir.

Il appela un des employés en lui faisant signe de préparer sa note.

— Ne partez pas, restez, restez un peu, ajouta-t-elle en prenant place face à lui. Vous n'êtes pas si pressé. On vous attend ?

— Personne ne m'attend.

— Alors, vous voyez bien !

Elle jeta un bref coup d'œil sur la carte et commanda deux plats au hasard. Rovère lui suggéra le Tavel qui figurait sur la liste des vins. Elle fut elle-même surprise de manger avec appétit.

— Les émotions, ça creuse, non ?

— Vous voulez parler de cet après-midi ? C'est une question d'habitude, à force, on n'y fait même plus attention !

— Non, je ne pensais pas à Charlie...

Elle lui résuma à grands traits l'histoire de Marianne Quesnel. Ou plutôt de Valérie.

— La petite, c'est à elle qu'il faut d'abord penser, conclut-elle en levant son verre. À ce que sera sa vie à partir d'aujourd'hui. Avec toutes les séquelles, dans les tripes et dans la tête... Je bois à sa santé. Tout du moins à ce qu'il en reste.

— Cette femme a sciemment intoxiqué sa fille avec des médicaments, elle l'a pour ainsi dire amenée jusqu'à la salle d'opération *pour rien* ? murmura Rovère, effaré. Et elle a continué après en la piquant à l'insuline !

— Difficile à croire, n'est-ce pas ? Il a fallu tout un faisceau de circonstances pour que cela soit possible, le concubin étudiant en médecine, le retard dans l'analyse des prélèvements, le hasard qui a voulu que la fille de salle se pique le doigt avec la seringue jetée à la poubelle, sans quoi on n'aurait rien soupçonné...

— Non, protesta Rovère, si je vous ai bien suivie, un jour ou l'autre, les bilans médicaux auraient fini par établir que la gosse n'avait rien !

— Oui, sans doute, mais au rythme où les injections d'insuline se poursuivaient, ça serait arrivé trop tard, Valérie avait tout le temps d'y passer !

— O.K., la mère s'est suicidée presque en sortant de votre cabinet et je conçois que ça soit assez difficile à supporter pour vous, mais l'essentiel, c'est la petite, vous lui avez sauvé la mise !

— Oh non, pas moi : le patron du service, et la surveillante. Ce sont des gens très bien.

— « Sauver un gosse, c'est redonner sens au chaos », vous vous souvenez de ce que disait le psy, au Val-de-Grâce ? Les psys ont toujours le sens de la formule.

— Parfois, ça sonne un peu creux, répliqua Nadia avec une moue dubitative.

Les serveurs débarrassèrent et apportèrent deux minuscules bols emplis d'alcool de riz au fond desquels on pouvait apercevoir une femme nue.

— Je vous ai raconté tout cela sans aucune précaution, reprit-elle, confuse. Je sais quel genre de souvenirs ça peut réveiller chez vous. Pardonnez-moi.

La vodka en guise d'apéritif, les trois verres de Tavel, et à présent l'alcool de riz commençaient à lui tourner la tête.

— Peu importe ce qui m'est arrivé, murmura Rovère, ça n'a aucun rapport. Moi, j'ai essayé d'en finir avec mon fils parce que je ne voulais plus le voir souffrir, vous mélangez tout, je n'aurais jamais dû vous confier tout ça !

Nadia sentit ses joues s'empourprer. La main droite de Rovère reposait bien à plat sur la nappe. Elle laissa ses doigts errer sur la table, tripota la bouteille de sauce pimentée, la boîte de cure-dents, le présentoir de serviettes en papier.

— Je ne vous en veux pas, assura-t-il en serrant brusquement le poing. Je crois que je suis aussi maladroit que vous, je vous l'ai dit, l'autre soir, quand on s'est croisés dans la cour du Palais.

— Je me souviens, on était aussi empotés l'un que l'autre...

— Et alors, qu'est-ce que ça veut dire ?

— Rien. Vous venez ?

Il la suivit jusqu'à la sortie. La pluie s'était mise à tomber. Une giboulée qui se fit de plus en plus violente. Nadia fit quelques pas au-dehors, se retourna et sourit, le visage mouillé. Sur les trottoirs alentour, des vendeurs de maïs remballaient à la hâte la marchandise qu'ils proposaient au chaland, sur des caddies de supermarché bricolés. Le dispositif était rudimentaire mais efficace. Un bidon d'huile scié en son milieu servait à abriter des braises qui maintenaient les épis de maïs au chaud, enveloppés dans leurs feuilles. D'épaisses volutes de vapeur montaient de ces étuves de fortune. Les grêlons qui martelaient à présent le bitume dispersèrent les plus acharnés des adeptes de ce commerce de fortune.

— J'étouffais, à l'intérieur, je me sens beaucoup mieux ici ! assura Nadia. Pas vous ?

Rovère resta figé, le visage dégoulinant d'eau. Il fit un pas en avant. À cet instant, un des vendeurs de maïs bouscula Nadia en poussant sa précieuse marchandise vers l'encoignure d'une porte cochère. Elle perdit l'équilibre et faillit basculer à la renverse. Rovère la recueillit dans ses bras. Ils restèrent soudés l'un à l'autre, quelques longues secondes. Le temps de subir l'averse qui ne se décidait pas à décroître en intensité.

— Vous... vous alliez tomber, alors, je vous ai retenue... balbutia Rovère en s'écartant.

— Je vous remercie, vraiment, j'aurais pu me faire mal. Mais vous, vous êtes complètement trempé, maintenant !

— Pas tant que vous. Tenez, protégez-vous !

Il ôta son blouson et en couvrit la tête, les épaules de Nadia. Il tendit le bras pour l'envelopper et la sentit se blottir contre lui. Après une brève accalmie, l'averse redoubla de violence. Les grêlons roulaient sur le macadam comme une nuée de gravier emportée par la marée, avant de refluer vers les caniveaux.

— Chez moi, on sera au sec, c'est à deux pas, proposa Nadia.

Elle pianota sur les touches du digicode de son immeuble. Ils prirent l'ascenseur et gardèrent les yeux rivés sur le sol.

— Vous avez le petit cabinet de toilette, là, à droite, il y a tout ce qu'il faut, prenez tout votre temps, assura Nadia dès qu'ils eurent pénétré dans l'appartement.

Rovère ôta sa chemise, la fourra dans le sèche-linge, enfonça la touche *on,* et s'essuya le visage. Dix minutes plus tard, il revint dans le salon. Sa chemise était un peu froissée, mais présentable. Il s'était brossé les cheveux, lavé les mains, rafraîchi le visage. Nadia s'affairait dans une pièce voisine. Il s'attarda près du piano, en effleura les touches, balaya des yeux la bibliothèque. Nadia réapparut enfin. Elle avait quitté son tailleur pour revêtir un jean et un sweat-shirt et s'était enveloppé les cheveux dans une large serviette rose. Toute trace de maquillage avait disparu.

— Je vous sers à boire ? J'ai de la vodka à l'herbe de bison. C'est la meilleure. Je dis ça, mais en fait je n'y connais rien en matière de vodka.

Rovère acquiesça et prit place sur le canapé. Elle vint s'asseoir à ses côtés. Un silence pesant s'installa entre eux.

— Vous vivez seule ? demanda enfin Rovère.
— Oui.
— Vous n'avez pas d'enfant ?
— Non.
— Vous n'en voulez pas ?

— Si, mais ce n'est peut-être pas la question, ce soir ?

— Je n'avais pas compris qu'il y avait une question.

Nadia dénoua la serviette qui lui enserrait les cheveux. Elle inclina la tête de côté, ferma les yeux. Rovère sursauta soudain en montrant son blouson qui dégoulinait, suspendu sur une chaise. Les gouttes tombaient une à une sur une pile de CD posée à même la moquette. Il se leva précipitamment pour les mettre à l'abri. Son blouson entre les mains, il chercha un endroit où le poser. Il le soupesa, étonné d'entendre un cliquetis.

— Les clés, les clés de Vlad, je les avais oubliées... s'écria-t-il en sortant d'une des poches le sachet de plastique que lui avait transmis Dansel.

— Eh bien ? s'étonna Nadia en arrondissant les yeux.

— Regardez-les !

Le trousseau était composé de deux pièces de forme très sophistiquée, de celles qui permettent d'ouvrir les verrous à pompe. Nadia ne comprenait pas.

— Vous n'êtes pas allée au pavillon de la Chapelle ? Vous avez simplement lu le dossier. Il faut vérifier.

Il enfila son blouson trempé avec une grimace.

— Vous venez avec moi ? En voiture, on en a pour un quart d'heure....

— Vous êtes surprenant, très surprenant, répondit Nadia. Vous poussez vraiment la conscience professionnelle jusqu'à ses extrêmes limites. Mais soit !

Elle rassembla ses cheveux, noua un bandana, enfila une paire de baskets, saisit un blouson en jean, et rafla un paquet de Craven qui traînait sur un des rayonnages de la bibliothèque. Rovère la toisa, des pieds à la tête, vaguement amusé.

— C'est bête, remarqua-t-il, habillée comme ça, je vous trouve beaucoup moins intimidante...

— Intimidante ? Ah oui, vous croyez ? Je me disais aussi, il y a bien une raison...

— Une raison à quoi ?

*

Rovère, les sourcils froncés, ne desserra pas les dents de tout le trajet. Il gara sa voiture le long du chantier et fonça vers le pavillon où l'on avait découvert les corps calcinés des enfants. Nadia le suivit en évitant les flaques d'eau. Rovère introduisit les clés de Vlad dans les deux verrous. Elles fonctionnaient.

— Dimitriescu avait accès à la planque, Vlad également, murmura-t-il.

— C'était là ? demanda Nadia en montrant le couloir plongé dans l'obscurité.

— Oui, il y avait de quoi tomber dans les pommes, croyez-moi !

— Qu'est-ce que vous en concluez, à propos de cette histoire de clés ?

— Simplement que notre ami Charlie ne se trompe pas. Mais alors pas du tout. C'est curieux, cette maison... isolée, promise à la démolition. Ces verrous.

Il fit sauter les clés dans la paume de sa main, songeur, avant d'opérer un demi-tour.

— Attention, il y a des parpaings partout, vous pourriez tomber ! s'écria-t-il en marchant vers sa voiture.

— Oh, vous m'aideriez à me relever, n'est-ce pas ? répondit-elle en sautillant derrière lui.

Installé devant son volant, il hésita quelques secondes avant de démarrer.

— Il y a une station de taxis un peu plus loin, je vous y dépose, moi je vais à Pigalle.

— Comment ça, à Pigalle ? protesta Nadia.

— Rue Frochot. Retrouver Choukroun, un de mes inspecteurs, avec un peu de chance, il doit être au cercle de jeu que fréquentait Vlad. Il est à peine vingt-deux heures, c'est juste l'ouverture.

Arrivé à la station de taxis, il descendit, ouvrit la portière à Nadia et s'adressa au chauffeur de la voiture qui stationnait en tête de file.

— Vous déposez madame au carrefour Belleville ! ordonna-t-il. Au revoir, je téléphonerai s'il y a du nouveau.

Nadia s'installa sur la banquette arrière et alluma une cigarette. Le chauffeur l'observa dans son rétro.

— Vous venez de vous faire plaquer ? Faut pas vous faire de bile, ça peut p't-être encore s'arranger...

— C'est ça ! ricana Nadia.

— Le principal, c'est de préserver les gosses, ajouta le taxi. Il... il y en a, des enfants ?

— Laissez-moi tranquille !

— Holà, d'accord, moi, c'que j'en disais, c'était juste histoire de vous remonter le moral. Si on peut même plus parler...

Rovère fut surpris de retrouver non pas Chouk-roun, mais Dansel occupé à interroger le barman de l'Excelsior, un cercle de jeu situé en bas de la rue Frochot.

— On a échangé, expliqua Dansel, le vendredi soir, pour Choukroun, c'est sacré. Bon, le prétendu « François Durand » était bien connu dans le coin, sous le nom de Vlad. Il venait presque tous les soirs. Il perdait beaucoup, gagnait parfois. Le poker. Il était roumain, comme Dimitriescu. Il parlait assez bien français. J'ai discuté le coup avec quelques ha-bitués, ils n'en savent pas plus, c'était un type assez discret. Maniéré, toujours très bien sapé. Rien à voir avec Dimitriescu. Il paraît qu'il avait des ardoises dans les troquets du coin. Un fêtard, l'ami Vlad, quand il s'était rempli les poches, il ne lésinait pas sur les bouteilles de champ' !

— Essaie de ratisser plus large, si tu peux, con-clut Rovère. Remonte toutes les boîtes de la rue, les bars, enfin, tu vois.

Il se dirigea vers une cabine téléphonique située près du jet d'eau de la place Pigalle et composa le numéro de la brigade.

— J'essaie de vous joindre depuis plus de deux heures, s'écria Dimeglio. Je l'ai épluché, l'agenda de Vlad, c'est bourré d'adresses de bars à putes, d'hô-tels, mais il y a un renseignement intéressant ! Ver-queuil ! Le proprio de la maison de la Chapelle : son numéro y figure !

Rovère garda le silence durant quelques instants.

Le temps de saisir toutes les implications. Charlie avait d'abord pisté Dimitriescu, qui l'avait amené jusqu'à Vlad. Et Vlad conduisait tout droit à Verqueuil. Verqueuil auquel Dansel était allé rendre visite la semaine précédente, sans résultat. Les enfants avaient été séquestrés dans le pavillon dont Verqueuil était le propriétaire.

— L'adresse ? demanda Rovère.

— 25 rue de la Grange-aux-Belles.

— Bon, on s'y retrouve dans une demi-heure, rameute du monde.

Rovère redescendit la rue Frochot à grands pas et ne tarda pas à croiser Dansel, qui poursuivait son travail de fourmi auprès des prostituées embusquées derrière leurs vitrines. Il le mit rapidement au courant. Dansel pâlit et se passa la main sur le visage.

— Excusez-moi, j'ai fait une connerie, mais ce type m'a paru assez clair. On a discuté. De peinture, je me souviens.

— De peinture ?

— Oui, il est photographe, spécialisé dans les boulots artistiques. Je veux dire qu'il prend des photos pour les peintres, il réalise des albums pour les expos, les galeries. Il préparait un voyage en Angleterre, et moi, comme un con, je l'ai laissé filer. Son voyage, c'était du flan ! Il est parti se planquer, oui, ce salaud !

— Allez, ne t'en fais pas, tu ne pouvais pas savoir, viens, soupira Rovère en montrant sa voiture.

Le téléphone sonna longuement. Toute la famille de Choukroun était réunie autour de la table illuminée par les bougies du shabbat. Son beau-frère Élie fronça les sourcils. Personne parmi leurs relations ne se serait permis d'appeler un tel jour, à une telle heure. L'interdit était formel. On ne pouvait toucher à un quelconque appareil électrique jusqu'au lendemain matin ! Les convives se figèrent, interloqués. La bande enregistreuse du répondeur se mit en marche. Choukroun tressaillit en reconnaissant la voix de Dimeglio.

— Choukroun, si t'es là, tu décroches, merde, ça urge !

L'inspecteur se leva avec lenteur et s'essuya les lèvres avec sa serviette. Élie le foudroya du regard. D'une main tremblante, Choukroun s'empara du combiné, un modèle sans fil, et disparut dans la cuisine.

— Ça va pas, non ? protesta-t-il en chuchotant. Vous êtes vraiment dingue, vous respectez rien !

Dimeglio ne voulut rien savoir. Il donna les coordonnées de l'appartement de Verqueuil, rue de la Grange-aux-Belles. Choukroun, pâle comme un linceul, la nota mentalement et revint dans le séjour. Sous l'œil réprobateur de toute la famille, il récupéra son blouson.

— Je peux pas refuser, Élie, je peux pas !

Son beau-frère l'accompagna jusque dans l'entrée.

— Tu t'es rasé les tempes, tu refuses de te laisser pousser la barbe, je suis sûr que tu ne portes pas ta kippa tous les jours, mais t'en aller en plein milieu du repas de shabbat, tu n'avais jamais osé. Il faudra en discuter avec le rabbi !

— C'est ça, acquiesça Choukroun, on verra avec le rabbi.

— Où tu vas, maintenant ? Courir dans des endroits louches, après des femmes de mauvaise vie ?

Choukroun ne put réprimer un petit rire de gorge qui agaça encore plus Elie. Il se souvint d'une conversation récente avec Dansel, à propos d'un extrait de la Bible.

— *Tu diras aux enfants d'Israël : si un homme des enfants d'Israël ou des étrangers qui séjournent en Israël livre à Moloch l'un de ses enfants, il sera puni de mort,* murmura-t-il.

— Lévitique, XX ! rétorqua Elie, sans l'ombre d'une hésitation.

— Eh bien voilà, pour que tu comprennes, disons que je vais à la chasse au Moloch ! C'est casher, comme ça ?

Il claqua la porte et dévala les escaliers sans même se retourner.

6

L'irruption de Rovère et de son équipe ne passa pas inaperçue, malgré l'heure tardive. Dimeglio, arrivé sur les lieux le premier, avait pris l'initiative de faire barrer les accès de l'immeuble par deux cars de « prétoriens ». De même, il ne s'était pas embarrassé pour briser les vitres d'une fenêtre de l'appartement de Verqueuil, ce qui lui avait permis d'en actionner la crémone. Il évacua d'un revers de manche les débris de verre et, après avoir enjambé le rebord, il se retrouva à l'intérieur, alluma les lumières, examina le fouillis qui régnait dans la pièce principale, tâta du bout de ses chaussures les ballots de linge sale entassés dans un coin, en se gardant bien de ne rien déranger. Il déverrouilla la porte d'entrée, et accueillit Rovère quand celui-ci arriva sur place en compagnie de Dansel.

— J'ai averti Sandoval, annonça Rovère. Il ne devrait pas tarder à nous rejoindre. On va l'attendre.

Il se débarrassa de son blouson encore trempé et déambula dans la pièce en bras de chemise, les mains dans les poches. Il examina les toiles réalistes-socialistes accrochées aux murs, les planches-contact étalées sur la table à tréteaux, les boîtes de papier, les réactifs.

Quand Choukroun arriva, Rovère l'interrogea du regard.

— Je l'ai vu, à l'hosto, le père Cochu ! La vie d'ma mère, c'est pas croyable, là-bas ! C'est un vrai camp de concentration pour petits vieux, on les met là en attendant qu'ils crèvent, rien de plus !

— Alors ? Qu'est-ce qu'il t'a raconté ?

— Il déconne à plein tube, le pépé ! Les toubibs m'ont expliqué, son attaque, ça lui a pété les neurones, bref, il a le centre du langage bousillé, mais il arrête quand même pas de tchatcher ! Le coup de vice, c'est qu'on entrave que dalle à ce qu'il raconte...

— Aphasie de Wernicke, résuma Dansel. Les sons jaillissent, dans l'anarchie la plus totale, sans qu'on puisse en percer le sens, si toutefois il y en a un !

— Ouais ! C'est exactement ce que m'ont dit les

toubibs ! approuva Choukroun, surpris par le diagnostic posé par son collègue.

Ni Rovère ni Dimeglio ne s'étonnaient plus du savoir quasi encyclopédique de Dansel. À maintes reprises, il les avait étonnés par des remarques aussi savantes qu'inattendues.

— Tu lui as montré la photo de Charlie ? insista Dimeglio.

— J'étais allé là-bas pour ça, quand même, bien sûr que je la lui ai montrée ! Total, ça lui a fait ni chaud ni froid.

— Bon, eh bien, on n'est pas plus avancés ! résuma Rovère en consultant sa montre. Qu'est-ce qu'il fout, Sandoval ? Il devrait se grouiller.

Il avisa une bouteille de whisky posée sur une étagère.

— On s'en jette un à la santé de Verqueuil ?

— La santé de Verqueuil ? ricana Dimeglio. J'ai comme un doute. Si Charlie lui met la main dessus, il pourra toujours consulter Pluvinage pour ses petits bobos. Il aura plus à se tracasser pour ses hémorroïdes. Mais moi, si ! Seulement mon cul, je le montrerai pas à Pluvinage !

— Vous avez raison, des fois qu'il vous le mette dans un bocal de formol ! s'esclaffa Choukroun. On sait jamais !

Il se tut aussitôt, le rouge aux joues, effrayé par l'audace de sa remarque.

— Eh, c'est qu'il se dessale, le petit nouveau ! gloussa Dimeglio. Mon cul sur la commode, je connaissais déjà, mais dans un bocal...

Rovère saisit quatre verres près de l'évier et y versa de copieuses rations de Glenfiddish. Il vida d'un trait le sien avant de le remplir de nouveau. Dimeglio lui jeta un regard réprobateur.

— *Shabbat shalom*, murmura Dansel en trinquant avec Choukroun.

— *Shabbat shalom*.

Quelques secondes plus tard, le commissaire Sandoval franchit le seuil de l'appartement et s'entretint avec Rovère.

— Choukroun, voyons, tu es en service ! chuchota Dansel.

— Ah ouais ? J'avais pas remarqué ! Et alors ?

Dansel leva la main au-dessus de sa tête et décrivit un petit mouvement rotatif, du bout des doigts. Choukroun écarquilla les yeux, sans comprendre.

— Ta kippa, insista Dansel.

— Ah merde, j'avais oublié ! Merci !

Confus, il défit la barrette qui fixait la calotte de soie sur le sommet de son crâne et fourra prestement celle-ci au fond de la poche de son pantalon.

Sandoval, à son tour, arpenta la grande pièce qui servait à la fois de séjour, de chambre à coucher et de débarras où s'entassaient les travaux en cours. Il s'arrêta devant les tableaux suspendus aux murs, examina quelques planches-contact, puis se figea devant la porte d'un cagibi aménagé en labo de développement.

— Vous avez tout vérifié, y compris là-dedans ? demanda-t-il.

— Vérifié quoi ? s'étonna Rovère. On vient juste d'arriver et on vous attendait.

— Eh bien, s'il n'y a pas de prises de vues à caractère pédophile ! Comme chez l'accordéoniste de Saint-Ouen ! C'est toujours la piste numéro un, que je sache !

Rovère comprit que Sandoval ne démordrait de son hypothèse qu'à la condition qu'on lui démontre noir sur blanc qu'elle était pour le moins bancale. Dimeglio et Choukroun se chargèrent du travail. Ils prirent tout leur temps pour étudier les négatifs accumulés par Verqueuil sans rien y trouver de suspect. Il n'y avait là que des prises de vues anodines, des tableaux, des portraits, des reportages effectués lors de vernissages d'expo, de cocktails, etc.

Pendant ce temps, Rovère demanda à Dansel de lui brosser un bref compte rendu de son entretien avec Verqueuil. L'inspecteur s'exécuta.

— Il avait l'air sincèrement bouleversé que la maison de la Chapelle, dans laquelle il a passé toute son enfance, ait pu abriter quatre cadavres. Je ne lui ai pas dit qu'il s'agissait de gosses... Là-dessus, il a embrayé sur la maladie de son père, et m'a donné une explication tout à fait satisfaisante à propos du système de protection du pavillon. Il l'avait fait installer pour sécuriser son père, qui commençait sérieusement à perdre la boule. À part ça pas grand-chose. Il m'a expliqué qu'il était photographe professionnel, et qu'il naviguait principalement dans les milieux des galeries.

— Il est mouillé jusqu'au cou dans l'histoire, résuma Sandoval. Tout colle parfaitement. Dimitriescu fournit les enfants à Vlad, qui les héberge chez Verqueuil ! Et quand ça commence à chauffer, celui-ci se fait la valise ! Bon, il faut lancer un avis de recherche. La presse n'a pas été informée de la découverte du cadavre de Vlad, n'est-ce pas ?

— Absolument pas, confirma Rovère.

— Qu'est-ce que vous suggérez ? demanda Sandoval, brusquement à court d'inspiration.

— On a un temps de retard sur Charlie, depuis le début. Je ne vois pas comment le court-circuiter rapidement. Cela dit, si on en apprenait davantage sur Verqueuil, son passé, son cercle de relations, je pense qu'on pourrait avancer...

— Faites comme vous voulez. Vous avez la nuit pour cela ! Mais demain matin, je veux voir tout le monde aux Puces de Clignancourt ! C'est là que Dimitriescu avait un point de chute. Si on peine à avancer avec Verqueuil, au moins qu'on ne reste pas bloqués avec Dimitriescu !

Rovère grimaça, contrarié. Il fallait en convenir, l'argument se tenait. Il se garda pourtant de le reconnaître. Sandoval quitta la rue de la Grange-aux-Belles, heureux d'avoir marqué un point, persuadé qu'un jour ou l'autre plus personne ne contesterait son autorité.

— Bien, messieurs, au boulot ! s'écria Rovère dès que le commissaire eut disparu.

Tout ce que l'appartement comptait de tiroirs, de secrétaires, de classeurs fut passé au crible. Les courriers de l'agence de la BNP dans laquelle Verqueuil avait domicilié son compte firent apparaître une fâcheuse tendance au découvert chronique. Verqueuil passait son temps à batailler avec les huissiers, le fisc et quantité d'autres rapaces. Dimeglio s'intéressa aux relevés téléphoniques. Rovère mit également la main sur un dossier où était consignée une procédure de divorce récente, assez laborieuse. Lise Verqueuil, qui avait repris son nom de jeune fille, Dolléans, habitait près de la Croix-de-Chavaux, à Montreuil.

— C'est à deux pas de chez moi, annonça-t-il à ses adjoints. Demain matin, j'arriverai en retard aux Puces de Clignancourt. Mais vous, surtout soyez à l'heure !

SAMEDI

1

Tous les samedis matin, Serge Vilsner quittait son appartement de la place Léon-Blum pour se rendre en voiture à Bry. Deux heures durant, en solitaire, il suait sang et eau à bord d'un skiff, sillonnant la Marne, entre Joinville et Champigny aller et retour. Le bateau était remisé dans un hangar où Vilsner louait une place à l'année. Il y laissait le sac qui contenait son survêtement, du linge de rechange, des serviettes-éponge et une bouteille de Volvic, avant de mettre son embarcation à l'eau.

En fin de matinée, un groupe de promeneurs qui longeaient l'île des Loups furent étonnés d'apercevoir un skiff qui dérivait le long des quais, sans personne à son bord. Inquiets, ils alertèrent le poste de secours du port de Nogent. On entreprit des recherches, en vain. Si le propriétaire du skiff s'était noyé, conclurent les pompiers, son corps, emporté par le courant, ne manquerait pas de dériver et d'échouer sur un quelconque barrage situé en aval, ou, au contraire, de mettre deux ou trois jours avant de remonter à la surface, au cas où il aurait coulé au fond d'un trou.

À neuf heures, Dimeglio rejoignit ses collègues qui patientaient près du métro Porte-de-Clignancourt. Dansel et Choukroun, perdus au milieu des autres, battaient la semelle en observant la foule clairsemée qui commençait à envahir peu à peu le marché aux Puces. Sandoval, averti du retard probable de Rovère, se décida à diriger lui-même les opérations. Suivant la tactique habituelle, il forma plusieurs « doublettes » qu'il expédia aux quatre coins du marché. Les inspecteurs, résignés à ce travail de fourmi, détenaient tous un jeu de photographies de Dimitriescu et de Charlie Grésard. Au petit bonheur la chance, ils interrogèrent les commerçants, les cafetiers, en leur présentant les documents. Jusqu'à onze heures, le « chalut » de Sandoval ne rapporta strictement rien. Mais, quand Dimeglio et Dansel pénétrèrent au Picolo, le bar de la rue Jules-Vallès, ils comprirent aussitôt que le commissaire n'avait pas eu tort d'insister. Le patron, retranché derrière son comptoir, tiqua en voyant le portrait de Charlie.

— Si vous le connaissez, il faut le dire tout de suite ! s'écria Dimeglio. Allez, répondez vite et pas de salades !

Sur la photo, Charlie avait fière allure, avec son béret rouge, ses épaulettes de caporal et sa chemise kaki.

— Il a beaucoup changé, acquiesça le bistrotier. Mais il traînait souvent dans le coin, avec sa mobylette et sa remorque. Il venait souvent picoler ici, parfois il forçait même un peu la dose. Il y a quelqu'un qui pourrait vous rencarder, c'est le Gros René, le type qui tient les stands de surplus US, vous pouvez pas vous tromper, c'est juste à l'entrée du marché Malik !

Sans préciser le motif de sa visite, Dimeglio farfouilla dans les lits de camp encombrés de piles de vêtements, de bottes, de gourdes, de sacs de toile et de casques. Dans une annexe du magasin, il aperçut des outils en grand nombre, de la simple pioche à la perceuse à percussion. Un type à la panse impressionnante somnolait au fond de ce capharnaüm, affalé sur un hamac. Sans prendre plus de précautions, Dimeglio lui brandit la photo de Charlie sous le nez. Le Gros René s'apprêtait à protester contre ces vilaines manières mais se radoucit à la vue de la carte barrée de tricolore que le nouveau venu baladait à présent devant ses yeux.

— Vous fermez la boutique, tout de suite ! ordonna Dimeglio.

Dansel était allé chercher Sandoval, qui ne tarda pas à rappliquer, très excité. En quelques minutes, le Gros René passa aux aveux. Charlie lui livrait du matériel qu'il allait piquer sur des chantiers.

— Il livrait ici ? demanda Sandoval.

— Non, j'ai un entrepôt, à Flavigny, en Seine-et-Marne.

— Eh bien nous y voilà ! Le père Cochu, vous connaissez ?

— Évidemment, il vivait dans une cabane, au bord de la rivière. Un pauvre vieux qu'il a fallu amener à l'hôpital, le mois dernier. Une attaque cérébrale. Charlie et lui étaient assez copains, ils buvaient souvent un coup ensemble...

— Écoutez, reprit Sandoval, vos salades, on peut fermer les yeux dessus. Quoique, recel de vol, ça colle assez mal avec le maintien de votre inscription au registre du commerce ! En échange, il faut nous donner un moyen de remonter jusqu'à Charlie. Vous savez où il habitait ?

— Charlie était ce qu'on appelle un SDF...

— Oui, mais il avait bien une planque, un endroit où il avait installé ses pénates. S'il vivotait avec ses petites combines, c'est qu'il ne se débrouillait pas trop mal. Il avait peut-être une cabane, comme le père Cochu ? Du côté de Flavigny, pourquoi pas ?

— Je ne sais pas, je vous jure que je ne sais pas, assura le Gros René d'une voix tremblante.

— Il va falloir vous creuser les méninges, murmura Dimeglio, méfiant.

— Je vous assure, je l'ai souvent questionné, et je suis pas le seul, il a jamais voulu me dire où il créchait !

— Bon, vous allez venir avec nous, signer une déposition. De vous sentir en confiance, dans nos locaux, ça vous rafraîchira peut-être la mémoire !

Ils traversèrent les allées du marché qui à présent grouillaient de badauds.

3

Au milieu de la matinée, Rovère se rendit chez l'ex-épouse de Verqueuil, Lise Dolléans. Une femme d'une cinquantaine d'années, au visage fatigué, alourdi de cernes noirs, lui ouvrit sa porte. En quelques mots, il la mit au courant, sans rien dire sur l'essentiel. Quand il eut pénétré dans l'appartement, un trois pièces HLM assez décati, il ne fut pas surpris par les affiches qui ornaient les murs. Prague, Varsovie, Sofia, Bucarest, les posters glanés lors de maints voyages dans les pays de l'ex-bloc socialiste achevaient de jaunir imperturbablement, punaisés à même le papier peint. Sur les étagères de la bibliothèque, des ouvrages politiques voisinaient avec des babouchkas gigognes, des badges du MRAP, de SOS racisme, des photos de manif. Rovère reconnut aussitôt, à leur tranche d'un vert bouteille inimitable, quelques volumes des *Œuvres complètes* de Lénine, qu'en d'autres temps Claudie collectionnait, elle aussi, dans sa piaule d'étudiante.

— Alors comme ça, il a fait le con... murmura Lise, accablée, dans un profond soupir.

— Pour le moment, nous n'avons rien de bien précis contre votre ex-mari, corrigea prudemment Rovère. Simplement quelques doutes. Je suis venu vous voir pour que vous me parliez de lui.

Elle invita son visiteur à prendre place dans un sofa recouvert d'une large pièce de tissu bariolé. Sur une petite table en osier reposaient une bouteille de rhum cubain déjà largement entamée ainsi qu'un cendrier empli à ras bord de mégots. Un paquet de tracts gisait sur le parquet, à côté de quelques numéros froissés de l'*Huma*. La porte d'un cagibi, entrouverte, permit à Rovère d'apercevoir un seau, des balais et des paquets de colle en poudre.

— Excusez le désordre, toussota Lise en allumant une cigarette, il y a eu une réunion ici, hier soir.

À cet instant, le téléphone sonna. Lise décrocha et écouta son interlocuteur, d'un air agacé. Elle s'excusa de ne pouvoir venir au rendez-vous fixé. Il était question d'une expulsion dans un foyer d'immigrés, d'un rassemblement de protestation, d'une délégation à envoyer à la préfecture.

— Alors comme ça, il a fait le con... répéta-t-elle après avoir raccroché. Je ne suis pas surprise, ça devait arriver un jour ou l'autre !

Elle saisit la bouteille de rhum et en proposa un verre à l'inspecteur. Rovère accepta.

— Je vous écoute, dit-elle, après s'être servie elle-même.

— Non, c'est moi qui vous écoute. Votre mari, enfin, votre ex-mari est photographe ?

— Oui. Au départ, il était journaliste, il effectuait des reportages, un peu partout.

Elle désigna les différents posters, les livres, d'un geste d'une grande amplitude, sans préciser davantage.

— Il a acquis, si j'ose dire, ses lettres de noblesse avec une série de photos sur les troupes de l'Armée Rouge entrées à Prague, en 68. Leur vie quotidienne, leurs relations très amicales avec la population tchèque en dépit du caractère un peu désagréable de leur mission, enfin, bref, vous voyez le genre, j'ai pas besoin de vous faire un dessin. Ensuite, il a beaucoup séjourné au Vietnam. C'est quelqu'un d'assez courageux, physiquement. Il a rapporté des photos des bombardements US, des ravages causés par les bombes au napalm larguées par les B 52. Il fallait oser les faire, ces photos, oser sortir des souterrains où les gens se terraient pour aller fixer l'épouvante sur la pellicule.

Elle fouilla dans une cantine et en sortit un dossier contenant quelques spécimens de ce travail. Rovère apprécia.

— Tout ça, ça date, remarqua-t-il. Qu'a-t-il fait, ces dernières années ?

— Eh bien, quand tout a commencé à se déglinguer, là-bas, il a de plus en plus mal supporté. Il faut nous comprendre, lui et moi, nous avions mis toute notre existence dans la balance. On y croyait. Dur comme fer. C'est assez difficile d'admettre qu'on s'est plantés sur toute la ligne.

— Pourtant, vous, vous ne semblez pas avoir renié quoi que ce soit ! remarqua Rovère.

— Non... vous connaissez les vers d'Aragon ? *Qu'on nous trompe, qu'on nous leurre, nous donnant le mal pour bien, celui qui n'en savait rien, et qui le mal pour bien tient, n'est-ce pour le bien qu'il meurt ?*

Rovère frissonna bien malgré lui. Un flot de souvenirs lui revinrent en mémoire. Des débuts de la vie commune avec Claudie. Elle préparait son mémoire de maîtrise sur les poètes de la Résistance et récitait à longueur de soirée les vers de Desnos, d'Eluard, tandis qu'il s'échinait à ressasser les paragraphes abscons du manuel du parfait petit enquêteur.

— Ce n'est pas parce que là-bas tout s'est cassé la gueule qu'il faut admettre tout ce qui se passe ici en disant amen ! ajouta Lise, sans remarquer son trouble.

C'était la troisième fois qu'elle employait l'expression « là-bas » pour désigner un ailleurs mythique, paré de toutes les vertus.

— Quand le Mur est tombé, le Mur de Berlin, reprit-elle, il s'est senti perdu. Depuis des années, il passait la moitié de son temps en vadrouille entre Vladivostok et Gdansk, et ses reportages étaient de plus en plus complaisants. Même avec la meilleure volonté du monde, ici, plus personne ne voulait, ne pouvait y croire. Seulement voilà, là-bas, il avait pris l'habitude de vivre dans des hôtels de luxe, de côtoyer les nantis, de leur manger les zakouskis dans la main, de laper le caviar dans leur gamelle, de boire leur vodka dans leur écuelle. Alors à force, ça use. Et fatalement, un beau jour, le *tapis rouge* s'est dérobé sous ses pieds.

Lise ne put retenir un petit ricanement cynique à l'énoncé de cette dernière remarque. Elle se leva, fouilla dans la bibliothèque et en extirpa un livre bien mal en point. *Le Rêve brisé.* Qu'elle tendit à Rovère.

— Ça, c'est son père qui l'a écrit. Un faire-part de rupture. En 48. Après une tournée là-bas. En 48. Pas en 78, ni en 88. En 48. Tout y était annoncé. Il aurait suffi d'un minimum de lucidité pour faire le point, seulement voilà, comme on dit, il n'y a pas de pire aveugle que celui qui ne veut pas voir, non ? Gardez-le si vous le voulez, j'en ai tout un paquet à la cave ! Inutile de préciser qu'à l'époque, ça ne s'est pas vendu !

Rovère feuilleta l'ouvrage. Il se garda bien de dire à Lise Dolléans que d'autres avaient compris, et hurlé dans le désert, bien avant 48. Elle se tut un long moment et emplit de nouveau les verres, cette fois-ci à ras bord.

— Nous nous sommes séparés quand il s'est rendu de plus en plus souvent en Roumanie, poursuivit-elle, ça a commencé par des week-ends, puis ça durait des semaines entières. Notre divorce est intervenu plus tard, mais ça, ça a été le véritable point de rupture. Il a fini par s'installer à plein temps à Bucarest. La « belle vie » a continué. Il a gagné sa pitance à photographier les fêtes données par la famille Ceaucescu. Ou les rassemblements enthousiastes du bon peuple soudé comme un seul homme derrière le Conducator bien-aimé ! Il traînait dans les soirées du fils Ceaucescu, Nicu ! Le genre play-boy avec toute une collection de voitures de luxe, vous avez entendu parler ? Des filles faciles pendues à ses basques, des partouzes à n'en plus finir, des flots de whisky. Et les sbires de la Securitate qui torturaient à l'étage du dessous. Et puis une nouvelle fois, l'idole s'est brisée, il a fallu battre en retraite. Rentrer en France. Voilà.

Rovère n'avait pas tressailli à l'annonce de ce dernier épisode. Dimitriescu, Vlad, tous deux roumains. Et, *in fine*, le séjour de Verqueuil à Bucarest : les pièces du puzzle pouvaient s'imbriquer les unes aux autres d'une simple chiquenaude.

— Quand il est revenu à Paris, il était complètement paumé, poursuivit Lise. Il avait cinquante ans, ne croyait plus à rien, et se sentait coincé. Un goût de cendres dans la bouche. Sa seule obsession, c'était de gagner du fric. Il ne parlait que de ça ! Au fil du temps, il s'était constitué un petit carnet d'adresses dans les milieux de l'art, les peintres, les sculpteurs, vous voyez ? Des types qu'il avait connus à Moscou, à Berlin ou à Varsovie, toute une flopée d'intellectuels que le pouvoir en place persécutait gentiment et qui avaient émigré aux États-Unis. Il se donnait bonne conscience à les fréquenter. Ou peut-être livrait-il des renseignements les concernant... Quand il s'est retrouvé dans la panade, il les a contactés, et il a commencé à travailler dans le milieu des galeries, entre Londres, New York et Paris. Il photographiait les expos, aidait les peintres à se constituer un book... il bricolait comme ça. Je ne l'ai pas revu depuis l'an dernier, quand notre divorce a été définitivement prononcé. Il me faisait pitié. Il était vidé. Et moi, j'ai continué à militer, parce que je ne peux pas supporter les SDF au coin des rues, les villes entières condamnées au RMI, les gosses qui souffrent de saturnisme aux portes de Paris à force de vivre dans des immeubles insalubres ! Retour à la case départ, mais cette fois, sans illusions. Parce qu'il n'y a pas d'autre issue.

Rovère eut le sentiment que son interlocutrice était soulagée de s'être livrée à cette confession dont la sincérité ne pouvait être mise en doute. Il la remercia de sa franchise par un sourire qu'il voulut chaleureux.

— C'est comme ça, insista-t-elle, je ne sais pas vivre autrement. Tant que je tiendrai debout, vous me trouverez devant la station de métro, avec mon paquet de tracts, mon seau de colle et mes affiches.

Rovère tenta de lui arracher encore quelques renseignements. Lise n'avait aucune idée de l'endroit où pouvait se trouver Verqueuil. Mieux valait la croire. Il s'en alla, le *Rêve brisé* sous le bras.

4

Charlie gigota, couvert de sueur au fin fond de ses couvertures qui empestaient le moisi. Il ouvrit un œil, le referma, à plusieurs reprises, avant de se décider à consulter sa montre. Il était plus de midi. Il se leva, sortit de son repaire, pissa du haut de la coursive, contempla le jet qui atterrissait sur le sol bétonné du hangar, dix mètres plus bas. Il ébouriffa ses cheveux, se racla les joues qu'une barbe drue commençait à envahir. Il rentra dans sa tanière, avala un coup de blanc sec, versa quelques litres d'eau d'un jerrican dans une cuvette de plastique, y trempa sa tête, puis se rasa soigneusement.

Il s'était couché très tard la veille au soir. Jusqu'au milieu de la nuit, il avait traîné sur les rives du canal de l'Ourcq, à fumer cigarette sur cigarette. Il s'était assis sur un talus, près de l'endroit où il avait jeté le corps d'Héléna dans les eaux noires. Depuis qu'il avait vu les petits corps qui se consumaient dans la pavillon de la Chapelle, dix jours plus tôt, son existence jusqu'alors si morne avait basculé dans un tourbillon qu'il redoutait de ne pouvoir maîtriser. Héléna, Dimitriescu, Vlad... Charlie se prit la tête entre les mains et resta figé face au miroir ébréché, cloué au mur, qui lui renvoyait sa propre image. Il eut l'impression angoissante d'avoir affaire à un étranger. Voila que ça recommençait.

Au Val-de-Grâce, le docteur Taillade l'avait longuement interrogé à ce sujet. Au cours de ces séances de discussion à bâtons rompus, dans le bureau du psychiatre, les mêmes thèmes revenaient sans cesse sur le tapis. Charlie expliquait volontiers qu'il lui semblait que le soldat qui conduisait le bulldozer, devant la fosse où s'entassaient les cadavres, à Goma, était quelqu'un d'autre que lui-même. Une personne très familière, pourtant, une sorte de double, de jumeau dont on lui avait jusqu'alors dissimulé l'existence. Chaque fois que Charlie évoquait l'existence de cet alter ego sur lequel il s'efforçait de rejeter toutes ses fautes, ses doutes, ses souffrances, Taillade fronçait les sourcils, l'air vivement intéressé. Peu à peu, Charlie comprit qu'il lui fallait se méfier de ce compagnon à la présence aussi impalpable qu'obsédante. Il apprit à l'enfermer dans un recoin de sa tête, à le maintenir dissimulé sous une épaisse couche d'autres souvenirs, plus heureux, du temps de son enfance, ou de son séjour à la caserne, avec les potes de la section, Fred, Steph et Nono, des souvenirs d'un temps où l'irréparable ne s'était pas encore produit.

Figé devant son miroir, ce matin-là, Charlie fixa l'étranger qui l'épiait et le somma de retourner là d'où il venait. De s'en aller croupir dans les tréfonds les plus crasseux de sa cervelle fatiguée. Et plus vite que ça. L'étranger obéit sans trop rechigner. Charlie retrouva le sourire. Tout était clair. Limpide. À chacun son dû. C'est l'étranger qui avait piloté le bull-dozer dont les chenilles broyaient les chairs des cadavres empilés en tas grossiers devant la fosse de Goma, mais c'est Charlie qui avait sauvé Héléna. Enfin, tenté de la sauver.

Charlie haussa les épaules. Au petit jeu de qui-a-fait-quoi, l'étranger risquait bien de l'embrouiller. À qui demander des comptes ? Et pourquoi demander des comptes, d'ailleurs ? Pour la mort de Dimitriescu ? Pour celle de Vlad ? À ce train-là on pouvait demander des comptes à n'importe qui, à ces petits salauds du village de Flavigny, par exemple, ces braves gens qui avaient laissé végéter le père Cochu tout seul dans sa cabane. Chaque fois qu'il allait livrer le Gros René, Charlie rendait visite au pauvre vieux. La cabane était un endroit tranquille, un véritable paradis au fond duquel on pouvait oublier tout le reste. La bonne odeur du bois fraîchement scié, le chuchotis de la rivière qui s'écoulait tout près de là, le chant des grillons, les soirs d'été. Charlie y avait passé de longues heures, à rêvasser couché à même le sol, parmi les copeaux. Puis le père Cochu s'était effondré un beau matin sur la place du village, devant l'église.

Après avoir capturé Vlad, grâce aux renseignements fournis par Dimitriescu, Charlie s'était dit que la cabane était l'endroit idéal pour une petite conversation avec le Roumain. Personne ne risquait de l'entendre crier. Charlie avait cogné fort pour contraindre Vlad à s'allonger dans le coffre de la voiture que Dimitriescu lui avait cédée. Au petit matin, il l'avait surpris dans une rue déserte, près de Pigalle, à la sortie d'un bar à putes. Vlad remontait la rue Frochot d'un pas titubant, une bouteille de champagne à moitié vide dans la main. Il s'arrêtait tous les cinq pas pour en boire une gorgée. Le coup de cric, assené dans le creux de ses reins, était venu à bout de ses réticences.

À présent, Charlie devait aller jusqu'au bout de sa mission. Sans commettre d'impair. Il avait découpé dans le journal la photo de la petite juge chargée de l'enquête et l'avait scotchée sur un des murs de son perchoir. Cette Nadia Lintz à qui il avait adressé ses lettres. Une jolie femme.

— Tu la baiserais bien, hein, salaud ? chuchota une voix, au fond de sa tête.

— Et comment que je la baiserais bien ! rétorqua Charlie, à voix haute. Ta gueule, ça te regarde pas !

Depuis son retour de Goma, on l'avait tellement bourré de médicaments que Charlie ne s'était quasiment plus posé la question. Quand le docteur Taillade l'autorisait à quitter le Val-de-Grâce pour une ou deux heures de vadrouille dans les rues toutes proches du quartier Latin, il matait les cuisses des petites étudiantes qui buvaient un pot à la terrasse des cafés, sans parvenir à éprouver une quelconque excitation. À sa demande, Taillade s'était lancé dans une longue explication à propos des effets secondaires des neuroleptiques. Et puis, plus tard, après sa cavale hors des murs de l'hôpital, il avait rencontré Anita. Une fille qui traînait au marché aux Puces et dormait parfois dans le stand du Gros René. L'expérience n'avait pas été concluante. Charlie secoua la tête. Est-ce que ça valait la peine de se torturer les méninges avec des questions inutiles ? Il leva de nouveau les yeux vers le miroir. C'était bien le moment de penser à des histoires de cul, avec tout le boulot qui l'attendait !

Il grignota quelques gâteaux secs en buvant une tasse de Nescafé, et examina avec anxiété l'appareil téléphonique portable confisqué à Vlad. Une fois allongé sur l'établi du père Cochu, les vertèbres lombaires brisées, celui-ci semblait accorder à cet appareil des vertus insoupçonnées. Il suppliait Charlie de ne pas le laisser crever là, d'appeler d'urgence l'hôpital. Charlie ne s'était pas montré avare de promesses. Ni Vlad de confidences...

Oui, il avait cru pouvoir arnaquer Dimitriescu en ne lui refilant que la moitié de l'argent prévu pour la livraison de la marchandise, ce qui avait été à l'origine de toutes les complications... Tout cela, Charlie le savait déjà. Tout comme il savait qu'Héléna, venue clandestinement de Bucarest deux ans plus tôt, vivait sous la coupe de Dimitriescu, lequel en usait à sa guise. Mais Charlie apprit surtout que Vlad s'était procuré les gosses de la Chapelle pour le compte d'un troisième homme, un certain Verqueuil, propriétaire de la maison ! Il comptait les y héberger pour quarante-huit heures à peine.

— Avant d'en faire quoi ? demanda Charlie.

Vlad n'en savait rien. Il le jura en roulant des yeux fous quand Charlie lui eut expédié un coup de poing dans les reins, à l'endroit où le cric lui avait brisé les os. Vlad avait connu ce Verqueuil en Roumanie, à Bucarest, où il vivait en trafiquant dans les « sphères de la haute ». Charlie ne s'était jamais beaucoup intéressé à la marche du monde. Quand il logeait encore chez ses parents, il regardait les infos de la Une sans trop y prêter attention. Il se souvenait pourtant du procès très expéditif à l'issue duquel Ceaucescu et sa mégère s'étaient retrouvés devant le peloton d'exécution.

Vlad souffrait tant que ses propos perdirent de leur cohérence. Charlie comprit qu'il avait affaire à une sorte de flic, un type mouillé jusqu'au cou dans les combines qui s'étaient tramées là-bas. S'il s'était exilé en France, c'était parce que quelques-uns de ses compatriotes avaient une sacrée dent contre lui. Dans la poche de son pardessus se trouvait le portable. Vlad donna à Charlie un numéro de téléphone où il pourrait joindre Verqueuil, après quoi, une dernière fois, il le supplia d'appeler l'hôpital. Charlie quitta la cabane du père Cochu sans ajouter un mot, ni s'émouvoir de ses hurlements.

Le portable reposait à présent sur la table de camping, dans le perchoir de Charlie. Celui-ci n'avait jamais utilisé un appareil de ce genre mais ça ne devait pas être d'un maniement plus compliqué que les talkies dont on se servait dans la section, lors des manœuvres, et plus tard en opération. Après avoir effectué quelques essais, il appela le numéro que lui avait confié Vlad et qu'il était seul à connaître. À peine eut-il appuyé sur la dernière touche qu'une voix lui répondit.

— Vlad, qu'est-ce tu fous, nom de Dieu, pourquoi t'as pas appelé depuis deux jours ? Vlad ?

Le correspondant se méfiait. Il prononça quelques phrases en roumain, espérant ainsi s'assurer de l'identité de son interlocuteur.

— C'est pas Vlad ! avoua Charlie qui s'attendait à une parade de ce genre. Il m'a chargé de vous contacter, il a des emmerdes. Il veut vous voir de toute urgence !

— Qui êtes-vous ?

— Un copain à lui, je dois vous conduire jusqu'à sa planque.

— Pourquoi Vlad ne m'appelle-t-il pas lui-même ? rétorqua Verqueuil, très méfiant.

— Vous lui demanderez quand vous le verrez ! Mais c'est à propos des gosses, de la livraison ! Vlad a réfléchi, il a peut-être une autre solution. Moins foireuse qu'avec Dimitriescu, cette fois !

Charlie avait parlé d'un ton assuré. L'allusion aux enfants tout comme la mention du nom de Dimitriescu rassurèrent Verqueuil. Seul Vlad, ou l'un de ses mandataires, pouvait être au courant de tout cela. Un mandataire sérieux, puisque Vlad s'était décidé à le mettre dans la confidence.

— O.K., ça fait dix jours que je tourne en rond entre les quatre murs de ma chambre d'hôtel, il faut bien trouver une issue... admit-il.

5

Quand Rovère arriva au Quai des Orfèvres, en début d'après-midi, il croisa Sandoval, qui l'accueillit avec un ricanement.

— Votre concours nous aurait été précieux, ce matin, grinça le commissaire, mais fort heureusement, nous avons progressé en nous passant de vos lumières !

— Vous avez réussi à remonter la piste des pédophiles ? s'étonna Rovère, agréablement surpris.

— Non, mais nous en savons un peu plus sur Charlie ! Vos adjoints interrogent un témoin, rejoignez-les si ça ne vous dérange pas trop, moi, je vais déjeuner !

Rovère renonça à relater à son supérieur ce qu'il avait appris concernant Verqueuil, et poursuivit son chemin. À peine eut-il fait quelques pas qu'il entendit retentir la voix de stentor de Dimeglio. Sa voix des grands jours, des grandes colères.

— Tu me les brises, René, il fait beau, à l'heure qu'il est je pourrais me balader en forêt avec mes gosses, et toi, tu me fais perdre mon temps !

Choukroun, qui était parti au ravitaillement et revenait les bras chargés de sandwichs et de canettes de bière, mit brièvement Rovère au courant. Celui-ci jugea que puisque l'affaire était en de bonnes mains, il pouvait s'accorder quelques moments de répit. Il s'installa dans son bureau, dont les fenêtres s'ouvraient sur la Seine, et se mit à parcourir l'ouvrage du père de Verqueuil, *Le Rêve brisé*. Le ton était un peu emphatique, mais sincère. La description de la vie quotidienne à Moscou, le chapitre sur le coup de Prague, l'évocation de la terreur qui s'abattait sur les opposants partout derrière le Rideau de Fer. Rovère se souvint des soirées enfiévrées lors desquelles Claudie et ses copains complotaient en rêvant de bousculer le vieux monde. Il s'était toujours tenu à l'écart de leurs discussions.

Plus par modestie que par méfiance. Claudie ne lui en avait jamais tenu rigueur. L'exemplaire du livre que lui avait offert Lise Dolléans comportait de nombreuses pages non coupées et il dut en trancher les feuillets à l'aide d'un cutter. La dédicace qui figurait en exergue le laissa songeur : *À mon fils, pour qu'il s'arme de lucidité...*

— Le témoin ! Dimeglio lui a fait cracher le morceau ! annonça Choukroun en faisant soudain irruption dans la pièce. Vous venez ?

— Je te suis, soupira Rovère.

Dans le bureau voisin, le Gros René sanglotait comme un gosse, tassé sur sa chaise. Dimeglio lui tapotait affectueusement l'épaule.

— Allez, allez, René, te bile pas, ça peut arriver à tout le monde, on a tous nos moments de faiblesse, grogna-t-il en mordant à pleines dents dans son sandwich.

— Alors ? demanda Rovère.

— On a peut-être une chance de retrouver Charlie !

— Tu me la fais courte ?

Dimeglio leva les yeux au ciel, la bouche pleine ; un filet de gras de jambon lui pendait à la commissure des lèvres.

— Charlie avait une petite copine, expliqua Dansel. Une pauvre gosse qui tapine dans les environs du marché aux Puces et sur les périphs. Rien de bien original. Une demoiselle Anita, que monsieur René, le témoin ici présent, a « contrainte » à plusieurs reprises à lui faire une petite gâterie. Ce qui n'a pas plu à Charlie.

— J'm'en foutais, de cette môme, protesta le Gros René, tous les week-ends, elle traînait autour du magasin, j'savais qu'elle zonait à droite à gauche, alors une fois ou deux, je l'ai autorisée à pioncer dans ma boutique, c'est tout ! Une fois ou deux, pas plus !

— Ta gueule ! éructa Dimeglio en lui expédiant une claque entre les deux épaules. Pardon, monsieur le témoin, excusez ce geste déplacé, je vous prierais simplement de ne plus interrompre mon collègue.

— D'après ce que nous dit monsieur, reprit Dansel, imperturbable, Anita aurait dans les dix-huit, dix-neuf ans. Son port d'attache pour ses activités professionnelles se situerait sur les boulevards extérieurs, dans le secteur de la Chapelle. Charlie aurait menacé de molester le témoin s'il persistait dans ses intentions d'abuser d'elle.

— Des conneries de jeunot ! murmura piteusement le Gros René. Charlie m'a agrippé par le col, un soir où Anita traînait dans mon magasin, moi, qu'est-ce que vous voulez, je l'ai envoyé paître, j'allais pas me battre pour des conneries pareilles, hein ? Mais la gosse, Charlie avait l'air d'en pincer pour elle ! Pauvre Charlie, elle se piquait, cette môme, ça crevait les yeux, ça valait pas le coup de s'attacher à elle.

— Ça remonte à quand, cette petite romance ? demanda Rovère.

— Un an, à peu près.

— Anita, vous pourriez la reconnaître ?

— Elle a pu changer, depuis ! Vous savez, les filles qui se piquent, elles prennent vite un coup de vieux ! J'en vois suffisamment au marché !

— Monsieur est un connaisseur, ricana Dimeglio. Cette fille a déjà dû se faire coffrer, il faut consulter les fichiers...

Il embarqua le Gros René dans les locaux des collègues de la répression du proxénétisme. Deux heures plus tard, il en revint bredouille. Le témoin n'avait pas reconnu Anita parmi les photographies des jeunes femmes qui lui avaient été présentées.

— Tant qu'à faire, il aurait aussi fallu jeter un œil du côté des toxicos, mais là on en a pour la semaine, soupira Dansel.

— Eh bien, conclut Rovère, en attendant mieux, on va tenter la méthode Sandoval : le coup de chalut !

Lorsque le commissaire revint de son déjeuner au restaurant, au milieu de l'après-midi, il lui annonça le programme.

— Pas d'objection ! approuva Sandoval. Vous voyez bien que j'avais raison d'insister à propos des Puces de Clignancourt !

— Si vous le dites.

— Je vous sens très motivé, Rovère, je vous fais totalement confiance ! Je vous aurais volontiers accompagné, mais j'ai des obligations familiales. Vous ferez pour le mieux ! Je serai de retour lundi matin. Vous me rendrez compte.

6

Serge Vilsner grelottait, allongé sur un matelas de toile grossière. Il s'était éveillé avec un furieux mal de crâne et éprouvait quelque peine à rassembler ses souvenirs. Il gisait dans une pièce vide, probablement une cave, aux parois de béton poussiéreuses. Une ampoule pendait du plafond et jetait dans le réduit une lueur jaunâtre. Il n'y avait que deux issues, un soupirail haut perché, garni de barreaux, et une porte équipée d'une serrure aux dimensions imposantes. Vilsner frissonna, hébété. Il ne parvenait pas à comprendre ce qui lui était arrivé. Un samedi matin très ordinaire, le trajet en voiture de la place Léon-Blum jusqu'à Bry, les quelques mots échangés avec le petit retraité qui s'occupait de la maintenance des bateaux remisés toute la semaine dans le hangar, puis le départ en solitaire à bord du skiff, vers Champigny. La Marne était haute, le courant assez fort. Et un trou noir concernant la suite. Il consulta sa montre qui indiquait deux heures vingt. Il était resté inconscient plus de douze heures.

Il remarqua alors le sac de plastique qui reposait près du matelas. Il l'ouvrit et constata qu'il contenait une serviette-éponge, ainsi qu'un ensemble de jogging et une paire d'espadrilles. Vilsner ôta le short et le tee-shirt trempés qu'il portait jusqu'alors, se passa la serviette sur le corps et enfila les vêtements secs, les chaussures, avec des gestes saccadés. Assis en tailleur sur le matelas, il prit son pouls. 75, rien que de très normal. En se tâtant le crâne, il s'aperçut qu'il portait une vilaine bosse, sur l'occipital. Pas de douleur, cependant. Il se sentait calme, détendu, lucide. Nullement angoissé par la situation paradoxale dans laquelle il se trouvait. Une vague démangeaison lui irritait la saignée du coude, à droite. Il releva sa manche et constata une trace de piqûre, un hématome discret, en forme d'étoile. Il comprit alors qu'on lui avait injecté une quelconque drogue pour s'assurer de sa passivité. Il chercha désespérément à se persuader qu'il devait avoir peur, très peur, mais n'y parvint pas.

7

Rovère conduisait la voiture de tête. À l'arrière était assis le Gros René, sous la garde bienveillante de Dimeglio. Choukroun et Dansel suivaient, à bord de la seconde voiture. Rovère aurait pu décider de mobiliser un effectif plus important, mais c'était le meilleur moyen de voir les filles qui tapinaient près des périphs se volatiliser comme une nuée de moineaux à l'arrivée de l'escouade. Par chance, un match opposait le PSG à un quelconque club espagnol et la nuit risquait d'être agitée. Comme d'habitude en pareil cas, les supporters ne résisteraient pas à une petite virée à la sortie du stade, avant de se disperser au fin fond de leurs banlieues. De la Chapelle au cours de Vincennes, on s'apprêtait à satisfaire leur libido malmenée par l'absorption de quelques litres de bière.

Rovère longeait prudemment les trottoirs. Les filles étaient embusquées entre des semi-remorques à l'arrêt, la plupart du temps par grappes de trois ou quatre, tandis que certaines d'entre elles préféraient attendre le client en solo.

— René, concentre-toi, Anita, c'est pas la blonde, là, avec la minijupe et les bottes ? Ou la grande brune, avec les cuissardes ? demandait Dimeglio chaque fois que la voiture dépassait un carrefour. Celle-là, regarde, elle a une bouche de suceuse, on sait que t'apprécies, alors ?

— Non, je me souviens pas bien... bredouillait le Gros René. Anita était plutôt petite. Une petite rousse. Maigrichonne. Vous la retrouverez pas, il a pu lui arriver n'importe quoi, depuis le temps !

— On perd rien à continuer ! Allez, ouvre grands tes quinquets !

Le Gros René écarquillait les yeux et balayait du regard les trottoirs encombrés de poubelles. Rovère fit deux fois le trajet entre la Chapelle et le cours de Vincennes, sans résultat. De temps à autre, les filles s'approchaient de la voiture, mais leur instinct les poussait aussitôt à rebrousser chemin.

— On empeste la flicaille, on arrivera à rien, comme ça ! bougonna Dimeglio. Et puis merde, il a raison, depuis le temps, si ça se trouve, la môme Anita, elle a calanché d'une overdose, ou alors elle a rencontré le prince charmant et elle s'est tirée à Abou Dhabi ! Dans un harem !

Rovère hocha la tête. Mieux valait changer de tactique. Il stoppa à un feu rouge, près de la porte des Lilas, serra le frein à main et se retourna vers le Gros René.

— Foutez le camp, lui dit-il. On vous lâche pour ce soir, mais on n'en a pas fini avec vous pour autant ! Vous revenez lundi matin au Quai. Vous vous présentez au poste de garde et vous me demandez. Et ne vous amusez pas à nous poser un lapin, sinon... Allez, dehors !

Le Gros René agrippa la poignée de la portière et jaillit hors de l'habitacle avec une vélocité que sa corpulence n'aurait pas laissé soupçonner. Il s'éloigna en se dandinant vers une station de taxis voisine. Choukroun, qui conduisait la seconde voiture, vint se garer à côté de Rovère.

— Les cars de Médecins du Monde, annonça celui-ci. Ils sont garés tous les soirs du côté de Château-Rouge ou place de la Nation, près du cours de Vincennes. Ils distribuent des seringues et des médicaments aux filles. On peut tenter le coup, non ?

Dimeglio, Dansel et Choukroun gardèrent le silence un long moment. Dimeglio reprit la parole le premier.

— Les types qui s'appuient ce boulot de dingue peuvent pas nous encadrer, souligna-t-il. Faut les comprendre, la plupart du temps, dès qu'ils s'installent quelque part, on leur colle un bataillon de CRS au cul, et quand les toxicos sortent du car, avec leurs seringues neuves et leur flacon d'eau de Javel, ils se font alpaguer !

— Je sais, je sais, concéda Rovère. Mais on peut essayer, non ? Dansel, qu'est-ce que t'en penses ?

— Pas grand-chose. On n'a même pas une photo de la gosse à leur montrer. Juste un prénom. Un vague prénom. Des Anita, il peut s'en présenter par paquets de douze !

— Et toi, Choukroun ?

— Je suis vanné, la vérité !

— O.K., on met les voiles, acquiesça Rovère.

— Non, c'est trop con, protesta Dimeglio, on essaie encore un coup. Il est deux heures, qu'est-ce qu'on risque ? Hein ? Même si on se plante !

— Il a raison. On se retrouve aux Halles, devant Le Pied de Cochon d'ici une heure et demie, d'accord ? proposa Dansel. La soirée est foutue, de toute façon...

*

L'expédition ne donna aucun résultat. Rovère et Dimeglio s'étaient rendus à Château-Rouge, tandis que Dansel et Choukroun interrogeaient les médecins et les assistantes sociales qui passaient la nuit à bord de leur car, au cours de Vincennes. On les avait reçus poliment, sans enthousiasme. Ils laissèrent leurs coordonnées, à tout hasard. Puis ils se retouvèrent comme convenu près de l'église Saint-Eustache, devant Le Pied de Cochon, où un groupe de touristes japonais se régalaient de tripous, andouillettes et autres têtes de veau ravigote. Dimeglio fit grise mine en étudiant le menu placardé sur un panneau à l'entrée du restaurant.

— Je viens de régler mon tiers aux impôts, s'excusa-t-il, c'est pas la joie, et puis ma femme me tanne pour qu'on change la caravane, alors si je commence à sacrifier le bas de laine, je suis bon pour mettre la clé sous la porte !

Choukroun bâillait à s'en décrocher la mâchoire. Dansel glissa son index sous le col serré de sa chemise, aspira une goulée d'air frais et rassura tout le monde.

— Bon, passe encore pour cette fois, dit-il, c'est moi qui régale.

— Ton héritage, tu l'as pas encore complètement claqué ? s'étonna Rovère.

— C'est qu'on voudrait pas abuser, ajouta timidement Choukroun.

Le numéro était parfaitement au point, réglé comme du papier à musique.

— Tss, tss... je vous en prie, messieurs ! Ne nous égarons pas dans de sordides comptes d'apothicaire !

Cela étant dit, Dansel, hautain, pénétra dans la salle où s'affairaient les chefs de rang. On lui désigna une table, à l'abri du tohu-bohu généré par les piaillements des clients nippons. Dimeglio suivit, Rovère sur ses talons, Choukroun en serre-file.

— Ça me la coupe, son histoire d'héritage, murmura Dimeglio, voilà quand même deux ans qu'il nous fait le coup ! À force, j'aurais presque des scrupules, non, pas vous ?

— Allez, avance, fais pas de chichis, tu pourrais le vexer ! chuchota Rovère.

Le fameux héritage, dont personne n'était parvenu à percer le secret, alimentait bien des rumeurs à la brigade. Rovère savait que, depuis des lustres, Dansel vivait en célibataire dans un petit appartement de la rue Saint-Sulpice, qu'il collectionnait les livres rares, et ne manquait jamais un concert de musique sacrée à Notre-Dame ou à Saint-Germain-l'Auxerrois le dimanche, quand il n'était pas de permanence au Quai. Des ragots sordides couraient sur sa vie affective. Rovère se sentait prêt à casser la gueule à quiconque se serait risqué à ironiser à ce sujet.

Ils mangèrent de bon appétit, y compris Choukroun, que les plats de cochonnaille, à cette heure avancée de la nuit, n'effrayaient même plus.

— Bon, ce soir, on s'est bien plantés, maugréa-t-il en touillant son café. Le coup de chalut, ça marche jamais !

— Et alors, ça serait pas la première fois que ça nous arrive, non ? bougonna Dimeglio.

— C'est vrai, approuva Dansel, vous vous souvenez, l'histoire de la rue de Rome ? Le notaire flingué à domicile, on avait tous les éléments, Pluvinage s'était défoncé sur l'autopsie, et on n'a jamais retrouvé le coupable !

— Et l'éboueur de la porte de Vanves ? ajouta Choukroun, où ça en est ? Ça dort dans un tiroir ! On a pourtant retrouvé le couteau dans la benne à ordures, avec les empreintes du chauffeur sur le manche, mais il court toujours, celui-là ! La vérité !

Rovère se passa la main sur le visage. Des ratages de ce genre, il aurait pu en citer à la pelle.

— Bon, on est tous crevés, il faudrait lever le camp, vous pensez pas ? conclut-il sans amertume.

Ils se séparèrent devant l'église Saint-Eustache. Chacun s'en alla de son côté.

DIMANCHE

1

Comme tous les dimanches matin, Nadia Lintz se leva de bonne heure et fila aux Buttes-Chaumont, toutes proches de son domicile, pour s'y livrer aux joies du jogging. Elle se perdit dans le flot des coureurs vêtus de survêtements fluo et s'infligea plusieurs tours du parc à petites foulées. Après quoi, elle rentra chez elle, fourbue mais délassée. Le coup de téléphone de Rovère la surprit sous la douche. Il voulait simplement l'avertir des dernières démarches entreprises pour remonter jusqu'à Charlie. Nadia le remercia et insista pour qu'il la rappelle s'il le jugeait utile. Elle se souvint alors du message d'Isy qui l'avait invitée à déjeuner. Elle savait qu'il avait sans doute réservé une table dans un des restaurants des hauteurs de Belleville, comme à son habitude, mais elle n'avait pas le cœur à accepter. Elle se sécha, s'habilla et remonta la rue de Belleville sur quelques centaines de mètres, pour se rendre chez le vieil homme.

Chaque fois qu'elle pénétrait dans l'appartement, dont la porte était toujours entrouverte, elle humait avec délectation les odeurs de colle, de cuir, d'essence de térébenthine, de peinture à l'huile, tous ces ingrédients dont Isy se servait pour entretenir ses automates. Il en possédait toute une collection, fabriqués de ses mains. À sa sortie de prison, il avait gagné sa vie en les proposant aux commerçants qui en ornaient leur vitrine. Peu à peu, les clients s'étaient raréfiés, si bien que Szalcman avait remisé son attirail. Seuls quelques collectionneurs faisaient encore appel à lui pour réparer les spécimens qu'ils détenaient. Nadia traversa le séjour et s'avança dans la petite pièce qui servait d'atelier. Isy se tenait penché sur un mécanisme complexe, une loupe d'horloger vissée à son œil, les manches de sa chemise retroussées.

— Je t'attendais, murmura-t-il, sans se redresser de son ouvrage, on m'a promis un bar au fenouil dont tu me diras des nouvelles ! On y va dès que j'ai réparé cette saloperie de roue crantée, je ne comprends pas comment elle a pu se déboîter ! Ah, ben la voilà, l'explication, c'est ce picot qui était rouillé !

Nadia secoua la tête, navrée, et lui annonça qu'elle ne déjeunerait pas avec lui. Elle lui apprit le suicide de Marianne Quesnel. Isy se redressa et ôta la loupe qu'il portait, coincée entre ses paupières tel un monocle. Il déposa la petite pince qu'il avait utilisée pour démonter l'engrenage et éteignit la lampe qui éclairait sa table de travail.

— Allons bon, telle que je te connais, tu vas encore me dire que tu y es pour quelque chose si cette cinglée a jugé préférable de passer l'arme à gauche !

— Pas du tout, protesta Nadia, je dois simplement rendre visite au médecin qui s'occupe de la petite, c'est bien le minimum.

— Un dimanche ?

— Oui, un dimanche. Qu'est-ce que ça peut faire ?

Isy quitta son tabouret, se redressa en se massant les reins et posa ses deux mains sur les épaules de Nadia. Elle le sentit prêt à se lancer dans une de ces tirades dont il était coutumier, mais il renonça. Il se contenta de lui tapoter la joue.

— Va, après tout, c'est toi qui as raison, murmura-t-il.

À peine s'était-elle retournée pour faire un pas en direction de la sortie qu'il la rappela.

— Au fait, ton collègue, comment il s'appelle, Colignac ?

— Montagnac !

— Oui, c'est ça, tu lui diras que le boulot est prêt et qu'il peut venir prendre le colis !

Nadia le fixa, intriguée. Isy désigna une housse de soie grise qui recouvrait un objet d'une cinquantaine de centimètres de hauteur.

— Tu lui as donné mes coordonnées, alors il m'a apporté cette jolie petite pièce à réparer ! Il l'a trouvée dans une brocante. Il a dû la payer une petite fortune !

Dès qu'il eut ôté la housse, Nadia put voir une nonne au visage de porcelaine surmonté d'une cornette et dont les pommettes étaient peintes en rose. Isy remonta la clé du mécanisme et s'écarta. La nonne se mit à cligner de l'œil en retroussant sa robe de bure, faisant ainsi apparaître des dessous affriolants.

— C'est un amateur éclairé, ton copain ! gloussa le vieil homme. Tu devrais lui faire le coup ! En cinq sec, ce serait réglé !

— Mais je lui ai fait le coup ! assura Nadia.

*

Elle retrouva Vauguenard dans son bureau, à l'hôpital Trousseau, en fin de matinée.

— Le dimanche matin, c'est toujours très tranquille, ici, dit-il en lui serrant la main. Je viens profiter du calme pour réfléchir aux dossiers les plus problématiques.

— Comment va la petite ?

— Très bien. Pas de nouvelle crise, évidemment. Elle est gaie, elle a pu se lever et aller faire un tour en fauteuil dans le parc avec une infirmière.

— Elle ne sait pas encore ? demanda Nadia.

— Non... j'étais justement en train de répéter mon petit numéro. Je veux dire que je cherchais les mots pour lui apprendre la nouvelle. Elle aimait beaucoup sa mère, ça ne va pas être facile. Je ne sais pas si je dois attendre un peu, le temps qu'elle se rétablisse complètement. Qu'est-ce que vous en pensez ?

— Mais... vous devez avoir plus l'habitude que moi... je...

Nadia se passa la main sur le visage, désemparée.

— Ah non, pas du tout, d'ordinaire, c'est à la situation inverse à laquelle je me trouve confronté : apprendre à des parents que leur enfant est mort ou va bientôt mourir, mais là, j'avoue que je sèche !

— Si je peux vous aider, dites-moi comment.

— Non, c'est à moi de le faire. C'est ma responsabilité. Si j'avais été un peu plus vigilant, tout ça ne serait pas arrivé, alors, n'est-ce pas, quand le vin est tiré...

Ils restèrent silencieux durant quelques secondes.

— Vous savez, reprit Vauguenard, j'ai une fille d'une vingtaine d'années, c'est amusant, elle vous ressemble un peu. Elle fait son droit. D'ici quelques années, vous la croiserez peut-être dans les couloirs du Palais, la magistrature l'attire beaucoup.

— Avec un père tel que vous, elle n'a pas choisi médecine ? s'étonna Nadia.

— Avec un père comme moi ? Je suis passé complètement à côté d'elle ! Je l'ai vue grandir, de loin, sans avoir le temps de m'en occuper. J'ai dû la dégoûter de tout ce qui ressemblait à une blouse blanche. Du coup, elle a opté pour la robe noire.

— Je ne sais pas si elle a gagné au change !

— Ah au fait, je voulais vous avertir, j'ai reçu un fax du laboratoire où ont été expédiés les prélèvements du pancréas de Valérie. Vous en aurez sans doute une copie dès demain à votre cabinet. Regardez !

Nadia parcourut la feuille que lui tendait le médecin. Elle n'y comprit strictement rien. Il était question de densité volumique des cellules B et D, du « range » des noyaux, du « crowding » nucléaire et du rapport pro-insuline/insuline évalué à 5.50 !

— Le dernier paragraphe, précisa Vauguenard, il est très instructif.

Nadia le lut à haute voix.

— *En conclusion, nous dirons que la discordance des différents critères est tout à fait inhabituelle et qu'elle reste fort difficile à expliquer.* Eh bien, qu'est-ce que ça signifie ?

— C'est un médecin qui écrit, et il est tout à fait surpris de ce qu'il découvre. Mais il ne veut pas mettre son confrère, c'est-à-dire moi-même, dans l'embarras. À mots couverts, il affirme cependant qu'il n'existe aucun argument raisonnable en faveur de la pancréatectomie. À posteriori. Les experts que vous désignerez ne pourront pas s'y tromper : cette gamine n'avait rien ! Si vous en doutiez encore !

— Je n'en doutais pas !

— Je sais ! Pour vous, ça n'a pas grande importance. Mais moi, je vais traîner cette histoire comme un boulet jusqu'à la fin de ma carrière ! Et ne venez pas me dire que le suicide de Marianne règle tout !

— Dans une certaine mesure, si !

— Je ne crois pas, reprit Vauguenard, elle n'a rien avoué, détrompez-vous ! Depuis des années, elle jouait au jeu du chat et de la souris avec la médecine. En utilisant son propre corps, puis celui de sa fille, elle avait bâti un petit décor de théâtre, dans lequel elle donnait sempiternellement la même pièce, celle de la maladie. Quand le décor s'est écroulé, je veux dire quand nous l'avons démasquée, elle a compris que les spectateurs bouderaient désormais son répertoire, mais elle n'a pas pour autant été capable de rejoindre le monde réel. C'est sur la scène de son délire qu'elle nous a fait ses adieux. Dans un flot de sang, fatal, volontaire, délibéré. Pas à la cour d'assises, où elle aurait eu à se plier à une tout autre dramaturgie. Elle nous a échappé, à vous comme à moi, reconnaissez-le !

Nadia ne put s'empêcher de sourire, à la fois séduite et irritée par la démonstration.

— C'est désagréable, n'est-ce pas, un coupable qui se dérobe ? insista Vauguenard. Il y a les preuves, et pourtant... C'est comme une tumeur, finalement. Repérée, identifiée, elle vous crève les yeux, mais vous êtes incapable d'en venir à bout. Excusez-moi, je divague.

2

Le Gros René avait passé une nuit très agitée, sans pouvoir fermer l'œil. Il savait pertinemment que les flics ne le lâcheraient plus tant qu'ils n'auraient pas retrouvé la trace de Charlie et qu'au cas où ils n'y parviendraient pas, le retour de bâton serait inévitable. Sous un prétexte quelconque, on fermerait ses stands. Sa comptabilité bidon pouvait tenir le coup face à un inspecteur du fisc pas trop sourcilleux, mais si on mettait sérieusement le nez dedans, il avait bien du souci à se faire... Les petites combines telles que celle qu'il avait mise au point avec Charlie et d'autres, le droit de cuissage exercé envers quelques filles paumées qui traînaient aux Puces, tout cela n'était pas très grave. Ce que redoutait le Gros René était bien pire : son stand au marché Malik abritait un commerce plus lucratif que celui des surplus de l'armée.

Aux premières heures de la matinée, il se rendit sur place, et guetta l'arrivée de Khaled et de ses rabatteurs. Il fallait à tout prix les intercepter avant que les flics ne les repèrent. Le Gros René était persuadé que si Rovère l'avait laissé partir la veille au soir après la tournée des périphs, il n'avait pas pour autant renoncé à le faire surveiller.

Avant d'investir les lieux avec la marchandise, Khaled envoyait toujours un de ses seconds couteaux en éclaireur. Les mains dans les poches, celui-ci flânait dans le marché, pénétrait dans le stand, tripotait quelques objets, et partait au rapport. Si tout allait bien, Khaled débarquait alors et planquait la dope dans une courette à laquelle on accédait par l'arrière du stand. Durant la journée, les clients arrivaient un à un, faisaient mine de s'intéresser à la camelote étalée en devanture, puis passaient dans « l'arrière-boutique ». Khaled empochait les billets froissés qu'ils lui tendaient et, sur un signe, envoyait un de ses sbires dans la courette pour aller chercher une dose. Ou plusieurs. Les flics des stups qui rôdaient à l'entrée du marché, sous les ponts du périphérique et dans les cafés de la porte de Clignancourt n'avaient jamais repéré le manège. En cas de pépin, le Gros René n'avait pas grand-chose à craindre. La dope n'était pas dans son magasin, au pire elle ne pouvait être saisie que dans la poche des « clients ». Il n'y avait jamais eu de pépin. Khaled était excessivement prudent. Avant d'acheminer un acheteur jusqu'au stand, il le faisait suivre, s'assurait qu'il n'y avait rien à craindre et, une fois la transaction effectuée, priait le consommateur de déguerpir au plus vite. En échange de son hospitalité, Khaled refilait chaque week-end quelques billets de cinq cents francs au Gros René.

L'éclaireur arriva vers neuf heures trente. Un gamin d'une douzaine d'années qui circulait en rollers. Le Gros René l'agrippa par le bras.

— Va avertir Khaled qu'il faut se tenir peinards, souffla-t-il. Je le retrouve d'ici trois quarts d'heure au tabac, devant le métro Simplon, allez, dégage, vite !

Le gosse accueillit la nouvelle avec flegme et avala un chamallow avant de déguerpir. Le Gros René traîna un peu dans le stand, passa le relais à un de ses vendeurs, et s'éloigna à son tour. À la porte de Clignancourt, il descendit dans le métro, monta dans une rame, la quitta à Barbès, arpenta le boulevard jusqu'à Château-Rouge, bifurqua sur la droite, enfila la rue des Poissonniers, afin de s'assurer qu'il n'était pas suivi. Quand il en fut certain, il regagna le boulevard Ornano sur la droite et aboutit au tabac, près de la station Simplon. Cinq gamins juchés sur des skates sillonnaient innocemment le trottoir, de part et d'autre du carrefour. Tous aussi jeunes que l'éclaireur qui était passé en reconnaissance au stand. Khaled l'attendait au fond de la salle. C'était un type d'une trentaine d'années, au visage émacié, aux yeux perpétuellement aux aguets.

— Des ennuis, René ? demanda-t-il en pressant une rondelle de citron dans un reste de Perrier.

Le Gros René s'assit face à lui et essuya son front couvert de sueur. Il ne savait par quel bout aborder le problème.

— On m'a déjà averti que je ne pourrais pas travailler aujourd'hui, reprit Khaled, avec une pointe d'irritation dans la voix.

— Ni aujourd'hui ni demain, c'est fini Khaled, j'ai les flics au cul !

— Je te croyais prudent...

— Écoute, j'ai besoin que tu me rendes service !

— Dis-moi d'abord quelle connerie tu as bien pu faire.

Le ton, doucereux, était lourd de menaces. Le Gros René dut se résigner à passer aux aveux. En quelques phrases, il résuma la dispute avec Charlie à propos d'Anita. Khaled ne connaissait pas Charlie. Il secoua la tête, irrité.

— René, je suis très déçu ! Il ne faut jamais avoir d'embrouilles avec les junkies, c'est de la racaille, et tu le sais bien ! Tu avais envie d'une fille ? Tu m'aurais demandé, je te fournissais ! Tu as confondu les histoires de cul et le business, c'est pas bon, ça, René, c'est pas bon... Tu parlais d'un service à te rendre ?

— Anita, cette petite salope, il faut que je la retrouve ! Elle sait peut-être où se planque Charlie ! Les flics veulent à tout prix le serrer ! Tant qu'ils ne lui auront pas mis la main dessus, ils sont capables de m'emmerder, et crois-moi, ceux que j'ai vus, c'est pas des petits merdeux, c'est des bons ! Tu dois bien savoir où elle est, Anita, hein, Khaled ? Les filles des périphs, c'est toi qui les ravitailles, tu les connais toutes ! Khaled, aide-moi, merde !

Khaled plissa les yeux pour simuler un effort de réflexion.

— Je ne vois pas de qui tu veux parler, finit-il par soupirer.

Le Gros René fourra la main dans la poche de sa salopette et en sortit une enveloppe de papier kraft.

— Il y a deux bâtons là-dedans, Khaled, c'est tout ce que j'avais en liquide, on est dimanche et les banques sont fermées ! Demain lundi, je peux t'en donner autant, mais bordel de merde, retrouve-moi cette fille !

Khaled posa ses longs doigts sur l'enveloppe, l'entrouvrit du bout des ongles et compta les billets.

— Un week-end de business en moins, plus le temps que je risque de perdre à retrouver la meuf, le compte y est pas, René !

— D'accord, d'ici ce soir, je peux taper des tas de gens, sur les marchés, tout le monde me fait confiance, ça, plus la recette du stand, en fin d'après-midi, j'en aurai autant, mais me laisse pas tomber !

— Je vais voir ce que je peux faire, acquiesça Khaled. Ce soir, à dix heures, ici ! Tu auras des nouvelles d'Anita, enfin, peut-être...

Il rafla l'enveloppe, se leva et adressa un signe de tête à deux types qui buvaient un café au comptoir. Puis il sortit du bar et appela les gamins qui zigzaguaient sur les trottoirs, juchés sur leurs skates. Il y eut un bref conciliabule. Les gosses se dispersèrent à toute vitesse, avec un bel entrain. René commanda un cognac, à demi soulagé.

3

Vilsner avait passé toute la nuit à somnoler, assis contre la paroi de béton du réduit où il était enfermé. Au petit matin, quand il ouvrit les paupières, il aperçut un mince filet de lumière qui pointait à travers le soupirail. Il n'entendit que des chants d'oiseaux, et en tendant l'oreille, tout au loin, peut-être, l'écho d'une circulation automobile, très étouffée. Il ne se sentait plus aussi calme que la veille au soir, lors de son premier réveil. Il se massa la saignée du coude, comprenant que l'effet de l'injection qu'il avait subie commençait à s'estomper. Peu à peu, il se sentit gagné par une panique irrésistible. Il eut envie de crier, de marteler les murs de ses poings mais parvint à se maîtriser. Il se recroquevilla dans un coin de la pièce, la tête entre les mains, et resta ainsi, prostré, à retenir les sanglots qui lui montaient dans la gorge. Quand la porte du réduit s'ouvrit, quelques minutes plus tard, il hésita à se redresser.

— Monsieur Vilsner, j'espère que vous me pardonnerez, murmura une voix qu'il tarda tout d'abord à reconnaître.

— Haperman ? bredouilla-t-il en clignant les yeux.

Son « patient » se tenait devant lui. Vilsner le dévisagea, la bouche pendante, pétrifié. Un filet de salive lui dégoulina le long du menton. Haperman s'agenouilla pour porter son visage près du sien.

— C'était très désagréable, mais je n'avais pas d'autre solution, croyez-moi.

Il lui tendit un Kleenex pour qu'il s'essuie.

— Haperman, je vais vous aider, vous allez voir, tout va très bien se passer, murmura Vilsner, en claquant des dents.

— Bien sûr que vous allez m'aider. C'est pour ça que je vous ai choisi.

— Nous allons discuter, je... comprends qu'en fonction de votre passé, vous puissiez être amené à réagir d'une façon un peu trop vive à certaines situations, mais tout est affaire de patience, vous verrez, je n'ai peut-être pas su vous écouter d'une oreille assez attentive, mais maintenant...

— Tss, tss, tss, calmez-vous, monsieur Vilsner, vous m'avez très bien écouté. Vous m'avez même parfaitement entendu. Et à présent, dans les jours qui viennent, vous allez m'être d'un grand secours. Il ne sera plus question du passé, mais de l'avenir. De la trace que je vais laisser ici-bas avant de disparaître.

Vilsner fit une tentative pour se lever. Haperman lui agrippa fermement le poignet et le força à s'asseoir de nouveau. Vilsner n'eut pas la force de résister. Sans parvenir à préciser si cette incapacité résultait d'un état physique ou de la terreur que lui inspirait son interlocuteur.

— Pourquoi pensez-vous que j'ai fait appel à vous, monsieur Vilsner ?

— Mais... parce que je suis psychia... psychanalyste !

— Les lapsus, monsieur Vilsner, je ne vais pas vous faire un cours à ce propos, ce serait déplacé ! Parce que vous êtes *psychiatre*. Et plus précisément psychiatre spécialisé en pédiatrie. Vous travaillez avec des enfants, le plus clair de votre temps. Votre cabinet d'analyste, pour l'instant, n'est guère florissant. Par contre, vous avez une grande habitude de la souffrance des enfants. À l'hôpital Trousseau dans le service où vous effectuez des vacations, vous avez été amené à vous pencher sur le problème de la douleur. Comment les enfants la ressentent, comment ils la combattent. Parfois avec bien plus de courage, d'abnégation que les adultes. Vous avez même produit une excellente contribution sur cette question.

Vilsner se souvint d'un colloque auquel il avait participé six mois plus tôt, et dont les actes avaient été publiés dans une revue de pédiatrie. Son intervention avait été remarquée. Il s'était longuement attardé sur la symptomatologie de la douleur chez l'enfant. À l'inverse de l'adulte qui n'hésite pas à s'insurger contre l'indifférence des soignants, à réclamer sans cesse des antalgiques, celui-ci se réfugie le plus souvent dans le mutisme, mutisme qu'il convient de ne pas confondre avec la résignation. Voire avec l'absence de souffrance.

— C'est pour cette raison que je vous ai choisi, monsieur Vilsner, ajouta Haperman. Uniquement pour cette raison ! Bien que par ailleurs vous me soyez très sympathique, cela va sans dire.

LUNDI

1

Le Gros René obéit scrupuleusement aux recommandations de Rovère. À neuf heures tapantes, il se présenta dans les locaux de la Brigade criminelle. Ce fut Choukroun qui l'accueillit et le conduisit jusqu'à Sandoval.

— Je sais comment retrouver Anita ! annonça-t-il d'une voix forte, où perçaient à la fois la fierté et le soulagement.

— Anita ? s'étonna Sandoval, qu'est-ce que c'est encore ?

Il lui fallut quelques instants pour comprendre. Choukroun avait filé jusqu'au coin du couloir, où Rovère et Dimeglio discutaient près du distributeur automatique de café. Il les mit brièvement au courant.

— Son adresse, vite ! beugla Dimeglio en pénétrant dans le bureau du commissaire.

— Elle est chez les dingues, dans les Yvelines, à Plaisir. Charcot, c'est comme ça que ça s'appelle, l'hosto ! expliqua le Gros René, effrayé par le poing que Dimeglio brandissait devant son visage, tel un battoir prêt à écraser un paquet de linge sale.

— Comment tu l'as appris ? Samedi soir, tu te souvenais à peine d'elle.

— J'ai fait le maximum pour vous aider. J'ai demandé à des tas de gens, aux Puces, et fatalement, quelqu'un était au parfum, c'est tout ! Y a pas de mystère ! J'vous le jure !

— Fatalement, mon cul, grogna Dimeglio.

— Du calme, on y va tout de suite ! décréta Rovère. Vous, vous pouvez foutre le camp !

Le Gros René s'éclipsa tandis que Rovère consultait rapidement un plan de la banlieue parisienne pour décider de la route la plus rapide pour se rendre à Plaisir. Sandoval enfila à la hâte son veston et suivit le mouvement, ainsi que Dansel, qui venait d'arriver.

*

Dimeglio observait du coin de l'œil un type d'une cinquantaine d'années, pieds nus, aux cheveux si longs qu'ils lui tombaient sur les reins, occupé à jouer au baby-foot, tout seul. Il tournait les manettes, suivait le trajet de la balle, puis changeait de camp, pour aller la réceptionner de l'autre côté, avant de l'expédier vers les buts adverses. Et ainsi de suite, jusqu'à ce que la balle, par le simple effet du hasard, atteigne enfin son objectif. Le jeu, vidé de tout sens, pouvait durer une éternité.

Un autre pensionnaire s'approcha, demanda calmement du feu et alluma sa cigarette au briquet que Dansel lui tendit. Il était bien plus jeune que le joueur de baby-foot.

— Ici, on a le droit de cloper, chuchota-t-il, mais faut pas trop ébruiter tout ça, pigé ? Consigne de sécurité. À Orly, ils sont sévères avec les bagages. J'ai qu'un conseil à vous donner, c'est de vous méfier. Nègres, Juifs, bicots, bougnoules, aviation civile ! Faites gaffe, les mecs !

L'inconnu s'éloigna avec circonspection, se retournant à maintes reprises.

— Les cinglés, j'ai jamais apprécié, chuchota Dimeglio. C'est plus fort que moi, ça me fout les jetons !

— À moi aussi... soupira Choukroun. Sans compter que je me suis déjà coltiné les vioques, ça commence à faire beaucoup, la vérité !

Dès leur arrivée à l'hôpital psychiatrique, on les avait dirigés vers une sorte de brasserie, située au centre du parc où s'alignaient quelques pavillons agrémentés de tonnelles fleuries. Une petite rivière artificielle sillonnait la verdure, bordée de rochers et de bosquets de lilas. Quelques carpes nonchalantes s'y prélassaient. Plus loin, on pouvait même apercevoir un couple de paons qui folâtraient dans les roseaux, près d'une cascade. Sandoval et Rovère étaient partis s'entretenir avec les médecins qui s'occupaient d'Anita. Ils se morfondaient depuis plus d'une demi-heure, assis sur des banquettes de moleskine, au fond de la salle de ce bistrot étrange où soignants et pensionnaires, que rien ne permettait de distinguer de prime abord, venaient discuter autour d'une table. On leur avait servi une bière sans alcool et un assortiment de cacahuètes et d'olives pimentées. Le joueur de baby-foot, sans doute lassé de mener son combat désespéré, abandonna la partie. Il s'accroupit contre un mur et ne tarda pas à s'assoupir.

Choukroun, soulagé, aperçut soudain la silhouette

longiligne de Rovère qui sortait d'un des pavillons proches de la brasserie. Sandoval le suivait, ainsi qu'une jeune fille à la démarche flottante. Elle était vêtue d'un jean et d'un poncho de laine aux couleurs criardes. Ils se levèrent pour les rejoindre.

Dimeglio dévisagea Anita avec un mélange d'effroi et de curiosité. Son visage d'une extrême pâleur ne reflétait aucune expression, et ses yeux, d'un gris délavé, fixaient le vide avec une obstination que rien ne semblait pouvoir contrarier. Tout en marchant, elle releva la manche de son chemisier pour se gratter. Dimeglio eut la chair de poule en apercevant les abcès qui lui couvraient tout l'avant-bras.

*

Il était à peine onze heures quand ils arrivèrent porte d'Aubervilliers, à deux pas de la Cité des Sciences. Durant le trajet, Anita s'était montrée assez coopérante. Elle avait répondu sans trop de réticence aux questions que lui posait Rovère. Sa version des faits correspondait avec celle qu'en avait donnée le Gros René. Anita, qui était alors mineure et en fugue de chez ses parents, « zonait » dans le secteur des Puces. À plusieurs reprises, elle s'était vu offrir l'hospitalité dans le stand du Gros René, contre rémunération en nature. Elle se souvenait parfaitement de Charlie, dont elle donna une description assez précise. Quand Rovère lui montra sa photo, elle n'hésita pas une seule seconde à le reconnaître. Il s'était senti investi d'un rôle de protecteur et n'avait pas tardé à user de la menace pour dissuader le Gros René de l'emmerder de nouveau.

— Il était gentil, Charlie, con, mais gentil, expliqua-t-elle d'une voix traînante, en se grattant de nouveau l'avant-bras. Il en a chié, mais alors vraiment chié, et pourtant, ça l'a pas rendu pourri.

Rovère réprima une grimace de dégoût devant ses ongles rougis de sang qui s'acharnaient sur ses croûtes purulentes.

— Au début, quand je suis arrivée à Paris, je faisais la manche dans le métro, à Porte-de-Clignancourt, je savais pas où crécher, alors hein, le Gros René, il avait pas à se gêner ! Ça l'a foutu en rogne, Charlie !

— Il a proposé de t'héberger ? insista Rovère.

— Ouais, il était un peu naze, quand même. Qu'est-ce qu'il croyait ? Qu'on allait se la couler douce tous les deux ? Il voulait se la jouer style romantique, c'était n'importe quoi ! J'suis quand même restée deux ou trois jours dans sa planque !

— Il ne t'a pas demandé de le...

— De le quoi ? ricana Anita. C'est moi qui lui ai proposé. Il m'a expliqué qu'avec tous les médicaments qu'il avait pris, il pouvait plus... voilà. Et puis pas longtemps après, j'suis tombée dans la dope, et j'ai commencé à faire la pute sur le périph. C'était le plus simple. Tant qu'à y aller, non, vous croyez pas ? Sucer gratos des ordures comme le Gros René ou se faire carrément de la thune au tapin, y avait pas à hésiter ! Charlie, y m'faisait pitié, je l'ai plus revu.

— Bon, tu veux bien continuer de nous aider ? poursuivit Rovère. Charlie, on lui veut pas de mal, crois-moi Anita, mais le mieux pour lui, c'est qu'on le coince vite fait, tu comprends ?

— Allez, vas-y, me prends pas la tête, j'ai qu'une envie, c'est de retourner à l'hosto. Et qu'on me foute la paix.

La jeune femme cligna les yeux en montrant la piste cyclable qui longeait le quai du canal de l'Ourcq, au-delà de la Cité des Sciences.

— C'était par là, dit-elle. Deux trois fois, Charlie m'a transportée sur sa mob', on arrivait ici quand on voulait rentrer dans Paris. C'est pas très loin, on mettait à peine dix minutes...

Elle avait déjà décrit le hangar et surtout le « perchoir » dans lequel Charlie l'avait fait monter. Mais elle ne pouvait donner plus de précisions.

— On va rigoler, maugréa Dimeglio, des hangars, il y en a à perte de vue ! Et c'est pas tout, je connais le coin, faut se taper le chemin à pied, il y a des endroits où on peut pas passer en bagnole !

— Qu'est-ce qu'on fait ? demanda Rovère.

— On y va, non ? suggéra Sandoval en se grattant la tête. Si Charlie est dans sa planque, on peut lui mettre la main dessus ! Pourquoi attendre ?

— J'aurais préféré y aller seul avec Anita, repérer les lieux, et revenir vous chercher ! Et appeler des gars en renfort. On connaît pas l'endroit, il peut y avoir des tas d'astuces pour se tirer en douceur. Et Charlie a oublié d'être bête !

— Nous sommes cinq, ça me paraît parfaitement suffisant ! trancha Sandoval.

Ils s'engagèrent à pied sur la piste cyclable. Anita marchait d'un pas lent et s'arrêtait fréquemment pour se gratter les bras. Ils arrivèrent bientôt dans le secteur où la ligne de métro qui filait vers Bobigny longeait le canal, sur l'autre rive. Bientôt, quelques gamins qui traînaient dans les parages, intrigués par la curieuse petite troupe qui entourait Anita, s'amusèrent à les suivre. Dimeglio fit demi-tour et se dirigea droit sur eux. Ce qui suffit à calmer leur curiosité. Ils se dispersèrent.

— Bravo la discrétion, remarqua Choukroun, d'ici une demi-heure, toute la racaille du coin sera au courant.

— Répète-le plus fort, Sandoval n'a pas entendu ! ricana Dansel.

*

Une heure plus tard, après bien des hésitations, la jeune fille parvint à localiser l'endroit. Rovère la confia à la garde de Choukroun et s'avança d'un pas prudent. Il leva les yeux vers le « perchoir », ces anciens bureaux arrimés en encorbellement tout en haut d'une des parois du hangar.

— C'est dingue, murmura-t-il. C'est aussi imprenable qu'un château fort !

Dimeglio hocha la tête. Il s'était mis à l'abri derrière la rampe de béton qui permettait de charger les camions, à l'époque où les entrepôts fonctionnaient encore.

— À votre avis, il est là-haut ? demanda Sandoval.

— Comment voulez-vous qu'on le sache ? répondit Dimeglio. De toute façon on n'a plus le choix. Choukroun avait raison, on a été aussi discrets qu'un troupeau d'éléphants. Si on n'y va pas maintenant, Charlie, à son retour, risque bien d'être averti de notre petite visite !

— Charlie ! hurla Rovère, en restant à couvert.

Son cri fut répercuté par l'écho. Il gueula de nouveau, sans résultat. Il hésita un instant, puis se risqua à découvert. Dimeglio suivit. Ils marchèrent jusqu'à la paroi qui supportait le perchoir.

— S'il est là-haut et qu'il nous attend, il peut

nous balancer n'importe quoi quand on va essayer de monter, nota Rovère. La fille parlait d'une échelle de corde planquée dans le coin. Si elle est en bas, c'est que Charlie est absent.

Rovère appela Dansel et lui demanda d'aller chercher Anita. Sandoval les avait rejoints et se tordait le cou en arrière pour scruter la coursive qui longeait les bureaux, à une dizaine de mètres au-dessus de leurs têtes. Anita ne se souvenait plus du tout de l'endroit où Charlie dissimulait son échelle.

— Bon, allez, on cherche, et vite ! ordonna Rovère, agacé. À moins que Charlie soit maso, il ne doit pas la planquer bien loin !

Ce fut Choukroun qui mit la main dessus, dix minutes plus tard, après avoir pris le risque de farfouiller derrière des fûts rouillés et ornés d'une tête de mort entourée d'un cercle rouge. Il siffla entre ses doigts pour rameuter ses collègues, qui s'étaient quelque peu dispersés. Il leur montra fièrement l'objet, accompagné du grappin qui permettait de l'accrocher à la rambarde de la coursive.

— J'essaie ? demanda-t-il en le manipulant.

Rovère acquiesça. Choukroun fit tournoyer le crochet et l'expédia vers sa cible. Qu'il rata. Il recommença la manœuvre, à trois reprises, sans parvenir à l'atteindre. Il passa le relais à Rovère, qui ne fit pas mieux.

— C'est ridicule, on a vraiment l'air con ! s'esclaffa Dimeglio.

— Je ne vous le fais pas dire ! rétorqua Sandoval en s'emparant à son tour du grappin.

Nouvelle tentative infructueuse.

— Vous voulez tenter votre chance ? demanda-t-il à Dimeglio.

La situation prenait une tournure cocasse. Anita s'était assise en tailleur sur le sol bétonné et se tenait les côtes.

— D'ici à ce que Charlie débarque et nous donne un cours, il n'y a pas loin ! remarqua Dansel. Personnellement, je n'essaierai pas, je suis trop maladroit.

Après trois lancers ratés, Dimeglio parvint à coincer enfin le grappin sur la rambarde. Il s'épongea le front, satisfait.

— Je monte pas, dit-il, je suis pas certain que ça soit assez solide pour supporter mon poids. En plus, j'ai le vertige !

Sandoval empoigna l'échelle de corde et commença à gravir les barreaux. Quand il fut arrivé à destination, Rovère l'imita.

— Vous, restez où vous êtes, cria-t-il à ses adjoints. Et surveillez les alentours, on ne sait jamais.

Il pénétra dans la tanière de Charlie. Sandoval en avait commencé la fouille. Ils virent aussitôt la photo de Nadia Lintz que Charlie avait découpée dans un journal et punaisée contre un mur. Sandoval vida les sacs de vêtements, mit la main sur les maigres souvenirs de Charlie, ses photos de régiment, ses papiers ainsi que les brouillons des lettres qu'il avait adressées à la juge. Rovère retrouva le cahier sur lequel Héléna s'était appliquée à raconter son aventure en dessinant, et le feuilleta.

— Bon, soupira Sandoval, il ne reste plus qu'à mettre une équipe en faction dans les parages, et à attendre que notre oiseau regagne son nid !

— Ah oui, vous croyez ? Charlie a dû récupérer pas mal d'argent en s'attaquant à Vlad. La dernière fois qu'on l'a aperçu à son cercle de jeu, il en est reparti plein aux as ! Charlie a les moyens de se cacher ailleurs et il sait pertinemment qu'on le piste. Je crains fort qu'il ne remette plus les pieds ici !

Ils redescendirent du perchoir après avoir enfourné les objets les plus intéressants pour la poursuite de l'enquête dans un sac. Choukroun et Dansel furent désignés pour commencer à monter la garde dans les parages, avant d'être relevés par d'autres inspecteurs du groupe.

— Bon courage, les gars, je dirai aux copains d'apporter de la bouffe ! s'écria joyeusement Dimeglio avant de s'éloigner.

Anita suivait Sandoval et Rovère qui avaient repris la route en sens inverse. Il leur fallut trois quarts d'heure pour rejoindre leur voiture. À peine Sandoval s'était-il installé au volant que la radio lança un appel d'urgence. Depuis la fin de la matinée, Nadia Lintz cherchait à joindre Rovère.

2

— C'est ma greffière qui a pris la communication, expliqua-t-elle quand il pénétra dans son cabinet. J'étais à une réunion, au secrétariat de l'instruction. Elle a tout noté. J'ai préféré vous attendre avant d'appeler.

Elle montra à Rovère une feuille de papier où étaient alignés quelques chiffres.

— C'est un numéro de portable, Charlie a dû le piquer à Vlad... soupira-t-il. Inutile de chercher à le repérer, il peut être n'importe où.

— Qu'est-ce que je fais ?

— Eh bien, vous l'appelez, s'il l'a demandé, il

faut lui donner satisfaction ! Vous avez une touche d'enregistrement de la conversation, sur votre poste ?

Nadia confirma. D'une main tremblante, elle composa le numéro.

— S'il vous questionne à propos de l'enquête, dites-lui la vérité, souffla Rovère, tandis que la sonnerie retentissait.

Une voix masculine répondit aussitôt.

— Nadia Lintz à l'appareil, annonça-t-elle sans trop savoir quel ton adopter.

Rovère lui fit signe de prendre tout son temps.

— Je vous parle avec le portable de Vlad, ça sert à rien d'essayer de me repérer avec des tables d'écoute ou je sais pas quoi, vous pouvez pas ! Vous êtes toute seule ?

— Non, Charlie, je suis avec un inspecteur de la Brigade criminelle.

— Je m'en balance, c'est avec vous que je veux discuter. Vous croyez que je suis dingue ?

— Je pense que vous avez vécu des événements qui vous ont profondément affecté. Je n'appelle pas ça être fou.

— C'est ça, « affecté », comme vous dites, je parie que vous avez vu Taillade, au Val-de-Grâce, il a dû vous expliquer, hein ?

Nadia confirma.

— Écoutez, ça me fait vraiment plaisir de parler avec vous, reprit Charlie, parce que je suis sûr que vous allez me comprendre. J'ai tout raté, mais alors tout, dans ma vie, jusque-là, mais maintenant, je vais me rattraper.

— Vous me l'avez déjà expliqué, dans votre lettre.

— Ouais, finalement, vous devriez être contente, c'est moi qui me tape le boulot à votre place. J'ai eu Dimitriescu, j'ai eu Vlad, j'ai eu Verqueuil, vous voulez que je vous dise où vous pouvez le retrouver, celui-là ?

— Bien sûr, Charlie. Je vous écoute.

— Je l'ai laissé sous un pont, le long du Grand Morin, entre Crécy-la-Chapelle et Couilly-Pont-aux-Dames, c'est dans la direction de Meaux. Vous pouvez pas le louper. J'ai eu une petite explication avec lui. Ses affaires, vous pouvez les trouver dans un hôtel, à Paris, avenue du Maine, au 153. C'est là qu'il s'est planqué quand il a appris que Dimitriescu avait fait cramer les gosses, dans la maison de son père. Ils sont pas bien malins, vos inspecteurs, hein ? Ils l'ont rencontré tout de suite après et ils ont même pas pensé à le cuisiner un peu, cette ordure !

— D'accord, Charlie, acquiesça Nadia, j'ai pris note.

— Et vous ? À part le docteur Taillade, qui vous avez retrouvé ?

Sur un signe d'encouragement de Rovère, Nadia lui apprit que sa planque avait été visitée. Et comment.

— Bravo, ça a pas traîné... de toute façon je m'en tape. J'ai plein de fric, et aussi une bagnole, celle de Dimitriescu. Vous voyez, j'ai pas à me plaindre !

— Bien, Charlie, nous pouvons peut-être faire le point, maintenant ? Dimitriescu, Vlad, Verqueuil, sans oublier l'accordéoniste, il est peut-être temps de vous calmer ?

— Me calmer ? Vous me prenez pour un agité ? Pour un barjot ? C'est Taillade qui vous a bourré le mou ? Vous oubliez ce que ces types-là ont fait aux gosses ? s'emporta Charlie, furieux.

Nadia fixa Rovère, désemparée. Il tenta de la rassurer d'un geste apaisant et l'encouragea à reprendre aussitôt la parole.

— Je n'oublie rien, Charlie, je n'oublie rien. J'ai vu les photos des autopsies, j'ai aussi vu celles qui étaient chez l'accordéoniste, celles de la petite Héléna.

Charlie s'apprêtait à répondre, mais sa voix s'étrangla. Nadia l'écouta sangloter longuement.

— Ça va mieux, Charlie ? demanda-t-elle ensuite. Parlez-moi d'Héléna, vous l'aimiez beaucoup, n'est-ce pas ? Dans votre lettre, vous ne m'avez pas expliqué comment elle est morte.

— Vous voulez vraiment savoir ?

— C'est à vous de décider. Si vous avez cherché à me joindre, c'est pour parler, non ?

Charlie se confia. Il raconta la soirée dans le perchoir, la colère de la fillette quand il lui avait expliqué qu'il n'y avait aucune chance de retrouver Dimitriescu. Et la chute de la petite du haut de la coursive.

— J'ai fait le con, ce soir-là, ajouta-t-il, alors après, j'avais plus le choix. Fallait aller jusqu'au bout !

— Vous l'avez enterrée quelque part ? poursuivit Nadia, émue par ce récit.

— Non, j'aurais bien voulu, mais c'était risqué. Je l'ai jetée dans le canal. Qu'est-ce que ça change ?

— Rien, Charlie, rien... Et à présent, qu'est-ce que vous comptez faire ?

— Dimitriescu, Vlad, Verqueuil... on n'en parle plus, puisque c'est réglé. Ces trois-là, c'était que de la rigolade. Il reste le plus gros morceau. Le vrai coupable. Celui qui a contacté Verqueuil pour avoir des gosses, qui lui a filé du fric ! Verqueuil s'est rabattu sur Vlad, et Vlad a fait appel à Dimitriescu, un Roumain, comme lui... Des mômes, il pouvait en trouver à la pelle, ce salaud. Il est allé les chercher en Roumanie ! Les quatre que vous avez retrouvés dans le pavillon, à la Chapelle. Vous savez, madame Lintz, à Bucarest, cet hiver il a fait très froid, c'est Vlad qui m'a expliqué ça. Là-bas, il y a des bandes de gosses paumés qui couchent dans la rue, qui font la manche. En janvier, ils ont commencé à crever à cause du gel tellement ça caillait. Vous savez ce qu'ils ont fait, les gens de la mairie, ou les ministres, je sais pas comment ça s'appelle, ces types-là. Vous savez ?

— Je ne sais pas, Charlie.

— Ils ont donné des ordres pour qu'on ouvre les égouts.

— Les égouts ?

— Ouais, ça pue, mais il fait chaud, dans les égouts, ricana Charlie. Alors les gosses pouvaient s'y abriter pour pas se peler le cul ! Vous avez bien compris ?

— Oui, Charlie, acquiesça Nadia, effarée.

— Où elle est la justice, là-dedans, vous pouvez me le dire ? Ils ont même pas ouvert une école, ou une caserne, ils ont ouvert les égouts. Salauds ! La vie d'un môme, ça vaut rien, pour eux, ça vaut rien nulle part. J'en ai vu crever des milliers, des petits négros, à Goma. Quand je conduisais mon bull pour les pousser dans les fosses, j'en ai charrié des cadavres et des cadavres, des filles, des garçons, des bébés, même si on faisait gaffe, on en ramassait sous les chenilles ! Alors aujourd'hui, j'en ai ma claque, madame Lintz. Personne peut plus me raconter de salades.

— Il faut qu'on se rencontre, Charlie.

— C'est ça, pour me coincer et me coller au trou ! Vous m'aurez pas. Pas vivant, en tout cas ! Si vous me prenez pour un tocard, vous avez tort.

— Ça suffit, Charlie ! s'écria Nadia. Arrêtez de vous conduire comme un gamin qui veut défier le pion dans la cour du collège ! Vous êtes très jeune, vous avez toute la vie devant vous, je veux bien admettre que vous ayez beaucoup souffert, mais il faut que vous réalisiez que vous avez tué quatre hommes ! Vu leur profil et les circonstances dans lesquelles vous avez été amené à les rencontrer, vous pouvez encore vous en sortir ! D'autant plus que le témoignage d'Anita plaidera en votre faveur. Vous n'êtes pas un salaud, Charlie, vous êtes un type bien, et moi je ne demande qu'à essayer de vous aider !

Elle se tut, essoufflée après cette tirade débitée d'une voix saccadée mais ferme. Rovère applaudit en silence.

— Je vous recontacterai ce soir, à vingt-trois heures, je vous dirai où on peut se retrouver. Prévoyez de me donner un numéro de portable, à ce moment-là, précisa Charlie, avant d'interrompre la communication.

— Et merde, bredouilla Nadia, il m'a filé entre les pattes.

— Il l'avait décidé dès le début.

— Alors, qu'est-ce qu'on fait ?

— Le ménage. On va aller chercher Verqueuil et visiter sa chambre d'hôtel. Et on va attendre vingt-trois heures. Je ne vois pas quoi faire d'autre. À moins que vous n'ayez une idée ?

Nadia ne répondit pas immédiatement. Rovère

ouvrit le boîtier du répondeur et récupéra la cassette contenant l'enregistrement de la conversation.

— Taillade, suggéra Nadia, on pourrait le contacter et lui demander conseil ? Lui, il saurait peut-être
parler à Charlie ? Enfin, mieux que moi ?

Rovère haussa les épaules.

— Quand Charlie rappellera, ce sera pour nous
dire où se trouve le cinquième cadavre. Taillade ne
nous sera alors d'aucune utilité.

— L'attente va être longue, conclut Nadia après
avoir consulté sa montre.

3

À dix-sept heures, Sandoval réunit tout son
groupe. Dansel et Choukroun, revenus de l'entrepôt
puisque leur présence là-bas ne servait plus à rien,
participèrent à la réunion. Une petite escouade
s'était rendue sous le pont surplombant le Grand
Morin, près de Crécy-la-Chapelle, et y avait effectivement localisé le corps de Guy Verqueuil, lardé de
coups de poignard. Dimeglio, quant à lui, avait perquisitionné l'hôtel de l'avenue du Maine. Il en avait
rapporté un sac contenant quelques vêtements.

Sandoval le vida sur une grande table où s'étalaient déjà tous les objets saisis depuis le début de
l'enquête et placés sous scellés. Les cahiers d'Héléna, le dossier d'hospitalisation de Charlie, l'agenda
de Vlad, etc. Il repassa pour la cinquième fois la
bande du répondeur. Les inspecteurs présents écou-
tèrent la voix du caporal Grésard. Il n'y avait rien
d'autre à apprendre qu'ils ne sachent déjà.

— Il doit bien y avoir une faille, s'entêta le commissaire. On a réussi à retrouver sa planque, on doit pouvoir continuer !

Comme d'habitude en pareil cas, Rovère avait pris place près d'une fenêtre et contemplait les péniches et les bateaux-mouches qui remontaient la Seine en direction de Notre-Dame.

— Rovère, vous vous désintéressez de la question ? ironisa Sandoval. Ou bien vous n'osez pas dire que vous n'en avez rien à foutre ? Parce que vous espérez voir Charlie continuer sa sale besogne ? C'est ça, hein ? Il tue des salauds, des assassins d'enfants, alors vous approuvez ? Il faudrait peut-être vous souvenir qu'en principe, nous sommes là pour empêcher les cinglés de son espèce de jouer aux justiciers !

Rovère se retourna. Le sang reflua peu à peu de son visage. Il se leva avec lenteur, marcha droit sur Sandoval, le contourna et quitta la pièce.

— Je crois qu'on est tous comme lui, murmura Choukroun. On aimerait coincer Charlie, seulement voilà, on voudrait que ça se passe bien. Ce type n'a plus rien à perdre. Il est capable de nous la jouer style Fort Chabrol juste pour se faire flinguer ! Il a qu'une envie, au fond, c'est de se suicider.

— C'est un point de vue respectable, admit Sandoval, à contrecœur.

*

À vingt-deux heures trente, tout le groupe prit place à bord des voitures de service. Rovère et Sandoval traversèrent les couloirs séparant les locaux de la Brigade criminelle du palais de justice, totalement désert, et se rendirent au cabinet de Nadia

Lintz. Elle avait prévenu le standard. Quand la sonnerie du téléphone retentit, à 22 heures 55, elle avait déjà la main posée sur le combiné.

— Charlie ? s'écria-t-elle.

— Vous pouvez venir me retrouver. À Anet-sur-Marne. C'est tout près de Lagny.

— À quelle adresse ?

— Quelle adresse ? Ah ouais, ça recommence ? Cherchez pas à me coincer ! Vous avez pensé au portable ?

Nadia lui dicta le numéro du GSM que Rovère venait de lui remettre.

— Alors à tout à l'heure. Il vous faut plus d'une demi-heure pour arriver. Je vous rappellerai à ce moment-là.

Et Charlie raccrocha.

— La gendarmerie locale, il faut les alerter tout de suite ! s'écria Sandoval.

— Charlie doit s'en douter, protesta Nadia, ça risque de tout faire louper !

— Les gendarmes ! Ben voyons. Ils doivent avoir deux pékins de garde dans leur guérite, ajouta Rovère. Si on les réveille, ils vont sonner le branle-bas de combat et semer le chambard dans tout le village, avec gyrophare et concert de sirène, c'est plus fort qu'eux, ils ne peuvent pas s'en empêcher ! Et qu'est-ce qu'ils pourraient bien faire ? Si ça se trouve, une fois qu'on sera arrivés là-bas, Charlie nous indiquera une autre destination ! Vous ne comprenez pas qu'il nous mène par le bout du nez et que nous n'y pouvons rien ?

Sandoval adressa un regard angoissé à Nadia.

— On y va, trancha-t-elle.

*

Peu avant vingt-trois heures trente, après avoir emprunté l'autoroute depuis Aulnay, ils arrivèrent aux abords d'Anet, un gros village cossu, plongé dans l'obscurité. Dimeglio, qui conduisait la voiture de tête, s'arrêta sur la place, près de l'église. Les autres véhicules se garèrent à proximité. Une pluie fine s'était mise à tomber. Nadia, installée à l'arrière en compagnie de Sandoval, tenait à la main le précieux GSM. Rovère, assis à côté de Dimeglio, tambourinait sur le tableau de bord. Seul le couinement de l'essuie-glace sur le pare-brise venait rompre le silence.

— Il n'appelle pas, souffla Nadia. Il nous a bluffés ?

— Non. Il tourne dans le secteur depuis ce matin, répondit Rovère, en consultant une carte. Regardez, le pont de Crécy-la-Chapelle, là où il a abandonné le cadavre de Verqueuil, est à peine à vingt kilomètres. À l'armée, on a dû lui apprendre à étudier une carte, à prendre des repères...

Le GSM se mit soudain à bourdonner. Nadia sursauta et porta l'écouteur à son oreille.

— Charlie, nous sommes là, il faut en finir, maintenant...

— Comme vous dites ! Dirigez-vous vers Claye-Souilly, à la sortie nord d'Anet. À huit kilomètres, vous trouverez une petite route goudronnée, sur la droite.Vous la suivez et vous arrivez à une grande propriété entourée d'un mur, avec des tessons de bouteilles. Il y a une grille, et tout au fond du parc, une grande maison. Avec la roue d'un moulin, sur la rivière !

Dimeglio embraya. Sandoval baissa la vitre et scruta le ciel noir, encombré de nuages.

— Avec un temps pareil, ça va être coton de se repérer ! maugréa-t-il.

Dimeglio peina quelque peu à trouver la route. Il s'engagea malencontreusement dans une voie sans issue qui menait à un lotissement, avec la petite caravane des autres voitures à ses trousses. Il fallut cinq minutes pour se dégager de cette impasse et s'orienter correctement. Il roula à vitesse réduite pour ne pas risquer de rater l'embranchement signalé par Charlie.

— Ça a l'air de coller, s'écria Sandoval, en désignant le toit d'une bâtisse que l'on voyait émerger au-dessus du mur d'enceinte, effectivement garni de nombreux tessons de bouteilles.

Tous les inspecteurs du groupe descendirent de voiture en prenant soin de ne pas faire claquer les portières. Chacun d'entre eux était muni d'une torche électrique qu'ils gardèrent éteinte.

— Choukroun, souffla Rovère, tu prends soin de Mme Lintz. Et tu fais gaffe. Tu restes en retrait.

— On va escalader ça ? s'inquiéta Dimeglio.

Il désignait les multiples éclats de verre enchâssés dans le ciment, au sommet du mur d'enceinte, et que la pluie faisait briller sous la pâleur d'un maigre quartier de lune. Rovère se dirigea vers la grille, actionna la lourde serrure et sentit aussitôt le battant céder sous la pression.

— Je suis toujours très pessimiste, s'excusa Dimeglio.

Rovère, courbé en deux, s'avança dans l'allée tapissée de gravier. À sa suite, toute l'équipe se déploya dans le parc. Ils marchèrent vers la maison, dont seul l'étage supérieur était éclairé. Nadia et Choukroun suivirent, à quelques pas de distance. L'inspecteur avait sorti son arme et ne quittait pas la jeune femme d'une semelle.

— Vous éloignez pas de moi et tout se passera bien ! chuchota-t-il, l'air concentré.

— Je n'en avais pas l'intention...

— Y a pas de lézard, faut garder son calme et ça va aller ! insista Choukroun, d'une voix presque inaudible.

— Je l'espère, mais je préférerais que vous fassiez attention avec ça !

Elle effleura du bout des ongles le canon de l'arme que Choukroun braquait droit sur sa poitrine.

Rovère et Sandoval s'accroupirent derrière un bosquet de troènes, les sens aux aguets. Il n'y avait aucun signe d'agitation. Ni dans la maison, ni aux alentours. Ils entendirent le chuchotis d'une rivière et les grincements de la roue d'un moulin à aube qui tournoyait à quelques mètres de là.

— Alors ? demanda Rovère.

— Qu'est-ce que vous en dites ?

— Rien. On ne va pas moisir toute la nuit ici, non ?

— Vous pensez que Charlie est là-dedans ? Et qu'il peut nous canarder ?

— Je ne pense pas, c'est à vous de penser. Vous vous souvenez ? Je me « désintéresse » de la question.

— Rovère, vous me faites chier ! Mais vraiment chier ! grinça Sandoval, les mâchoires serrées.

— Tss, tss... reprenez-vous. C'est contre-indiqué de perdre son sang-froid dans un moment pareil !

— Bon, on en reparlera plus tard. Il faut repérer les entrées, non ? Qui j'envoie ? Dimeglio ?

— Dimeglio a deux gosses. J'y vais. Avec Dansel.

Sans attendre la réponse, Rovère se retourna et claqua des doigts. L'intéressé s'approcha.

*

Les deux hommes s'avancèrent prudemment vers le perron de la maison. Alors qu'ils allaient l'atteindre, un hurlement retentit. Un appel au secours désespéré. En provenance des sous-sols. Rovère sentit son cuir chevelu se rétrécir. La trouille au ventre, il se plaqua contre le mur de pierre meulière de la façade et s'approcha d'un soupirail, d'où le cri semblait avoir jailli. Il souleva le battant de tôle rouillée et couvert de mousse qui l'obstruait, avant de braquer le faisceau de sa torche droit vers les profondeurs de la cave. Il aperçut un type aux cheveux ébouriffés, vêtu d'un survêtement, et qui, aveuglé par le faisceau de la torche, se couvrit le visage de ses deux mains.

— Qui êtes-vous ? demanda Rovère.

— Vite, vite, tirez-moi de là, je suis enfermé ! Ils ont crié, là-haut, tout à l'heure ! Il y a eu des coups de feu, je vous en supplie, je vous en supplie...

Le prisonnier tendit désespérément les mains vers le soupirail.

— O.K., on va venir ! Essayez de vous calmer et taisez-vous !

Dansel s'était immobilisé près des premières marches du perron. Rovère se glissa près de lui.

— Je passe le premier ! dit-il en désignant la porte.

*

Il s'avança, torche en main, dans un vaste hall vide de tout meuble. Il aperçut un chevalet, des palettes, des pinceaux, et quantité de tubes de peinture qui jonchaient le parquet. Le halo jaunâtre de sa lampe électrique balaya les toiles de grande envergure qui reposaient pêle-mêle en appui contre les murs. Passant furtivement de l'une à l'autre, il ne put distinguer que quelques fragments des motifs représentés. Le peu qu'il en vit suffit à le faire frémir. Dansel l'imita.

— Nom de Dieu... s'exclama-t-il.

— *No comment !* rétorqua Rovère.

Il se dirigea vers un escalier aux dimensions impressionnantes dont les marches dallées de marbre s'étalaient en éventail au fond de la salle. Après avoir déposé sa torche sur le sol, il les gravit une à une, serrant son arme des deux poings, cran de sécurité levé. Il déboucha dans un salon meublé de canapés poussiéreux, aux murs couverts de tentures pourpres, défraîchies, rongées de moisissures, et qui, par endroits, s'effilochaient en lambeaux. Quelques appliques en forme de bougie, à demi arrachées de leur support, diffusaient leur clarté pâlotte dans ce décor sinistre. Rovère s'immobilisa. Il lui sembla entendre un bruit ténu, un raclement à peine perceptible.

— Au fond à droite ! s'écria Dansel d'une voix chevrotante.

Rovère s'avança vers l'extrémité du salon. De la pointe du pied, il poussa le battant d'une porte sous le seuil de laquelle pointait un rayon de lumière bien plus vif que celui qui lui avait permis de progresser jusqu'alors. Il s'abrita à l'angle du mur d'entrée de cette nouvelle pièce, risqua un regard sans trop se découvrir et aperçut une main qui reposait sur le sol. Les doigts se tendaient vers la crosse d'un revolver de fort calibre. Sans parvenir à l'atteindre. L'index, le majeur, l'annulaire se recroquevillaient après chaque tentative, griffaient les lattes du plancher, et revenaient à la charge, animés d'un tremblement spasmodique. Le pouce ballottait, incliné dans une posture qui n'avait plus rien d'anatomique. Le doigt, désarticulé, suivait simplement le mouvement, inerte, luxé en arrière le long de l'axe radial.

Rovère fit un nouveau pas en avant. Son champ de vision s'élargit. Il aperçut le corps d'un homme d'une soixantaine d'années, allongé sur un tapis. Il se précipita pour donner un coup de pied sur le revolver que celui-ci cherchait désespérément à atteindre et l'envoya valdinguer jusque sous une commode située à l'autre bout de la pièce.

— Dansel, bordel de merde, tu es toujours là ? demanda-t-il en faisant demi-tour.

C'est alors qu'il vit Charlie, accroupi près d'un piano, dans un angle que le battant de la porte lui avait masqué jusqu'à présent. Charlie. La poitrine perforée par une vaste plaie aux berges mousseuses. Le menton pendant sur le sternum. Les yeux grands ouverts, écarquillés dans une dernière réaction de surprise, d'incrédulité face à la mort qui était enfin venue à sa rencontre.

— Ça n'a pas dû être de la tarte, murmura Dansel.

— Comme tu dis, approuva Rovère.

La pièce, un bureau encombré de livres d'art, de

catalogues de galeries, d'esquisses de tableaux, ressemblait à un champ de ruines, après le combat que s'y étaient livré Charlie et l'homme qui agonisait sur le tapis. Les mouvements saccadés qui agitaient sa main droite quelques secondes auparavant cessèrent.

— Il est rectifié ? Tu vérifies, s'il te plaît ? proposa Rovère.

— Y a plus rien, confirma Dansel après avoir tenté de prendre le pouls à la carotide, sans résultat.

Un tisonnier gisait le long d'une cheminée où rougeoyaient encore quelques braises.

— C'est avec ça qu'il l'a massacré, tu crois ? demanda Rovère.

— J'en sais rien. C'est plus que probable, vu les blessures. Pauvre Charlie. Il l'a réduit en bouillie, et au dernier moment, il lui a laissé saisir son revolver ?

— On n'en saura jamais rien ! File prévenir Sandoval que la voie est libre, moi, je descends à la cave !

*

Quand Nadia pénétra dans la maison, Dimeglio venait tout juste d'actionner les commutateurs électriques. Le hall du rez-de-chaussée était éclairé par une série de rampes halogènes de forte puissance. Elle resta bouche bée devant les toiles dont Rovère et Dansel n'avaient aperçu que des fragments.

— La vie d'ma mère, c'est pas possible, bredouilla Choukroun, stupéfait.

Il ferma les yeux, un bref instant, comme pour se persuader que cette vision de cauchemar n'était qu'une illusion, mais quand il les rouvrit, il dut accepter sa réalité.

— Bon, après tout c'est rien que des peintures, finalement, murmura-t-il pour se rassurer. Y a pas de quoi baliser !

— Où est Rovère ? demanda Nadia.

— À la cave, il y a un type qui y était enfermé ! annonça Dimeglio. Sandoval est dèjà descendu. Vous... vous voulez voir les corps ?

— Ça me paraît incontournable.

Dimeglio lui désigna la direction à prendre. Elle gravit l'escalier et déboucha bientôt dans le bureau. Nadia se força à affronter le regard de Charlie mais détourna les yeux du second cadavre. Elle tourna les talons et rejoignit le rez-de-chaussée. Rovère et Sandoval soutenaient par les aisselles un jeune homme vêtu d'un survêtement, qui claquait des dents et parvenait à peine à mettre un pied devant l'autre. Ils l'entraînèrent au fond d'un couloir où se trouvait une cuisine et l'assirent sur une chaise. Il resta hébété, les yeux exorbités, la mâchoire inférieure agitée d'un tremblement convulsif. Rovère fouilla dans les placards, mit la main sur une bouteille de cognac à moitié vide, saisit un verre, l'emplit à ras bord.

— Vous allez avaler ça, ça va vous secouer !

Il dut lui soutenir le menton tant l'opération s'avéra délicate.

— Comment vous appelez-vous ? demanda-t-il ensuite.

— Vil...Vilsner, Serge Vilsner. Je... je suis psychiatre ! Il m'a kidnappé. Où..., où est-il ?

— Il est mort, rassurez-vous. Comment s'appelait-il ?

— Haperman. Maximilien Haperman. Il est mort, vous êtes certain ?

— Oui, c'est fini, vraiment fini, vous n'avez plus rien à craindre.

— Et les enfants, qu'est-ce qu'il a fait des enfants ? Il me disait tout le temps qu'ils allaient bientôt venir !

— Les enfants n'arriveront pas.

Vilsner fixa tous les inconnus qui l'entouraient avec une incrédulité mêlée d'un reste de terreur.

*

Une demi-heure plus tard, une équipe du SAMU arriva sur les lieux. Les médecins examinèrent Vilsner, lui firent une injection de tranquillisants et, au vu du stress intense auquel il avait été soumis, insistèrent pour qu'il soit placé en observation dans une unité psychiatrique. Nadia le fit transférer à Paris, au CPOA de l'hôpital Sainte-Anne. Une ambulance le prit en charge.

— Je vais l'accompagner, décida Nadia. Si son état permet de l'interroger dans les heures qui viennent, autant ne pas perdre de temps.

— Il n'y a plus d'urgence, nota Sandoval.

— Effectivement, admit-elle, mais j'ai la responsabilité du dossier et j'aimerais conclure au plus vite. Rovère, vous m'accompagnez.

Ils quittèrent la villa, abandonnant tout le reste de l'équipe qui n'avait plus rien d'autre à faire que d'attendre l'arrivée des techniciens de l'Identité judiciaire.

*

Vilsner retrouva peu à peu son calme. La chambre où on l'avait installé était exiguë. Après plus d'une heure d'attente à l'issue de laquelle les médecins de garde leur donnèrent le feu vert, Rovère et Nadia purent prendre place dans des fauteuils, de part et d'autre du lit. Vilsner ne demandait qu'une chose : parler. Parler et parler encore. Pour évacuer son angoisse. Il était difficile de suivre son récit. Traumatisé par sa capture, et plus encore par son incarcération, il s'attarda longuement sur son séjour dans la cave de la villa d'Haperman. Puis, d'une voix qui s'affermit de plus en plus, il évoqua sa première rencontre avec celui-ci, les débuts de la pseudo-cure analytique qu'il avait entamée. Il détailla avec précision les expériences « corporelles » de son patient.

— Vous avez pu en voir quelques échantillons dans son atelier, tout à l'heure, bredouilla-t-il, soudain gagné par un nouvel accès de tremblement. Il ne m'avait pas choisi au hasard, mais bien parce que je travaille dans un service hospitalier où l'on accueille des enfants gravement malades, et confrontés à une grande souffrance. C'est ça qui l'intéressait, qui l'obsédait, la souffrance. La douleur.

Vilsner résuma de façon chaotique le parcours artistique d'Haperman. Sa fascination pour Edvard Munch et notamment pour *Le Cri*, son œuvre la plus célèbre. Rovère et Nadia évitèrent de l'interrompre, préférant le laisser reconstituer le fil de l'histoire à sa guise.

— Ce qu'il voulait, avant de mourir, c'était laisser un tableau d'une force équivalente à celle du *Cri*. Une représentation paroxystique de la souffrance. Un absolu du désespoir, une sorte de manifeste, de testament visuel dans lequel on aurait pu lire toute la plainte éperdue du monde. Un cri infini, démesuré. Capté dans un regard d'enfant. Son chef-d'œuvre à lui, en quelque sorte. Il était pressé par le temps, sa vue déclinait inexorablement. Je ne sais pas comment il est parvenu à se convaincre qu'il n'y avait que le spectacle de la souffrance d'un enfant qui pouvait l'aider à synthétiser toutes les visions qu'il s'était précédemment déjà forgées dans son imaginaire. Il m'a affirmé qu'il s'était procuré des... des cobayes qu'on allait bientôt lui livrer. Des gosses. Il en attendait quatre. Âgés de huit à dix ans, c'est ce qu'il disait. Au début, je ne voulais pas le croire, mais petit à petit, j'ai bien été obligé d'accepter l'idée qu'il ne mentait pas.

— Excusez-moi, balbutia Rovère.

Nadia le vit se lever et quitter la pièce.

— C'est difficile à croire, n'est-ce pas ? souligna Vilsner. Haperman avait perdu tout contact avec la réalité. Il avait tellement souffert lui-même lors des exhibitions auxquelles il se livrait qu'il en était arrivé à considérer la souffrance comme une sorte de... de matériau, une pâte à travailler, une couleur dont il pouvait parfaire les moindres nuances. À l'infini. Avec des enfants. Il comptait les... comment dire, les mettre en condition lui-même. Et moi, je n'étais là que pour l'assister. Pour prendre en charge ses « modèles » après chaque séance de pose. Pour les soigner, les réconforter. Après tout, c'est bien ce que je fais tous les jours à l'hôpital. Enfin, je m'y emploie. Haperman considérait qu'il n'y avait là qu'une question de degré, d'intensité. Un crescendo dont il fallait accepter le rythme. J'ai tenté de le raisonner, en vain. Il n'était accessible à aucun argument rationnel. Quand j'essayais d'éveiller en lui un sentiment de compassion envers ses futures victimes, il éclatait de rire, me citait des statistiques effroyables sur le nombre d'enfants réduits en esclavage en Afrique, ou victimes de mines au Cambodge, ou encore contaminés par les radiations de Tchernobyl et condamnés à une mort atroce. Enfin, vous voyez ?

— Quatre de plus, qu'est-ce que ça pouvait faire ? acquiesça Nadia.

— Exactement. Il m'a affirmé qu'il n'était pas un monstre. Que je lui ressemblais en tout point. Que mon indifférence à l'égard de ces enfants-là ne m'autorisait ni à m'opposer à son projet ni à lui donner des leçons de morale. À la fin, il m'aurait tué. Ou laissé partir, une fois sa toile achevée. Qui sait ? Dites-moi, qui est venu pour en finir avec lui ?

Nadia raconta le parcours de Charlie. Du caporal Grésard.

— C'est complètement fou qu'ils aient fini par se rencontrer, Haperman et lui, vous ne pensez pas ?

— Je ne suis plus en état de penser à quoi que ce soit, soupira Vilsner, exténué.

— Dès que vous serez en condition pour vous prêter à la séance, vous devrez répéter votre déposition dans mon cabinet, au palais de justice, afin qu'elle y soit archivée. Quelques feuillets de papier pelure que vous parapherez et auxquels personne ne prêtera attention !

Elle quitta la chambre et retrouva Rovère, qui grillait une cigarette, assis sur un banc, dans le parc de l'hôpital.

— Nous n'avons servi à rien, tout s'est joué sans nous, constata-t-elle. C'est difficile à encaisser.

— Ne remuez pas le couteau dans la plaie. Le jour s'est levé, allez, venez, je vais vous raccompagner chez vous.

Durant le trajet en voiture, la ville s'anima peu à peu. Les immeubles qu'ils croisèrent s'illuminaient, étage après étage, d'une tour à l'autre, d'un carrefour au suivant. Derrière ces fenêtres, des milliers de gens se brossaient les dents, avalaient un café ou, pour les plus chanceux d'entre eux, faisaient l'amour.

FIN

DU MÊME AUTEUR

Aux Éditions Gallimard

Dans la collection Série noire

MYGALE, n° 1949 (Folio Policier, n° 52).

LA BÊTE ET LA BELLE, n° 2000 (Folio Policier, n° 106).

LE MANOIR DES IMMORTELLES, n° 2066.

LES ORPAILLEURS, n° 2313 (Folio Policier, n° 2).

LA VIE DE MA MÈRE !, n° 2364.

MÉMOIRE EN CAGE, n° 2397 (Folio Policier, n° 119).

MOLOCH, n° 2489 (Folio Policier, n° 212).

Dans la collection Page Blanche

UN ENFANT DANS LA GUERRE (repris en Folio junior édition spéciale, n° 761. Illustrations de Johanna Kang).

Dans « La Bibliothèque Gallimard »

LA BÊTE ET LA BELLE. Texte et dossier pédagogique par Michel Besnier, n° 12.

Chez d'autres éditeurs

LE SECRET DU RABBIN (L'Atalante) (Folio Policier, n° 199).

COMEDIA (Payot).

TRENTE-SEPT ANNUITÉS ET DEMIE (Le Dilettante).

LE PAUVRE NOUVEAU EST ARRIVÉ (Méréal, Librio).

JOURS TRANQUILLES À BELLEVILLE (Méréal).

L'ENFANT DE L'ABSENTE (Seuil).

ROUGE C'EST LA VIE (Seuil).

LA VIGIE (L'Atalante).

Composition Nord Compo.
Impression Société Nouvelle Firmin-Didot
à Mesnil-sur-l'Estrée, le 2 mai 2001.
Dépôt légal : mai 2001.
Numéro d'imprimeur : 55722.

ISBN 2-07-041722-0/Imprimé en France.